NARRATORI MODERNI

LUCY VINE

SETTE EX PER INNAMORARSI

Traduzione di
ELISABETTA VALDRÈ

Garzanti

Prima edizione: luglio 2023

Per essere informato sulle novità del Gruppo editoriale Mauri Spagnol visita:
www.illibraio.it

Traduzione dal francese di
Elisabetta Valdrè

Titolo originale dell'opera:
Seven Exes

First Published by Simon & Schuster UK Ltd

ISBN 978-88-11-00791-3

Gruppo editoriale Mauri Spagnol

Printed in Italy

www.garzanti.it

SETTE EX PER INNAMORARSI

PROLOGO

Sei tu il mio uomo?

Sei tu il mio lui? Sei tu la persona con cui finalmente, in un modo o nell'altro, sarò fino in fondo *me stessa*?

Pensa se fossi tu quella persona! Pensa se tu fossi la persona con cui potrei lasciarmi andare. Qualcuno di fronte a cui smettere di preoccuparmi di tenere insieme i pezzi. Pensa se potessi essere completamente la me stessa che tanto detesto; se tu fossi la sola persona al mondo che non mi giudicherebbe per questo. Pensa se non dovessi dire «mi dispiace» quando lascio emergere quelle parti. Se tu mi tenessi stretta quando sono ansiosa senza motivo. Se mi accarezzassi la testa durante le sbornie senza giudicarmi, se al mattino mi portassi il tè con tre cucchiaini di zucchero senza che te lo chieda, se lasciassi gli asciugamani proprio nel modo che mi piace. Pensa se tu fossi qualcuno a cui far vedere la pancia e le tette cascanti e mi trovassi ancora *più* attraente. Pensa se fingessi di non essere sveglio quando scoreggio nel sonno, o mi comprassi altro cioccolato senza dir nulla perché ho mangiato tutte le nostre provviste una settimana prima delle mestruazioni. Pensa se tu fossi lui.

Sei tu la persona con cui riuscirò a parlare di tutte le cose che mi rattristano? Riuscirò a piangere davanti a te per tutto quello che è successo senza provare imbarazzo e senza vergognarmi di me stessa? Potrò ubriacarmi insieme a te e dire sciocchezze a voce troppo alta, e assillarti a proposito di quella ragazza che odiavo ai tempi della scuola e adesso vende con successo torte su Facebook, e *non* svegliarmi alle due di notte con il cuore che batte forte per l'orrore di averti allontanato e disgustato mostrandoti chi sono veramente? Sei tu il mio lui?

Guardo in quei bellissimi, grandi occhi, esaminando le lunghe ciglia scure – tanto più belle delle mie – e mi chiedo silenziosamente: sei tu l'Uomo Giusto?

Lui mi prende la mano, bacia quella parte all'interno del polso che è coperta dalle vene pulsanti, e infine – dopo secondi che sembrano durare una vita intera – si avvicina per baciarmi sulla bocca.

Fanculo. Penso che potresti essere tu.

1.

Tre mesi prima

«E così, abbiamo portato a passeggio il cane ed è andata a finire che si era dimenticato di prendere uno di quei sacchettini per la cacca.» Alzo le sopracciglia, ricordando l'orribile scena. «Perciò abbiamo dovuto raccogliere la merda di cane con...» faccio una pausa per essere sicura che stiano ascoltando, «un profilattico.»

«Gesù.» Bibi si sposta sopra di me coprendosi la faccia con la mano.

«Un momento», Louise, che ho in grembo, si gira per avermi meglio di fronte, «che significa?» Corruccia il suo bel viso per la confusione. «Vuoi dire, un profilattico *usato*?»

«No, no», le accarezzo il braccio per rassicurarla. «Nuovo. Ma sì, ha aperto un profilattico nuovo di zecca che aveva per caso nella tasca posteriore davanti a un gruppo di signore anziane e a un postino – che guardavano tutti arrabbiati dall'altra parte della strada per essere certi che raccogliessimo la sporcizia del cane – e ha tirato su la roba.»

«Perché aveva un profilattico?» Bibi si nasconde ancora dietro la mano. «Pensava che avresti fatto sesso con lui mentre *portavate a passeggio il cane*? Vorresti dirmi che adesso va di moda? A questo sono arrivati gli appuntamenti?» Rabbrividisce.

Siamo sdraiate tutte e tre sul mio letto come un centopiedi umano. In cima c'è Bibi, l'alfa della nostra casa, sorretta dai cuscini, mentre io sono distesa su di lei con la testa sul suo grembo. Louise è sdraiata su di me, mi schiaccia le cosce e stira le dita dei piedi a un'estremità del mio letto. È stranamente confortevole e confortante essere intrecciata in questo modo alle persone che amo, soprattutto quando ti batte in testa, come nel mio caso, una sbornia terribile.

«Perché le confezioni dei profilattici sono sempre viola e metallizzate?» chiede Bibi tra sé e sé, prendendo pigramente il telecomando e alzando il volume della tv. Il notiziario del mattino della BBC si sente appena di più, ma è sempre noioso e facile da ignorare. «Pensi che un giorno un branco di produttori di profilattici sia rimasto con le mani in mano durante una riunione di marketing e un giovane manager del settore profilattici – che non vedeva l'ora di farsi una bella pausa dai profilattici – si sia sporto con impeto dicendo: "Avete mai pensato a quanto è *sexy* il metallo lucido color viola?"»

«Sono sicura che sia andata proprio così», annuisco con entusiasmo. «Oh, ehi, non pensi che dovresti trovare lavoro nel marketing dei profilattici, Bib?» Attualmente Bibi fa la barista, ma si occupava del marketing per una grande azienda prima che, l'anno scorso, finisse tra gli esuberi. È una vita che cerca di trovare lavoro nello stesso settore, ma a quanto pare i molti anni di apprendistato e la laurea in psicologia sono stati una perdita di tempo costosa e inutilizzabile. Sembra che servano solo a procurarsi lavoro in un pub. Povera, vecchia Bibi, con il suo inutile prestito studentesco di venticinquemila sterline da dover rimborsare.

In realtà, a diciotto anni per poco non commisi lo stesso errore: cominciai la facoltà di Storia per andarmene dopo un solo semestre. Oh, ma non prima di aver speso il prestito studentesco di un anno intero. Non è un problema, però, perché il semestre di studi storici che sto ancora pagando è *assolutamente* alla portata di un'organizzatrice di eventi come me, ve lo dico io. Louise – un'attrice che non lavora mai e vive di fagioli stufati e di tanto in tanto una fetta di pane stantio – rimane saggiamente impassibile ogni volta che ci lamentiamo delle lettere del prestito studentesco che ci inviano tanto per farsi beffe di noi. Siamo delle buone a nulla; il sottoprodotto della generazione dei nostri genitori, che hanno avuto tutto gratis e ci hanno spinto a fare quello che hanno fatto loro, ma senza tutte le droghe leggere che utilizzavano. O le case da tremilacinquecento sterline che li aspettavano dall'altra parte.

Ma non c'è dubbio che i baby boomer ci rimproverino ancora di più per non avere un orientamento.

«Macché», sento il corpo di Bibi fare di nuovo spallucce sotto di me. «Probabilmente i profilattici sono passati di moda. Non li usa più nessuno: persino prendersi una malattia venerea è più divertente dell'usare i profilattici. Tanto varrebbe che trovassi un lavoro per promuovere i CD o i floppy disk.»

«I floppy disk sarebbero un eufemismo?» mormoro, mentre Louise si mette seduta, portando via con sé il calore del suo corpo. All'improvviso le mie gambe si sentono fredde e sole.

«Pensate che i profilattici siano molto nocivi per l'ambiente?» sembra ansiosa. «Sono molto plasticosi e immagino che non si decompongano tanto facilmente.»

Louise è, come dire, appropriatamente pura. Cerca sempre di essere una persona migliore, si preoccupa del mondo e della società; è desiderosa di imparare e insegnare, benché questo significhi soprattutto recitare cose che ha memorizzato dalla pagina Instagram della femminista Florence Given.

«Se lo sono, Esther è personalmente responsabile di gran parte del cambiamento climatico», dice Bibi con un risolino. «Al prossimo summit del G7 dovrebbero parlare della sua vita sessuale.» Mi metto a sedere guardandola in faccia con aria di rimprovero.

«Non è colpa mia se uscire con qualcuno è così terribile», dico. «Faccio sesso con loro solo perché è il modo migliore per sveltire gli appuntamenti noiosi.» Fa un cenno d'assenso, accettando la realtà dei fatti, anche se non esce mai con nessuno. È single da alcuni anni, ma a Bibi non importa. A quella stronza del cazzo *piace* veramente essere single, un'autentica ingiustizia. Soprattutto perché ero così anch'io. Non me ne importava.

«Ho fatto fuori un sacco di profilattici prima di conoscere Sven», Louise è ancora impensierita. «Pensate che dovrei diventare vegana per compensare le copie carbone della mia vagina? Dovrei essere più simile a Greta Thunberg.»

«Oh merda, ti prego *non lo fare*», Bibi crolla sul letto, seppellendo la faccia nel mio piumino. Mi viene in mente di sfuggita che sono secoli che non lavo quelle lenzuola. Mi chiedo che odore abbiano adesso. «Lo so che sta facendo delle cose super importanti, Lou», la voce di Bibi è smorzata dalle lenzuola fetide. «Ma, DIO, immagina quanto deve essere tedioso socializzare con lei. Nessuno vuole essere *amico* di Greta Thunberg.»

Faccio un enfatico cenno d'assenso. «Sì, Lou, prova senz'altro con il veganismo. Ma fallo perché Beyoncé è stata vegana per mezzo minuto, non per essere una brava persona.»

«Ok, Ok», Louise è ancora preoccupata. La riporto nella coccola a tre mentre aggiunge esitante: «Non ho mangiato carne di manzo per una settimana dopo aver visto *Il segreto della sostenibilità ambientale*, questo probabilmente ha aiutato l'ambiente, non vi pare? E mangio bacon solo quando i postumi della sbornia sono *veramente pesanti*, o quando mi consolo col cibo dopo un'altra audizione andata male o una discussione con Sven.»

Mi trattengo dall'alzare gli occhi al cielo perché la verità è che non litigano mai, porca puttana. Sono troppo gentili.

Louise esce con Sven da quasi tre anni e sono, come dire, la coppia più favolosa, più dolce che si possa immaginare, lo dicono tutti.

Ma non sono quel che si dice perfetti, rammento a me stessa. Lo sappiamo tutti che la loro vita sessuale è una noia e che di notte la pancia alle cipolle di Sven tiene sveglia Louise. Ma sono abbastanza uniti da far montare nel mio corpo un accesso di invidia che detesto, ogni volta che vado a sbattere su di loro mentre ridacchiano in soggiorno con quell'appagamento e quell'intimità che possiedono solo le coppie di lunga data.

Naturalmente sono contenta per loro e mi piace vedere la mia amica felice, ma pure uffa, fanculo tutti e due per aver trovato qualcosa che per me si è dimostrato impossibile. Ogni volta è come un cazzotto nello stomaco che mi ricorda cosa mi sto perdendo.

«E così sei andata a letto con lui e sei rimasta per la passeggiata mattutina, ma non ci sarà assolutamente un secondo appuntamento...» Senza fare una piega, Bibi cambia argomento. Conosce la meschina stronzaggine che mi scorre nelle vene quando si tratta della gioia altrui. «...com'è che si chiamava?»

«Andrew», confermo. «Anche se ha passato buona parte del tempo a cercare di convincermi a chiamarlo "And".» Faccio una smorfia. «Non Andy o Drew, o qualche altra derivazione abbastanza comune di Andrew, ma *And.*»

«Pensa un po'...» Bibi non riesce a nascondere il sorriso «...al momento delle presentazioni, sarebbe stato tutto un "Salve, siamo Esther e *And*!" Prova a dirlo ad alta voce senza farti venire un attacco.»

«Non è un nome, è una congiunzione!» Sono indignata. «Tu parla pure, *Belinda.*» Alzo un sopracciglio all'indirizzo di Bibi che si mette a ridere.

«Sbagliato! Non mi chiamo assolutamente Belinda.»

«Mannaggia a te», agito il pugno. «Ehm, Brianna?» Scuote la testa.

Quando Bibi venne ad abitare qui tre anni fa, commise l'errore di confermare che Bibi è soltanto un nomignolo. Non voleva dirci il suo vero nome e da allora cerchiamo di indovinarlo, senza successo.

Louise scuote la testa e si trascina ancora più vicina, aprendo l'enorme vestaglia a nido d'ape per circondarmi. Il suo odore è caldo e familiare e le permetto di farmi da mamma nel suo piccolo. Se in casa nostra Bibi è la voce severa della ragione, Louise è il mio animale da sostegno emotivo. «Mi dispiace tanto, Esty, so che nutrivi grandi speranze per questo appuntamento.»

Mio malgrado, comincio a riempirmi di lacrime.

«Ragazze, sono così stufa di tutto questo», mi servo del cordone della vestaglia per tamponare gli occhi lacrimosi. «Ogni volta mi sembra di farmi delle illusioni, anche se prometto a me stessa di non farlo, e so che è un'idiozia continuare a crederci. Scambio qualche messaggio con le foto di qualcuno che sembra fantastico. Finché non mi presento a un tizio che somiglia e si comporta come se fosse uno zio del mostro di Gloucester addirittura più losco di lui. Mi fa sentire ogni volta così stupida e *amareggiata.* Sono così esausta.»

Bibi mi fa una carezza attraverso la vestaglia, e non è da lei. Di solito non è a favore delle manifestazioni esplicite di solidarietà, le cose *devono* andare proprio male. «Ah, tesoro, negli ultimi tempi *hai* avuto un periodo difficile sul fronte sentimentale.»

«Davvero!» dico e mi sento nobilitata dalla loro solidarietà. «Vi ricordate del ragazzo che non la smetteva di toccarmi i capelli? O del feticista dei piedi che passò tutto il tempo a lamentarsi perché non avevo messo i sandali per uscire con lui? O del no vax che continuava a mettermi addosso calamite da frigo per dimostrami che ero magnetizzata dopo il vaccino anti-Covid? Oh, oppure quel coglione che diceva di non aver bisogno di mettersi il profilattico perché un deodorante spray per tessuti l'aveva reso immune alle malattie veneree.» Tiro teatralmente su col naso. «Poi c'è stato il tipo che, come si è venuto a sapere, lavorava per un progetto di multilevel marketing e trovava le clienti-barra-vittime su Tinder.»

«Non dimenticarti dell'uomo che ha acceso la televisione su un canale porno dopo cinque minuti che eri entrata in casa con lui», aggiunge opportunamente Louise.

Sospiro. «Insomma, faccio tutto quello che ti dicono di fare... *mi metto in gioco.* Resto *aperta* alle possibilità. Sperimento con uomini che non somigliano necessariamente al mio tipo. Sto *abbassando i miei standard.* Sono d'accordo nel vederci una seconda volta anche dopo che hanno lasciato una merda inamovibile nel gabinetto.»

Louise è subito all'erta: «Penso che sia stato lui a romperlo, sai! Da allora non funziona bene».

«Quel tipo era uno sfizio del cazzo», borbotta Bibi, ma non mi rallenta.

«Secondo me avere ventinove anni cambia tutto quando

esci con qualcuno. Gli uomini pensano che tu sia atterrita dalla prospettiva di compiere trent'anni e che in questo momento il tuo orologio biologico sia una bomba, perciò accetterai ogni genere di idiozia o stronzata del cazzo da parte loro. E la cosa triste è che dentro di me penso che l'*accetterei*. Penso che adesso mi accontenterei di un quattro su dieci perché a questo punto sono spaventata.» Ammicco con intenzione, guardando le mie due migliori amiche. «Ma non piaccio proprio a nessuno di questi epici perdenti!»

Hanno già sentito questa arringa, ma continuo a pronunciarla perché *so* che non capiscono. Non del tutto. Bibi è felice da sola e Louise ha Sven. Possono fare tutti i versi di disapprovazione e i mugugni che vogliono, ma non sanno quanto è frustrante essere nei miei panni. Non sanno quanto mi detesto per non sentirmi completa da sola. Quanto detesto non essere abbastanza forte per fare tutto questo senza un Qualcuno. Quanto detesto il fatto che mi piacesse essere single e uscire con gli uomini e ridere di quanto era sgradevole. Non possono capire quanto detesto che l'ultimo anno prima di compierne trenta ha cambiato qualcosa dentro di me; che sento rigirare lo stomaco alla vista dei neonati. Che i miei occhi seguono le coppie anziane per strada chiedendosi se morirò sola. Che fa male fisicamente vedere tutte le mie amiche accoppiarsi, a una a una. Non sanno che ho fatto domanda ad *Amore in cucina*, *Esci con me*, *Primi appuntamenti*, *Matrimonio a prima vista*, *Appuntamento al buio* del «Guardian» e, in un momento di disperazione, persino a *Love Island*, nella remota possibilità che decidano di farne una per trentenni sovrappeso.

A volte desidero tanto intensamente poter dare un rapido sguardo – il più breve! – al mio futuro tra cinque anni. Se potessi soltanto vedere che ho incontrato una bella persona e mi sono sistemata, allora penso che potrei rilassarmi. Potrei godermi la vita per come è adesso, senza andarmene in giro con questo timore costante che mi rosicchia lo stomaco. Il timore che per me non funzionerà. Che *sarò* la sola persona che non incontra mai nessuno.

Un silenzio deprimente cala su di noi. I presentatori del

notiziario della BBC introducono un'altra sezione in cui si parla di un ragazzo impegnato in una raccolta fondi per l'assistenza, parlo di un ente di beneficenza, e studio la macchia gialla di umidità sul soffitto. Si sta allargando – diventa ogni giorno più grande – ma ho troppa paura di quel bullo del nostro padrone di casa per fare qualcosa a riguardo.

Questa mattina mi sento inquieta. Ho quei postumi della sbornia che non si possono veramente chiamare postumi di una sbornia, perché in realtà non mi sento così *male*. Non ci sono né mal di testa né nausea, ma c'è il sentimento costante della disperazione che continua a travolgermi a ondate. Io, Lou e Bibi preferiamo chiamarla sbornia che morde l'autodisprezzo da birra, perché A: ti colpisce a morsi per tutto il giorno, e B: noi non beviamo birra, ma soltanto vino rosato con insolite etichette oltraggiose che ci definiscono «troia alcolizzata» o «vera stronza». Sia come sia, ho la sensazione che la mia vita sia finita – che ho sciupato tutto – e non saprei individuare nessuna ragione che lo spieghi.

A parte quella ovvia, naturalmente: tra qualche mese avrò trent'anni e non ne ho ricavato nulla. Sono secoli che non ho un vero e proprio ragazzo, abito in un appartamento vecchio e marcio e non riesco, per quanto mi sforzi, a rendere un sopracciglio uguale all'altro.

So che dovrei essere contenta della mia condizione di single; *lo so*. Sono una donna adulta con un lavoro divertente e delle amiche che adoro, ma dentro di me c'è qualcosa che si pone delle domande. Si chiede: e se ci *fosse* qualcosa che mi sto perdendo? E se tutte le commedie sentimentali interpretate da Vanessa Hudgens, che guardo dall'inizio alla fine ogni volta che me lo dice l'algoritmo, avessero ragione? Che non puoi avere una vita appagante senza un partner? A volte, di notte, quando sono sdraiata da sola nel mio grande letto, rammento a me stessa quanto sia piacevole; quanto sia bello avere il materasso intero tutto per me, senza doverlo condividere con qualche fidanzato arrapato. Ma, ma, ma. Dentro di me qualcosa continua a desiderare e a sperare.

«Cazzo, è deprimente», Bibi mi leva di torno. «Ho la soluzione.»

Io e Louise ci voltiamo verso di lei, occhi spalancati e speranzosi. Bibi ha sempre la risposta, è così saggia e onnisciente. Troverà al posto mio una soluzione per la mia penosa vita.

Tiene in sospeso la stanza per un momento, concedendole una pausa oltremodo teatrale mentre fa passare lo sguardo tra di noi. E poi svela la soluzione, ed è proprio la risposta giusta.

«Dobbiamo prenderci la sbronza delle dieci del mattino.»

2.

A mezzogiorno entriamo barcollando nello Swan – il pub dozzinale del nostro quartiere – a cinque minuti dal nostro portone.

Dio, amiamo questo posto. Voglio dire, se ti capita di essere a letto alle undici di sera che cerchi di dormire mentre orde di idioti ubriachi gridano fuori dalla finestra, è un incubo abitare così vicini a un pub. Ma, per fortuna, di solito siamo qui, siamo noi l'incubo.

Non è che sia un bel bar. In realtà è assolutamente repellente. Tendiamo a chiamarlo lo Swab, il tampone, invece che lo Swan, il cigno, perché, detto sinceramente, ci sarebbe bisogno di un'intera serie di esami nell'ambulatorio gratuito del quartiere dopo aver consumato una cosa qualsiasi nel locale. Ma la consuetudine alimenta il disprezzo e l'appagamento. È il *nostro,* disgustoso, centro per le malattie e non sopportiamo che se ne parli male. A meno che non siamo noi a farlo.

Bibi ci porta da bere – vino rosato e ingiurioso come da manuale – e ci accomodiamo in un séparé d'angolo. Siamo i primi e gli unici avventori, e siamo abbastanza ubriache da esserne orgogliose.

«ODIO GLI APPUNTAMENTI», grido nella sala vuota e uno spaventatissimo Franco – il gestore del pub – si acquatta un pochino dietro il bar. Ci conosce. Sa che da ubriache siamo casiniste e aggressive. Una volta, per errore, il pover'uomo mi ha anche visto nuda, ma quella è tuuuutta un'altra storia.

«ANCH'IOOOOO PRIMA DI SVEN», urla Louise e ridacchiamo entrambe.

«NON HO SALDE OPINIONI IN PROPOSITO PERCHÉ NON VADO MAI AGLI APPUNTAMENTI», strilla Bibi e crolliamo tutte da un lato all'altro del séparé.

«Questo che cos'è?» Un'intontita Louise allunga una mano dietro di sé ed estrae una rivista incastrata sotto i cuscini rosa shocking dell'angolo. La lancia a Bibi, che me la tira.

Mi atterra in grembo e la sbircio con gli occhi lacrimosi da ubriaca. È una vecchia copia malconcia di «Cosmour», la rivista migliore degli anni Novanta e dei primi anni Duemila. Ero abbonata finché, qualche anno fa, non è scomparsa e rivederla agita dentro di me sentimenti di tutti i tipi. Curiosa, studio i margini piegati e gli strilli di copertina sugli orgasmi e i Talebani. Non riconosco quel numero.

«Oh, ma figurati, adoravo "Cosmour"!» grida Louise, avvicinandosi lentamente nel séparé per guardare da sopra la mia spalla.

«Anch'io», rido, sfogliando le pagine. Tanto divertimento e nostalgia tornano a riverberarsi su di me. Mi fermo quasi a metà su un articolo vivacemente illustrato con un titolo che cattura lo sguardo.

«Leggilo per noi!» Louise batte le mani e persino la vecchia, cinica Bibi mi lancia un sincero sguardo di incoraggiamento.

Mi schiarisco la gola e comincio con la mia voce migliore da persona adulta.

I SETTE RAPPORTI CHE OGNI DONNA SPERIMENTA NELLA RICERCA DELL'UOMO GIUSTO

La ricerca afferma che tutte noi sopportiamo lo stesso tipo di storie d'amore nel corso della vita.
Demi Doris, giornalista di «Cosmour», le analizza per noi.

«Ehm, Bibi, oggi hai intenzione di lavorare?» Una voce dal tono nervoso interrompe la mia lettura e ci voltiamo all'unisono a guardare in cagnesco Franco.

Vi ricordate quando ho detto che Bibi fa la barista? Tecnicamente lavora qui. E dovrebbe cominciare il suo turno.

«Magari sì, Franco», farfuglia, molto evidentemente – come direbbe mia nonna – ubriaca fradicia.

«Ehm, bene», lui serra le labbra, incapace di esercitare fino in fondo un qualche tipo di autorità. «Ok, ma solo cinque minuti, d'accordo?»

«Grazie tante e vaffanculo Franco, molto ragionevole da parte tua», risponde di getto Bibi lanciando l'insulto con leggerezza. Lo squadra finché lui non si allontana spaventato, strascicando i piedi.

«Accidenti, dovresti essere più gentile con lui», dice Louise, sempre la migliore tra noi.

«È un coglione», commenta Bibi, mentre Louise fa un risolino, tornando a voltarsi verso di me nel séparé. «Continua a leggere», dice con insistenza, eccitata.

I SETTE RAPPORTI CHE OGNI DONNA
SPERIMENTA NELLA RICERCA DELL'UOMO GIUSTO
La ricerca afferma che tutte noi sopportiamo lo stesso tipo
di storie d'amore nel corso della vita.
Demi Doris, giornalista di «Cosmour», le analizza per noi.

Le donne hanno in comune una quantità di cose deprimenti: le mestruazioni, gli strani peli sui capezzoli, un salario inferiore a quello maschile per svolgere lo stesso lavoro (uffa, non pareggiamolo proprio adesso). E ora dobbiamo aggiungerne un'altra all'elenco: gli schemi dei nostri rapporti. Nuove ricerche hanno scoperto che tutte noi – più o meno – tolleriamo relazioni dello stesso tipo prima di decidere qual è l'Uomo Giusto. Ma, che si tratti dell'amico con cui avete scopato solo perché era lì, o del collega con cui eravate sicurissime che fosse un errore avere una storia, il vostro grande amore è uno di loro: È UN DATO DI FATTO.

Affascinata, scorro verso il basso, esaminando i sette riquadri che descrivono in dettaglio i diversi tipi di rapporti: il Primo Amore; l'Errore sul posto di lavoro; la Sovrapposizione; l'Amico con cui andare a letto; l'Occasione mancata; il Bastardo e il Serio.

«Ah!» Louise sta ancora leggendo da sopra la mia spalla. «Ne ho avuti alcuni. Ve lo ricordate Gabriel, quel tizio della pantomima a cui ho preso parte anni fa? Quello che mi disse che il suo pene era allergico ai profilattici e poi mi trasmise la sifilide? Parlando di errori sul posto di lavoro!» Ride e mi appoggia la testa sulla spalla con affetto, ma in realtà non sto ascoltando. Sto pensando; contando.

Il Primo Amore
L'Errore sul posto di lavoro
La Sovrapposizione
L'Amico con cui andare a letto
L'Occasione Mancata
Il Bastardo
Il Serio

Mentre guardo e riguardo le parole, nelle mie orecchie parte un rombo. Adesso leggo esaurientemente i riquadri, assorbendo le parole, le descrizioni particolareggiate. Mi rendo conto appena che Bibi si allontana e ritorna, sbattendo sul tavolo una bottiglia rosa intenso che non ha assolutamente pagato. Prende posto davanti a noi, ignorando gli sguardi ansiosi di Franco all'altro capo della stanza.

«Versa tu.» Spinge il vino verso Louise, che è felice di prendere le redini e versa il liquido nei bicchieri.

Alistair, Carl, Alex, Paul, Idris, Will e Rich.

Tutti i miei rapporti, tutte le relazioni – reali, stupide, intense, assurde, orribili, strappacuore, illuminanti, sciocche, sexy – sono lì, sulla pagina. *Il Primo Amore, l'Errore sul posto di lavoro, la Sovrapposizione, l'Amico con cui andare a letto, l'Occasione Mancata, il Bastardo, il Serio. Alistair, Carl, Alex, Paul, Idris, Will* e *Rich.* Forse non nell'ordine giusto, ma sono tutti lì. Rileggo i particolari di ciascuno e il rombo nelle orecchie diventa un colpo di tamburo, mi riempie la testa di tutte le loro voci contemporaneamente: implorano, ridono, odiano, scopano, mi scaricano, vengono scaricati. È terribile.

Tiro Louise per la manica, ma alza a malapena lo sguardo. Sta pubblicando l'etichetta del vino su Instagram. «Si sente proprio il sapore della vera stronza», dice solennemente a Bibi mentre fanno tintinnare i bicchieri.

«Ragazze», dico a bassa voce, e poi ripeto, più forte: «*RAGAZZE*». Si voltano, mi guardano, allarmate dal mio tono. Do un colpetto alla pagina, mentre mi prende il panico. «Ho avuto tutti questi rapporti, *tutti.* Fino all'ultimo.» Mi mostrano uno sguardo inespressivo, perciò aggiungo disperatamente: «Ed è tutto quello che si può avere!».

«Di cosa parli?» Bibi mi guarda di sbieco, irritata. «Cosa vuoi dire con "è tutto quello che si può avere"?»

«Voglio dire», le rivolgo un'occhiataccia. «È per questo che negli ultimi sei mesi ho avuto degli appuntamenti spaventosi. È per questo che l'universo continua a mandarmi uomini convinti che indossare la *indoor scarf* sia un tratto della personalità. È perché ho già avuto tutti quei sette rapporti – *proprio quelli!* – e uno di loro avrebbe dovuto essere quello *Giusto.* Li ho esauriti! Adesso che ho utilizzato la mia quota di partner, non troverò mai l'Uomo Giusto. Oddio», mi metto la testa tra le mani e gemo: «Ho avuto davanti i miei possibili Uomini Giusti e li ho scartati tutti!».

«Non può essere giusto», Louise ride nervosamente e mi prende la rivista, sbirciando con circospezione la pagina. Sembra scossa.

«No, parlo sul serio, ragazze.» Faccio passare lo sguardo dall'una all'altra, con la sensazione di avere gli occhi spalancati, ma sentendomi improvvisamente molto sobria e sicura di me stessa. «Non capite. Quelle erano le mie occasioni, le mie sole occasioni.» Faccio una pausa mentre qualcosa mi solletica i recessi del cervello. E se… no, sarebbe terribile. Una cosa spaventosa, stupida, traumatizzante, assurda.

Ma, e se fosse l'unica possibilità?

E se fosse l'unico modo per trovare l'Uomo Giusto? E se il *non* farlo mi destinasse ad anni di terrore ogni volta che si avvicina la stagione dei matrimoni? Anni in cui dovrei implorare Bibi di farmi da accompagnatrice alle feste di lavoro? Anni in cui Judy, la zia settantottenne per parte di padre, continuerebbe a chiedermi nei biglietti inviati per Natale e per i compleanni se «finalmente» mi sono sistemata? A quella megera restano ancora *anni* per spargere veleno.

Torno a guardare le pagine della rivista patinata. È lì, in bianco e nero. Le ricerche affermano che hai solo sette possibilità in amore. Vuol dire che gli scienziati hanno indagato sull'argomento. Persone in possesso di una laurea, che indossano camici bianchi e somigliano al direttore dell'Istituto superiore di sanità. *Devono* sapere di che cosa parlano.

So cosa devo fare. È la sola cosa che *posso* fare.

Louise aspetta con attenzione, a occhi spalancati, le parole che dirò. Bibi toglie una gomma dal bordo del tavolo, completamente disinteressata.

Faccio un altro respiro. «Lou, Bibi. Penso che dovrò trovare i miei ex.»

«Quale?» Louise alza lo sguardo, confusa.

Torno ad abbassare lo sguardo sull'articolo, le immagini vivide diventano indistinte e si fondono.

Deglutisco. «Tutti.»

Sgrana gli occhi mentre le prendo la rivista e la chiudo.

Così è. Questo è quello che devo fare, questa è la risposta; questa è la ragione per cui non riesco a trovare marito... perché l'ho già trovato. Devo soltanto ri-trovarlo.

E so esattamente da chi cominciare. L'unico da cui posso cominciare.

Alistair Morris.

Ex n. 1: Alistair Morris
altrimenti detto il Primo Amore
Parte prima

St. Jude's Comprehensive School
Il deposito delle biciclette
12.40

«EHI, FANNY ADAMS, ALISTAIR MORRIS DICE CHE SEI IL TIPO GIUSTO.»

Sputo l'Apple Tango sull'asfalto, girandomi e atterrando in una sorta di mezza accovacciata. Di solito il suono del mio nome – o di quella variante del mio nome usata per gran parte del secondo anno delle superiori – è accompagnato dal calcio di un pallone diretto alla mia testa. Ho imparato a schivare.

Louise fa un passo avanti, assumendo il suo ruolo di seconda migliore amica e portavoce. «TU COSA?» urla di rimando a Nick Wilde, che frequenta il nostro stesso anno, dall'interno del suo enorme piumino grigio metallico. Shelley, trainata dal braccio di Louise in cui ha infilato il suo, partecipa con entusiasmo. «SÌ», grida con il suo caratteristico tono australiano, «COS'HAI DA DIRE SU ESTHER?»

Dall'altro lato del cortile, Nick – attorniato da tre o quattro ragazzi della squadra di calcetto con i capelli da punk – ride come un matto. Con le mani a coppa sulla bocca, ci riprova.

«HO DETTOOOOOOOOO», intensifica l'enfasi sulla "o", «CHE AD ALISTAIR», breve pausa per indicare uno del gruppo che si è acquattato dietro, «PIACE LA ADAMS!»

Tutto il mio corpo avvampa. Mi sollevo con i nervi a fior di pelle, abbassando lo sguardo sulla quindicenne spaventosamente goffa che sono, dentro l'imitazione di una giacca Ellesse comprata a un banco del mercato. Questa è una situazione senza precedenti. Non attiriamo mai questo genere di attenzioni. Noi tre – io, Shelley e Louise – cerchiamo sempre di farci notare e nello stesso tempo cerchiamo sempre di essere invisibili.

Louise si volta a guardarmi, una schietta meraviglia si produce sul suo viso. Il suo cappotto non ha il colletto e sembra senza collo, paralizzata dall'indecisione.

«Hai sentito?» sibila Shelley mentre mastica il chewing-gum. «Alistair Morris della squadra di calcio, Esther! Quella a *cinque giocatori*, Esther!»

A me non succedono cose del genere. Non succedono nemmeno a Shelley o a Louise. Per niente. Noi tre siamo le migliori amiche una dell'altra dalla seconda media prevalentemente perché non piacciamo a nessun altro. Unite dalla nostra condizione di outsider, passiamo la maggior parte del tempo quaggiù, vicino al deposito delle biciclette, fingendo perennemente di fumare l'unica sigaretta che abbiamo rubato un mese fa al fratello maggiore di Lou.

«Deve essere uno scherzo», bisbiglio, ma sotto la divisa scolastica sono agitata da una sensazione sconosciuta. Alistair Morris è così in forma. Somiglia a Charlie Simpson dei Busted.

Louise torna a voltarsi verso Nick, che adesso è distratto da una gara di spintoni con un altro ragazzo della squadra.

«EHI NICK», grida lei e lui si volta. «CI STAI PRENDENDO IN GIRO?»

Lui ride e borbotta qualcosa a uno degli altri ragazzi prima di rispondere.

«NO! SUL SERIO, AD ALISTAIR PIACE MOLTO LA TUA AMICA, DILLE DI VENIRE QUI, VUOLE, ECCO, CHIEDERLE UNA COSA, VA BENE?»

Louise e Shelley mi guardano fisso e io restituisco lo sguardo. Non sappiamo assolutamente come gestire la situazione. In precedenza, abbiamo ricevuto qualcosa che somiglia all'attenzione di qualcuno durante l'ultimo quadrimestre, quando Jodie Matthews dell'11 BG ha sentito mio nonno chiamarmi Fanny Adams mentre mi accompagnava a scuola. È solo lo stupido vezzeggiativo con cui mi chiama perché di secondo nome faccio Annie, ma Jodie e Janey Thompson l'hanno preso sul serio. L'hanno cercato su internet e si è scoperto che in realtà il nomignolo deriva dall'assassinio di una bambina di otto anni nell'Ottocento. Fanny Adams fu fatta a pezzi con così tanta crudeltà che i marinai presero a riferirsi al loro stufato di carne chiamandolo la Dolce Fanny Adams. Perciò da allora tutti hanno cominciato a chiamarmi Fanny Adams, cosa che non mi dà per niente fastidio. Va bene così.

«Dovremmo andare lì?» dice ancora tra i denti Shelley e mi stringo nelle spalle in modo un po' maniacale.

«Non lo so!» mi batte forte il cuore. «Pensate che sia uno scherzo? Se ci andiamo, ci tireranno su la maglietta o faranno vibrare le bretelle del reggiseno?»

Diamo un'occhiata alle enormi giacche imbottite che portiamo. Non ci sono molte possibilità di accesso.

«Penso che dovremmo», fa cenno Lou, piena di spavalderia, ma noto che le trema il labbro inferiore. «Se *è* uno scherzo, possono prenderci in giro in qualunque momento, giusto? Perciò possiamo tranquillamente sbrigarcela, non ti pare? E...» si avvicina talmente che sento sul viso il suo fiato caldo, «...se fosse vero? Se piaci *davvero* ad Alistair Morris?» Torniamo a guardare dall'altra parte. Il gruppo dei ragazzi sta ridendo e calciano gli uni gli zaini degli altri come se fossero palloni. Alistair è a breve distanza, guarda nervoso dalla nostra parte, poi allontana rapidamente lo sguardo.

«Ok», esalo e ci prendiamo intenzionalmente a braccetto. Muovendoci con lentezza e circospezione, come se stessimo superando le trincee per andare in battaglia, attraversiamo il cortile. Un centinaio di occhi interessati di studenti del nostro anno ci osserva e mi sento più debole a ogni passo. Soltanto Lou alla mia destra e Shelley alla mia sinistra, entrambe forti e a testa alta, mi tengono in movimento. A circa sei metri dai ragazzi ci fermiamo, buttiamo a terra gli zaini risolute, come se avessimo deciso per capriccio di scegliere un posto nuovo per l'intervallo del pranzo.

Nick si volta verso di noi. «Ehi, Fanny Adams, Alistair ti piace o cosa?»

«Chiudi IL BECCO, Nick!» gli sibila Alistair e Nick lo schernisce. I ragazzi cominciano a spingere Alistair fino a costringerlo ad avanzare in prima fila. Oppone una resistenza minima e si affloscia quando viene abbandonato ai miei piedi dagli amici.

«VAI RAGAZZO MIO», urla uno dei ragazzi e resisto a ogni impulso interiore che mi grida di scappare. Sento Louise al mio fianco tremare di paura, mentre Shelley freme eccitata per tutte quelle attenzioni. Gli studenti del nostro anno osservano; un cortile ridotto al silenzio dall'Avvenimento.

«Tutto bene, Esther?» chiede Alistair Morris a bassa voce. «Tutto bene, Louise? Tutto bene, Shelley?»

«Oh mio Dio, Alistair Morris sa come ci chiamiamo», dice Louise a un volume che probabilmente voleva essere molto basso.

«Chiudi il becco, Lou», sbotta Shelley, che è sempre la più tranquilla se messa sotto pressione.

Mi schiarisco la gola, pregando disperatamente che la mia voce non squittisca.

«Ti ho aggiunto su Bebo», borbotta lui, dando dei calci alla terra, e davanti a me l'immagine tremola. La mamma non mi permette di usare internet in casa con l'eccezione del sabato, come farò ad accettare la richiesta di amicizia?

«Grande», dico, incapace di riuscire ad aggiungere qualsiasi altra cosa.

«Vuoi un Monster Munch?» Mi offre il sacchetto mangiato a metà. Gli scricchiola in mano ed è il suono più erotico che abbia mai sentito.

«No», replico con voce fioca. «Ho dell'Apple Tango. L'Apple Tango mi piace tantissimo.»

«Grande», approva con un cenno e penso che capisca quanto è fantastica l'Apple Tango.

Adesso c'è un vero e proprio cerchio di spettatori, tutti che guardano e aspettano. L'aria è densa di aspettative e colgo un'imitazione di Borat sussurrata da qualcuno: «Alistair Morris pensa che Fanny Adams sia *beeella*!».

«Io, ehm...» non finisce la frase e trattengo il respiro, assorbendo il potente aroma del dopobarba Lynx Africa e dei suoi capelli, così lucidi di gel. «Mi chiedevo se ti andava di essere, non so, la mia ragazza, una cosa così.»

Louise non riesce a trattenersi e trapela il basso ronzare di uno squittio. «Ehmmmm, ok, sì», rispondo alla fine e la mia voce sembra lontana mille miglia. Mi batte forte il cuore e sento il sudore gocciolare sulla schiena sotto la divisa scolastica e gli strati del giaccone. Per sostenermi, Shelley serra il suo braccio nel mio. Sto già pensando a dissezionare l'accaduto con entrambe quando saremo a casa mia dopo la scuola. È proprio vero? Sono veramente qui?

«Bello», fa un bel po' di cenni con la testa e poi si concede in un mezzo sorriso. Ha l'incisivo storto e decido che sarà la cosa di lui che preferisco. La cosa che preferisco di Alistair Morris, il *mio ragazzo.* Più tardi, quando parlo con Louise e con Shelley, il tono più o meno è questo: «Ha il più bello dei sorrisi, amo il suo dente storto, è la cosa di lui che preferisco, capite?».

Alistair Morris è il mio ragazzo, Alistair Morris è il mio ragazzo.

Lui si morde il labbro e sorride col mio nuovo sorriso prediletto. «Posso avere il tuo numero?»

«Grande, sì, certo», sono agitata mentre passo l'Apple Tango a Shelley. Estraggo il mio telefono a conchiglia e leggo il numero nei miei contatti.

Siamo fidanzati. Ho un ragazzo. Non ci posso credere. Ci innamoreremo, di fatto lo amo già. Saremo l'invidia di tutti gli studenti del nostro anno. Parleremo ogni giorno, tutto il giorno ogni giorno, imparando tutto sull'altro. Saremo follemente innamorati e da vecchi – a vent'anni, diciamo – ci sposeremo e al matrimonio dirò alla gente che il suo sorriso è sempre stata la cosa che preferisco.

«Ti mando un messaggio», dice, tirando più in alto lo zaino sulla spalla. «Ci vediamo», accenna in modo formale a Louise, poi a Shelley, prima di tornare nel suo gruppo. Lo salutano con un'acclamazione e qualche pacca sulla schiena. Uno della combriccola fa un'altra imitazione di Borat.

Il mio *ragazzo*, Alistair Morris! Saremo fantastici insieme, lo renderò tanto, tanto felice. Sarò così eccezionale che non avrà mai voglia di scaricarmi. Oh mio Dio, non ho mai pensato che avrei avuto un ragazzo, sono stata cosììì sola. Tutte le altre studentesse di seconda hanno il ragazzo da… ecco… dalla terza media! Finalmente la mia vita è completa.

3.

Bibi fa un cenno di incoraggiamento mentre schizzo sul retro della rivista l'Albero delle teste di cazzo con i miei ex. Gliela consegno e la studia, cercando di distinguere i particolari che ho scritto di sghimbescio su un annuncio dei cosmetici Kardashian.

Dà una tirata alla sigaretta elettronica. Il puzzo di fumo aromatizzato al lampone è peggiore di quello normale. «E così, comincerai dal principio? Dal primo ragazzo?»

Louise salta su e giù sul sedile. «Aaaaah Alistair Morris! Oh mio Dio, sembra che tutto sia successo una vita fa!»

Bibi le dà un'occhiata cupa. Non le piace che vengano fatte allusioni evidenti al fatto che io e Louise ci conosciamo da più tempo; che Louise sia – implicitamente – l'amica originale; che Bibi riempia il vuoto lasciato da Shelley che ci ha scaricato. Deglutisco a fatica al pensiero di Shelley.

«Era così carino e avevate un rapporto così tenero», Louise si ferma, rivolgendo a Bibi un sorriso malizioso. «*Non facevano altro* che pomiciare, Bib, non ti puoi nemmeno immaginare che spreco di saliva. In seconda e in terza, Esther era pericolosamente disidratata.» Torna a voltarsi verso di me mentre Bibi esplode in una risata. «Come farai a trovarlo, Est?»

La schernisco. «Come fanno tutti quelli che trovano un compagno di scuola.» Mi guarda in modo inespressivo, perciò aggiungo: «Facebook».

Con le mani tremanti, apro Facebook Messenger, cerco il suo nome.

Eccolo.

Alistair Morris è stato la sola nota positiva del mio periodo scolastico. Era molto, molto più popolare di Lou, di Shelley e di me – la star della squadra di calcio – ma era ben più che un idiota fissato con gli sport. Era gentile, simpatico e una specie di pirla che doveva fingere di non essere intelligente com'era in realtà per conservare il suo ruolo nella gang dei ragazzi fichi. E quando si accorse di me – quando cominciai a piacergli – ipotizzai che questo avrebbe cambiato la mia intera esistenza.

Potrebbe ancora cambiarla?

Alistair è – come minimo – un punto di partenza decoroso per questa missione. Una persona inoffensiva, amabile, con cui sarà veramente bello riallacciare i rapporti.

Comincio a digitare.

Esther Adams online
Ciao, Alistair, scusami se mi faccio viva così dopo tutti questi anni... assurdo, lo so!

Mi fermo.

«Dovrei metterci un LOL?» domando con ansia. Louise e Bibi rispondono simultaneamente.

«Assolutamente sì!»

«Decisamente no!»

Si osservano reciprocamente in modo seccato.

«Magari una faccina sorridente?» propongo cautamente e rispondono con un solenne cenno d'assenso.

Esther Adams online
Ciao, Alistair, scusami se mi faccio viva così dopo tutti questi anni... assurdo, lo so! ☺ Mi sono chiesta come stai e se ti vanno bene le cose. Mi piacerebbe bere qualcosa con te e a un certo punto rivederti come si deve, ti va? Esther

Mi fermo di nuovo.

«So che come mossa iniziale non è tra le mie più riuscite, ma va dritta al punto, giusto?»

Fanno spallucce.

«Va bene», dice Louise con un cenno di incoraggiamento.

«Sì», concorda Bibi fiduciosa. «Non puoi metterti a fare battute finché non sai chi è lui adesso. Non gli parli, che dico, da undici anni. Da adulto potrebbe essere completamente privo di senso dell'umorismo.»

«Dovrei aggiungere un bacio?» domando, ma Bibi ha già allungato la mano e premuto l'invio. Noi tre fissiamo lo schermo e nel mio stomaco si palesa l'orrore mentre vedo il suo nome accendersi con un puntino verde. È online.

Oddio, oddio, oddio.

La sua risposta è quasi istantanea e Louise resta teatralmente senza fiato non appena compaiono le parole.

Alistair Morris **online**
Vaffanculo, Esther

Oh.

Forse non sarà così semplice come pensavo.

Ex n. 1: Alistair Morris
altrimenti detto il Primo Amore
Parte seconda

La casa dei miei genitori
La mia camera da letto
23.45

«Ma che cazzo, stai zitto, va bene?» sibilo, tirandomi le coperte sulla testa. «I miei genitori sono in fondo al corridoio e sai che papà ci ucciderà a sangue freddo se ci scopre.»

«Ma probabilmente la mamma ci incoraggerebbe», sogghigna Alistair, il mento adorabile illuminato dalla luce del mio telefono.

«Bleah, volgare. *Non ci provare*», rabbrividisco, disponendo sopra di noi le coperte a forma di tenda per riuscire a far funzionare meglio il telefono.

«Prova con YouTube», suggerisce Alistair, avvicinandosi. «È probabile che abbiano dei tutorial.»

Apro la casella di ricerca e digito: «Mettersi un profilattico in modo che non ci siano assolutamente bambini». Invio.

«Fiu, ce n'è a tonnellate.» Passo in rassegna i risultati della ricerca e clicco sul secondo dall'alto. Una volta qualcuno mi disse che se vuoi fare una cosa da adulti quando sei al ristorante, devi ordinare il secondo dei vini più economici del menu – voglio dire, invece di ordinare automaticamente il più economico – e applico la stessa filosofia ai risultati della ricerca. Dopo tutto, tra quattordici minuti avrò diciassette anni, perciò è ora che faccia le stronzate degli adulti.

Compreso, dopo lunga attesa, il sesso con Alistair Morris.

Guardiamo il video e tento di non rimanere sconcertata di fronte all'oggetto viscido tra le mani della donna. È mega schifoso e sono inorridita all'idea di usare una di quelle cose durante questa notte super romantica.

Ancora non riesco a credere che sto finalmente per perdere la verginità.

«Mr. Havana non ti ha insegnato tutto questo nell'aula dell'appello?» chiede Alistair dopo aver guardato il video per un altro minuto. La sua voce è indecifrabile.

«Puah.» Mi sposto sotto le coperte. Qua sotto si sta facendo caldo. «Come SE l'avessi guardato quando ha spiegato questa roba! Shelley ha dovuto dirmelo dopo. A quanto pare aveva un profilattico, ma poi non è riuscito a infilarlo sulla banana. Gli è rimbalzato in faccia, tutta la classe è impazzita. In più, ci scommetto che mr. Havana non ha mai fatto sesso nella sua vita: ha i *peli nelle orecchie*, per l'amor di Dio, Alistair. Probabilmente è per questo che se l'è cavata così male con il profilattico.»

«Ho sentito da Nick che mr. Havana ha sedici bambini», mi dice solennemente lui. «E sua moglie è una famosa attrice di Hollywood.»

«Non *ci credo*!» Sono fremente. «Chi vuoi che se lo sposi, o che addirittura faccia dei figli con lui?» Rabbrividisco sotto le coperte bollenti. «Comunque, non voglio correre il rischio di rimanere incinta o beccarmi una di quelle malattie veneree.»

Sento Alistair che mi guarda nel buio. «Esther, sai che sono vergine anch'io.»

«E allora?»

«Allora non ho nessuna malattia venerea. Non ci *nasci*.»

Non so se è vero, perciò non dico niente.

Il video di YouTube termina e torno a guardare il pacchettino quadrato tra noi; somiglia tanto a una carta di caramella. Restiamo sdraiati in silenzio per un minuto.

«Ok», dico alla fine. «Penso che sia tutto piuttosto semplice. Lo, ehm, lo facciamo?»

«Mmm, pensi che prima potrei uscire da sotto le coperte, solo per un minuto?» domanda Alistair educatamente. «Qui sotto fa un caldo terribile.»

«Va bene», rispondo leggermente impaziente. «Ma il sesso si fa sotto le coperte, è così che funziona. In più smorzerà i rumori da animale selvatico che a quanto pare farò.»

Siamo rossi in faccia alla tenue luce della lampada del comodino.

«Dovremmo baciarci?» domanda esitante e annuisco in tono autorevole. Dopo tutto, l'intera faccenda è sotto la mia responsabilità. Sono io che ho deciso di essere finalmente pronta per il sesso, e sono io che ho fatto tutte le ricerche.

«Sì», il mio tono è professionale. «Sembra che i preliminari siano molto importanti.»

Si sporge, il suo peso grava sul mio corpo. Mi fa sentire meglio; è una sensazione conosciuta. Questa è la parte facile. Ci siamo baciati tanto, voglio dire *tanto, tantissimo.* Louise e Shelley ci punzecchiano costantemente per impedirci di farlo davanti a loro, ma non posso farne a meno. Lui mi piace tanto.

Ha la mano sulla mia tetta. Anche quello va bene. Quello l'abbiamo già fatto... e altre cose! Ci siamo toccati le parti intime e qualche volta mi sono anche messa in bocca il suo pisello. La prima volta sapeva di sapone, le volte successive di sudore. Non sapevo per quanto tempo farglielo e avevo paura che mi venisse in bocca, perché Shelley aveva detto che a una donna del talk show di Jeremy Kyle era cresciuto un bambino in bocca dopo aver fatto un pompino. Perciò avevo smesso dopo due minuti.

Però mi piaceva che piacesse tanto ad Alistair.

Aveva fatto anche sesso orale con me e so di aver avuto un buon sapore perché mi ero spruzzata direttamente sopra e dentro un mucchio – *un mucchio* – di profumo preso al Body Shop. Dopo avevo avuto una bella infiammazione, ma era meglio quella piuttosto che pensasse che sapevo di pesce o di qualsiasi altra cosa dicano sulle vagine i ragazzi del nostro anno. Che mi chiamino *Fanny Adams* è già abbastanza sgradevole, ma *Fanny Adams Che Sa Di Pesce* sarebbe tanto peggio.

«Ci togliamo le mutande?» sta ancora bisbigliando, ma lo zittisco di nuovo perché non si sa mai.

«Sì, Ok.» Do uno strappo agli slip, calandoli sopra le ginocchia e i piedi, mentre Alistair fa la stessa cosa. Adesso sono nuda come non sono mai stata con lui; ho indosso solo un reggiseno nuovo e la vagina rasata a metà. Avevo intenzione di radermi del tutto, ma ho rinunciato dopo un taglio di troppo. Spero ardentemente di aver preso tutti i pezzettini dei fazzoletti di carta che ho usato per fermare il sangue.

«Ti monto sopra?» Alistair fa un gesto nella semioscurità e annuisco. Ho visto tutte le diverse posizioni su internet, ma non voglio provarle. Non ancora. Quella principale, la posizione del missionario, è perfetta per l'occasione.

Si sposta sopra di me e sento il pisello duro contro la mia coscia. Questo è romantico, rammento a me stessa. Ci amiamo, è naturale e normale, lo fanno tutti! Mi piacerà! Mi piacerà fino in fondo! All'inizio farà male, poi però sarà fantastico e avremo orgasmi multipli.

In più, mi lascerà se non gliela do subito. Ha aspettato tanto ed è stato così gentile e paziente, mentre tutti gli altri studenti del nostro anno l'hanno fatto, che so, con venticinque persone a testa.

Sento la sua mano che giocherella con le nostre parti intime e poi la sensazione di una spinta, come se stessi facendo il contrario della pupù.

«È dentro?» bisbiglia e annuisco, con un malessere che irradia dall'inguine.

«Sì, penso di sì.»

In seguito mi sento indolenzita, ma euforica e adulta. Mi serra la mano e dice che mi ama tanto. So che parla sul serio, ma mi raffiguro anche la bellissima ragazza per cui mi scaricherà un giorno non lontano.

Alistair si gira per smaltire il profilattico usato in una busta di plastica di Tesco. La nasconde nello zaino e si volta verso di me. «L'anno prossimo, quando andrai all'università, non fuggirai con un altro, vero?» sorride al buio, la sagoma visibile mentre sale di nuovo sul letto caldo, e adesso appiccicoso.

«Certo che no», gli stringo forte la mano. È appiccicosa anche quella. Come se potessi mai lasciarlo, lo amo così, così tanto.

Sarà lui a lasciarmi.

4.

Avete presente quando date il primo morso a qualcosa di dolce e tutta la bocca si riempie di saliva? Succede la stessa cosa quando sento la sua voce dietro di me.

«Vuoi sempre Malibu e Coca?» Mi giro sulla sedia, per poco non la rovescio, e sento un tuffo allo stomaco quando lo vedo.

Alistair Morris.

È proprio lui. È praticamente lo stesso di dieci anni fa, ma sembra più che altro il proprio fratello maggiore, ha un senso questa cosa? Come se avesse un fratello maggiore, cosa che non ha, solo delle sorelle che mi ignoravano. Sembra più vecchio in un modo assolutamente indefinibile. Non che abbia le rughe o la stempiatura. È ancora lo stesso, vecchio Alistair, sempre mezzo sorridente con quel delizioso dente storto. Sempre vestito un po' troppo elegante – in particolare per questo sudicio pub nel centro di Soho – e sempre un pizzico impacciato, in modo adorabile, con degli arti troppo lunghi di cui non sa che fare. Non c'è niente di visibilmente diverso in lui, eppure è diverso. Adesso è un adulto.

Rido perché capisco la sua domanda. «Adesso sono passata soprattutto al vino», rispondo, alzandomi in piedi e allungandomi istintivamente per un abbraccio. «Il Malibu è un po' da adolescenti primi anni Duemila, non credi?» Il nostro abbraccio dura una frazione di secondo di troppo e mi scosto, ho ancora addosso il suo odore. Smuove qualcosa nello stomaco e combatto l'impulso di leccarmi le labbra.

«In realtà, per noi ho ordinato una bottiglia», faccio un

gesto verso il tavolo. «Ma posso prenderti qualcos'altro se non sei amante del vino.» Rido nervosamente perché è strano chiedere a qualcuno di cui in passato conoscevo ogni centimetro – dentro e fuori – se gli piace il vino.

Il fatto certo è che allora, quando eravamo adolescenti, beveva vino. Ma solo quando erano due bottiglie per quattro sterline e solo quando uno di noi si ricordava di portare al parco un cavatappi. Cosa che nessuno dei due faceva mai. Il Malibu e la Coca vennero dopo, quando ci avvicinavamo entrambi ai diciotto anni e potevamo entrare nei bar. Il nostro ultimo anno insieme.

«Il vino mi sta bene», sorride apertamente, facendo lampeggiare di nuovo il famigerato dente irregolare che amavo con tanta tenerezza. «Sono contento che tu non abbia preso il rosso», continua. «Ultimamente mi dà un terribile dopo sbornia!»

Sorrido educatamente e bevo una lunga sorsata dal mio bicchiere, provando un'ondata di irritazione. Stasera volevo sentirmi di nuovo un'adolescente... un'adolescente convinta che il dopo sbornia consista nel vomitare liquido verde addosso a qualcuno che tuttavia sbaciucchierò mezz'ora dopo, e svegliarsi il giorno successivo smaniosa di rifarlo. Non voglio che mi si ricordi che adesso siamo vecchi. Vecchi che vivono male una sbronza di vino. Voglio nostalgia e storie d'amore, non rughe e conti con la realtà.

C'è un lungo silenzio tra noi mentre beviamo lentamente dai bicchieri, evitando il contatto visivo. L'attimo del fremito al suo ingresso – per i ricordi e i lunghi abbracci – è sparito. Adesso siamo solo due estranei senza nulla in comune, tranne la perdita condivisa della verginità. Sento una perla di sudore scorrere lungo la schiena e all'improvviso sono fin troppo consapevole della similpelle del sedile che si appiccica al retro delle cosce. Non riuscirò ad andare al gabinetto senza liberarmene con uno strappo.

«Oh, ehi, scusami per averti detto di andare affanculo su Facebook», ride, ma i nervi fanno uscire la frase con uno strano suono stridulo. «Pensavo di fare il simpatico, ma mi sono reso immediatamente conto di quanto fosse sgradevole. Credo di aver dimenticato per un momento che in realtà adesso non ci conosciamo.»

Annuisco: «Non scusarti», deglutisco, ricordando la sensazione di orrore allo stomaco di fronte alle sue parole, fino alla successiva faccina sorridente. «Però credo che tu abbia ragione. Dieci anni sono tanti e le persone cambiano. Ma non tanto: mi piace ancora dire le parolacce!» A queste parole fa una risatina educata e cala di nuovo il silenzio.

«E così, cos'hai combinato negli ultimi dieci anni?» chiede alla fine, la voce troppo alta. Il mio tono fa il paio con il suo, la mia voce irriconoscibile.

«Ah!» È uno squittio. «Bella domanda!» rido in modo goffo. «Allora, mmm, adesso sono un'organizzatrice di eventi. Ho lavorato per un po' come cuoca dopo aver abbandonato l'università, prima di dedicarmi agli eventi. Lavoro per il Norris Museum, Londra sud… lo conosci?» Scuote la testa. «Durante il giorno ci sono mostre aperte al pubblico, ma la sera e nei week-end lo affittano come spazio speciale. Il team che si occupa degli eventi è veramente piccolo, in realtà siamo solo io e Katie, la mia adorabile assistente, ma è perfetto. Ospitiamo matrimoni, feste di compleanno, pranzi aziendali, congressi… Poco tempo fa abbiamo fatto addirittura il lancio di un prodotto per una nuova linea di candele insolite. Una delle candele aveva l'odore della lettiera per gatti!» La mia risatina è un latrato e lui sorride educatamente. «Comunque, ecco, è molto divertente e c'è sempre qualcosa di nuovo da fare ogni giorno…» Non finisco la frase. «Perciò, ehm, quello è il mio lavoro…» E non riesco a pensare a nessun'altra cosa che ho fatto negli ultimi dieci anni. Forse non ho fatto niente? Qual è stato il senso della mia vita? Perché non ho dei bambini o un animale o degli hobby? Ho la candela che sa di lettiera, forse è come avere un gatto? Oh, e ho un cactus artificiale nel bagno! Dovrei parlarne? Oddio, non ho una vita.

Mi do una scossa. Va bene. Va be-ne. Perché è parte di quello che sto facendo qui. La Missione dei sette ex ha lo scopo di trovare altro. Trovare una vita. Potrebbe essere Alistair la cosa in più che faccio nella vita. Potremmo sposarci, avere piante e bambini e una vera lettiera, *insieme*.

«Mmm, allora che mi dici di te?» chiedo debolmente. «Che cosa fai?»

«Sono un agente di polizia, in effetti.» Sorride e il mio primo pensiero va ai brownie alla marijuana nel freezer. Il mio secondo pensiero va a lui in uniforme e mi rende ancora più nervosa.

«Wow!» Ci provo senza troppa convinzione. «Deve essere interessante.»

«Può esserlo, ma c'è anche un mucchio di scartoffie», si stringe nelle spalle, facendo una smorfia.

Cala di nuovo il silenzio.

«E, mmm, che mi dici di Louise e di Shelley?» Cerca di andare su un terreno sicuro senza sapere che non lo è. «Avevo in mente di organizzare una rimpatriata scolastica, è passato tanto tempo dall'ultima volta che ho visto tutti quanti! Non sarebbe divertente? Sei ancora in contatto con loro? Voi ragazze eravate così unite nel cortile.»

Annuisco con un sorriso tirato. «È vero!» deglutisco. «Be', già, mmm, sì, noi...» Mi schiarisco la gola. «Io e Lou siamo ancora ottime amiche. Adesso viviamo insieme, con la nostra amica Bibi. Ma, ehm, Shelley... tra noi, mmm... è andata a finire, ecco, ehm, un po'... e lei...» Faccio morire la frase e lui mi studia. Gli occhi scuri sono gentili. Quando non proseguo, riprende il filo, la voce dolce. «Dopo la scuola le persone si allontanano un po', non è così? Puoi essere intimo di una persona e poi la vita vi porta in direzioni diverse. Vedo ancora qualcuno della squadra di calcio, ma non direi che siamo legati.» Fa una pausa. «Però va bene così, questo non significa che non puoi ripensare con affetto ai periodi che avete passato insieme. Non significa che non ti interessi a loro da lontano.»

La ben nota gentilezza accende un interruttore dentro di me e mi ritrovo a fare un ampio sorriso. Sento che il nodo allo stomaco si allenta e si rilassa.

«Io penso con affetto a te... a noi», dico un po' timidamente e lui si illumina.

«Davvero?»

Annuisco e sorride. «Abbiamo vissuto tante cose insieme, eh?» Ride. «Ehi, ti ricordi quando mi hai portato a sciare con la tua famiglia e sono quasi morto su una pista rossa perché avevo sostenuto di essere un esperto?»

«E in realtà non avevi mai sciato in vita tua!» Mi copro la bocca.

«Ma ero bravissimo a pattinare sul ghiaccio!» grida. «Pensavo che in sostanza sarebbe stata una cosa simile!»

Mentre riempio di nuovo i bicchieri, cominciamo a parlare con più scioltezza, rivivendo vecchi ricordi e creandone di nuovi. Mi ritrovo a esaminarlo; a esaminare i suoi pori e le lentiggini recenti spolverate sul suo naso. Cerco di essere obiettiva: se non lo conoscessi, penserei che è bello? È difficile distinguere questo Alistair Morris adulto dall'Alistair Morris eroe della scuola, capitano della squadra di calcio, leader della gang dei ragazzi fichi.

Però è bello, penso.

Mi rendo conto, con un DOH interiore alla Homer Simpson, che mi piace ancora. Un sacco.

«Te la ricordi quella festa in casa mia in terza superiore...» si avvicina, sorridendo con disinvoltura, «quando Louise ha vomitato nel cassetto delle posate? È stato impossibile pulirlo del tutto. Giurerei che qualche anno dopo i miei genitori hanno finito per traslocare perché la mamma continuava a trovare pezzettini coagulati incollati ai cucchiaini da tè.»

«Quella fu colpa mia», confesso. «Le avevo fatto mangiare una combinazione altamente tossica di sale e Pringles all'aceto – un tubo intero – e bere nove bottigliette di succo alla vodka.»

Ride con disinvoltura, mantenendo seriamente un contatto visivo sexy. «O quella volta che tu, Shelley e Lou avete partecipato alla pantomima di Natale?»

Mi unisco con entusiasmo. «Sì! Ero l'Amica n. 2 delle sorellastre di Cenerentola, una parte assolutamente fittizia, e mi sono sentita trattata con molta sufficienza. Io e Shelley facemmo l'audizione perché Lou ci costrinse.»

«Questo spiega perché non sapevi nessuna delle parole

che avresti dovuto dire durante la rappresentazione», sbuffa. «Louise continuava a gridare le battute al posto tuo, poi tu e Shelley siete scomparse definitivamente per la seconda metà.»

«Durante l'intervallo, mr. Havana ci disse di portare il culo a casa», sogghigno. «Era la prima volta che un insegnante diceva parolacce di fronte a noi.» Faccio una pausa, guardandolo con interesse. «Lou recita ancora», mi schiarisco la gola, distogliendo lo sguardo. «Più o meno, diciamo. Ha un agente e va alle audizioni.»

«Fantastico», dice con calore.

«Ed è innamorata cotta del suo ragazzo, Sven», aggiungo, chiedendomi, persino mentre lo dico, perché sento la necessità di dirglielo. «Stanno insieme da anni, si sono, come dire, *sistemati.* Probabilmente si sposeranno presto e avranno dei bambini.» Abbasso lo sguardo sul tavolo, cercando di tenere lontana l'invidia dalla mia voce.

Alistair non coglie il mio tono, perché prosegue sul viale delle rimembranze. «Ti ricordi la volta in cui Louise fece una gran litigata nel cortile con Nick... ricordi Nick Wilde della squadra di calcio?» Annuisco appena, rammentando sin troppo bene il dramma che si svolse in diversi giorni. «Insistette a lungo che l'espressione non era *A conti fatti, la verità è,* ma *A stronzi fatti, la verità è.* Era sicurissima che fosse una cosa da maleducati.»

«Continuo a non sapere chi dei due avesse ragione», rifletto, ironicamente.

Ride di cuore, ridiamo entrambi. «Ricordo che Shelley le dava ragione quando si preparavano a combattere, ma poi in cortile diceva a tutti che Lou aveva torto.» Mi riempie il bicchiere, il suo lungo braccio si distende con facilità sul tavolo. «Voialtre eravate sempre una gang così affiatata. Sempre così maledettamente brave, ragazze davvero mitiche», dice quando ci calmiamo a sufficienza da poter parlare.

«Che cosa?» Sbuffando, risputo il vino nel bicchiere. «Non credo che potresti mai accusarci di essere state *mitiche.*» Mi rimetto a ridere e lui drizza la testa, aggrottando la fronte.

«Ma certo che lo eravate.» La voce è giocosa, ma seria.

«Voi tre eravate le ragazze più ganze del nostro anno. Eravate un po' una cricca da paura, se devo essere sincero. Tutte le altre ragazze avevano paura di voi. *Io* avevo una certa paura di te.»

Scuoto la testa, sconcertata. «Hai riscritto la storia? Io, Shelley e Lou eravamo fino in fondo delle *perdenti*. Non ci voleva frequentare nessuno, ecco perché ci nascondevamo tutti i giorni lungo i depositi delle biciclette.»

«Ehm», sorride del sorriso compiaciuto di chi la sa lunga. «Credo che sei tu quella che ha riscritto la storia. Passavate il tempo fuori dai confini del cortile, fumavate sigarette, fingevate di non vedere gli altri studenti del nostro anno perché *eravate le ragazze mitiche*. Come hai fatto a non capirlo?»

Chiudo la bocca, cercando di trovare nelle banche della memoria qualche traccia di questa apparente superiorità. Pensavo che a scuola fossimo delle emarginate, mentre tutti gli altri avevano la sensazione che *li* stessimo emarginando?

Alistair prosegue: «Sì, tu eri sempre bella e intelligente, mentre Shelley era coraggiosa e sconveniente – in più il fatto di essere australiana e di masticare sempre chewing-gum le dava un che da ganza e da outsider – e poi Lou era veramente tenera e carina. Tutte le ragazze volevano far parte del vostro gruppo o essere come voi.» Scuoto la testa, ancora sbalordita dalla notizia. Alistair sorride. «Ricordo ancora il giorno in cui ti chiesi di uscire con me. Ero troppo fifone per avvicinarti da solo. Nick fu l'unico abbastanza coraggioso da dirti a voce alta di venire. Pensavamo che gli avresti risposto di andare affanculo, o che l'avrebbe fatto Shelley.»

Era vero che Shelley diceva spesso alla gente di andare affanculo. Ma con la sua pronuncia australiana non sembrava tanto offensivo.

«Be', sono felice che tu lo abbia fatto. Chiedermi di uscire con te, intendo», dico, e c'è un altro silenzio. Ma questa volta non è impacciato. Se mai, è pregnante.

Alistair è il primo a parlare. «Perciò non hai incontrato nessuno di speciale da quando, ehm...» ride, «ecco, stavi con me?»

Faccio una pausa, pensando agli altri rapporti, ciascuno importante e speciale in modi diversi. Ma so cosa vuole sentire.

«No.» Sostengo il contatto visivo e qualcosa nel petto sfarfalla appena.

«E così, sono tuttora il ragazzo migliore che hai avuto?» si siede a schiena più dritta e il petto si gonfia un po' mentre fa un gran sorriso.

«Ah, be', è difficile esprimere un giudizio. È stato tutto un po' stupido, non è vero?» Faccio una risatina e tracanno il vino. Ho la testa che mi gira. «Allora eravamo solo dei bambini, non ti pare?»

Do per scontato che riderà, invece sul viso gli passa qualcosa di cupo. «Oh, Esther!» comincia, ma si ferma. Sembra che stia per dire qualcos'altro, invece spinge indietro la sedia, il viso contorto da un'emozione illeggibile, e se ne va senza un'altra parola.

Per un momento resto seduta, stupefatta.

"Aspetta!" borbotto a me stessa dopo un altro momento. Che cosa è successo?! Do di nascosto un'occhiata alla mia sinistra e scopro che il gruppo del tavolo accanto, formalmente scalmanato, è in silenzio, mi guardano con un misto di pietà, divertimento e occhiate accusatorie.

Forse ne ha avuto abbastanza?

Ingoio il groppo in gola, *non* piangerò.

Dico sul serio, che cosa è successo? Parlavamo dei vecchi tempi, era tutto divertimento e risate. E poi lui… perché… cos'è successo?

Non devo piangere.

Quello che è successo ha qualche importanza? Se n'è andato e io devo uscire di qui. È solo uno sciroccato a cui sono venute le paturnie senza motivo. Devo solo prendere la mia roba e andare a casa.

Ma non lo faccio. Continuo a star seduta lì, sentendo gli occhi che mi guardano, chiedendomi che cosa ho fatto di male.

Ex n. 1: Alistair Morris
altrimenti detto il Primo Amore
Parte terza

Università di Londra
Studentato
18.31

«Allora, forza, fallo maledizione!» La mia coinquilina alza gli occhi al cielo. «L'happy hour comincia tra mezz'ora e hanno cinque Snakebite per cinque sterline in offerta speciale.»

«Ho pauuuuuuura», bercio, già mezzo ubriaca. «So che lo devo fare, ma è orribile, non ti pare? Stiamo insieme da anni. Ci tengo ancora tanto a lui, hai capito?»

«Oh non ci pensare neanche.» Alza di nuovo gli occhi al cielo. «Ogni singola persona viene all'università con un ragazzo o una ragazza e il primo anno ognuno di loro scarica o viene scaricato. Devi arrivarci per prima. A questo serve l'università! È il posto in cui andiamo per ricominciare daccapo e vivere qualche avventura.» Pesta il piede con una certa impazienza. «Dico sul serio, Ellie, gli Snakebite ci aspettano.» Mi chiama Ellie da qualche settimana, quando ci siamo conosciute, e non so come correggerla. Soprattutto perché non ho la più pallida idea di quale sia il suo nome.

È strano dividere l'appartamento con una sconosciuta. In un certo senso devi buttarti e comportarti fin dal principio come se foste amiche per la pelle. E se ti perdi da subito le cose importanti – tipo, ehm, il nome – allora non ti resta che fingere.

Ingoio a fatica, prendo il telefono e premo il primo numero della selezione rapida.

«Ehi bimba», risponde lui rapidamente. «Finalmente rispondi alle mie chiamate! Com'è la vita all'università? Finora te la stai spassando?» Ride, ma non si ferma per ricevere una risposta qualsiasi. «Mi sembra di non averti quasi mai sentito. Non mi starai chiamando per scaricarmi, vero?»

Oddio. Perché l'ha detto?

Smette di ridere quando non partecipo alla risata.

«Alistair...» inizio lentamente, sentendomi malissimo. La mia coinquilina mi spinge in faccia un altro bicchiere di liquido verde, che tracanno in fretta. «Alistair, lo so che questo è un modo di merda per farlo, ma...»

«Gesù, non starai parlando sul serio, vero Esther?» All'improvviso ha una voce sbigottita. «Mi stai *veramente* lasciando? Sul serio?»

Apro la bocca e la richiudo. «Mi dispiace tanto.»

C'è un lungo silenzio mentre il senso di colpa si abbatte sulla mia testa. Sto facendo la cosa giusta? L'anonima coinquilina ha ragione, non è vero? Tutti troncano i rapporti quando vanno all'università, non è così? Qui ci sono tante persone nuove, tante feste, tante esperienze sfrenate da provare. E Alistair è il mio primo amore, non è che sia destinato a durare, giusto? Soprattutto non stando lontani per tre anni mentre io sono a Londra!

«Di punto in bianco? *Al telefono, cazzo?*» È così ferito. Pensavo che evitandolo per tutta la settimana trascorsa avrebbe attutito il colpo – è quanto aveva suggerito la coinquilina – ma è evidente che non aveva idea di quanto stava per succedere.

«Mmm», mi sento frastornata. E se sto prendendo la decisione sbagliata? «Voglio dire, ho pensato che forse dovremmo parlare di alcune cose: a che punto siamo, o...»

«Non ci posso credere.» La voce arriva con un crepitio e suona lontana. «Non riesco assolutamente a crederci. Dopo essere stati insieme per tre anni. Sei lì solo da qualche settimana, quell'università del cazzo è così affascinante?»

Non so cosa rispondere e ingoio il groppo dolce e appiccicoso che ho in gola; in parte emozione, in parte cicchetti da due soldi.

«Hai giurato che non l'avresti fatto», dice con un sussurro affranto. «Mi hai promesso che non mi avresti lasciato quando fossi andata all'università. A questa ipotesi non hai concesso nemmeno una possibilità. Siamo a malapena a metà semestre.»

«Mi dispiace tanto, Alistair», mi si inaridisce di nuovo la voce. «Non volevo farlo in questo modo e so che sembra improvviso, ma...»

Dall'altra parte della stanza la coinquilina impaziente mima il gesto del bere. «Datti una mossa, cazzo», spara in tono aggressivo, prima di aggiungere a voce molto più alta: «È IL MOMENTO DELL'HAPPY HOUR, ESTHER! I ragazzi dell'appartamento 25C ci aspettano!!».

«È chiaro che adesso hai da fare», la voce di Alistair si fa improvvisamente fredda. «Ti lascio andare.»

«Senti, possiamo parlarne in seguito?» imploro, sentendomi infelice. Pensavo che troncare con il mio primo amore mi avrebbe fatto sentire adulta, invece sembra terribile e crudele. «Tipo, potrei venire a trovarti nel week-end? Oppure – oh, in realtà ho dei programmi per questo weekend, c'è la festa dei palloncini allo studentato – ma forse il fine settimana dopo o quello dopo ancora? Potremmo rivedere tutto per bene e potrei spiegarti. Mi dispiace tanto, Alistair.»

Invece di rispondere, chiude la conversazione e, dopo un altro momento, lascio cadere il telefono sul divano accanto a me, lo stomaco e il petto vuoti e indolenziti.

«Finalmente!» Dall'altra parte della stanza la mia nuova amica fa una risata cattiva e all'improvviso sento intensamente la mancanza di Louise e di Shelley. Le sento lontane proprio quando ho tanto bisogno di loro. Louise è tornata a casa, si è presa un anno sabbatico e sta prendendo lezioni di recitazione. Sembra che voglia farne una professione, cosa che immagino non durerà. Shelley è andata a studiare programmazione informatica all'Università di Warwick. Negli ultimi tempi si è mostrata distaccata e ho temuto che ci rimpiazzasse. Adesso che guardo la coinquilina raccogliere borsa e cappotto, giuro che non perderò neppure Shelley. Non posso perdere né lei né Louise. Non ora che ho perso Alistair.

Mi coglie all'improvviso il pensiero che probabilmente

non vedrò né parlerò mai più con il mio ragazzo. Il mio ex ragazzo. Il mio primo amore, il mio unico amore. Che cosa ho fatto? Corro al gabinetto dove rigetto spregevole liquido verde che mi brucerà la gola per giorni e giorni.

5.

No, fanculo. Non gli permetto di farmi una cosa simile. Non può abbandonarmi così. Merito di meglio! O – se non di meglio – per lo meno merito delle risposte.

Agguanto con naturalezza la borsa, sorridendo in modo assente, come se le bevute con gli amici finissero sempre così! Sapete, io e il mio amico ce ne andiamo a qualche minuto di distanza l'uno dall'altra, non fanno forse tutti così? La sollevo sulla spalla, faccio uno sbadiglio finto per dimostrare quanto mi sento a mio agio in questa situazione, poi mi giro verso la porta. Muovendomi in fretta, ma anche con una specie di studiata lentezza.

Fuori l'aria fredda mi sferza e mi rendo conto di essere più ubriaca di quanto intendessi. Ho detto una stupidaggine da sbronzi che ho già dimenticato? Perché se n'è andato così? Cerco freneticamente a destra e a sinistra prima di individuarne la testa, distante ma più alta di qualunque altra – proprio come sempre – che si dirige verso la fermata della metropolitana.

«Alistair!» La voce è tesa quando grido per attirare la sua attenzione. Non capisco se ha sentito, ma non si volta.

Ma che cazzo è successo? Cosa ho detto? Pensavo che ci stessimo divertendo, stavo persino cominciando a pensare... forse. Ma immagino che sia stato il vino. No, *era* bello, ci *stavamo* divertendo e uno non se ne va via arrabbiato a quel modo. Adesso siamo adulti, non siamo più ragazzini. Gli improvvisi cambi d'umore e le fughe col broncio sono taaanto roba da quindici anni fa.

Prendo il volo alle sue calcagna, facendomi largo tra la folla dei pendolari in ritardo.

«ALISTAIR!» Adesso che sono più vicina ci riprovo. Alcuni si voltano verso di me, ma non lui. «ALISTAAAAAAAAAAIR!» Prendo di nuovo il volo inseguendolo e per poco non travolgo uno di quei tizi che raccolgono donazioni per strada e alcuni turisti confusi. Quando finalmente lo raggiungo, poco prima che arrivi ai gradini che scendono alla metropolitana, lo afferro per un braccio. Non resiste.

«Alistair!» Lo faccio girare con uno strattone perché mi guardi in faccia, ma alza lo sguardo al cielo. «Ehi tu, ma che cazzo? Perché te ne sei andato? Perché sei così arrabbiato? Che cosa ho fatto?»

Adesso sospira e finalmente mi guarda negli occhi.

«Io...» entra in collisione con la spalla di qualcuno che borbotta «dannati turisti» e sgrana gli occhi, allontanandomi dall'entrata affollata. Siamo di fronte alla vetrina gigantesca di un grande magazzino e aspetto, adesso irritata.

«Senti, Esther... mi dispiace di essermene andato così, ma non potevo ascoltarti lì seduta a fare la stessa cosa che hai fatto allora. Con te è sempre lo stesso, persino dopo tutto questo tempo.»

Sono sconcertata. «Cosa? Cosa ho fatto? Di cosa parli?»

Torna a guardare il cielo, evidentemente a disagio. «Tu... ecco, hai sempre fatto credere che il nostro rapporto non fosse niente. Solo una stupidaggine senza importanza. Come se fossimo ragazzini che giocavano.»

Faccio una pausa, prendo in considerazione quanto ha detto. È vero? Ricordo, in effetti, che allora avevo detto a me stessa di non lasciarmi trasportare dal rapporto. Era come un mantra: *questo è il tuo primo amore e lui è troppo in gamba per te, non durerà. Ti lascerà per una ragazza migliore.* Facevo in modo di rammentare a me stessa quanto fosse irrilevante quella storia d'amore e che quando fosse finita non ci sarebbero stati problemi perché era soltanto un primo amore.

Ma non ricordo di averlo detto ad Alistair. Non sono mai stata così *esplicita.* E se pure lo sono stata, aveva sempre talmente tanta sicurezza di sé che supponevo sapesse di potermi avere fintanto che mi voleva. Poi sarei stata scaricata per qualche altra ragazza – molto più bella e intelligente – che probabilmente avrebbe finito per sposare e avrebbero riso di quella sua fidanzatina insignificante dei tempi della scuola che aveva avuto l'audacia di pensare che poteva tenerselo.

«Siamo stati insieme per *anni*, Esther, per anni!» Sussurra il resto: «Sei stata il mio primo amore, abbiamo perso insieme la verginità. Era importante e significativo e io ti adoravo. Ma tu mi respingevi sempre, oppure minimizzavi la nostra storia. Non hai mai capito quanto mi piacessi benché te lo dicessi in continuazione. Quando hai acconsentito a uscire con me, non sono riuscito neppure a parlarti, che so, per due settimane perché ero nervosissimo. Fu Nick a costringermi a venire a parlare con te!»

Ripenso a quei primi giorni. Al fatto che, dopo avermi chiesto di uscire con lui, per settimane ci fu a malapena un contatto visivo tra noi. Stavamo vicini nel cortile – lui prendeva a calci un pallone, io bevevo l'Apple Tango – e non scambiavamo una sola parola. Impiegammo secoli per cominciare a comportarci come una coppia.

Sospira e continua. «Noi – tu – ci eravamo promessi tante volte che saremmo rimasti insieme quando fossi andata all'università. Avremmo fatto funzionare il rapporto e io ci credevo. Poi te ne sei andata e hai quasi interrotto i contatti. Quando hai messo fine alla storia, ti sei comportata come se fosse una cosa da niente. Come se *noi* fossimo una cosa da niente. Avevo il cuore infranto, cazzo.» Sospira di nuovo, come se gli facesse ancora male. «Ci ho messo una vita, porca puttana, per dimenticarti.» Alza di nuovo lo sguardo. «E poi, come se niente fosse, piombi di nuovo nella mia vita – su Facebook Messenger se non altro – e ti comporti come se tutto questo non fosse una cosa importante. Esther, era una cosa importante. Io ti amavo. Pensavo che saremmo stati insieme per sempre.» Dà un calcio a terra con la scarpa. «Non voglio che tu mi dica che non contava niente.»

Nel silenzio che segue, circondati dal rumore di Londra,

sento piovermi in testa la vergogna. Perché ha ragione, ho messo la parola fine in quel modo. Mi sono comportata come se lui non ci tenesse perché pensavo davvero che fosse così. Mi ero fatta il lavaggio del cervello per convincermi che fosse una sciocca storiella d'amore adolescenziale a cui lui non teneva più di tanto. E l'ho abbandonato in modo crudele. L'ho fatto una sera al telefono, durante una chiamata di due minuti, pungolata da quella ragazza cattiva con cui dividevo l'appartamento e di cui non ho mai saputo il nome. E poi mi sono messa in ghingheri e sono andata a una serata studentesca in un pub della zona dove ho flirtato con un gruppo di ragazzi fingendo di star bene. Ho sbarrato l'ingresso alla tristezza pomiciando con le orde in offerta senza pensarci due volte. Con il senno di poi, è stato assolutamente sleale.

«Dopo avermi scaricato, non volevi parlare con me», fa un respiro profondo. «E c'era soltanto Nick a riferirmi le notizie dall'università.»

«Nick Wilde della nostra scuola? Che cosa ti ha detto?» Resto di sasso. Io e Nick siamo stati i soli del quarto anno ad andare all'Università di Londra, ma avevamo poco a che spartire l'uno con l'altra. Volevamo sottrarci alle personalità che avevamo esibito a scuola, impazienti di ricominciare daccapo con un'identità diversa.

«Non un gran che», si stringe nelle spalle. «Solo che avevi voltato pagina e sembravi felice. Non era esattamente quello che volevo sentire.» Adesso ride, un po' nervosamente, e abbasso la testa.

«Mi dispiace tanto», dico a bassa voce e parlo sul serio.

«Ehi», torna a stringersi nelle spalle, ma questa volta è come se si stesse scrollando di dosso il vecchio dolore. «Le cose sono come sono. Dispiace anche a me. Come dici tu, eravamo dei ragazzini.» Ride di nuovo, questa volta in modo più rilassato. «Prima ho reagito in modo eccessivo, scusa. È stata una cosa stupida. Sentirti liquidare la nostra storia ha innescato una reazione: evidentemente il diciottenne che è in me non ha proprio lasciato andare! Ma il ventinovenne Alistair capisce un po' di più.»

«No, avevi ragione», scuoto la testa e qualcuno mi fa un verso di disapprovazione, mi passa davanti urtandomi e mi spinge più vicino ad Alistair. All'improvviso siamo a così breve distanza da sentirci respirare e lui mi guarda intensamente. Per un attimo penso che mi bacerà e una parte di me vuole che lo faccia. C'è ancora tanto tra noi e potrebbe esserci anche di più se mi sporgessi di altri cinque centimetri.

Ma.

Sono tante le cose legate a un bacio con Alistair Morris, soprattutto dopo aver passato tanto tempo a non baciarlo. Sono legate mille emozioni e ricordi, tanto significato. Tante vecchie ferite e insicurezze scolastiche che pensavo di aver lasciato andare. Tutto potrebbe tornare a sommergermi con molta facilità.

E che senso avrebbe se ci baciassimo? Soprattutto dopo il suo discorso sulla grande importanza che il nostro rapporto rivestiva per lui. Quanto potrei ancora ferirlo? Non se lo merita.

Abbassa lo sguardo e ride nel più dolce dei modi. Provo un dolore al cuore per lui e arretro leggermente. L'incantesimo è rotto.

Forse non sono pronta per un bacio, ma voglio rivederlo, lo voglio proprio.

«Possiamo rifarlo una volta o l'altra?» Miro a un atteggiamento disinvolto e manco l'obiettivo. Sembra una cosa seria in modo imbarazzante. «Magari potremmo darci un vero...» ridacchio, impacciata «...appuntamento?»

Sembra sorpreso. «Oh?» piega la testa. «Merda, mi dispiace davvero Esther, penso di aver incasinato le cose. In realtà sto con qualcuno. Ho una ragazza.»

Deglutisco a fatica, cercando di controllare la mia reazione, ma sento il viso diventare rosso fiamma. «Giusto», ingoio di nuovo. «Dio, scusa! Io non... non avevo idea... voglio dire... cazzo.»

Mi mette una mano sulla spalla con un gesto anche troppo gentile. Dal pesante cappotto sento il calore del palmo. «È colpa mia, mi dispiace davvero. Avrei dovuto parlarne prima, ma era così bello ritrovarsi. Non ci ho pensato.» Fa una pausa. «So che la gente lo dice in continuazione senza pensarlo, ma vorrei veramente che fossimo amici. Si può? Sei ancora così vivace e simpatica, mi piacerebbe fare una specie di *tentativo fraterno*, ci stai? Sarebbe fantastico anche rivedere Shelley e Louise.» Si rende conto in fretta dell'errore. «Voglio dire soltanto Lou. Vorrei vedere Louise.» Aspetta, con un po' di nervosismo, e annuisco, la testa pesante.

«Naturalmente», sto ancora facendo cenni di assenso, incapace di fermarmi. «Mi farebbe veramente piacere, Alistair, è stato... bello vederti.»

«Allora siamo d'accordo», dice soddisfatto.

Ci salutiamo e ho il petto serrato e dolente. Non credo che rivedrò mai più Alistair Morris. D'altronde, quante volte l'ho pensato?

6.

«E così non è lui l'Uomo Giusto?» Bibi torce il viso per la confusione. «Oppure lo è?»

«Uffaaaaaaa», mi lancio sul letto. «Quante volte? In ogni caso non importa. Ho sprecato tempo... ha una ragazza.»

Mi lancia uno sguardo. Uno dei classici sguardi di Bibi.

«Ok, va bene, c'era *qualcosa.*» Faccio una pausa. «Persino quando ci siamo salutati, c'era tra noi tutta quella folle tensione sessuale, sono sicura di non essermela immaginata. Ma mi ha fatto capire chiaramente che non è interessato a niente di più. Inoltre, non sono una rovinafamiglie, no grazie.» Faccio una pausa, poi aggiungo: «Barbara?».

«Potrebbe essere giusto, ma è sbagliato», Bibi è divertita dal mio ultimo tentativo di indovinare il suo nome e ci azzittiamo, sdraiate fianco a fianco sul suo letto. Attraverso la parete, ascoltiamo disinteressate Louise e Sven impegnati in un tedioso rapporto sessuale.

«Uffa, mi hai sparso delle briciole sul viso», gli sta dicendo con un filo di voce Louise, infastidita. «Ti daresti una scrollata dopo aver mangiato i biscotti a letto, per favore? Soprattutto quando ti metti sopra. Adesso ho dei pezzi di biscotto in un occhio.»

La voce di Sven mormora delle scuse.

«È *quello* che vuoi?» domanda Bibi, girandosi a metà per guardarmi con un sopracciglio alzato.

Rido, poi sospiro. «A dire il vero sì, in un certo senso sì», ammetto. «Voglio quell'intimità noiosa. Voglio conoscere qualcuno così bene da poter discutere delle sue stronzate di intolleranza al lattosio. Voglio sentirmi così a mio agio con una persona da poter condividere il codice d'accesso per le consegne di Tesco. Voglio un partner che si lamenti perché trova i miei capelli nella fessura tra le chiappe e avvolti intorno al glande. E sì, voglio mangiare i biscotti a letto insieme, e poi lamentarmi che le briciole rovinano il solito sesso settimanale nella posizione del missionario.»

Bibi si allontana girandosi di nuovo. «A me sembra spaventoso, cazzo.»

«Ma si amano, anche con il sesso noioso!» esclamo. «Posso sopportare dei rapporti sessuali poco convincenti. Probabilmente li *preferirei*, a essere sincera. Dio, odio fare i pompini. Penseresti che con tutti i test che hanno dovuto fare durante la pandemia gli uomini abbiano capito quanto è terribile. Tipo, amico mio, se ti senti soffocare e ti vengono i conati di vomito, con gli occhi che lacrimano per un cotton fioc, forse è ora di un ripensamento.» Accanto a me Bibi fa una smorfia e mi metto una mano sul fianco. «Ooh, lo so come ti chiami», ridacchio, dandole una spinta. «È stato ovvio fin dal principio, *Bridget.* Sei così single e hai persino le mutande gigantesche.» Ride scuotendo la testa.

«No.»

Improvvisamente Louise è sulla porta in vestaglia. È luminosa e post-coitale. Il sesso noioso è pur sempre sesso.

«Esty! Sei tornata!»

«Sono tornata», apro le braccia e lei vi si getta. Sa di sesso, ma non gli do peso. Al momento è il massimo di intimità che posso avere.

«È stato magico?» Alza su di me uno sguardo speranzoso. «Sei di nuovo innamorata di Alistair? Oppure è spaventosamente invecchiato e adesso è quel tipo di persona che condivide cinquanta meme al giorno su Facebook?» Lou fa una risatina, poi mi considera con più serietà.

«Stai bene? Sembri un po' sconvolta.»

«Lo sono», ammetto, il peso delle emozioni della serata mi colpisce tutto a un tratto. Vedere qualcuno che ho tanto amato dopo tutto questo tempo… è estenuante. «E comunque è stato inutile. Ha la ragazza e non si è dichiarato, niente del genere.»

Bibi scuote la testa. «Che razza di villania.»
«Giusto!» replico, indignata, poi torno a sdraiarmi, rassegnata. «Oh be', guardiamo sempre più avanti al prossimo ex.»
Lou è pensierosa. «Esther», comincia lentamente. «Pensi davvero, proprio davvero che ne valga la pena? Voglio dire, con questi tizi non ha funzionato la prima volta, perché dovrebbe funzionare adesso?»
Esamino attentamente la sua domanda. Dopo tutto, non è che non mi siano venuti in mente gli stessi pensieri. «Ma adesso lo *voglio* di più», le dico con entusiasmo. «Sono pronta per qualcosa per cui non ero pronta quando ho conosciuto Alistair, o Paul o Idris, ognuno di loro. Non credo di aver mai concesso una vera opportunità a nessuno dei miei rapporti. Sono stata troppo pronta a liquidarli al primo segno di guai. Ero troppo giovane. Non ero pronta. Volevo essere single ed ero immatura.» Faccio una pausa. «Inoltre, è super romantico, non è vero? Riunirsi a un amore da tempo perduto! Pensa al discorso nuziale. Sarà così *romantico*! Come te e Sven!»
«Bah», bofonchia Bibi. «Dopo il primo anno è tutto in discesa.»
Louise è offesa. «Non è in discesa!» Grida. «Se mai, sembra tanto in salita!»
«Non è comunque una buona cosa», fa notare Bibi, ma Louise continua, incurante.
«Sven è ancora così dolce e premuroso», mi dice con un sorriso radioso. «Mi lascia ancora biglietti d'amore.»
«Personalmente preferisco i biglietti da cinquanta sterline», borbotta Bibi beffarda, mentre Louise fa un balletto di felicità, facendo cadere una lampada che atterra sulla moquette con un tonfo inoffensivo. «Oops!» Si copre la bocca.
Dal piano di sotto proviene un colpo forte.
«Fanculo mr. Rompiscatole», quello di Bibi è quasi un urlo.
«Non chiamarlo così», dice Louise con fare imbronciato. È legata alla nonna, perciò è super rispettosa verso gli anziani. Persino gli anziani teste di cazzo. «Si chiama Ivan. Per

voi mr. Walsh, razza di sgarbate. E non penso che faccia sul serio quando batte sul soffitto al nostro indirizzo. Penso che voglia soltanto salutarci.»

Abitiamo nell'appartamento di mezzo di una vecchia casa vittoriana a tre piani nel sud-est di Londra. L'ultimo piano è affittato a un'ex ballerina di nome Sofia che ci si è trasferita quasi un anno fa. È in gamba, Sofia ci piace. Ci dà da mangiare e ci ricorda di pagare le bollette. E se nella casa ci fossimo soltanto noi e lei, sarebbe un sogno! Ma l'appartamento seminterrato sotto di noi è occupato da un vecchio tizio scontroso che si chiama Ivan. Un nome che sappiamo soltanto perché abbiamo ficcato il naso nella sua posta. Batte un mucchio sul soffitto, di solito quando pesto i piedi o Louise sta consumando uno dei suoi noiosi rapporti sessuali. Io e Bibi abbiamo smesso da tempo di cercare di essere cordiali con lui, ma Louise è determinata ad accattivarselo. Detesta di non piacere alle persone. È per questo che vuole fare l'attrice, io penso. Vuole piacere a tutto il mondo.

A ogni modo, l'altro giorno gli ha fatto dei *biscotti*, lasciandoglieli sulla soglia, e fa ancora lo stronzo con noi.

«In ogni caso, hai intenzione di continuare la missione rispettando l'ordine dei rapporti?» domanda Bibi. Sta esaminando l'Albero delle teste di cazzo. «Il prossimo è... Carl, l'Errore sul posto di lavoro?»

Io e Louise ci guardiamo e lei fa una smorfia.

«Sì, il prossimo *sarebbe* lui: l'ho conosciuto quando avevo solo ventun anni», temporeggio.

«Sei sicura di volerlo vedere?» domanda gentilmente Louise e prendo un profondo respiro.

«Mmm», ci penso su. «Sì, sono sicura. Ma non ancora. So qual è il prossimo che voglio vedere.» Faccio un gran sorriso a entrambe. «Il mio Harry.»

Louise è sconcertata mentre Bibi fa una smorfia. Riesamina l'Albero delle teste di cazzo. «Cosa? Chi cazzo è *Harry*? Qui non c'è.»

Sospiro con aria leggermente sognante. «Paul. Il mio amico, il mio ex collega, il mio amore perduto. L'Harry per cui sono Sally.» Si scambiano uno sguardo, perciò aggiungo: «La mia Occasione Mancata!».

Bibi e Louise si scambiano un'altra occhiata, ma non ne tengo conto. Se Alistair non è l'Uomo Giusto, *deve* essere Paul. Sicuramente.

7.

«Chinatevi!» Tutte, eccetto Bibi, si tuffano simultaneamente verso il pavimento, mentre l'intera caffetteria si volta a guardare il nostro gruppo. Questa non risulta essere l'operazione nascosta in cui avevo sperato.

«Ok, smettetela di chinarvi», borbotto imbarazzata mentre torno a sedermi a schiena dritta sulla sedia. Louise emerge timidamente dal grembo di Bibi, gli occhiali scuri da sole ora sbilenchi.

«Che cazzo state facendo tutte quante?» domanda Bibi mentre sorseggia imperterrita il suo tè.

«Pensavo di averlo visto uscire», ammetto e Bibi guarda dietro di me, fuori dalla finestra, l'oggetto del nostro interesse.

«Parli di quella signora molto anziana senza capelli, che è appena uscita dal ristorante?» Mi considera con aria divertita. «Pensavi che fosse Paul?»

«Be'», dico imbronciata. «Sono passati cinque anni, non ero sicura.»

«SI PUÒ USCIRE SENZA CORRERE RISCHI?» Sofia, la nostra vicina del piano di sopra, è accosciata sotto il tavolo e si tiene stretta a una delle gambe di legno.

«Sì, Sofia, emergi. Falso allarme», le dice gentilmente Louise, porgendole una mano che viene ignorata. Sofia si solleva con grazia, rimettendosi fluidamente a sedere, non un capello fuori posto.

«Che facciamo adesso?», si sporge con aria da cospiratrice.

Oggi pomeriggio alla nostra vicina del piano di sopra è stato concesso di partecipare alla missione perché – a quanto risulta – possedeva tutto l'equipaggiamento che si potrebbe desiderare per spiare gli ex di qualcuno. Bibi le ha domandato per capriccio se avesse a portata di mano degli occhiali scuri e lei è arrivata sulla nostra porta mentre ce ne stavamo andando, armata di binocoli, walkie-talkie e tre super impermeabili da agente segreto. In quel momento Louise stava cercando di disintasare il gabinetto, perciò si è persa impermeabili e giocattoli, così adesso indossa immusonita un vecchio bomber e giocherella con una tazza di plastica attaccata a un filo.

A ogni modo, Sofia si sta dimostrando la spia migliore tra noi: per avere settantasette anni è davvero arzilla.

«Mmm», a essere sincera non so bene che fare. «In realtà non lo so.»

Bibi alza gli occhi al cielo. «Ehi bella, perché non gli mandi un messaggio?»

Louise si avvicina. «Sì, perché no?» La sua impazienza è evidente. «Non vi siete lasciati in malo modo, vero? Sono sicura che gli piacerebbe sentirti. È il tuo "Harry", Esther!»

«Cosa diavolo è un Harry?» sorprendo Sofia a borbottarlo, ma scelgo di ignorarla.

«Ohh», gemo impotente. «So che potrei. Voglio soltanto dargli una bella occhiata prima. Capite, avere qualche indizio sulla sua vita attuale. Tanti anni fa eravamo così uniti – la nostra amicizia era così intensa – e poi ha cominciato a uscire con quella donna, *Celeste*, e abbiamo iniziato ad allontanarci…»

«È per via di Alistair?» domanda gentilmente Louise.

Abbasso lo sguardo sui piedi. «Forse.» Faccio un respiro profondo. «Ci sono andata molto pesante con lui», sento il malumore nella mia voce. «Pensavo davvero che ci fosse qualcosa tra noi! Finché non ha menzionato con noncuranza la sua ragazza, uffa!» Alzo le braccia al cielo e per poco non rovescio la tazza di tè di Sofia. «Voglio soltanto sapere cosa potrei aspettarmi con Paul. Non voglio farmi troppe illusioni. Mi piaceva tanto.»

«Bene.» Bibi è divertita. «A meno che lei non lo accompagni tutte le mattine, non riuscirai a capire se esce ancora con Celeste guardando per tutto il pomeriggio il suo posto di lavoro.»

Quando dal nulla sbuca la cameriera facciamo tutte un salto sulla sedia. «Voi signore desiderate qualcos'altro?» Ci considera tutte e quattro divertita e mi rendo conto all'improvviso di quanto siamo ridicole. Un gruppo di donne adulte in occhiali da sole e impermeabile – eccetto l'imbronciata Louise – accovacciate in una caffetteria mentre guardano un ristorante sull'altro lato della strada.

«No, siamo a posto così», risponde spensieratamente Bibi mentre Louise aggiunge un riconoscente: «Grazie davvero».

«State facendo un piantonamento?» La cameriera non se ne va, e non se ne va il suo sguardo divertito.

«Proprio così!» Sofia sembra eccitata. «Stiamo cercando di rintracciare il grande amore perduto della nostra Esther», fa un gesto verso di me e arrossisco ancora di più.

«Oh», dico con impeto. «Non so se è esattamente un *grande amore...*»

«Che cosa?» Sofia è offesa, la cameriera ancora più divertita. «Allora lui chi è?»

«Lui è, mmm...» mi sento stupida. «È una persona di cui sono stata molto amica per tanto tempo quando avevo poco più di vent'anni. Ci siamo conosciuti quando lavoravo in una cucina...»

«Eri una cuoca?» Sofia è ancora più confusa. «Credevo che organizzassi feste.»

«Lo ero, sì...» mi acciglio nel sentire descrivere *feste* il mio lavoro con i contro-cazzi, «...e mi piaceva, ma gli orari sono spaventosi. A volte lavori per sedici, diciassette ore al giorno... alla fine non riuscivo a gestirlo.»

La cameriera si sposta da un piede all'altro. Comincia a sembrare meno divertita, più annoiata.

«A ogni modo», passo rapidamente ad altro. «Io e Paul lavoravamo insieme, era l'unica persona di quel ristorante che fosse davvero gentile con me. Abbiamo sempre avuto un'amicizia vivace, provocante, che non è mai approdata a nulla, anche se era ovvio che fossimo pazzi l'uno dell'altra.

Sono stata la prima a uscire con qualcuno, poi l'ha fatto lui. Sai come vanno queste cose. Qualche anno fa abbiamo perso i contatti, ma Dio, allora mi piaceva *da morire*. Ogni volta che eravamo insieme mi veniva voglia di baciarlo.»

Sofia mi sbircia un po' seccata. Non ha mai avuto un'aria più francese. «Se non è un grande amore, che cosa ci facciamo qui?»

Abbasso lo sguardo sul pavimento. A casa era sembrata un'idea così brillante. Una missione all'interno della missione. Un'operazione di spionaggio segreto! Non avremmo mai dovuto portare con noi Sofia. È sin troppo brava a far notare le pecche nei piani architettati alla perfezione.

Louise si intromette: «È una *missione*, Sofia!». Mi lancia un'occhiata rassicurante. «Si tratta di aiutare Esther a trovare l'Uomo Giusto. Sta ripercorrendo i propri passi con i boyfriend. È la Missione dei sette ex. Questo tizio era l'Occasione Mancata, Paul».

Sofia ride. «Non mi piacerebbe vedere tutti i miei ex, sono perlopiù spaventosi.» Fa una pausa. «Oppure morti.» Adesso mi guarda direttamente. «Ma nutrivi dei veri sentimenti per questo Paul, *oui*? E pensi che si possano riaccendere?»

Mi sposto a disagio sulla sedia e poi torno a guardare fuori dalla finestra, sull'altro lato della strada, il luogo dove lavora adesso come capocuoco.

Nutrivo dei veri sentimenti per Paul?

Ex n. 4: Paul D'Silva
altrimenti detto l'Occasione Mancata
Parte prima

Ristorante A'Diva
Sulla soglia
7.40

Essere la persona nuova è sempre il peggio in assoluto.

Insomma, lo sapevo già. È *sempre* il peggio. Ma pensavo che cominciando in questo posto nuovo *con la consapevolezza* che sarebbe stato il peggio in assoluto, sarei stata meglio preparata al fatto che sarebbe stato il peggio in assoluto. Non ho avuto tanta fortuna. È il peggio in assoluto.

Ci sono sempre quei primi giorni in cui in una nuova situazione le cose vanno abbastanza bene. Dove l'eccitazione e la novità ti aiutano a superare l'impatto e pensi: "Ehi, forse non sarà il peggio!". Poi però quella fase passa e ti rendi conto di non avere amici, di non sapere come te la stai cavando e che non importa a nessuno se vivi o se muori.

E ti ricordi che essere nuova è il peggio in assoluto.

È la seconda settimana che lavoro nella cucina di A'Diva come commis – essenzialmente un gradino più in su di un apprendista – e dopo alcuni giorni in cui le persone sono state vagamente cordiali e interessate a sapere chi ero – e se ero potenzialmente scopabile – adesso vengo completamente ignorata. Finora, oggi è la giornata peggiore.

Ieri notte ho lavorato fino alle due, che cazzo! Le due di notte, dopo aver attaccato alle otto del mattino. E quando me ne sono andata, uno degli irascibili, arroganti sous chef mi ha informato che aveva bisogno di me piuttosto presto. Sarei dovuta arrivare al più tardi alle sette o sarei stata licenziata.

La cosa mi ha quasi ammazzato, davvero, trascinandomi fuori dal letto a quell'ora impossibile dopo un sonno così scarso. Ma sono qui. Maledizione, ce l'ho fatta a essere qui alle 6.58! Tanto per trovare il ristorante chiuso, esattamente come l'avevo lasciato, senza nessuno nei paraggi che mi faccia entrare.

Ho un freddo incredibile, inutile che ve lo dica.

La cosa che infastidisce di più in questa situazione è che so che un paio dei cuochi abitano al piano superiore, sopra il ristorante. Quindi so che sono qui dentro. Sono all'interno, stanno russando nei loro spessi, comodi piumini mentre io sono qui fuori a congelare. E naturalmente hanno ignorato tutti i miei tentativi di suonare il campanello e bussare freneticamente.

Non so se è una sorta di rito di passaggio – una specie di iniziazione alla confraternita – o se oggi sono semplicemente in ritardo, ma nell'uno o nell'altro caso sono quaranta minuti che mi aggiro sulla soglia congelandomi il culo. Non posso neppure mettermi a sedere perché ho indosso il grembiule da cuoca e verrò spedita a casa se lo rovino.

«Tutto bene?» Sobbalzo a quel suono dopo tanto silenzio. È uno degli chef de partie, Paul. La settimana scorsa, nel mio primo giorno, ho imparato a memoria con molta attenzione i nomi di tutti, cercando disperatamente di fare una buona impressione. Non che abbia fatto la benché minima differenza.

«Hai la chiave?» ringhio, troppo infreddolita per un saluto e già troppo stufa di questo lavoro perché mi importi di cosa possa pensare.

Annuisce, guardandomi da vicino. «Stai bene? Sei la nuova commis, giusto? Sei Ellie?»

«Sono Esther», rispondo bruscamente. «Grazie *Saul.*»

«Scusa», sorride in modo seducente, recuperando la chiave da sotto un vaso da fiori, cosa stupidamente ovvia. «E, se ti fa piacere, puoi chiamarmi Saul.»

Abbasso la testa, sentendomi malissimo. «Scusa, lo so che ti chiami Paul. Sono stata meschina. È da una vita che sono seduta qui al freddo. Mi sembra di morire. E sono tanto stanca.»

«Non ti preoccupare.» Apre la porta, arretrando per farmi entrare. Il calore dell'interno mi investe e scioglie parte della mia freddezza. Soprattutto quando aggiunge: «So che essere nuova è il peggio in assoluto».

Mi fermo appena varcata la soglia e lo osservo come si deve, abbracciandolo con lo sguardo. È bello, ma non necessariamente in modo convenzionale. È piuttosto basso e peloso, ma solido in modo affidabile. Ha quella forma a triangolo tipica degli uomini che si allenano seriamente. È anche abbronzato e ha una pelle luminosa, due cose che mentalmente faccio fatica a mettere insieme. I cuochi con cui ho lavorato tendono ad avere più che altro la forma di una mela, per gli anni passati ad assaggiare i loro piatti, e hanno un pallore malaticcio grazie alle lunghe ore trascorse infrattati, lontano dal mondo, nelle cucine dei seminterrati. Sinceramente, non è una professione salutare.

In cucina, guardo Paul e il suo culo evidentemente basso muoversi per riempire il bollitore.

«E così *Esther*, che cosa ti porta da A'Diva? Non sarà il nostro nuovo capocuoco, bello e talentuoso, vero?» Ammicca e rido perché sono troppo imbarazzata per ammettere che sì, sono qui per via del capocuoco. Non che mi abbia degnato di uno sguardo da quando ho cominciato. La nostra ultima conversazione approfondita è avvenuta in un parcheggio, il giorno del mio colloquio di lavoro, e l'ho evidentemente impressionato perché da allora non ha guardato nella mia direzione neppure una volta.

«No.» Prendo una tazza di tè fumante dalle sue mani. Sembra rancido – tipo latte brodoso – ma bevo comunque un sorso. «È tutto per via dello chef de partie. Nel mondo della ristorazione si fa un gran parlare di te, Saul.»

Lui ride apertamente ed è come bere un bicchiere d'acqua quando ti svegli da un sogno delirante. Qui al ristorante è stato un periodo così solitario, senza nessuno che mostrasse di riconoscere la mia presenza. Mi sono sentita così rifiutata da quando sono arrivata e siccome una giornata di lavoro qui dura sedici ore, non sono neppure riuscita a sfogarmi con le mie coinquiline, Shelley o Lou. Sinceramente, in questa cucina nessuno ha gridato più di due parole nella mia direzione e c'è stato tanto da fare. Ci sono stati momenti in cui pulivo i piani di lavoro e preparavo gli ingredienti da sola, chiedendomi se ero viva.

Ma Paul è vivo, perciò devo esserlo anch'io. Ed è così *gentile.*

«Dove sei stata prima di venire qui?» Si mette a sedere vicino a me e sorseggio di nuovo il mio disgustoso tè. In realtà non è così cattivo. Lui ha aggiunto un mucchio di zucchero e la dolcezza mi placa.

«Sono stata per tre anni in un piccolo ristorante italiano a gestione familiare», spiego. «Era molto alla buona. Non come questo posto.» Indico con la mano le pareti piastrellate di fresco della nuova, sciccosa sala da pranzo di Londra ovest. È molto evidente che è stato profuso denaro e che i proprietari sperano di renderlo il luogo gettonato dall'élite londinese. Dovrei sentirmi fortunata a essere qui. Voglio dire... lo sono. O no?

«Ho cominciato come sguattera», proseguo. «In effetti...» decido di lasciarmi andare con lui «...studiavo storia all'università e mi sono procurata quel lavoro part-time dopo aver speso l'intero prestito studentesco nella prima settimana.» Faccio una pausa per stringermi nelle spalle in segno di scusa. «Pensavo di potermi comprare gli amici con l'alcol, cosa che è effettivamente possibile!» Ride educatamente mentre continuo. «A ogni modo, l'unico posto che ha voluto guardare il mio curriculum – o la sua assenza – è stato La Rita's, vicino all'alloggio studentesco. Lavavo piatti per dodici ore di fila, ma per qualche ragione mi sono immediatamente appassionata a tutta la faccenda e volevo disperatamente diventare una cuoca. Ho abbandonato l'università dopo un semestre, avendo mancato quasi ogni singola lezione e seminario. Il ristorante italiano mi ha promosso apprendista e mi ha messo al lavoro.»

«È una bella storia», sorride in modo seducente e mi compiaccio della sua attenzione. «Però A'Diva deve essere piuttosto diverso da ciò a cui sei abituata.»

Annuisco. «A ripensarci, sono stata un po' abbindolata dai miei ultimi capi. Insistevano sempre che tutti andassero a casa a un'ora decente e avessero dei veri e propri giorni di libertà. Questo posto è stato un vero shock.»

«Però penso che tu abbia le qualità necessarie», mi dice Paul e mi sento immediatamente meglio. La sua presenza è calmante, rassicurante. È piacevole stare con lui. «Abbiamo aperto da poco, ma il turnover del personale è stato una follia.» Alza un sopracciglio. «Se hai retto una settimana, te la sei già cavata molto meglio della maggioranza degli altri.»

Il rumore della porta esterna che si apre mi scuote dalla nostra conversazione intima. Voci sonore si dirigono verso di noi lungo il corridoio.

Paul si volta rapidamente verso di me. «Posso portarti a bere qualcosa una volta o l'altra? Sarebbe bello arrivare a conoscerti un po' di più. Ti pagherò persino uno sherry.»

Mi acciglio. «Uno sherry?»

Fa un ampio sorriso. «È una bevanda fantastica! Molto sottovalutata. Ti ubriachi molto in fretta ed è come spararsi delle caramelle Haribo dritto nelle vene.»

«Non so se *voglio* spararmi delle Haribo.» Cerco di immaginarmelo. «E lo sherry non è un po' roba da... nonne? No? E, insomma, un po'... femminile?»

Assume un'aria fintamente atterrita. «Da parte tua non m'aspettavo una definizione così tradizionale del genere, Esther. Sono sorpreso da un commento simile. Il genere è un'invenzione, e se le ragazze possono essere astronaute e assassine, io posso bere lo sherry e parlare dei miei sentimenti, ok?» Annuisco, provando vergogna, mentre lui continua orgoglioso. «Non puoi indebolire la mia mascolinità. Ho piena fiducia nella mia scelta dello sherry e non mi lascerò mettere in imbarazzo da te e da nessun altro, grazie tante.» Fa una pausa. «Inoltre, vedrai, è delizioso. Ti convertirai in men che non si dica.» Rido e si avvicina, impaziente. «Allora? Vuoi uscire con me una volta o l'altra?» Apro la bocca per rispondere, proprio mentre l'aria sgombra la stanza.

È lui.

È arrivato il capocuoco. Non era mai venuto così presto! Incede fieramente e la sua presenza riempie all'istante lo spazio che ci circonda. Intorno a lui gli odori sono più intensi, i suoni più limpidi, i colori più brillanti.

Improvvisamente il povero, impaziente, cortese Paul non è altro che una sagoma indistinta nella mia visione periferica.

Il mio eroe e leader fa una zoomata su di me spuntando dal nulla. Ha dato a malapena un'occhiata nella mia direzione e di punto in bianco ce l'ho in faccia. Così vicino. Mi si ferma il respiro nel petto.

«Esther Adams!» Sorride in maniera incredibilmente sexy e trattengo un ansito. Sa come mi chiamo. Il capocuoco sa come mi chiamo! Com'è possibile?

«Sì, chef?» tento di rispondere con la lingua spessa, gonfia, cercando di non guardare le braccia e le spalle enormi.

Corre voce che una volta abbia sollevato da terra un commis – con una mano sola! – e l'abbia lanciato su un banco di preparazione. Tutto perché aveva spruzzato il condimento sulla parte sbagliata di un piatto.

Voglio che mi lanci su un bancone. Oddio, lo voglio con tutta l'anima.

«Piccola Esther Adams», tuona di nuovo, con gli occhi che lampeggiano mentre assapora il mio nome. «Oggi mi servi alle insalate. Portami un caffè e te lo spiegherò passo passo. Sai dov'è la caffettiera francese, vero?»

«La caffettiera francese?» replico come un bambino idiota con una lesione alla testa. Mi guarda divertito e aggiungo in fretta: «Naturalmente, chef, mi scusi, chef!». Balzo in piedi mentre lui scivola via per prendere il grembiule.

Mentre mi dirigo verso la caffettiera, finalmente mi ricordo di Paul.

«Merda.» Sono agitata, mi volto verso di lui. «Scusami Paul, mmm, che cosa stavi dicendo, ehm, amico mio?»

Quando risponde, la luce è sparita dai suoi occhi. «Non importa. Buona fortuna con le insalate. Te la caverai alla grande. Credo in te.»

8.

«Ok, ne abbiamo avuto abbastanza!» Sofia si alza in piedi, stirandosi in tutta la sua altezza. «Quaggiù non vediamo niente. Dobbiamo avvicinarci.»

«Che cosa?» Mi rannicchio sulla sedia. «Assolutamente no! No! Torna a sederti, Sofia!» Non si siede. Di fatto se ne sta andando, e altrettanto quelle traditrici delle mie amiche, Bibi e Louise, che si danno da fare per seguire l'anziana vicina mentre esce dalla porta della caffetteria.

«Nella vita bisogna assumersi dei rischi!» Si sta già allontanando con decisione e mettendo piede in strada. «Fintanto che nessuno si fa del male, bisogna *provarci*!»

«Ma qualcuno potrebbe farsi del male!» grido, facendo un balzo per seguirla.

Non si ferma, ma agita la mano in aria in modo sprezzante. «Bof! Chi si farebbe del male?»

«IO», grido, ma è già fuori portata d'orecchio.

Schivando il traffico, attraversiamo in qualche modo la strada, ci assestiamo in un gruppo serrato davanti al palazzo adiacente al ristorante. Indugiamo furtivamente nell'angolo, quattro teste nervose che si sporgono a osservare la vetrina, adesso molto vicina. Fuori siedono alcune persone che chiacchierano mentre mangiano.

Osserviamo in silenzio per un minuto prima che Bibi si annoi.

«Ne vale davvero la pena?» sospira. «Insomma, forse dovresti vedere come va a finire con Alistair prima di farti prendere troppo dal pedinamento degli altri tuoi ex.»

«Non sto pedinando», obietto. «E non ha senso iniziare

una missione se comincio e finisco con il mio primo amore.»

«La mamma dice che non smetti mai di essere innamorata del tuo primo amore», sospira sognante Louise. «È qualcosa che ha a che fare con quell'impazzata di ormoni che sperimenti allora, oltre alle sostanze chimiche che spari per la prima volta.»

«Uhm», Bibi piega la testa. «Un po' come l'MDMA, che non è mai così buono dopo la prima volta che lo prendi?»

«Che cos'è l'MDMA? È un rapper?» Sofia è curiosa.

«È una droga», le risponde Bibi senza problemi. «Anfetamina, ecstasy... hai presente?»

«Eccitante!» Sofia batte le mani. «La proviamo? Pensi che potrebbe ravvivare questa noiosa giornata di spionaggio?»

Desiderosa di non andare troppo fuori tema – e altrettanto desiderosa di non uccidere la mia anziana vicina con uno stupefacente alla moda – mi schiarisco la gola. «Sofia, chi è stato il tuo primo amore?»

Assume uno sguardo trasognato. «Non mi sono mai innamorata.»

Louise resta teatralmente a bocca aperta. «Mai?»

Sofia scuote la testa, alquanto gioiosa. «Ho avuto molti flirt e altrettanta lussuria, ma l'amore mi è sfuggito.» Si morde allegramente un labbro. «Però, sapete, ho una cotta spaventosa per quell'Ivan del piano terra. Mi sono sempre piaciuti gli uomini più giovani.»

«Ivan!» Bibi è inorridita. «Ma è così scontroso e meschino! E tu sei così in gamba!»

«Non è vero!» Lou difende Ivan. «L'altro giorno ha finalmente parlato con me, penso che siano stati i biscotti che gli ho lasciato.»

«I biscotti nell'ingresso?» s'informa Sofia. «No, li ho mangiati io, tesoro. Questa volta erano buoni, stai migliorando con la cottura al forno. Ancora un tantino secchi, ma meglio.» Dà gentilmente qualche buffetto a Louise, che è furibonda, ma non dice nulla.

«Uffa, Lou, smettila di cercare di stabilire un legame con

Ivan!» Bibi alza gli occhi al cielo. «Non vuole fare amicizia con noi, smettila di provare a fartelo amico. Smettila di tentare l'impossibile.»

«Posso farlo parlare», borbotta lei.

«Di che cosa avete parlato tu e Ivan?» domando a Louise, autenticamente curiosa.

«Soprattutto dei suoi, ehm, denti», dice, un po' imbarazzata. «Mi stava dicendo quanto sono costose le faccette dentali.»

«Ooh», si intromette Sofia. «Non sono meravigliosi? Così bianchi e dritti. Ho una vera cotta per lui.»

«Gli hai chiesto di uscire con te?» mi avvicino, felicissima alla prospettiva di una storia d'amore in casa.

«No, gli ho fatto gli occhi dolci, ma non ancora le chiacchiere da civetta.» Fa una pausa. «Pensi che dovrei chiedergli di uscire con me?»

Io e Louise facciamo entusiastici cenni d'assenso e lei dice a mo' di incoraggiamento: «Devi assolutamente chiedergli di uscire con te! Possiamo aiutarti?».

«Insomma», Bibi è un tantino incerta. «Non abbiamo abbastanza missioni d'amore in ballo?»

«Be', sììì», Louise è combattuta. «Ma trovare l'amore è così importante!»

«Hai un moroso già da un po', no?» Sofia si volta verso Louise. «L'ho visto andare e venire molte volte. A meno che non sia un amico occasionale.»

Il viso di Lou si rabbuia. «Sì, Sven è il mio ragazzo. Ma adesso non voglio parlare di lui.»

«Oh, giusto.» Sofia annuisce e il gruppo torna a fissare il posto di lavoro di Paul.

«Ok, ve lo dirò.» Louise sembra seccata dal nostro disinteresse, poi sospira teatralmente. «Bene, allora sentite un po' questa.» Ha già pronta l'arringa d'apertura del pubblico ministero. «L'altra sera è arrivato Sven e dopo, che so, cinque minuti mi chiede se sto "bene".» Fa passare lo sguardo tra tutte noi, occhi spalancati. «Ci credereste, ragazze? Sto "bene"? Me lo chiede con quella sua voce dolce, gentile. Come se fossi taaanto fragile e in procinto di esplodere.

Ma io *stavo* benissimo! Non mi comportavo in modo strano, niente del genere, in realtà ero super carina e lui mi chiede se sto "bene"! Allora, naturalmente rispondo che sto bene e lui mi abbraccia come se non mi credesse, poi dice: "Sei sicura?"» Alza le braccia al cielo, mi guarda per avere un appoggio, e così faccio del mio meglio per sembrare inorridita. «Che roba *è*?! Mi chiede se sono *sicura* di star bene perché evidentemente mi ero comportata in modo strano e avevo fatto la difficile. Ero carina, lo giuro! Che testa di cazzo! Allora sono diventata passivo-aggressiva e gli ho domandato se *lui* stesse bene e ha risposto di sì, tutto allegro. Ovviamente mi sono stizzita e non stavo bene per niente: mi ha forse chiesto di nuovo se stavo bene?»

Spalanca gli occhi in attesa di una risposta e le concedo un esitante: «No?».

«Ovviamente no», alza gli occhi al cielo infuriata. «È proprio fuori di testa.»

Annuisco per essere d'appoggio, mentre Sofia rimane indifferente. «Questo non è un litigio», dice in tono grave. «Una volta ho lanciato una sedia fuori dalla finestra.»

«Fico», mormora Bibi.

«E comunque», sospira Lou. «Adesso siamo in una situazione di stallo in cui gli faccio intenzionalmente delle gentilezze in modo che sia costretto a dirmi un "grazie" risentito anche siamo di cattivo umore l'uno con l'altra.»

«Aha, la supposta superiorità morale», io e Bibi ci scambiamo un sorriso compiaciuto.

«Di solito, però, lo amo», aggiunge Louise rivolta a Sofia, come se ci avesse ripensato. «Il più delle volte, ecco, un mucchio!»

Sofia ha perso interesse nei deludenti battibecchi di lunga durata di Louise e nella nostra opera di spionaggio. Cammina stizzosa con una certa teatralità: «Non potremmo entrare e basta?».

«Sono d'accordo», dichiara Bibi. «Quante probabilità ci sono che venga fuori a fare una passeggiata nel bel mezzo del pranzo di sabato perché possiamo dargli un'occhiata?»

«Siamo sicure che lavori qui?» domanda Louise senza essere di alcun aiuto.

«Lo cerco su Google», dice Sofia, estraendo il telefono con uno sventolio. «Qual è il suo cognome?»

Louise corruccia il viso. «Com'è che si chiamava, Esther? È un cognome dal suono raffinato, vero?»

«Paul D'Silva», rispondo in tono serio. «Ooh, ve l'immaginate se fossi Esther D'Silva... non sarebbe niente male, vero?»

«Bleah!» dice con stizza Sofia. «Cambieresti il tuo nome se ti sposassi? Perché dovresti fare una cosa simile? Come fai a passare una vita intera con un nome e un'identità e poi gettarlo via per fonderti con la vita di un uomo? Per assumere la sua identità? È grottesco.»

Sono sulle spine, imbarazzata dal mio lapsus in tema di femminismo. «Mmm, non lo so. Credo che lo farei soltanto se fosse un nuovo nome super fico come Esther D'Silva.»

«Bah!» dice Sofia, lanciandomi un'occhiataccia, mentre Bibi le si avvicina.

«Sofia», comincia lentamente. «Con tutto il rispetto, perché sappiamo che è stata la tua generazione a cominciare il viaggio del femminismo per noi. Ma quelle come noi credono che il femminismo consista nell'avere delle scelte. Avere la libertà – in senso letterale e sociale – di fare a modo nostro senza che una vagina ci costringa a imboccare un unico sentiero. Se Esther vuole cambiare nome o restare a casa in grembiule a cuocere le torte, può farlo. Fintanto che non si sente obbligata o spinta a farlo dalla società o da un partner. La scelta è sua.»

«D'accordo», Sofia agita la mano. «Però ricorda, ho evitato di portare il reggiseno per dieci anni nel vostro interesse, va bene?» Annuiamo riconoscenti. «Ho le tette che arrivano alla vulva, va bene?» prosegue e chiniamo la testa, adeguatamente mortificate. «Ho i capezzoli che puntano ai piedi.»

«Mi dispiace tanto», sussurra Louise. «Grazie.»

«Non c'è di che», dice nobilmente Sofia.

«Allora posso essere mrs. Paul D'Silva?» esulto con piacere.

Ed è soltanto quando mi sento battere sulla spalla che mi rendo conto non solo che negli ultimi minuti abbiamo alzato parecchio la voce, ma anche che siamo ben visibili in piedi sul marciapiede, proprio accanto al ristorante.

Ex n. 4: Paul D'Silva altrimenti detto l'Occasione Mancata Parte seconda

Lo ~~Swan~~ Swab
Tavolo d'angolo
22.23

«Sinceramente, mi fa dare di matto», gemo, la testa tra le mani. «Continuo a pensare che siano spariti e poi ricominciano.» Singhiozzo così forte che i commensali del tavolo accanto mi lanciano un'occhiata. Un bambino piccolo mi indica e si mette a piangere. Faccio un debole gesto con la mano ai genitori e mormoro debolmente delle scuse.

«Sono piuttosto plateali», concorda Paul, sorseggiando lo sherry.

«HIC», faccio di nuovo e mi viene voglia di piangere. «La cosa assurda è che mi è rimasta in testa la canzone *Defying Gravity* dal musical *Wicked.* Ogni volta che singhiozzo, il cervello arriva alla parte del crescendo in cui lei vola.»

Si stringe nelle spalle. «Non l'ho mai visto.»

«Fancu... HIIIIIC», il singhiozzo trasforma il finale dell'imprecazione in uno stridio inquietante che scatena di nuovo il bambino.

«Qual è la causa del singhiozzo? È lo stress?» domanda lui gentilmente.

«È così, giusto? Perché sono super stressata, Paul», sospiro.

«Accidenti, Esther, davvero?» Allunga una mano per prendere la mia. È sempre così pronto a toccare, ogni volta mi provoca un formicolio. Mi manca tanto il tocco di qualcuno. Ma non devo leggerci nulla. «Che cos'è? Non ti piace il tuo ristorante? Lo staff non è gentile?»

«No, non è quello», scuoto la testa. «Direi che mi piace e sono tutti gentili. Mi ci è voluto un po' per smetterla di sentirmi la ragazza nuova e incapace, ma sono passati quasi due anni da quando ho lasciato A'Diva.»

«Wow, il tempo è passato in fretta!» esala e poi mi guarda più da vicino.

«Allora che cos'è?» È così preoccupato che mi vien voglia di piangere. «Puoi parlarmene se vuoi.»

Oh, ma il problema è proprio quello! Non so se ho voglia di parlare di quello che mi passa per la mente. E, se attacco, non riesco a fermarmi. Guardo fisso il tavolo.

«Almeno non devi più affrontare le pretese della Testa di cazzo», aggiunge Paul con dolcezza, riferendosi al nostro vecchio capo. «Te ne sei andata appena in tempo. L'amico è fuori controllo.»

Non so quanto ne sappia di quello che mi è successo da A'Diva, del fatto che me ne sono andata in disgrazia, sotto una nube scura, orribile. Paul non ha mai sollevato l'argomento con me, né allora né in seguito, perciò spererei che ne sappia pochissimo. Gli ho detto soltanto che ne avevo abbastanza e ho lasciato senza preavviso. Non ha mai indagato. Non sono poche le persone che se ne vanno così, era plausibile.

«Sì, in realtà il mio capocuoco è molto gentile», dico. «E mi piace essere una sous chef. Però l'orario è sempre lungo e sfibrante, caro mio, non so quanto potrò continuare a farlo. È interminabile e ho la sensazione di non avere una vita al di fuori del lavoro.»

«Non me ne parlare!» Alza gli occhi al cielo. «Mi sembra incredibile che siamo riusciti ad avere la stessa sera libera, è una specie di miracolo! Vedo a malapena alcuni miei amici, figuriamoci avere un secondo per uscire con una donna.»

«Brindiamo a questo», faccio tintinnare il mio bicchiere di vino contro il suo sherry.

Paul mi guarda in modo un po' malizioso. «Allora non c'è nessuno sulla scena?» Mi fa un largo sorriso speranzoso e deglutisco.

«Assolutamente no», confermo, seppellendo il viso nel grosso bicchiere e – prevedibilmente – singhiozzandoci dentro.

Non posso parlare di Alex a Paul. Non posso proprio. Soprattutto perché piangerei e non posso permettergli di vedermi piangere. Sono una piagnona terribile.

Non riesco ancora a capacitarmi del fatto che il mese scorso abbiamo chiuso in quel modo, sono ancora sotto shock. È stato tutto così improvviso, così brutto. Non sapevo che Alex ne fosse capace.

HIC.

«Bene», Paul appoggia lo sherry, con aria determinata. «So come liberarti del singhiozzo. Vengo lì.» Si alza in piedi e viene dalla mia parte del tavolo, dove mi afferra per le spalle. Quando mi riposiziona per avermi di fronte, una lieve effervescenza passa attraverso gli abiti. All'improvviso siamo più vicini di quanto siamo mai stati e faccio fatica a sopportarlo.

Fissandomi intensamente, a pochi centimetri dal mio viso, si allunga e mi copre le orecchie con le mani. Un suono bianco, scrosciante rimpiazza i rumori del pub e deglutisco istintivamente, come se mi si fossero stappate le orecchie.

«Stai bene?» mi chiede Paul con il solo movimento delle labbra e annuisco, sentendomi stranamente vulnerabile. Siamo così vicini. Sento nel suo respiro la dolcezza dello sherry. «Bene, adesso conta mentalmente fino a cinquanta e spalanca gli occhi il più possibile senza battere le ciglia», leggo le parole sulla sua bocca, incapace di sentire gran che. Il suo labbro inferiore è leggermente irritato, come se l'avesse masticato, e mi sento scoppiare per l'impulso di morderlo.

Uno, due, tre, quattro, cinque...

Adesso si avvicina e lotto contro il desiderio di battere le ciglia.

...sei, sette, otto, nove, dieci...

Sento, piuttosto che vedere, la sua bocca curvarsi in un sorriso, a due centimetri dalla mia.

...undici, dodici, tredici, quattordici, quindici, sedici, diciassette...

Sento il suo calore sulle guance mentre il cuore comincia a battere all'impazzata.

...diciotto, diciannove, venti, ventuno, ventidue, ventitré, ventiquattro...

Quando comincia delicatamente a soffiarmi sulla pelle, il

suo odore intenso, ho proprio la sensazione che il mio corpo si sollevi da terra. Non vedo altro che lui. Non sento altro che il suo odore.

...venticinque, ventisei, ventisette, ventotto, ventinove, trenta...

Nella mia vita non ho mai desiderato toccare qualcuno più di lui. L'impulso di afferrarlo mi rivolta come un guanto – ogni dito delle mani, dei piedi – e ardo come se fossi in fiamme.

...trentuno, trentadue, trentatré, trentaquattro...

Il soffio cessa e desidero ardentemente che continui. Desidero ardentemente che mi baci.

...trentacinque, trentasei, trentasette, trentotto, trentanove, quaranta, quarantuno...

Sento che morirò se non mi bacia subito. Mi sporgo verso di lui e avverto le sue labbra contro la mia guancia. Lascia che si trattengano lì per un attimo prima di ritrarsi delicatamente e continuare a soffiare con dolcezza.

...quarantadue, quarantatré, quarantaquattro...

Devo darci un taglio.

Non posso mettere di nuovo a rischio il mio cuore. Non dopo quello che è successo con Alex. Com'è possibile che mi venga anche solo l'idea di baciare Paul? Che razza di idiota del cazzo sono? A flirtare in modo così scandaloso? Se lo baciassi adesso, rovinerei tutto. Non saremmo più gli stessi. Lo perderei, come ho perso Alex. Non posso farlo. Devo fermarmi. Subito. BASTA.

Chiudo gli occhi e giro la testa.

«Ehi!» Lui si ritrae e l'incantesimo è rotto. «Non avresti dovuto chiudere gli occhi! Probabilmente non avrà funzionato.»

Deglutisco con prudenza, aspettando nervosamente lo scatto nel petto.

«No», sorrido con circospezione. «Penso che abbia funzionato. Mi ha... distratto molto. Grazie, Paul. Immagino che ci sia sempre un sistema efficace per liberarsi di... HIC OH MA PORCA PUTTANA.»

Davanti a noi il bambino si rimette a piangere.

9.

«Ha appena nominato Paul D'Silva?» Un bell'uomo di mezza età ci sta sbirciando confuso. Mi arde il viso per la vergogna. C'è poco da dire; mi ha sentito mentre gridavo che avrei sposato Paul. Evidentemente lo conosce, questo è l'esito peggiore possibile della missione nella missione. Non siamo brave spie.

Lo fisso a bocca spalancata. Dopo un attimo di silenzio, l'uomo sembra imbarazzato. «Mi scusi», borbotta, girando le spalle. «Pensavo che avesse detto...» non finisce la frase, allontanandosi a passo strascicato, e ritrovo la voce.

«Lei, mmm, lo conosce?» domando, la voce strozzata.

Torna sui suoi passi. «Sì», indica con un gesto il ristorante alle sue spalle. «Lavoro per lui. È il mio capocuoco.»

«Lei è piuttosto bello.» Sofia si avvicina, dandogli una rapida occhiata.

«È lì dentro?» domanda eccitata Louise, ignorando le avances della nostra vicina arrapata.

Il tipo scuote la testa. «Starà via per un paio di mesi. I capi gli fanno fare un nuovo corso di addestramento intensivo da qualche parte nel Nord. Vuole che gli faccia avere un messaggio o qualcos'altro...?»

Non c'è. Non è neppure a Londra. Non posso vederlo.

È stata una perdita di tempo. Sento le spalle che si afflosciano e la testa si abbassa. Un'altra delusione.

«Ehm, no», rispondo a bassa voce. «Nessun messaggio, noi...» Non ho più parole e lui annuisce lentamente.

«Nessun problema», si gratta la testa. «Ehm, si riguardi.» Si volta per andarsene e Bibi grida al suo indirizzo.

«Esce ancora con Celeste?» L'uomo torna di nuovo sui suoi passi, questa volta guardandoci di traverso.

«Chi?»

«O con qualcuna?» aggiunge impaziente Sofia. «Ha la ragazza? È sposato, divorziato, ha degli appuntamenti? Oppure è single? E *lei* è sposato?»

Sul volto dell'uomo si assesta qualcosa di simile alla paura. Fa pensare a qualcuno che si sta rendendo conto di essere appena entrato nella fossa dei leoni. «Ehm, come mai avete detto che conoscevate Paul?» domanda con un certo nervosismo.

«Non siamo stalker», rispondo anche troppo in fretta e sembra proprio che io lo sia. «Non lo siamo assolutamente.»

«*Tu es un peu*», bisbiglia Sofia.

«Voglio dire», balbetto, «so che eravamo, ecco, nascoste nell'angolo a guardare il ristorante, ma non siamo delle tipe strambe.»

L'uomo fa un gran passo indietro, infilando una mano nella tasca.

«Non ha bisogno di chiamare nessuno», la mia voce diventa acuta e allarmante. «Assolutamente non la polizia!» ridacchio producendo un rumore spaventoso, intermittente. «Può tirare fuori la mano dalla tasca, amico mio, perché siamo persone *normali*, che pongono domande normali e non c'è nessun motivo per spaventarsi o chiamare le autorità o...» Ho pronunciato la parola "normale" in modo troppo bizzarro.

«Fanculo», Bibi interrompe il mio monologo terrorizzante con un grido: «CORRI!».

Prendiamo il volo con uno scatto, Sofia in prima linea, mentre corre come un alce, elegante e con le cosce muscolose.

Quando raggiungiamo un angolo, getto uno sguardo indietro, abbastanza a lungo da vedere un'espressione di assoluto sconcerto sul volto dell'uomo.

Va liscia come l'olio.

Ex n. 4: Paul D'Silva altrimenti detto l'Occasione Mancata Parte terza

Wetherspoons
Il tavolo peggiore
22.14

«Avanti, fammi vedere quelle tette», guarda con lascivia dentro la mia maglietta. «È tutta la sera che mi meni per il naso. Fammi solo dare un'occhiatina a quelle latterie.»

Mi alzo in piedi con la vaga sensazione di un conato di vomito. «Adesso me ne vado», dico con tutta la calma di cui sono capace. «E per i futuri appuntamenti su Tinder ti suggerisco di evitare di chiamare i seni "latterie". A meno che tu non abbia un appuntamento con una mucca da latte.»

Non aspetto di sentire la risposta prima di allontanarmi e uscire dalla porta del pub.

Dio, l'aria fredda dà una sensazione così bella sul viso.

Che appuntamento avvilente, orribile. Che triste pretesto per passare una serata. Puah, sono così stufa di andare agli appuntamenti. In un anno ce n'è stato solo uno interessante e non era un vero e proprio appuntamento. Più che altro un incontro casuale e imbarazzante in un gabinetto per disabili. Ma adesso non pensiamo a *quello.*

Intorno a me comincia a piovere e smetto di frugare nella borsa in cerca dell'ombrello. Il mio telefono si illumina e allungo una mano a prendere quello, invece.

C'è un messaggio nella segreteria telefonica. I messaggi lasciati in segreteria mi fanno provare un brivido. Sono eccitanti, in un certo senso. Ma oggi è più eccitante del solito. È questo che ho aspettato per tutta la settimana?

«Buona sera, ms. Adams, mi scusi per averla chiamata così tardi. Sono Anjan Cochran del Norris Museum. Sono felicissimo di essere nella posizione di offrirle il ruolo di coordinatrice di eventi, il suo colloquio ci è piaciuto. La prego di richiamarmi quando sentirà il messaggio – domani va benissimo – per trattare i termini del contratto. Spero che sia una buona notizia!» ride appena nel dirlo. «Bene, si goda la serata, ci sentiamo presto.»

Metto via il telefono. Mi tremano le mani.

Ho ottenuto il lavoro. Me l'hanno dato, me l'hanno proprio dato.

Finalmente ho chiuso con la cucina. Ho chiuso con gli orari assurdi e le cucine bollenti, soffocanti, piene di uomini arrabbiati, sprezzanti. Questa è la mia occasione per una nuova vita. Una vita che per natura comprende cose estranee al lavoro. Posso godermela. Potrei avere un ragazzo.

E – ohmioDio – so esattamente chi voglio per ragazzo.

Io e Paul eseguiamo da tanto tempo una danza intorno alla nostra attrazione. Siamo evidentemente pazzi l'uno dell'altra, lui mi piace tanto e noi *funzioniamo.* Stiamo bene insieme! Lo dicono tutti! L'ho negato a me stessa per una vita, mentre lavoravo al suo fianco. In parte per via dell'orribile tragedia che è andata in scena da A'Diva, e in parte perché pareva stupido coinvolgersi con qualcuno con cui lavoravo. Inoltre mi inquietava l'idea di imbarcarmi di nuovo in qualcosa dopo quello che era successo con Alex. Non volevo rovinare l'amicizia con Paul.

Ma adesso mi rendo conto che avere come fondamento un'amicizia decente è vitale per un rapporto. È la base di ogni amore vero e proprio. Essere grandi amici che si piacciono è il miglior genere di amore che ci sia! Io e Paul potremmo averlo. Potremmo avere la cosa migliore che esista e vale la pena rischiare.

Stasera starà lavorando, ma devo vederlo. Glielo devo dire. Finalmente devo permettermi di baciarlo, cazzo.

Mi ritrovo su un autobus diretta al ristopub dove adesso lavora come sous chef senior e, mentre scendo con un balzo, non so ancora cosa dirò. Forse non dirò nulla, forse finalmente lo bacerò.

Quando entro stanno chiudendo, ma il gestore del bar fa un gran sorriso quando dico che sono qui per vedere Paul.

«È nel retro, passa.» Mi fa uno strano sorriso. Quasi divertito. E capisco perché quando apro la porta della cucina.

Paul è nel bel mezzo di un bacio appassionato con una delle donne più attraenti che abbia mai visto. Le viscere mi cadono a pezzi e mi ritrovo ad appoggiarmi al muro freddo della cucina per impedire a me stessa di cadere. Me ne voglio andare prima che mi veda, ma la nausea che sta ribollendo dentro di me la spunta.

Emetto un sonoro conato di vomito e si separano con un balzo.

«Scusatemi tanto», adesso tossisco, cercando di non vomitare. «Mi dispiace davvero, vi ho interrotto. Non intendevo...» Mi giro per andarmene, la mortificazione mi brucia le guance e l'acido dello stomaco mi brucia la gola.

«Esther!» Sento la voce di Paul che mi insegue mentre me la do a gambe per la stessa strada dalla quale sono venuta. Mi raggiunge al bar, sembra confuso. «Che ci fai qui?»

Deglutisco a fatica. «In realtà non lo so. Passavo di qui e avevo... una novità.» Ho il respiro troppo affannoso per esprimermi in modo lucido. «Sono uscita con un tizio spaventoso e poi ho saputo di aver ottenuto il lavoro degli eventi e...»

«Cosa?!» mi abbraccia. «Questa è una novità fantastica, amica mia! Congratulazioni.»

Sono molle tra le sue braccia. «Quella chi era?» mormoro.

«Chi?» Si stacca, mi esamina in viso. «Oh, quella è Celeste. Te ne avrei parlato la prossima settimana, davanti a qualcosa da bere.» Per un attimo sul suo viso compare un'espressione di inquietudine. «Ti andrebbe, ehm, di conoscerla? È mitica.»

Lo sa. Sa che è orribile e imbarazzante e che ho il cuore infranto. Lo vede, lo vediamo entrambi, ma dobbiamo fingere che vada bene così. Perché ufficialmente non siamo mai stati niente di più che amici. Se mai, sono io quella che ci ha inibito in tutti questi anni. Non posso essere turbata o infastidita dal fatto che sia passato ad altro. Non quando l'ho tenuto in attesa per tre lunghi anni.

«La conoscerò un'altra volta», ingoio il denso grumo di

lacrime che ho in gola. «Mi farebbe piacere. Ma sono sfinita e per stasera devo riportare a casa le mie latterie…»

«Le tue cosa?» aggrotta la fronte, ma ignoro la domanda.

«Però sono felice per te, sembra… voglio dire è bellissima!» Le lacrime cominciano ad annebbiarmi gli occhi e mi volto verso la porta, allontanandomi con tutta la velocità con cui mi portano le gambe malferme. «Davvero, davvero, davvero felice per te, Paul! DAVVERO!» La voce comincia a strozzarsi e noto il gestore del bar che ci osserva dall'altro lato della sala. «È una bellissima notizia! Ci sentiamo presto, sì? Ciaooooooo.»

Prendo il volo, correndo nella pioggia, e non mi fermo finché non arrivo a casa, piangendo più forte di quanto ricordi di aver mai fatto. Abbiamo avuto tante opportunità, tante volte in cui avremmo potuto provarci. E adesso abbiamo perso la nostra occasione.

10.

Quando apriamo la porta della nostra casa, su di me si deposita una sorta di profonda spossatezza che mi fa sentire le ossa pesanti e dolenti. Faccio addirittura fatica ad affrontare le scale che portano al nostro appartamento al primo piano. Salutiamo Sofia davanti alla nostra porta d'ingresso, osservandola mentre supera d'un balzo i gradini che restano con l'agilità di un'ex ballerina.

Appena entrate, borbotto una scusa e mi dirigo verso la mia stanza, crollando immediatamente sul piumino. Sospiro profondamente nelle lenzuola, chiedendomi se tutto questo vale la pena. La missione è destinata a essere soltanto un'umiliazione dopo l'altra? Finora è stata una delusione completa con Alistair e la sua ragazza, poi c'è stato l'appostamento a Paul. Sono sicura che gli verrà riportato che un gruppo di donne stava gridando di volerlo sposare, e che in seguito ha voluto sapere dove si trovava e quale fosse lo stato dei suoi rapporti. *Adesso* non posso neppure inviargli un messaggio! Persino se fossi disposta ad aspettare mesi fino a quando non torna in città.

Prendo l'Albero delle teste di cazzo che ho accanto e lo esamino. Restano cinque nomi: Carl, Alex, Idris, Will e Rich. Sopra ai loro nomi ho scarabocchiato un elenco di nomi che iniziano per B di cui chiedere conto a Bibi. Si chiama Belle, Betty, Billie, Bernadette, Bianca? Ooooh, Bertha! Direi che ha un'aria da Bertha. Mi allungo a prendere una penna per annotarlo.

Sul letto il telefono vibra e lo controllo automaticamente. Il nome mi trasmette qualcosa che non saprei definire.

Alistair Morris (scuola)

Ehilà compagna di scuola! Passata una buona settimana?

Assolutamente no, porca puttana. In realtà una settimana terribile, Alistair Morris (scuola). Ma non è quello che vuoi sentire.

Il dito indugia sulla casella di risposta.

Perché mi manda un SMS? Non mi aspettavo di sentirlo dopo la bizzarra, intensa serata passata insieme, con climax crescente e decrescente. Parlava sul serio quando diceva di voler essere amici? Che strano, prima d'ora non c'era mai stato un ragazzo che lo dicesse sul serio. Ora che ci penso, anch'io quando l'ho detto non parlavo sul serio.

Corro in soggiorno con il telefono ancora in mano. Bibi e Lou sono sedute vicine sul divano, bevono il tè. Si interrompono bruscamente, hanno un'aria colpevole mentre entro a precipizio, ma sono troppo sudata e presa dal panico per far caso al fatto che ovviamente stanno spettegolando su di me e sul mio incontro.

«Ragazze», sono sull'alta frequenza e Louise si tira su a sedere raddrizzandosi. «Alistair mi ha appena inviato un messaggio.»

«Vediamo!» Lou balza in piedi e Bibi batte felice le mani.

Consegno il telefono e c'è un lungo silenzio di venti secondi durante il quale leggono e calcolano.

«Ok», Bibi è la prima a parlare, la voce piena di incertezza. «Ok, allora. Mmm, ti chiede come hai passato la settimana. È... un buon segno?»

«Sì, ma non significa molto, non ti pare?» Sono ansiosa. «Tipo, se ci fosse dell'altro, avrebbe più cose da dire, non credi? Soprattutto se pensi a come ci siamo lasciati. E quel *compagna di scuola* del cazzo.» Sono indignata. «*Qualcuno* sta molto attento a fare in modo che io sappia qual è la sua posizione.»

«Magari sta solo cercando di capire come ti senti prima di lanciarsi in una grande confessione d'amore.» Lou sembra speranzosa. «O forse è lui che ti sta spingendo a fare una mossa? Forse vorrebbe scaricare la sua ragazza e fuggire insieme a te nel tramonto.»

«Ma non dovrei sentirmi male a questa prospettiva?» Deglutisco a fatica. «Non dovrei ignorare qualsiasi possibilità di quel tipo per rispetto della ragazza?»

«Forse», annuisce fiaccamente Louise, con l'aria impensierita.

«Ce l'avevi prima tu», dice Bibi con stizza. «E magari non fa tanto sul serio con lei. Ti ha detto da quanto tempo stanno insieme?» Scuoto la testa.

«Non mi ha detto niente di lei, assolutamente niente.» Rileggo il messaggio. «E ovviamente non ho fatto domande.» Alzo le mani al cielo. «Oddio, non so. E quel punto esclamativo? Che cosa significa?»

Mentre dissezioniamo gli spazi e la mancanza dei baci di chiusura, il telefono – adesso in mano a Lou – vibra di nuovo. Lo osserviamo come se fosse fatato, poi ci guardiamo l'un l'altra.

«È ancora lui», dice Lou con la voce tremante. «Scrive: "Ti andrebbe di bere qualcosa venerdì?"»

«Oh mio Dio», replica Bibi in tono confidenziale, come se stessimo sviluppando dei codici nucleari. «Oh mio Dio.»

«Che significa?» ululo, le mani al cielo. «Che significaaaaaaaa?»

«Penso che sia un appuntamento», spiega Lou con un tremito nella voce. «Penso che ti stia chiedendo di uscire con lui!»

«Oppure potrebbe essere l'uscita con un gruppo di amici», temporeggia Bibi, che sembra coinvolta. «Pensi che possa essere un'uscita di gruppo?»

«Brenda, sai quello che so io!» urlo a Bibi con una certa impazienza. «È vago! Vago, ve lo dico io! E nel messaggio precedente mi ha chiamata esplicitamente *compagna di scuola*!»

«Sì, ti ha chiamato compagna di scuola...» Louise è fiduciosa. «...ma ti ha anche invitato a uscire di venerdì. Lo sanno tutti che i venerdì sono romantici di per sé. I venerdì sono sexy, tutti si sentono sexy di venerdì! È la sera degli appuntamenti!»

«Ok, va bene, dovresti dirgli di sì», continua affabilmente Bibi. «E poi chiedergli con noncuranza se è un'uscita di gruppo o no. E non mi chiamo Brenda.»

La guardo esterrefatta. «Non glielo posso chiedere! Che cosa siamo, *persone normali*? È ovvio che non posso *chiederglielo*, Bibi! Se gli domandassi se è un'uscita di gruppo, potrebbe farsi prendere dal panico e invitare una comitiva di persone. E se gli domandassi se siamo solo noi, potrebbe ridere di me per aver pensato che potesse essere un appuntamento. Non posso *chiederlo*, Bibi. Gesù.»

Ha il buon gusto di vergognarsi.

Lou annuisce. «Esther ha ragione. Ok, allora dici di sì e sei pronta a entrambe le eventualità.»

«Ma venerdì sera sono impegnata per un evento», le dico ansiosa. «Io e Katie ci lavoriamo da settimane.» Mi guardano impotenti e gemo. «Che vada al diavolo, dirò alla mia assistente che dovrà occuparsene da sola. Se la caverà, sono sicura. Trovare il padre dei miei figli è più importante di un marchio di assorbenti che presenta la sua nuova gamma ai giornalisti, giusto?»

«Sembra giusto», commenta Louise con aria insicura.

Faccio un cenno d'assenso. «Dunque, mi faccio viva e, se è un'uscita di gruppo, voi ragazze dovete essere pronte a raggiungerci. Vi va di fare base in un bar del quartiere, pronte ad arrivare?» Annuiscono all'unisono.

«Se è un appuntamento», attacca Lou con circospezione, «e vi amate, continuerai con la Missione dei sette ex?»

Ci penso su. «Mmm, be'», replico lentamente. «Se lui ha, tipo, scaricato del tutto la sua ragazza e confessa sentimenti imperituri, che provo anch'io in quel momento, allora credo di no, l'eviterei. Ma se è ancora tutto per aria, allora penso che probabilmente continuerò fintanto che ne ho bisogno. Non posso mollare.»

«Capito.» Lou fa segno di sì, adesso più sicura.

«Però, ecco», faccio una pausa guardando Bibi per non dover guardare Louise. «Ci ho pensato e forse potrei comunque saltare Alex. Che cazzo, sarebbe imbarazzante – più imbarazzante che con qualunque altro ex – e non ho bisogno di vederli *tutti*, giusto?»

C'è un breve silenzio prima che Bibi annuisca.

«Penso che sia una buona idea», dice e le sorrido riconoscente.

«Ehm», Lou scuote la testa. «Non sono assolutamente d'accordo, mi dispiace. Penso che sia importante vedere Alex. Se hai intenzione di compiere la missione nel modo appropriato, devi portarla fino in fondo. E se nell'elenco c'è Rich il Bastardo, deve esserci senz'altro anche Alex.»

Mi casca il mento. «Mmm», tergiverso. «Forse. Mettiamo per iscritto questa risposta ad Alistair e prepariamo il vestito per venerdì, poi capirò quale sarà la mia prossima mossa.»

Bibi e Lou si scambiano uno sguardo salace che scelgo di ignorare.

11.

Arriva il venerdì e mi ritrovo fuori dal bar, appoggiata a un muro e con il respiro pesante. Ho la sensazione che stia per succedere qualcosa di grosso. Qualcosa che in potenza può cambiarmi la vita. Dopo tutto, l'uomo con cui è destino che io stia potrebbe benissimo aspettarmi dentro il locale. Questa sera tutto potrebbe cambiare. Potrei fare sesso. Potrei fare sesso con la prima e l'ultima persona con cui l'avrò fatto. Voglio che sia Alistair? Aveva un bel pene e la nostra vita sessuale era... entusiasmante. Inoltre, negli ultimi dieci anni avrà imparato una bella serie di giochetti. Io li ho imparati. Ma il suo è l'ultimo pene che voglio avere dentro di me?

Tiro l'orlo del vestito, mi sento impacciata. Lou mi ha convinto a indossare un capo che sfida la regola secondo cui bisogna mettere in mostra una sola qualità per volta. Al momento tutta la gamba e la tetta sono disponibili al piacere della vista di chiunque. E, sfortunatamente, l'unico cicchetto di whisky pescato in fondo alla credenza, che ho bevuto prima di uscire di casa, non è bastato a eliminare le mie insicurezze a riguardo.

Per un minuto mi raffiguro Alistair seduto nervosamente a un tavolo, la bottiglia di vino già in attesa. Era sempre così premuroso, teneva sempre presente cosa mi avrebbe fatto sorridere. Questa volta mi abbraccerà come si deve – è sempre stato un amante degli abbracci – e poi ci metteremo seduti. Ci guarderemo da una parte all'altra del tavolo e voleranno le scintille.

Tiro fuori lo specchietto per applicare un altro po' di

rossetto. Devo sembrare perfetta, non voglio un capello fuori posto.

Poi, non appena ci saremo presi da bere, mi dirà che ha rotto con la sua ragazza usando parole che non mi facciano star male, magari anche lei ha incontrato un altro e si sente terribilmente sollevata dal fatto che lui chiuda la loro storia. E poi allungherà una mano sul tavolo e…

«ESTHERRRRRR!» Il mio nome viene urlato in modo tale che ogni romantica illusione va immediatamente in pezzi.

Alistair è qui e Alistair è ubriaco. Arriva di corsa, mi solleva e mi tiene fra le braccia facendomi roteare. Ridiamo e sussurra, il fiato caldo sul mio orecchio: «Mi dispiace, ho bevuto un po'».

«Lo vedo!» Faccio di nuovo una risatina mentre mi depone a terra.

«Mi hanno costretto!» grida in tono accusatorio, agitando una mano dietro di sé. Al rallentatore abbraccio con lo sguardo la schiera di volti noti, tutti che sorridono e salutano.

Fanculo.

Compagni di classe. Gente che viene dalla scuola. Persone che non vedo da più di dieci anni. Questa non è una bevuta di gruppo, questa è una *rimpatriata* del cazzo.

C'è un coro collettivo di «CIAO» mentre versioni invecchiate di persone con cui non ho mai parlato, ma che conoscevo intimamente, mi sfilano davanti.

«Ehi!» mando giù, cercando urgentemente il telefono mentre seguo tutti quanti all'interno. Quasi senza guardare e servendomi delle dita più veloci, invio in preda al panico un SMS a Lou e Bibi: «EMERGENZA. VENITE SUBITO, È SICURAMENTE UN'USCITA DI GRUPPO. EMERGENZA DEL CAZZO».

Entrati nel bar, Alistair è di nuovo nel mio spazio personale.

«Ci crederesti che sono tutti qui? Te l'avevo detto che avrei organizzato una rimpatriata, vero o no? Non è il massimo?» mi sorride radioso, in attesa, e provo un impeto di affetto per il mio primo amore, così fanciullesco, eccitabile, allegro e spensierato. Ho tanta voglia di agguantargli il viso e baciarlo dappertutto. Si avvicina. «Posso prenderti da bere? Questo giro tocca a me.»

«Certo!» rispondo con entusiasmo, cercando di controllarmi. Puah, i giri, sono la cosa peggiore. Perché non possiamo pagare solo quello che beviamo? «Vorrei un vino bianco, grazie.»

«Vieni con me», mi circonda la schiena con un braccio e la mano indugia per un attimo prima di posarsi. È sistemata con attenzione, non troppo alta sulle spalle perché mi senta un compagno che ha sfidato a una gara di freccette, non troppo bassa perché mi senta palpeggiata. Ma sento comunque il calore del suo corpo contro di me e lo stomaco è attraversato da un'effervescenza.

Aspettiamo in mezzo alla folla accanto al banco sperando di trovare un piccolo spazio in cui tuffarci, e mi schiarisco la gola. «Allora, ehm, stasera conoscerò la tua ragazza? È qui?» Cerco di tenere la tensione lontana dalla voce e non ci riesco. Ma mi salva lo strato nebuloso di alcol che riveste Alistair.

«No, no, solo vecchie facce dei tempi della scuola», mi guarda con un mezzo sorriso. «Ho inviato e-mail in massa chiedendo di incontrarci ed erano tutti super eccitati. Ho detto che ti avevo visto da poco e alcuni hanno insistito che invitassi anche te.»

Oh. Non è un appuntamento e avermi qui non è neppure stata una sua scelta.

È ignaro del mio dolore. «Pensavo che ti sarebbe piaciuto rivedere tutti!» Fa un gran sorriso. «È passato tanto tempo.»

«Oh sìììì, è fantastico! È coooosì bello vederli», gli restituisco il sorriso, ricordandomi che riusciva a capire quando stavo mentendo.

«E naturalmente volevo rivedere te», aggiunge in fretta, sorridendomi a trentadue denti. Forse avverte che trovo deludente la situazione perché si schiaccia un po' di più contro il mio fianco. «E volevo...» Si interrompe perché davanti al banco si apre un varco. Le folle si spostano in avanti e sbandiamo contemporaneamente. Alistair va a finire appropriatamente davanti al banco mentre io per poco non mi infilo nella fessura del culo di qualcuno.

«Gesù, che razza di idiota!» grido, cercando di alzarmi in piedi e riuscendo soltanto a sgomitare in mezzo alle persone intorno a me. Una delle vittime della sgomitata mi aiuta a mettermi in piedi e mi profondo in scuse. «Scusatemi, ragazzi, è tutta colpa mia.»

Finalmente mi raddrizzo, girandomi verso il mio salvatore. È un volto noto e mi ritrovo a rantolare in modo palese.

Nick Wilde della mia scuola. Anche Nick dell'università, dato che, tecnicamente, per quell'unico semestre abbiamo frequentato lo stesso posto. Non che allora ci parlassimo veramente o che passassimo molto tempo insieme.

«Esther Adams!» Sorride mentre lo guardo a bocca aperta. Chissà perché è più strano vedere Nick in carne e ossa di quanto sia stato vedere Alistair. Con Alistair la sensazione era che il tempo non fosse passato. Con Nick, sono andate e venute ere geologiche. Non somiglia minimamente al ragazzo rissoso, di bassa statura, che ricordo partecipava alle lezioni di scienze, che si vantava del giubbotto Ellesse mentre Louise lo guardava a occhi spalancati dall'altra parte della classe. Adesso è un uomo. Un uomo alto, scuro, con gli occhiali e la barba incolta.

«Ciao», dico con un'allegria forzata. «Come stai, Nick Wilde? Urli ancora alle ragazze dall'altra parte dei campi da gioco mentre stanno cercando di bere in pace la loro Apple Tango?»

Ride educatamente. «Come no. Lo faccio in continuazione. Ecco perché mi hanno messo su quel registro. Adesso i campi da gioco sono zone vietate per me, un vero peccato.»

Ci scambiamo con serietà un cenno d'assenso, prendendo atto della rapidità con cui siamo calati nelle tenebre.

Alistair ci dà una voce dal bar. «Nick, ci sei! Che bello vederti!»

«Sono qui da una vita», grida a sua volta. «Voialtri dove siete stati?»

Alistair gli rivolge scuse impotenti con un'alzata di spalle. «Vuoi da bere, amico mio?»

Nick gli mostra il pollice alzato. «Apple Tango, per piacere» grida, mentre mi copro la bocca, divertita.

Alistair sembra confuso. «Cosa?! Non ti sento molto bene.»

«Birra, per piacere.» Alistair annuisce e si volta verso il barista.

«Allora», lo sguardo di Nick torna su di me e alza le sopracciglia. «Daccapo tu e Alistair, eh?»

Me la prendo. «Cosa vuoi dire con me e Alistair? Non c'è niente in ballo, siamo soltanto amici. Amici che non si vedevano da una vita... anni! Tutto qui.»

Alza le mani in segno di resa. «Ok! Volevo dire soltanto che vi siete rincontrati dopo un lungo periodo di separazione.»

Sorrido allegra, cercando di stare meno sulla difensiva. Dopo tutto è vero, non è così? Quella in cui ho fatto la mia comparsa è chiaramente una riunione tra amici. Non ci sono altre implicazioni. E se ci fossero state? Avevo veramente intenzione di provarci, sapendo che a casa Alistair ha una ragazza? La sola idea mi fa sentire in colpa. Non credo che mi si adatti il ruolo della predatrice ruba-uomini.

«E voi ragazzi siete ancora amici intimi dopo tutti questi anni?» Mi concedo a un'educata conversazione spicciola, contando i minuti che mancano al momento in cui fingerò di dover andare al gabinetto e scusarmi per andare a nascondermi.

Nick si stringe nelle spalle. «Non tanto. Anch'io non lo vedevo da anni. Ci siamo frequentati per un po' dopo la scuola, ma poi ci si allontana, non credi?»

«A volte», ammetto, pensando a Shelley.

«Ma uno sporadico viaggio nella nostalgia non è poi così male, vero?» Fa un gran sorriso e deglutisco, pensando che la nostalgia non è sempre quel gran divertimento. Faccio per dire qualcos'altro e vengo interrotta.

«OOOOH, è questo il famoso Alistair, dunque?» Faccio un salto nel sentire improvvisamente la voce di Bibi all'orecchio. Lascia cadere pesantemente un braccio sulla mia spalla mentre Lou compare sull'altro fianco, sporgendosi a baciarmi la guancia come se fossimo una famiglia perduta da tempo. Hanno il fiato che sa di vino: evidentemente hanno bevuto senza di me e sento il ben noto morso della gelosia.

«Naturalmente non è Alistair!» canticchia Lou. «Questo è Nick Wilde! Nick Wilde che frequentava le lezioni di scienza di mr. Snelling. Il Nick Wilde della squadra di calcio! Siamo andati tutti a scuola insieme, non è vero?» Lo abbraccia e mi sussurra a voce troppo alta: «Dio, ha proprio un buon odore».

«È ubriaca», gli dico a mo' di spiegazione e lui sogghigna.

«Mi prendo tutti i complimenti che posso.»

«Allora, Alistair dov'è?» Bibi è irritata. «Lo voglio conoscere.»

Nick mi lancia un'occhiata, divertito.

«Questa è Bibi, abita con noi», spiego, un po' imbarazzata.

«Però non è il suo vero nome!» Louise si avvicina un po' troppo al viso di Nick. Sembra che lo stia studiando. «Si chiama Bethany o Bailey.» Sterza verso Bibi, che sta scuotendo la testa. «Oppure Bobbie?»

«Alistair è al bar.» Uno sconcertato Nick rivolge Bibi nella direzione di Al. «Se fai in fretta, potresti scroccargli da bere.» Lei balza sull'attenti, facendosi largo con impazienza tra la folla.

«Allora, come stai, Louise?» Nick fa un gran sorriso mentre si valutano reciprocamente. «Te la passi bene?»

«Benissimo», sbatte le ciglia, guardandolo con interesse, e le do una gomitata. So che ai tempi della scuola aveva una gran cotta per lui, ma si è dimenticata di un certo rapporto a lungo termine?

«Ehm Louise, ti sei rappacificata con Sven?» domando apertamente prima di aggiungere, quale commento a mezza voce per Nick: «Il ragazzo di Lou».

Lei fa il broncio. «Più o meno. Non del tutto.»

«Oh no», mi volto di più verso di lei. «State ancora litigando per quel *stai bene?*» aggiungendo in fretta a beneficio di Nick: «Le ha chiesto se stava bene. L'imbecille».

Nick annuisce come se avesse capito, uno scintillio negli occhi. «Certo.»

Lou fa un profondo respiro. «Benissimo, allora sono rimasta a cuocere nel mio brodo per alcuni giorni, ma ieri sera ho deciso che avevo chiuso con il litigio – avevo chiuso completamente – ed ero pronta a fare la persona superiore. Hai capito...» guarda Nick a occhi socchiusi, «perdona e dimentica. Perciò ieri sera quando è venuto a casa, l'ho fatto sedere sul letto e ho detto: "Senti Sven, mi dispiace per come mi sono comportata l'altra sera".»

«Veramente generoso da parte tua», le dico e brilla di gioia.

«Lo so bene!» Il suo viso si rabbuia. «Ma non indovinerai *mai* che cosa ha detto lui.»

Nick si accosta. «Che cosa ha detto?»

«Oh... oh», ribatto, circospetta.

Louise fa un grande, profondo respiro prima di rispondere. «Ha detto: "*Non ti preoccupare*".» Guarda me e Nick con evidente stupore. «Ha detto che non mi dovevo preoccupare perché ero stanca ed era felice di dimenticarsi dell'accaduto.»

Scuoto lentamente la testa, non sapendo che cosa le serva da parte mia.

«Ci *crederesti*?» Si unisce a me nel lento movimento della testa. «Non ha detto a sua volta che gli dispiaceva, ha detto di non preoccuparmi, come se avessi davvero qualcosa di cui dispiacermi! Gli ho detto che mi dispiaceva perché volevo essere generosa, m'aspettavo che rispondesse: "Oh, bimba, no, non hai niente di cui dispiacerti, è stata tutta colpa mia!" per poi profondersi in scuse, hai capito?»

«Atroce.» Nick si unisce a noi scuotendo la testa e tutti e tre lo imitiamo.

Gli sorride radiosa, compiaciuta nel vedere che capisce. «E comunque...» sospira. «Pareva meschino dirgli di riprendersi le sue scuse e levarsi dalle palle, perciò mi sono infilata a letto tutta vestita e mi sono messa a dormire senza un'altra parola. Spero che abbia fatto una bella e lunga riflessione su quel suo maledetto *non ti preoccupare.*»

«Giusto», dice Nick, e ora annuisce invece di scuotere la testa. «Ma, mi scuserete, faccio un salto al gabinetto. È stato bello vedervi.» Fa una pausa prima di aggiungere, rivolgendosi esplicitamente a me: «Felice di vedere che tu e Alistair siete di nuovo in contatto». Louise si slancia verso di lui per un altro abbraccio e la tiro indietro. Ci fa un breve cenno di saluto mentre si dirige in bagno e Lou lo guarda andarsene, un'espressione pensosa sul suo viso. «Gesù, Nick è *così* in forma, non ti pare? È incredibile quanto sia cambiato dalla terza superiore. È così... *uomo*, capisci?»

«Perciò stasera non hai pensato di invitare Sven dopo l'episodio del *non ti preoccupare*?» domando ad alta voce e la sua testa si volta di scatto verso di me.

«Assolutamente no!» risponde col broncio. «In ogni caso, di che cosa avete parlato tu e Nick prima che arrivassi? Sembra così dolce e affascinante. Te lo ricordi nel cortile? Giocava sempre a calcio ed era fastidioso.»

«Lo erano tutti i ragazzi», le rammento e annuisce. «In realtà non abbiamo parlato di niente, solo chiacchiere senza importanza.»

«Di niente?» è esasperata. «Non hai scoperto se esce con qualcuno, se è sposato, assolutamente niente?»

«Perché te ne importa, Lou?» Socchiudo gli occhi e mi allontana con un gesto spensierato.

«In ogni caso, come sta andando la missione?» Il suo sguardo si allontana di nuovo, torna nella direzione di Nick. «Bibi ha detto che hai mandato un messaggio ad Alex! Una gran cosa. So che deve essere stata dura, perciò ben fatto.»

«Lo è stato, ma...» sospiro, un po' frustrata. «...era un vecchio numero e non credo che sia giusto. O forse sono ancora bloccata? Comunque non ho ricevuto risposta.» Mi lecco le labbra. «Di fatto, stavo pensando di scrivere a qualcun altro della mia lista... magari Will o Idris? Oppure superare l'umiliazione e inviare un SMS a Paul per vedere se vuole incontrarmi quando torna in città?»

Lou aggrotta la fronte. «Ma non rinuncerai ad Alex, vero? Devono esserci altre opzioni da provare, diverse da un vecchio numero di telefono.»

«Forse», sono altezzosa. «Ma non voglio perdere lo slancio. Soprattutto adesso che sembra sempre più chiaro che con Alistair non succederà niente.» Il mio primo amore sta pagando un giro enorme al bar mentre Bibi gli urla nell'orecchio. Lou sospira pesantemente. «Pensi davvero che non ci sia niente da fare?» Grava la testa sulla mia spalla. «Sono tanto triste, tifavo per voi due.»

Le stringo il braccio. «Anch'io. Ma è per questo che ha senso esplorare tutti e sette gli ex. Forse stasera manderò un SMS a Paul Occasione Mancata: non si sa mai, potrebbe fare un salto a Londra nelle prossime settimane, magari essere libero per bere qualcosa insieme.»

Si gira per avermi di fronte, fa un cauto cenno col capo. «Ok, ma non rinunciare ancora ad Alistair, d'accordo? Evidentemente tra voi c'è qualcosa che va esplorato.» Lo guardiamo entrambe mentre paga le bevute. Armeggia nel tentativo di utilizzare la carta di credito e fa una risatina impacciata quando fallisce. Le sue braccia sono troppo lunghe. Ora ricordo, erano sempre in mezzo. Lo rendevano goffo. Adesso è adorabile mentre il barista, che ha sofferto a lungo, si infastidisce e Alistair – così irrecuperabile e imbranato – ci prova per la terza volta. Mi fa venir voglia di stringerlo e fare per sempre delle cose per lui.

«Lo prometto», faccio un largo sorriso a Louise.

Fa di nuovo segno con la testa, ora in modo più autorevole. «Bene. Adesso andiamo al gabinetto, per strada potremmo passare davanti a Nick. Dovremmo parlare di più con lui, non credi?» Mi rivolge un'occhiata di traverso. «La barba gli dona, non ti pare? Gli uomini con la barba e gli occhiali hanno qualcosa in più. È come se portassero una maschera sexy.»

Alzo gli occhi al cielo e aggiunge: «Inoltre, dobbiamo andare al gabinetto perché, ecco, hai UN MUCCHIO di rossetto sui denti».

Sbianco in viso mentre calcolo le persone che ho salutato nell'ultima mezz'ora da quando l'ho applicato fuori dal locale. «CHE COSA?»

12.

«Spiegami di nuovo com'è andata», mi sta sibilando Bibi nell'orecchio, il suo gomito che mi schiaccia la gabbia toracica.

«A dire la verità non lo so», mormoro, lo sconcerto sin troppo reale.

L'auto in cui ci troviamo sobbalza in modo inopportuno e – al volante nel sedile anteriore – Nick emette un brontolio di scuse. «Scusatemi tutti, non guido spesso. Da un momento all'altro mi ricorderò come si cambiano le marce.»

«Te ne saremo molto grati, porca miseria!» Accanto a lui, sul sedile del passeggero, Alistair gli assesta un piccolo pugno amichevole sulla spalla.

«Davvero!» trilla Louise, accanto a me, sporgendosi per dare a Nick un buffetto provocante sulla spalla. Le scocco un'occhiataccia e vorrei averle scritto «Sven» sulla mano prima che partissimo.

«Fammi rivedere i messaggi.» Bibi è ancora seccata e le consegno il telefono risentita.

Paul D'Silva (lavoro)
Venerdì

Annnnnnnnnniiiiiiiiiiiieeeee! Ciao, prediletta delle mie amiche scomparse, come stai? So che sono passati anni e scusa se ti mando un messaggio inaspettato – e se mi sbaglio ti sembrerà un'assoluta follia – la settimana scorsa eri tu fuori dal mio posto di lavoro?!! Uno dei cuochi ha detto che un gruppo di donne chiedeva di me e dalla sua descrizione sembravi un po' tu!!!! Ma forse non è così, scusa. Comunque sia, sarebbe bello veder-

si. Cazzo, mi manchi. È passato anche troppo tempo e muoio dalla voglia di vedere quel viso stupendo. Paul (Saul) baci baci
21.12

OHMIODIO PAULLLLLL! Ho
21.13

Scusa, po' ubriaca, non intendevo mand
21.14

Fuori con vechi amici da scuola
21.15

Però che bello sentirti! Non ero io o bibi o Sofia o Loulou fuori dal tuo ristorante & lui ha avuto una reazione eccessiva perché si è spaventato e ha fatto lo strano
21.16

Anch'iooooo voglio vederti!!!!!!
Quando torni a Londra?
21.17

Non è che so che non sei a Londra. Forse ci sei, perché mai non dovresti essere a Londra, giusto???
21.18

Lol, Esther, sei ancora esilarante. Sono a Milton Keynes per un po', faccio un corso di aggiornamento.
21.20

Ehi, perché non vieni quassù?!!! Potremmo passare la giornata insieme, sarebbe così divertente!!
21.21

Forza, di' di sì. Sii spontanea. Ho il weekend libero, vieni domani?
21.22

OHMIODIO SÌ! CI STO ALLA GRANDE, MALEDIZIONE
21.30

Picchietto lo schermo da sopra la sua spalla, sussurrando a Bibi: «Lo vedi, è quando da ubriaca ho chiesto ad Alistair se aveva la macchina e se oggi gli andasse di fare un giro a Milton Keynes».

Scuote la testa. «Me lo ricordo», la sua voce è bassa e solenne. «Ha detto di sì e avete saltellato gridando eccitati come se fosse l'idea migliore mai concepita al mondo.»

«Sì», annuisco. «Poi tutti si sono fatti un cicchetto e hanno tentato di ballare la conga.»

Bibi fa segno di sì. «Quello è stato il punto più basso.»

Sul sedile anteriore, Nick alza il volume della musica, picchiando sui tasti finché non trova dei pezzi forti degli anni Settanta.

«Allora, Nick come si è trovato incastrato?» Fa cenno al nostro autista che sta cantando ad alta voce gli Abba stonando terribilmente. È divertente vedere un uomo dall'aspetto così serio cantare con tanta mancanza di imbarazzo.

«Fino a questa mattina non sapevo che sarebbe venuto», bisbiglio con voce piagnucolosa. «Pensavo che fossimo soltanto io e Alistair. Gli ho detto che stavo andando a incontrare un amico e ha detto che sarebbe andato a fare shopping e avremmo potuto incrociarci la sera per tornare a casa. Pensavo che avremmo stabilito un legame durante il viaggio in macchina! Speravo che fosse l'occasione buona per sondare altri dettagli sulla ragazza e poi andare a capire se Paul è l'Uomo Giusto. Pareva un piano efficiente. Due piccioni con un viaggio.»

«Ti piace fare la seduttrice quando sei ubriaca», ridacchia a bassa voce.

«Poi però questa mattina Alistair si è presentato alla porta insieme a Nick», sospiro sottovoce, grata che *Dancing Queen* smorzi la mia voce. «Vengo a sapere che in realtà Alistair non ha la macchina, perciò ha chiesto a Nick di accompagnarci. Poi, quando Louise ha visto che veniva Nick, ha insistito nel volersi unire a noi...» diamo un'occhiataccia alla nostra amica, che si è sporta e praticamente abbraccia il sedile del guidatore mentre partecipa alla sessione di karaoke di Nick. «Ma a essere sincera, Beeb», faccio una pausa, guardandola di traverso, «non so nemmeno perché anche tu sia qui.»

«Vaffanculo», mormora in tono bonario. «Louise ha detto che dovevo venire.»

Guardo fuori dal finestrino gli alberi che superiamo a tutta velocità

«Ok», sospiro. «Fintanto che vi togliete dai piedi tutti insieme quando arriviamo lì. Non potete intrufolarvi nel mio appuntamento con Paul.»

«Vedremo», sogghigna Bibi e prende a cantare ad alta voce insieme a Nick e a Louise prima che io mi metta a discutere.

13.

Ci incontriamo fuori dall'albergo di Paul e per un attimo, mentre tiro la giacca con un certo impaccio, ho la sensazione di trovarmi a un appuntamento combinato su Tinder. E se non lo riconosco? Sono passati cinque anni dall'ultima volta che ci siamo visti, e se a dirmi ciao è uno sconosciuto e non so distinguere se si tratta di Paul? Allora che faccio?

Mi giro da una parte e dall'altra, ruotando la testa in attesa dell'apparizione del mio vecchio amico.

«Indovina chi?» Dietro le spalle la sua voce è tranquilla e così familiare, mentre mi volto per averlo di fronte. «Avevo intenzione di fare la classica scena da film in cui ti coprivo gli occhi con le mani. Ma ho pensato che avresti potuto darmi un calcio all'inguine.» Fa una pausa. «Il che sarebbe stato giusto.»

«Non so quante altre stelle del cinema non si prendono un calcio sul pene», sogghigno. «Assumersi un rischio simile.»

«Se lo meritavano», annuisce solennemente.

Per un attimo ci guardiamo. È proprio Paul. È proprio lui. E, Gesù Cristo, è ancora così *in forma.* È più attraente che mai. È possibile? Penso che la storia e la nostalgia e gli anni di desiderio ardente l'abbiano reso ancora più bello. Quello e la palestra. È *ben piantato.*

«Hai un aspetto magnifico Esther», sorride contento e istintivamente sento rimescolarmi le viscere. «Dico sul serio. Non sei invecchiata per niente, stronzetta.»

Rido, mi si torcono le budella. «Sono invecchiata, razza di bugiardo. Parli tu, che hai un aspetto stupendo.»

Scuote tristemente la testa. «Adesso sono vecchio, è devastante ammetterlo. A dicembre avrò trentaquattro anni, è penoso. Do la colpa alle cucine. Te ne sei andata quando dovevi. Se fossi rimasta più a lungo, saresti debilitata e decrepita come me. Grazie a Dio abbiamo salvato te e la tua bella faccia.»

Tutti questi complimenti mi fanno un certo effetto. «Ce ne andiamo in un pub?» propongo, un po' nervosamente.

«Prima facciamo qualcosa di più emozionante!» replica lui, che sembra più a suo agio di quanto vorrei. «Se camminiamo un po', potremmo imbatterci in qualcosa di emozionante. So che non siamo a Londra, ma a Milton Keynes deve esserci senz'altro qualcosa di divertente in offerta!»

«Ok, somiglia tanto a un piano!» replico, profondamente risentita per il fatto di non poter ancora calmare i nervi con l'alcol.

Cominciamo a camminare in un amichevole silenzio dopo esserci presi a braccetto. Mentre passeggiamo, stretti l'uno all'altra, fianco a fianco, sembra che il tempo non sia passato. Ma quel pensiero mi fa provare all'improvviso un senso di nausea. Abbasso lo sguardo sulle maniche del suo cappotto, muoio dalla voglia di alzare lo sguardo su di lui. Voglio vederlo come si deve, assorbire tutto. Cercare i capelli grigi o le rughe in più. Voglio che, in qualche modo, gli anni che mi sono persa siano documentati. Altrimenti dove sono andati?

È una sensazione così diversa da Alistair. Alistair, che mi tratta quasi come una sorella. Che è premuroso e divertente e dolce, mentre Paul è intenso e aperto e adorante.

Ho passato gran parte del viaggio in auto a fissare Alistair seduto davanti, cercando di capire cosa provavo; che cosa significava tutto questo. E se avevo il diritto di passare tutto quel tempo con lui, quando lo desidero tanto e ha una ragazza che l'aspetta a casa. Non so cosa pensarne.

«Allora, cosa ti ha spinto a cercarmi dopo tutto questo tempo?» Il tono è leggero, un po' giocoso. «So che eri tu fuori dal mio ristorante.»

Mi mordo il labbro e decido di non negarlo. «Io, be'...»

quanto gli dico? «...sono impegnata in una... ehm, *revisione* della mia vita.» Faccio una pausa per sondare la reazione. Lui, però, non fa niente, ascolta solo con attenzione. «E mi è tornato in mente quanto ci divertissimo insieme, *Saul*.» Ride nel sentirlo. «Comunque sia, volevo rivederti e sapere come stai. Eravamo così intimi, mi manchi, cazzo.»

«Anche tu mi manchi.» Mi circonda la spalla con un braccio come se fosse la cosa più facile del mondo. «E voglio sapere tutto. Come vanno le cose con – come si chiamava il tuo ragazzo – prego? Idris?»

«Oh», rido senza motivo.

Suppongo che l'ultima volta in cui ho avuto un vero e proprio scambio con Paul – a parte «BUON COMPLEANNO!!!!! Spero che vada tutto bene!!!!!» – sia stato quando uscivo con il mio fidanzato serio, Idris. In parte io e Paul ci siamo allontanati proprio per quello. Non che Iddy ci impedisse di frequentarci, niente del genere: era andata così, punto e basta. Paul usciva con Celeste, io ero presa da Idris, e l'inevitabile allontanamento ci ha portato a ritrovarci in continenti di amicizie diverse. Negli ultimi due anni credo di non avergli neppure mandato un messaggio per il suo compleanno. Immagino che, impegnati tutti e due, sembrasse strano mantenere un'amicizia che era così palesemente molto più di un'amicizia.

«Io e Idris abbiamo chiusooo!» spiego. «*Definitivamente* chiuso. Abbiamo rotto un paio di anni fa e la storia non potrebbe essere più morta e sepolta e...» Mi fermo in tempo, ricordando che Idris è ancora sulla lista delle persone con cui parlare. Fanculo.

«Ah, ecco», mi guarda di sbieco e sorride. «Mi dispiace.»

«Che mi dici di te e di Celeste?» chiedo in un tono appena più suscettibile di quanto intendessi. «Andate ancora a gonfie vele?»

Scuote la testa. «Celeste non è rimasta nei paraggi molto a lungo», si stringe nelle spalle. «Sono moooolto single.»

«Mi dispiace», la nausea è tornata e allungo istintivamente la mano per accarezzarmi lo stomaco attraverso il cappotto.

Mi sorride di sbieco. «Non dispiacerti. Sono felice.»

«Oh», ingoio un po' di malessere. «Ben affermato.»

Si ferma di botto, voltandosi verso di me. «Che cos'hai appena detto?»

«Niente», lo fisso negli occhi. Così belli.

Sogghigna. «Hai detto *ben affermato.* Non si dice. Meglio *ben detto* o – idealmente – *c'è poco da dire.*»

«Perché *ben affermato* non sarebbe accettabile?» entro in polemica, cercando di non ridere. «*Affermato* è praticamente un sinonimo di *detto,* quindi perché *ben affermato* non avrebbe senso?»

«Non ce l'ha assolutamente», scuote la testa con serietà.

«L'altro giorno abbiamo scoperto», attacco, «che la mia amica Louise ha passato tutta la vita a dire "tento di recuperare la posizione penduta" invece di "tento di recuperare la posizione perduta".»

Sbuffa sentendo la mia frase. «Mio fratello è tuttora convinto che una persona svenuta sia sobbollita invece che impallidita. Reputa che abbia senso perché a volte di un morto diciamo che è bollito.» Inclina la testa davanti a me. «Tipo, sei bollito amico mio! Perciò, quando sei a metà strada, sei sobbollito!»

«Sei sobbollito, ragazzo!» grido e alcune persone guardano dalla nostra parte.

Il sorriso sul volto di Paul svanisce per un secondo e mi prende per mano. «Ero molto triste quando hai smesso di mandarmi tanti messaggi», dice con chiarezza. «Poi si sono esauriti completamente. Ho avuto un po' la sensazione che non mi volessi tra i piedi quando hai conosciuto il tuo ragazzo.»

Gli stringo la mano, con disperazione e rammarico. «A me è sembrato che anche *tu* abbia smesso di mandarmi spesso dei messaggi. Non appena hai cominciato a uscire con Celeste, ho provato un certo imbarazzo a infastidirti con gli stupidi aggiornamenti sulla mia vita. E poi ho conosciuto Idris e pareva strano messaggiarti in continuazione, come facevamo. Un po' sleale, forse.»

Sorride timidamente. «Be', sono felice che adesso ci scambiamo di nuovo dei messaggi.»

«Anch'io», sussurro.

Riprendiamo a camminare, passando davanti a un minimarket pieno di formaggi dal puzzo atroce che si spande sul nostro percorso. «Ooh, li prendiamo?» alza un sopracciglio.

Amo il formaggio. Non c'è niente di meglio di un formaggio puzzolente, che sembra andato a male. Ma non è molto romantico, non vi pare? Forse, dopo tutto, Paul vuole soltanto l'amicizia.

«Hanno del vino», aggiunge e annuisco, pienamente convinta.

14.

Nella stanza accanto, Louise e Sven – forse per la prima volta – stanno consumando un rapporto sessuale molto interessante. E, come al solito, io e Bibi stiamo ascoltando.

«Ok, adesso chiamami Althea la donna fatata», gli sta dicendo Louise con una voce sensuale. «E io ti chiamerò Ambrose l'elfo!»

«Sì, mia amatissima Althea!» esclama ubbidiente Sven con voce smorzata. «Sono venuto a portare un bastone magico che eliminerà tutti i tuoi guai.»

«Ooh, amo il tuo bastone, Ambrose», replica lei. «Mi serve un po' della tua pozione magica per placare i miei tormenti.»

Dall'altra parte della parete sottile, io e Bibi entriamo in contatto visivo e per poco non moriamo. Mi copro la bocca per non ridere troppo forte, mentre Bibi trova accanto al mio letto un bicchiere vuoto da premere contro la parete.

«È straordinario, cazzo!» mi dice col movimento delle labbra e le rispondo annuendo, contentissima.

È un nuovo territorio eccitante per Sven e per la nostra Louise. Di solito è il sesso standard del missionario una volta a settimana, con una conversazione che tende a procedere in questo modo: «Potresti almeno leccarmelo?».

«Uffa, ma ti ho fatto un pompino un paio di mesi fa.»

«Lo so, ma a me piace tanto e la settimana scorsa ho fatto sesso orale con te per una vita.»

«Mmm, quand'è l'ultima volta che l'hai lavato?»

Lungo silenzio.

«Mmm, stamattina?»

«Come si deve?»
Lungo silenzio.
«Sì.»
«Ok, lo lecco e vediamo.»
Rumori di lappate scarsamente entusiaste.
«Adesso posso smettere?»
«Ma non è ancora duro!»
«Grossomodo è semiduro! Va bene, me lo metto dentro.»
«Ok. Ohi. Ohiiiii. Ooh. Oh sì Louise, SÌ.»
«Sei venuto?»
«Sì, ti amo tanto Louise.»
«Ok, non voglio prendermi la cistite, perciò adesso vado al gabinetto a svuotare questa roba.»
«Ti amo.»
«Sì.»

Mi chiedo cosa abbia ispirato questa piega nella loro vita sessuale.

Forse è una parte per cui Louise sta facendo un'audizione. Non ha menzionato niente di specifico, ma la settimana scorsa è stata super impegnata in riunioni. Ha detto che non vuole portare scalogna parlandocene, ma è comunque in fermento. Sinceramente, la gamma di "ruoli da attrice" che cerca di ottenere è talmente ampia che potrebbe essere qualsiasi cosa. Sembra che essere un attore in cerca di audizioni significhi di tutto, dall'interpretare una delle parti principali in uno spettacolo del West End all'essere la fidanzata fasulla di qualcuno durante un *bar mitzvah.*

«Probabilmente dovremmo smettere di ascoltare», dico a Bibi con il movimento delle labbra quando raggiungono una sorta di istante romantico/disgustoso nella procedura. Il bastone magico sta preparando la sua pozione.

Aggrotta la fronte. «Quello è *veramente* Sven?» bisbiglia e io avverto il suo stesso disagio.

«Ma certo che lo è, chi altri sarebbe?» Bibi scuote la testa, scartando un pensiero.

«Non importa.» Si stacca, lasciandosi cadere sul mio letto.

La raggiungo. «Allora come va la vita, Brianna?»

Si solleva un po'. «Non mi chiamo così, però ehi, la prossima settimana ho due colloqui. Per due veri lavori di marketing! Presto potrei dire a Franco di ficcarsi dove sa quel lavoro del cazzo nel bar.»

«Magnifico!» commento nel tono più incoraggiante possibile.

Il problema è che Bibi ha continui, interminabili colloqui di lavoro che non approdano mai a nulla. Per lei è così avvilente. Anche per me, se voglio essere sincera. Chiamo a raccolta un po' di entusiasmo. «Me ne parli? Per quali aziende?»

Agita la mano in modo sprezzante. «Se otterrò un secondo colloquio, te ne parlerò, lo prometto.» Mi sorride con gentilezza.

«Uffa», emetto un suono di disapprovazione. «Di questi tempi tu e Lou siete così abbottonate sui vostri progetti.» La squadro. «Nel frattempo vi rivelo ogni patetico dettaglio della mia esistenza. La settimana scorsa sei persino stata testimone della mia umiliazione, seduta com'eri in macchina a pochi centimetri da me.»

Ride con tatto. «Non è andata così male», mente. «Non credo che fosse troooоppo atterrito.»

È passata una settimana dalla gita in auto a Milton Keynes, seguita dal ricongiungimento con Paul a base di vino e formaggio. Nel viaggio di ritorno – leggermente ubriaca e arrapata – ho praticamente bloccato Alistair nel sedile posteriore, in modo che fosse seduto accanto a me. Louise è finita davanti vicino a Nick, e Bibi avrebbe dovuto, in base alle istruzioni – o, come si esprimerebbe lei, sotto «minaccia di morte» – guardare fuori dal finestrino perché potessimo parlare.

Tranne che – si è scoperto – cercare di legare romanticamente con il tuo ex quando sei una di tre adulti pienamente sviluppati seduti sul sedile posteriore di un'Alfa Romeo, ehm, è una cosa impossibile.

Dopo aver sollevato le chiappe perché ciascuno potesse agganciare la cintura di sicurezza, ci siamo seduti spalla a spalla, con i gomiti e le borse che ci trafiggevano la pelle e l'aria viziata sparata dalle bocchette che erano bloccate sull'apertura. E poi, dopo circa dieci minuti di viaggio, mentre Nick cantava accompagnando *American Pie* con la stessa voce stonata con cui aveva cantato gli Abba, e Alistair cercava di mettere in funzione un videogame di *I Spy*, il formaggio e il vino rosso hanno fatto effetto. In modo plateale, epico, disgustoso.

Alla stazione di servizio ho cercato di eliminare nel miglior modo possibile l'odore dello *stinking bishop* e del gorgonzola, ma è stato un tentativo senza successo. Nick è stato molto gentile dicendo di non preoccuparmi e che la macchina aveva visto di peggio, ma per il resto del viaggio, mentre tutti si sporgevano dai finestrini, non ho osato guardare Alistair. Da allora non l'ho sentito.

«Se non altro con Paul è andata bene, giusto?» Bibi si schiarisce la gola, parlando ad alta voce per coprire il rumore dei maghi affaccendati nella stanza accanto. Annuisco, cercando di bandire le immagini del formaggio non digerito nel grembo di Alistair.

«È stato fantastico», sospiro. «Tra noi le cose erano le stesse di sempre, anche meglio, direi. Credo che lui mi piaccia veramente, Beeb. Con lui tutto sembra così facile e divertente. E la chimica tra noi è veramente intensa, dovresti vedere come flirtiamo.» Sorrido pensando a quanto è stato magnifico bighellonare con Paul, parlare di cose senza importanza, prenderci bonariamente in giro come facevamo sempre.

«Ma non vi siete sbaciucchiati?» mi strizza l'occhio. «Un'altra occasione mancata con la tua Occasione Mancata.»

La colpisco con un cuscino. «No. È stato tutto molto casto. Ma tra qualche settimana torna a Londra, ci rincontreremo. E spero che la prossima volta ci saranno i baci. Tanti baci. E probabilmente anche dell'altro.» Sento un formicolio mentre Bibi finge un conato di vomito. Quando si riprende, si gira verso di me.

«Allora ci siamo? Tu e Paul? Fatto e finito? La Missione dei sette ex si è conclusa?»

Scuoto la testa. «No! Non c'è niente di certo. Voglio continuare. In più...» mi copro gli occhi, faccio un respiro profondo «...non ho avuto risposta da quel numero di telefono, quando ho mandato un SMS ad Alex, perciò ho provato con Instagram. Vedo che il messaggio è stato letto, perciò non può negare di averlo ricevuto. Se non ottengo risposta, almeno saprò con certezza che sono ufficialmente respinta.»

C'è uno strano silenzio prima che Bibi parli.

«Be', penso che sia una cattiva idea», dice seccamente.

«Che cosa?» Sono confusa. «Perché è una cattiva idea? Tu Alex non l'hai mai incontrato.» Non replica. «Perché sei così stramba a proposito di questa storia?» domando, nel tono meno polemico possibile e lei si gira dall'altra parte sul letto. Ma va bene. È il modo di aprirsi di Bibi: non riesce a guardarti direttamente quando diventa sentimentale. Non che lo sia mai.

«Sai che mi sento un po' strana quando si tratta di Alex», dice infine a bassa voce. «Io e te non ci saremmo incontrate e non saremmo diventate amiche se non avessi rotto con Alex. Se non avessi avuto le amiche con cui andare a letto. Non mi avresti neppure conosciuto. E se vi accoppiate di nuovo e non mi volete più tra i piedi?»

«Non potrebbe mai succedere!» le dico, sdraiandomi sul letto per coccolarla. Nascondo il viso nel suo collo mentre rimane rigida tra le mie braccia. «Sinceramente, Bibi, sei amica mia per la persona che sei e sono tanto fortunata ad averti nella mia vita. Nulla cambierà quel sentimento. Per noi è stata una fortuna che tu ti sia presentata quando l'hai fatto. Non sei una seconda scelta o la sostituzione di qualcuno. Ti voglio tanto bene... sia io che Althea la maga ti vogliamo bene.»

Ride con malizia, mentre mi sta addosso, e sento che il suo corpo si rilassa un po'.

«Va bene», dice infine con una vocina. Ma non sono sicura che vada bene fino in fondo. Bibi ha sempre avuto un problema con Alex, e la cosa non è destinata a cambiare all'improvviso dopo una sola conversazione.

Sentiamo dalla parete il suono familiare dell'orgasmo maschile e il suono meno familiare di quello di Lou.

«Buon per loro!» dice sorridendo Bibi.

«Lo so!» Mi conforta che ci siamo allontanate dagli argomenti più complessi. «Forse per loro questo è l'inizio di un'intesa sessuale decente. Allora avranno il vero rapporto perfetto, gli scopatori. Li odio.»

«Non si sa mai», ride e l'attiro in un vero abbraccio. E lei, sorprendentemente, mi lascia fare.

15.

«Il gabinetto è di nuovo scassato», Bibi rimbalza appena quando si lascia cadere pesantemente sul mio letto. Mi sto stirando i capelli e torno a voltarmi verso lo specchio.

«Avrai voglia di scherzare, trabocca *di nuovo*?» sospiro. «Sembra che ultimamente capiti tutti i week-end. Hai chiamato il padrone di casa?»

«Sì, sì», conferma Bibi. «La testa di cazzo ha promesso di mandare di nuovo quello svitato del genero con uno sturalavandini. Perché ovviamente la volta scorsa ha funzionato alla perfezione. Attualmente, Louise è lì dentro di servizio che svuota l'acqua, ma più tardi esce con Sven. Lo fai tu il prossimo turno o tocca me?»

Mi volto per guardarla in faccia. «Non lo so. Potrei riuscire a fare l'ultimo turno, ma questione di un secondo ed esco anch'io. Scusa.»

Bibi si alza a sedere. «Dove te ne vai?» sembra offesa. «Che stai facendo senza consultarci?»

Torno a girarmi, fissando risolutamente lo specchio. Non voglio avere di fronte Bibi quando lo dico.

«Finalmente Alex ha risposto.» Tiro saldamente i capelli con la piastra fino a sentir male. «Ci vediamo tra pochi minuti allo Swab.»

C'è silenzio e non mi volto. Invece, volgo in basso lo sguardo, incapace persino di guardare me stessa.

«Che succede?» Louise arriva sulla soglia. Sento nella sua voce l'ansia che stia capitando qualcosa senza di lei. Ha sempre paura di essere tagliata fuori.

C'è una pausa di silenzio e prendo la spazzola, ingoiando amaro per ricacciare indietro le lacrime.

«Cosa?» Adesso Louise sembra spaventata. «Dove vai, Esther? Ho fatto qualcosa? Non sono stata io a rompere di nuovo il gabinetto, lo giuro. Forse è stato Sven. Ha mangiato ancora troppi latticini.»

«No», sbotta Bibi, alzandosi in piedi. «Naturalmente tu non hai fatto niente.» Fa sembrare il *tu* un'accusa.

Controllo l'orologio sul telefono, è ora di andare.

Prendo la borsa, mi faccio coraggio e do un'ennesima occhiata ansiosa a me stessa nello specchio. Niente rossetto sui denti questa volta.

Bibi si schiarisce sommessamente la gola. «Va a un incontro con Alex», dice a Louise a bassa voce.

«Oh!» Non ho bisogno di vedere Lou per sapere quale espressione ha attualmente sul viso.

«Ragazze, ci vediamo tra un po'», borbotto, uscendo senza guardare nessuna delle due. Mentre mi chiudo la porta alle spalle e scendo nell'ingresso, sento le loro voci sommesse e preoccupate.

I pochi minuti dal portone al pub sono crudeli, ogni passo porta con sé un nuovo assalto di nervosismo. Non so se mi sono mai sentita così nervosa. È di gran lunga peggiore di quanto sia stato con Alistair e con Paul. Questa è *Alex*. L'amica con cui andavo a letto. Alex, la mia amante. Potrebbe essere molto spiacevole… spaventoso, a dire il vero.

Allungo la mano verso la porta del pub chiedendomi se sia possibile ingollare un paio di bicchierini per controllarmi. È allora che sento il mio nome.

«Esther.»

È un'affermazione, non una domanda, e per un attimo non riesco a trovare la forza di voltarmi. Aspettavo questo momento da un pezzo – sette anni – e non so davvero se ho la forza di gestirlo.

Come se agissi al rallentatore, mi volto e guardo negli occhi di qualcuno che ho amato tanto e per tanto tempo. Ma – alla fine – non nel modo giusto.

«Ehi Shelley», rispondo timidamente, abbracciando con lo sguardo la mia più vecchia amica e i cambiamenti che sono avvenuti in lei, insieme a quelli che, invece, non sono avvenuti.

Ex n. 3: Alex Shelley
altrimenti detta l'Amica con cui andare a letto
Parte prima

St. Jude's Comprehensive School
L'aula dell'appello
9.34

«Miranda George?»
«Presente, signora.»
«Louise Hickman?»
«Presente, signora.»
«Alistair Morris?»
«Presente, signora.»
«Kelechi Musa?»
«Presente.»
«Annalise Price?»
«Presente, signora.»
«Alexandra Shelley? Alexandra? Alex?»
«Sì, sono presente, signorina, ma non potrebbe chiamarmi soltanto Shelley, eh?»

L'intera aula si volta spalancando gli occhi nella direzione della voce ribelle dall'accento intrigante. Una ragazza bionda e abbronzata dallo sguardo vivace sorride temeraria dall'ultima fila. Siede indolentemente sulla sedia di plastica, il braccio sinistro buttato sullo schienale come tutte le ragazze smart di tutti i film per adolescenti. Alza le sopracciglia di fronte al nostro collettivo sbalordimento, più sicura di sé in questo momento di quanto mi sia mai sentita in vita mia.

Il resto della classe torna rapidamente a voltarsi verso l'insegnante per sondare la sua reazione, ma io rimango a fissare questa creatura affascinante. Durante l'estate la mamma mi ha comprato un dizionario, come parte di un tentativo abborracciato di prepararmi al primo giorno della scuola secondaria. Sono arrivata soltanto alla parola «audace». Questa ragazza è *audace.*

Entriamo in contatto visivo. Sorride.

«Benissimo...» la reazione dal tono stremato dell'insegnante mi spinge a tornare a voltarmi. «Va bene qualsiasi cosa. Shelley è perfetto.»

Non appena terminata la lezione, faccio in modo di trovarmi accanto ad Alex Shelley quando usciamo in fila. Faccio il mio avvicinamento iniziale con tutta la freddezza e la noncuranza di cui sono capace.

«Ehi, Shelley», mi presento, abbassando lo sguardo sull'orario delle lezioni, stampato su un pezzo di carta che tengo in mano. «Saresti, tipo, americana o cosa?»

«Australiana», dice strascicando la voce con la quantità perfetta di noia. «La mia famiglia si è appena trasferita qui per via dell'insulso lavoro di mio padre. Fa freddo in Inghilterra, eh?»

«Puoi ben dirlo!» concordo con tutta l'anima, anche se in realtà oggi fa molto caldo. «Ed è una figaaata che sei australiana. Guardo un sacco *Home and Away*, è la migliore.» Si stringe nelle spalle, perciò provo con un'altra tattica. «Allora, mmm, qual è la tua prossima lezione? Scienze?»

«Sì», dice mentre mastica il chewing-gum e sento i suoi occhi su di me, mi abbracciano con lo sguardo, mi giudicano. «Odio la lezione di scienze.»

«Oddio, sì, anch'io!!!» Parlo a voce troppo alta e mi do una scossa. Rallenta l'entusiasmo se vuoi compiacere, ordino interiormente, *fai l'indifferente.* «Insomma, sì, sono tutte fesserie e tremo sooolo a pensarci.»

«Come ti chiami?» Dà un calcio a un sasso mentre camminiamo e persino quel gesto incute soggezione.

«Esther Adams», le rispondo mentre procediamo in direzione del palazzo delle scienze. «Ma puoi chiamarmi Adams se vuoi.»

È sprezzante. «Farmi chiamare per cognome è roba *mia*, ok, Esther? Non mi copiare, va bene?»

«Sì certo!» Copio immediatamente il suo tono sprezzante. «Sì, Esther va bene. Comunque c'è un Adam nella nostra classe, perciò potrebbe creare confusione, no?» esplodo in una risata.

Arrivate alla lezione di scienze, ci spostiamo in fila verso il fondo in silenzioso accordo, scegliendo insieme un tavolo d'angolo. Un'altra ragazza prende posto accanto a noi e si presenta come Louise. Sembra noiosa ma un po' buffa. Sembrano tutti noiosi vicino ad Alex. Pardon, *Shelley*. Noi tre, come gruppo, ridiamo senza motivo per la distribuzione casuale dei lavelli sui tavoli.

Una ragazza che conosco dalla scuola primaria chiede di potersi sedere con noi e le lancio uno sguardo raggelante. Adesso ho una *squadra*, non ho bisogno delle persone con cui andavo alle elementari.

«Bene», l'insegnante entra impettito, alto, con una voce tonante. «Benvenuti agli studenti del primo anno di scuola secondaria. Sono mr. Cochran e vi insegnerò la biologia. Vediamo di conoscerci prendendo il registro.» Abbassa lo sguardo sulla cartella che ha davanti a sé mentre io e Louise ci voltiamo a guardare Shelley in azione.

Si siede indolentemente sulla sedia e si prepara a sentir chiamare il suo nome.

16.

Il silenzio si è protratto per secoli. Uno sterile, sterile vuoto ci circonda mentre siamo sedute qui, incapaci di dar forma alle parole.

Lo Swab era più affollato del solito, perciò siamo andate fuori al freddo. Siamo sedute il più lontano possibile da tutti gli altri, in un tavolo da picnic scheggiato, vicino al grande stagno del pub ricoperto di vegetazione e pieno di anatre. I sedili scomodi fanno il paio soltanto con la scomodità della situazione. Mi sto rammaricando di essermi allontanata dal rumore protettivo delle altre persone. Non volevo che qualcuno potesse sentirci parlare, ma si è scoperto che non abbiamo niente da dire.

Infine è Alex a rompere l'interminabile nulla.

«Gesù, fa proprio male guardarti», sorride mentre pronuncia quelle dolorose parole e aggrotto la fronte, abbassando lo sguardo sul tavolo di legno che ci separa.

«Per come... per come sono finite le cose o per via dell'amicizia che abbiamo perduto?» ingoio amaro.

«Oh», ride a bassa voce. «Forse un pochino per la prima ragione, ma soprattutto per la seconda.»

«Mi dispiace tanto, tantissimo, porca puttana», sussurro e ricadiamo nel silenzio.

Segue altro silenzio.

Tossisco appena, volgendomi verso il grande stagno. «È bello, non ti pare?» dico con scarsa convinzione, anche se non lo è. È un guazzabuglio di alghe, moscerini e strani odori. Annuisce, guardando fisso in lontananza.

Un'anatra schiamazza e poche altre la imitano.

«Adorabili!» commenta alfine Alex con la voce strozzata. «Le anatre sono favolose.»

Sono passati quasi sette anni dall'ultima volta in cui l'ho vista di persona e l'accento australiano è più forte che mai.

Continuiamo a fissare lo stagno con disperazione e grande disagio. Un'anatra maschio comincia a nuotare verso una femmina, come se si stessero corteggiando. È quasi romantico.

Cioè, fintanto che lui non la monta con la forza e prende a violentarla. L'anatra femmina cerca di staccarsi, vorrebbe disperatamente fuggire, ma è del tutto inutile. Lui è più forte e non la lascerà libera per quanti sforzi faccia per scappare. Lei si immerge, tentando di scrollarselo di dosso, poi grida chiedendo aiuto nel linguaggio delle anatre. È una cosa spaventosa e, che Dio ci salvi, il rumore è raccapricciante. È forte e brutale ed eccessivo.

Io e Alex ci guardiamo.

Apre la bocca e dice in tono molto solenne: «La natura è guaritrice».

Ci mettiamo a ridere e non la smettiamo per due minuti buoni, anche mentre il rumore delle grida animali continua a riempire l'aria intorno a noi.

«Povera creatura», commenta con gli occhi lacrimosi. «Dovremmo fare qualcosa?»

«Insomma, che cosa possiamo fare?» dico con un risolino. «Dovremmo gridare ANATRA VIOLENTATA finché qualcuno non viene in aiuto?»

«Oh ma...» Alex è pensierosa. «...però non bisogna gridare "mi violentano" se vieni violentata, non credi? Dovresti gridare "al fuoco" perché a nessuno importa gran che se una donna viene brutalizzata.»

«È vero», aggiungo. «E farebbero notare che l'anatra portava una gonna non abbastanza lunga, perciò se l'è cercata.»

«E che una settimana fa ha sorriso al ragazzo anatra», Alex annuisce. «L'ha messo sulla cattiva strada.»

«ANATRA IN FIAMME», grido facendomi sentire per tutto il

giardino e qualche testa curiosa si gira nella nostra direzione.

«Non è divertente», mi rimprovera, ma si rimette a ridere a crepapelle. «Madre Natura è una gran bastarda, non ti pare?»

«Maledizione, è un bene che nelle intenzioni non fosse un incontro romantico, non ti pare?» Scoppio a ridere e poi mi fermo quando mi rendo conto di quanto sia stupida la mia frase.

«Va bene», sorride dopo un secondo. «Non ho mai pensato che mi stessi chiedendo di vederci per potermi fare una confessione d'amore dopo tutto questo tempo. E se avevo qualche dubbio, ho capito con assoluta certezza che non era un appuntamento sentimentale quando hai proposto di vederci allo Swab. È incredibile che tu e Lou continuiate a frequentarlo. Era già abbastanza pessimo quando abitavo con voi ragazze, adesso mi sembra addirittura peggiorato.»

Rido di cuore mentre Franco, offeso, passa di soppiatto a raccogliere i bicchieri. «Bibi, la nostra coinquilina, lavora qui.» Mi sento strana a parlare di Bibi, la persona che abbiamo trovato per riempire lo spazio che si era creato in casa dopo la partenza di Alex. C'è poco da meravigliarsi che Bibi reagisca in modo assurdo quando si tratta di Alex. «Penso che si stia adoperando attivamente per renderlo un pub peggiore.»

«Sembra simpatica.» Alex sorride con calore, senza ombra di impaccio. Tira fuori una gomma, me ne offre un pezzo e scuoto la testa. Abbassa la testa per un attimo, come se si stesse ricomponendo. «Ehi, Esther, mi dispiace tanto.»

Raddrizzo la schiena. «Dispiace a *te*?! No, è a me che dispiace, Alex. Davvero.»

Sospira. «Sinceramente, non credo che tu debba dispiacerti.» Adesso alza lo sguardo con i grandi, ben noti occhi azzurri. «Sapevo cosa stavamo facendo, ma mi sono persuasa che ci fosse dell'altro. È stata tutta una storia di ego ferito e cuore addolorato. Poi, non appena le sensazioni si erano affievolite, ero troppo imbarazzata per mettermi in contatto con te. L'idea di "sbloccarti" e riaprire il dialogo mi sembrava terribile e umiliante. Non ero in grado di affrontarlo, l'orgoglio non me lo ha permesso.» Si morde un labbro. «Mi sono comportata da bambina, ho buttato tutti i miei giocattoli non tanto fuori dalla carrozzina quanto il più possibile *addosso a te.*»

«L'avevo capito.» Abbasso la testa, non del tutto disposta a rinunciare al mio senso di colpa per tutta la vicenda. «Ed ero dalla parte del torto. Avrei dovuto dare maggiore importanza alla nostra amicizia per permettere che vi si intromettesse il sesso. Non avrei mai dovuto metterla a rischio. Eri troppo importante.»

Annuisce. «Mi rattrista tanto aver dovuto interrompere l'amicizia. E mi dispiace di aver respinto tutti i tuoi tentativi di riconciliazione. Vorrei riconciliarmi adesso, se non è troppo tardi.»

«Oh mio Dio, sì!» Scoppiano lacrime che spuntano dal nulla. «Lo desidero tanto. Non può mai essere troppo tardi!» Anche lei si mette a piangere, perciò mi dirigo sul suo lato del tavolo per un abbraccio. È una sensazione consueta e amabile e vorrei rimanere lì a piangere insieme a lei il più a lungo possibile.

Il mio telefono vibra. È Lou.

Louise Hickman (scuola)

Baby, come sta andando? Di' a Shelley, o ad Alex, o comunque si faccia chiamare adesso, che le voglio ancora bene e che mi manca tanto.
17.45

Tra l'altro, quando pensi di tornare? Bibi non ne può più di tenere sotto controllo il gabinetto e dice che tocca a te.
17.45

Mi asciugo il viso con la manica e Alex fa la stessa cosa.

«Mmm, Shelley – voglio dire Alex – ti andrebbe di tornare nell'appartamento per vedere Lou e conoscere Bibi? Abbiamo un problema con il gabinetto che devo tenere sotto controllo.»

«Un problema di merda, vuoi dire?» sogghigna.

Faccio una smorfia. «Non proprio, ma bisogna tenerlo d'occhio finché non si fa vivo quell'idiota del padrone di casa.»

«Mi farebbe veramente piacere.» Alex si alza in piedi. «In ogni caso, devo delle scuse a Louise. Non ha avuto nessun torto e ho fatto del male anche a lei.»

Ci alziamo in piedi e per qualche altro secondo osserviamo le anatre. Arriva un altro gruppo di femmine e il violentatore scende con riluttanza e se la fila.

«Scommetto che è stato quando hai gridato *anatra in fiamme*», dice Alex sbalordita. «Le altre femmine sapevano cosa voleva dire e sono venute a salvare l'amica.»

Annuisco. «Probabilmente cominceranno a redigere un tabulato delle anatre cattive da cui guardarsi, lui compreso.»

Ci diamo il cinque in onore del potere femminile – umano e animale – prima di dirigerci all'uscita del pub.

Ex n. 3: Alex Shelley
altrimenti detta l'Amica con cui andare a letto
Parte seconda

«Oh mio Dio, penso di non essere mai stata così sveglia», grido per farmi sentire nonostante la musica e Lou mi mostra il pollice alzato, mentre il sudore le incolla i capelli sulla fronte.

«LA NOTTE PIÙ BELLA DELLA MIA VITA», risponde con un grido, saltando su e giù al ritmo della musica.

«NON POSSO CREDERE CHE NON AVEVAMO MAI PROVATO LA COCA, È FANTASTICA» Faccio delle scatolette con le mani e so con assoluta certezza che sono super fica.

«LO SO BENE! DOVREMMO FARLO SEMPRE!» Ride in modo maniacale. «FACCIAMOLO *TUTTI* I GIORNI!»

«ECCO», prendo in considerazione la possibilità. «FORSE NON TUTTI I GIORNI PERCHÉ POTREBBE DIVENTARE UN PROBLEMA, MA CERTO, RIFACCIAMOLO SENZ'ALTRO, È FANTASTICO, MI SENTO LE GENGIVE STRANE.»

Louise annuisce, approvando. «ANCH'IO. PENSI CHE CI STIANO VENENDO I CRAMPI ALLA MASCELLA?»

Mi stringo nelle spalle continuando a ballare. Magari adesso proverò a fare scatole grandi con le mani.

Lou è in preda all'ansia per la mia mancanza di interesse per i crampi alla mascella. «DOVREMMO CHIEDERLO A SHELLEY? CE L'HA DATA LEI LA COCA, SAPRÀ SE CI STANNO VENENDO I CRAMPI ALLA MASCELLA E SE SONO SMORFIE NORMALI O SE DOBBIAMO ANDARE IN OSPEDALE.»

Mi guardo intorno. «DOV'È SHELLEY?» Il club gay si muove ritmicamente per le persone sexy, sudate, che ballano.

«CREDI CHE DOVREMMO ANDARE COMUNQUE IN OSPEDALE?» Lou ha smesso di ballare e adesso è pallida. «E SE LA COCA

ERA CATTIVA E IN REALTÀ ABBIAMO TIRATO DEL DETERSIVO IN POLVERE O DEL VELENO PER TOPI E TRA UN MINUTO COMINCERÀ A USCIRCI IL SANGUE DAGLI OCCHI?»

«L'ULTIMA VOLTA CHE L'HO VISTA STAVA ATTACCANDO BOTTONE CON IL DJ.» Ignoro le sfrenate congetture di Lou, continuando a guardarmi intorno nella stanza.

«CHIAMO IL 999», mi dice Lou mentre localizzo Shelley e mi avvio lentamente nella sua direzione. Tracanna tutta sola una bevanda in un séparé e prendo posto accanto a lei.

«Lou sta chiamando un'ambulanza per sé», dico in tono colloquiale. Shelley risponde con un cenno e mastica la solita gomma anche quando frequenta i locali.

«C'è un motivo specifico?»

«Le sta montando il panico per le droghe che ci hai dato.»

«Santo Dio», Shelley alza gli occhi al cielo. «A voi due ho dato un po' di zucchero che ho preso dall'armadietto dei tè. Ho pensato che nessuna delle due fosse in grado di sostenere le droghe vere e proprie ed evidentemente avevo ragione. In più, vi siete messe solo tre granelli sulle gengive. Anche se fosse stata della coca vera e propria, non sarebbe bastata per fare effetto.»

«Oh», sono delusa. «Ma mi sento così stonata!»

Ha un'aria mesta. «Ehm, non sarà per caso tutto quell'alcol? È da mezzogiorno che beviamo.»

«E gran parte del suddetto alcol erano cicchetti», annuisco, comprendendo il significato della situazione. «E così, io e Lou siamo ancora le sfigate che non hanno mai provato una droga?»

«Sì», conferma Shelley, tirando fuori la gomma e smaltendola in un fazzoletto di carta.

«Uffa!» Sprofondo più in basso nel sedile. «Sono così patetica. Niente droghe, niente ragazzo, sul lavoro una cucina piena di uomini esclusivisti che dicono senza mezzi termini di essere convinti che non riuscirò mai a diventare una vera cuoca. *Ed* è una vita che non faccio sesso! Non ci posso credere.» Mi giro nel séparé per averla di fronte. «Lo sai che l'ultima volta che sono andata a letto con qualcuno è stato con Carl? Voglio dire, è stato proprio, proprio entusiasmante, mettila come ti pare.» Faccio una pausa per verificare se mi crede. «Ho provato molto piacere in tutta l'esperienza che ho vissuto con lui... assolutamente. Ma è stato quasi un anno fa! Ho ventidue anni, non dovrei scopare tutti quelli che ho intorno e fare un mucchio di cose di cui pentirmi?»

«Assolutamente sì», si dichiara d'accordo. «Io mi pento continuamente, si vede che è così che deve andare.»

«Il problema è», faccio un respiro profondo, «che non ho mai tempo libero. Questo è il primo sabato che non lavoro da... quanti mesi? Un mucchio, porca puttana. Lavoro dalle otto del mattino all'una di notte. Quando dovrei trovare qualcuno con cui fare sesso?»

«Oh, amica mia.» Shelley si mostra solidale e mi allungo per un abbraccio. È così calda e ha un odore così buono.

«Sinceramente, Shell, sto cominciando a pensare che forse, dopo tutto, non ho voglia di fare la cuoca. L'orario di lavoro è assurdo e sta diventando tutta la mia vita. Vedo a malapena te e Lou... e abito con voi.» Da sopra la spalla, avvisto nell'angolo Louise immusonita mentre viene rimproverata da due infermieri furibondi.

Shelley mi stringe più forte. «Ma, amica mia, hai fatto un lungo tirocinio per diventare una cuoca. Non puoi permettere che quelle teste di cazzo con cui lavori l'abbiano vinta.»

«Bah, lo so.» Alzo lo sguardo sui suoi grandi occhi azzurri. È così bella e le voglio molto bene. «A me piace davvero cucinare, ma sta prendendo il sopravvento su tutto. E credo che non diventerò neppure una sous chef almeno per un altro anno.»

«Allora immagino che tu debba capire se ne vale la pena», dice con dolcezza e le guardo la bocca mentre parla. Ha quei bei denti bianchi, dritti, che le ho sempre invidiato. Dio, amo Shelley, è così carina e sarcastica e divertente. Vorrei essere come lei.

«Credo di aver bisogno soltanto di andare a letto con

qualcuno», sussurro. «Credo che allenterebbe la pressione e riuscirei di nuovo a pensare lucidamente.»

Adesso si volta a guardarmi. Ci stiamo guardando.

«Pensi che ti aiuterà?» chiede lentamente, le labbra carnose che si muovono insieme alle parole. Il suo respiro sa di gradevole menta.

«Penso proprio di sì», sussurro di nuovo, incapace di staccare gli occhi dai suoi. Com'è possibile che non mi sia mai accorta di quanto è incredibilmente sexy? L'ho sempre idolatrata, ho sempre voluto starle vicino, ma prima di stasera non avevo mai preso in considerazione nient'altro al di là dell'amicizia. Adesso mi rendo conto che la distanza tra l'adorare qualcuno – amarlo da morire – e volerlo baciare non è così grande quanto pensavo. Di fatto, ci sono già ed è bastato fare solo mezzo passo.

«Vuoi tornare a casa?» Mi trema la voce e mi prende per mano, intrecciamo le dita, le accoppiamo. Dà una sensazione fantastica e all'improvviso ho tanta voglia di toccare tutto il resto.

Prendiamo un Uber che ci porta a casa. È una spesa che normalmente non oseremmo concederci, ma non possiamo aspettare. E ne vale la pena perché, tornate da noi, raggiungo un numero di orgasmi maggiore di quanti ne abbia avuti in tutto il resto della mia vita sessuale.

In seguito, crolliamo sul mio letto in un ammasso sudaticcio.

«Cazzarola, Shelley, sei così brava in queste cose, non ne avevo idea.»

È compiaciuta, poi diventa pensierosa. «Esther, puoi chiamarmi Alex? È un po' che ci penso e non voglio più essere Shelley. È così infantile. Era la mia versione pre-adolescenziale, che cercava di distinguersi e sembrare fica. Adesso non voglio essere Shelley e soprattutto non voglio essere Shelley con te, in questi momenti.»

«Ok», annuisco perché comprendo, poi mi fermo. «Momenti... al plurale?»

È schiva. «Be', pensaci su, ma pensavo che potremmo farlo in modo occasionale, se vuoi. So che sei troppo impegnata con il lavoro per una storia vera o seria e io mi diverto parecchio là fuori ad andare agli appuntamenti. Ma di tanto in tanto potremmo procurarci qualche orgasmo. Un sollievo, se vuoi. Lo vorresti?»

«Tipo una situazione di amiche che vanno a letto insieme?» Mi alzo a sedere sul suo letto.

«Esatto», annuisce felice.

«Ma come la mettiamo col fatto che viviamo insieme, Shell... *Alex*?» Mi avvolgo nel piumino. «Non manderà tutto a puttane e diventerà un casino?»

Si volta verso di me, facendo scorrere un dito lungo la mia mascella e facendomi venire il formicolio in tutto il corpo. «Faremo in modo che non succeda.»

La bacio di nuovo, credendo fino in fondo alle sue parole. Perché lo voglio.

17.

Quando arriviamo all'appartamento, Bibi e Louise sono fuori sulla soglia che chiacchierano con i Testimoni di Geova.

«L'altro giorno ho visto uno scoiattolo nero», sta dicendo Louise, affascinata. «Era un segno dell'apocalisse?»

«Ehm», gli uomini si guardano. «Siamo qui per parlare degli ordini delle Scritture impartiti a Gesù e ai suoi seguaci.»

«Be' continuo a non capire», sta dicendo Bibi. «Ma è tutto molto interessante e rispetto le vostre opinioni, ragazzi.»

«Lasci che le rilegga *Matteo* 24, 12, giovane signora», dice l'uomo più alto, avvicinandosi.

«OH, CHE DIO SIA STRAMALEDETTO, SHELLEY!» Nel vederci, Louise interrompe l'uomo che parla a getto continuo. Precipitandosi oltre gli evangelisti, si getta tra le braccia di Alex. «Sei quiiiiii! Volevo dire Alex, scusa.»

Alex ride e stringe a sé Lou. «Ci sono! E mi dispiace tanto, Lou. Sono stata per tanto tempo una grandissima stronza. Puoi perdonarmi?»

Col viso ancora sepolto nel cappotto di Alex, capiamo a fatica che Louise sta piangendo perché strilla: «Ma certo! Non devi nemmeno chiederlo».

«Dio...» Alex guarda dalla mia parte dall'interno della stretta di Lou «...pensavo che questa storia delle scuse sarebbe stata più dura o, almeno, che avrebbe richiesto più tempo. Se avessi saputo che era così facile, l'avrei fatto anni fa.»

«Magari l'avessi fatto», le dico con la voce rauca.

Ci spostiamo per entrare, oltrepassiamo comprimendoci

i tizi di Geova che stanno leggendo un altro passo della Bibbia. Bibi tiene il broncio, ma non so dire se sia per i predicatori invadenti che non se ne vanno, o per l'arrivo di Alex.

Entrata, mi dirigo a preparare il tè mentre il lunghissimo abbraccio di Alex e Louise si trasferisce sul divano.

Momentaneamente liberata, Alex sorride allegramente a Bibi. «Scusa, non ti ho ancora salutato come si deve. Sono Alex. Tu devi essere Bibi.»

«Devo esserlo», replica seccamente Bibi. «Allora sei tornata, è così?»

Alex mi lancia un'occhiata, un po' confusa. «*Tornata* sembra un po' drammatico, ma immagino che tutta la situazione sia un po' drammatica. Sì, direi che sono tornata.» C'è un silenzio imbarazzato prima che aggiunga: «Ehm, ti sta bene?».

Bibi si stringe nelle spalle e le lancio uno sguardo arrabbiato. Capisco che si sente minacciata da Alex, ma potrebbe essere educata.

«Allora, raccontatemi tutto quello che mi sono persa!» Alex distoglie lo sguardo da Bibi quando le passo una tazza di tè fumante. Spero che lo beva ancora nello stesso modo. «Sette anni di tragedie e assurdità, aggiornatemi. Esther mette ancora in mostra le tette quando ha bevuto l'Apple Sour? Louise porta ancora fuori le posate per il kebab quando esce la sera? Quel mandarino *satsuma* che avevamo perso è ancora sotto il divano?» Ride e le facciamo eco. Ma mi ritrovo atterrita, in un certo senso, all'idea che siamo cambiate così poco in tutto questo tempo. Abito ancora nello stesso appartamento, sono ancora single, metto ancora in mostra le tette.

A essere onesta, ho delle belle tette e voglio condividere con altri quel piacere.

«Sì, sì e sì», conferma Louise. «Lo so che dai venditori di kebab puoi prendere gratis quelle forchette di legno, ma non sembra igienico. E se alla fine della sera si limitano a risciacquarle e le rimettono nel recipiente? E se mi ritrovo delle schegge di legno nel cibo?»

«Ottima osservazione!» conferma Alex.

«Però adesso ho un ragazzo!» dice orgogliosa Louise. «Si chiama Sven.»

«Un ragazzo con cui fai del sesso da schifo», borbotta Bibi e Lou assume un'aria imbarazzata.

«Ehm, ci concedete un secondo?» Mi incollo un sorriso a beneficio di Alex mentre agguanto Bibi per il gomito e la spintono fuori dalla stanza, dirigendomi verso il gabinetto. Porta chiusa alle nostre spalle, le rivolgo la mia espressione più severa. «Senti, lo so che per te non è una cosa normale, ma nessuno ti sta rimpiazzando!» le dico in modo seccato. «A meno che non continui con queste stronzate da bambina cattiva. Alex è fantastica, non potresti essere gentile e sorridere per il resto della giornata? Per favore?»

Abbassa lo sguardo, immusonita.

«Bibi...» dico col tono di voce basso di chi ammonisce. «Ti voglio bene, per me sei molto importante, ma anche Alex è importante per me. La conosco da quando avevo undici anni. Anni fa ho mandato tutto a puttane e questa è la mia seconda occasione. Non rovinarmela. *Ti prego.*»

Alza lo sguardo, preoccupata. «Tornate insieme?»

«Cosa? No!» Scuoto la testa. «Parlavo di una seconda occasione per la nostra amicizia. Non metterei *mai più* a rischio il mio rapporto con Alex in quel modo. Se *qualcuno* farà di nuovo sesso con Alex, non mi incazzerò.» Rido mentre metto una mano sulla spalla di Bibi. «Senti, Beeb, io e Lou vogliamo veramente che Alex torni a far parte della nostra vita e abbiamo bisogno che tu lo capisca. Non ti sta buttando fuori! Da queste parti non adottiamo la politica uno entra, uno esce. Di fatto, ci piacerebbe che anche tu facessi amicizia con Alex. Puoi fare uno sforzo? Penso che se lo facessi, ti renderesti conto che è fantastica, cazzo. È simpatica e intelligente e coraggiosa. Ci farà divertire di più tutte quante, vedrai.»

Bibi sospira in modo teatrale. «D'accordo, va bene.»

Torno in soggiorno, con Bibi intimidita alle calcagna, e batto forte le mani.

«Benissimo! Torniamo al pub? Voi ragazze vi siete perse lo stupro insensato di un'anatra.»

Alex mi guarda con severità.
«Scusa», inclino la testa. «Lo spettacolo insensato di un'anatra in fiamme.»

Ex n. 3: Alex Shelley
altrimenti detta l'Amica con cui andare a letto
Parte terza

«Cosa stai facendo laggiù?»

«Ho fatto cadere uno *satsuma*, vero o no?» La voce è smorzata, sepolta com'è sotto il divano.

«Che cosa?» sono sconcertata.

Alex emerge, rossa in viso e irritata. «Stavo cercando di rilassarmi in soggiorno con uno *satsuma* come una persona normale e l'ho fatto cadere. È rotolato sotto il dannato sofà e non riesco a raggiungerlo. Non posso lasciarlo là sotto a marcire per sempre.» Fa una pausa e alza su di me uno sguardo speranzoso. «Ti sembra?»

«Assolutamente no», dico solennemente. «Vuoi una mano? Ho le braccia piuttosto piccole.»

«Sono piccole, ma non lunghe e sottili come servirebbe», dice pensosa Alex.

«Oh grazie tante», rispondo indispettita. «Perciò sarei un T-rex del cazzo? Con le mie braccine corte e tozze che ti artigliano in continuazione.»

Sbuffa e si allunga verso di me dal posto che occupa sul pavimento. «Mi piace farmi artigliare da te, T-rex. Adesso ti andrebbe una rapida artigliata?»

«No», la rimprovero. «Tra pochi minuti devo andare al lavoro.»

Lou entra saltellando. «Cosa stiamo facendo?» Non aspetta la risposta e si butta sulla moquette per guardare sotto il divano. «Cerchiamo dei mostri?»

«Mostri a forma di *satsuma*», borbotto, ma sembra imperterrita.

«Di notte controllo sempre sotto il letto», dice, sforzandosi di vedere nel buio là sotto. «Perché non si sa mai. Vorrei incontrare una persona gentile che mi protegga dai mostri sotto il letto.» Sospira in modo teatrale. «È molto irritante che voi due stiate insieme, perché non posso chiedere ai vostri partner se conoscono qualcuno da farmi incontrare.»

Alex ride nel momento stesso in cui dico: «Non stiamo insieme, Lou! Siamo amiche che vanno a letto». La risata si interrompe bruscamente, ma poi lei non dice nulla.

«Come ti pare», Lou mi agita una mano davanti. «È, che dico, un anno che voi due scopate e questo sta uccidendo la mia vita sentimentale. Non conoscete *nessuno* da farmi incontrare?»

Ci rifletto. «In realtà c'è quel tizio con cui lavoravo, Paul...»

«Ooh, me lo ricordo! Un nome sexy!» squittisce Louise.

«...l'altra sera ci siamo visti per bere insieme e abbiamo flirtato parecchio.» Ci penso su. «C'è sempre stato qualcosa tra noi, ma quando ci siamo conosciuti uscivo con Carl. Scommetto che ha un mucchio di amici attraenti. Vuoi che organizzi un'uscita a quattro per una bevuta?»

«Sìììì!» Louise si alza in piedi, dando un pugno in aria. «Sì, per favore.» Corre fuori strillando di voler prendere un appuntamento con la parrucchiera e rido. Ma quando mi volto verso Alex, ha un'espressione glaciale.

«Cosa?»

«Che storia del cazzo sarebbe?» domanda Alex, evidentemente arrabbiata.

Improvvisamente ho paura. «Cosa intendi? Mi dispiace, volevi che organizzassi un incontro a sei? Immagino di poter capire se Paul conosce qualche donna attraente che...»

«Cosa diavolo c'è che non va in te?» Si alza in piedi, lo *satsuma* è stato dimenticato. «È quasi un anno che usciamo insieme e pensi che sia una bella cosa parlare davanti a me di persone che ti piacciono come se niente fosse?»

«Ma... ma...» Sono a corto di parole. Avevamo già parlato di altre persone che ci piacevano. Non molto a lungo, direi, ma i nostri rapporti erano sempre stati saltuari. Quello era l'accordo. Dicevamo così: amiche che vanno a letto insieme. «Mi dispiace tanto, Alex», dico, balbettando. «Non mi sono resa conto...» Di che cosa non mi rendo conto? Le regole sono cambiate?

«Non ne hai la minima idea, vero?» dice a bassa voce, la rabbia è sparita. «Non te ne rendi nemmeno conto.»

«Di cosa?» torno a chiedere, con una sensazione di impotenza e di paura.

C'è un lungo silenzio. «Sono innamorata di te, razza di idiota», dice infine. «Pensavo che fosse ovvio. E pensavo che cominciassi a provare lo stesso sentimento.»

Sento la bocca che si spalanca, ma sono incapace di chiuderla.

Innamorata di me? No, questo non ha nessun senso. Perché mai lei... ma noi siamo *amiche*, siamo sempre state amiche. Era su questo che ci eravamo messe d'accordo. Non è mai stata questione d'amore, come è possibile che...

«Cazzo, Alex...» Non finisco la frase, le parole che ho in bocca non valgono nulla.

Adesso mi fissa, in attesa, finché non riesce più a sopportarlo. «Perciò non mi ami?» La frase viene pronunciata con tanta tristezza, tanta commozione che per poco non mi metto a piangere. Ma la verità è che non la amo. Non in quel modo.

Non posso dirlo. Non so come ammetterlo.

Leggendomi in mente, reagisce con impazienza: «Cazzo, dillo, Esther. Su. Se non mi ami, dillo e basta».

«Ma io ti amo», replico fiaccamente. «Sei la mia migliore amica, Alex Shelley. Ti amo tanto.»

«Non come fidanzata, però?» conferma, la voce prostrata.

Abbasso la testa e sussurro: «No».

Si mette a piangere e l'attiro in un abbraccio. Singhiozza sulla mia spalla per qualche minuto mentre continuo a ripeterle che mi dispiace.

Alla fine si ferma e mormora qualcosa contro la mia spalla. Il suono è troppo smorzato perché possa distinguere le parole, perciò avvicino l'orecchio.

«Che cosa?» bisbiglio e questa volta sento.

«Tu mi hai usata.» Mi sento raggelare alle sue parole. «Tu mi hai usata, porca puttana. Non te ne è mai fregato niente di me, *cagna* del cazzo.» Adesso si allontana davvero e il suo viso abbronzato è contorto dalla rabbia.

«No, Alex, non è vero», la mia voce è acuta e implorante. «Pensavo che fossimo sulla stessa lunghezza d'onda su questa faccenda, mi dispiace tanto. Ti prego, non dire che ti ho usata, non era così! Pensavo che ce la stessimo spassando. Pensavo che andasse bene.»

«Mi hai fatto credere che mi amavi!» adesso la sua voce è più sonora, piena di furore. «Mi hai tenuto stretta e mi hai accarezzato i capelli e mi hai detto che ero bella.»

Mi sento riempire di vergogna, ma ci riprovo. «Alex! È stata una tua idea, sei stata tu a proporre che fossimo due amiche che vanno a letto insieme! Non puoi cambiare le regole e poi arrabbiarti con me. Avresti dovuto parlarmene – dirmi che cosa sentivi – non avevo idea che provassi dei sentimenti per me!»

Balle.

Qualcosa dentro di me sapeva che cosa provava e l'ha ignorato. Negli ultimi mesi avevo avvertito che qualcosa stava cambiando da parte sua e ho lasciato che succedesse, continuando a fingere che andasse bene. Io l'*ho* usata. Sono una canaglia e merito l'odio che adesso mi rovescia addosso.

«Sei una bugiarda e una sfruttatrice e abbiamo chiuso», lo dice gridando, la faccia viola. «Non siamo più amiche, non siamo più *niente*. Me ne vado e voglio che non mi cerchi più. Abbiamo definitivamente chiuso.» Esce come una furia dalla stanza e sento la porta della sua camera da letto che viene sbattuta e chiusa a chiave, lasciandomi in uno stato di shock.

Il mattino successivo è sparita. Qualche giorno dopo arriva il padre a prendere tutta la sua roba e mi lancia un'occhiata così terribile, così carica di odio, che piango per ore di seguito. Alex non risponderà né alle mie chiamate né ai miei messaggi. Non risponderà alle chiamate o ai messaggi di Lou. Mi blocca su Facebook e su Twitter e una lettera che spedisco a casa di sua madre viene restituita al mittente.

Dopo dodici anni di amicizia, è sparita dalla nostra vita, proprio così.

18.

«Posso usare il gabinetto, Sofia?» domando educatamente e lei mi porge una candela, lo stoppino tremolante.

«Fa' attenzione», mi avverte. «Ci sono molte cose in mezzo tra qui e il bagno.» Annuisco gravemente e dalla stanza d'ingresso mi faccio strada nel buio pesto.

Siamo nel bel mezzo di un'interruzione di corrente. Tutta la dannata palazzina è spenta, l'intera schiera delle case! È vergognoso e ci lamenteremmo senz'altro con qualcuno se una di noi tre sapesse chi è il nostro fornitore. Abbiamo avuto una gran discussione al buio a proposito del posto in cui erano conservate le bollette, prima di lasciar perdere e dirigerci a casa di Sofia. Sapevamo che, se non altro, lei ha delle candele. Perché tutte le persone adulte hanno delle candele e lei è senz'altro una persona adulta.

Inoltre, è probabile che sia passata per un certo numero di guerre, giusto? Perciò avrà lo spirito e il *know how* dei tempi di guerra. Saprà come fare a pezzi le lenzuola per far nascere un bambino e come cucinare senza il piano di cottura. Non so esattamente quali guerre né quando – ho frequentato la facoltà di storia soltanto per un semestre – ma devono essercene state un bel po', giusto?

Faccio pipì al buio ed è una cosa strana quanto verrebbe da pensare. Dopodiché, prima di tirare l'acqua – rallegrandomi per i servizi funzionanti – avvicino la candela alla tavoletta del water per controllare che non ci siano delle goccioline e torno in soggiorno.

Mi fermo nel corridoio, quando individuo Louise.

È curva sul telefono, digita freneticamente. Il suo bel viso è illuminato soltanto dallo schermo del telefono e ha un'espressione che non riconosco. C'è qualcosa di insolito in tutto il suo linguaggio corporeo. Qualcosa di reticente e colpevole. In ogni caso, perché sta inviando messaggi qui fuori? Normalmente non pretendiamo certo di sapere cosa fa con il suo telefono.

Forse, però, dovrei pretendere di saperlo.

«Tutto bene, Lou?» sussurro nel buio e lei fa un salto in aria.

«Dio, Esther, mi hai spaventata!» Si caccia il telefono in tasca con tanta rapidità che le mani diventano una macchia indistinta.

«Che stai facendo?» domando, la voce innocente.

«Che vuoi dire?» replica, con la voce che vibra per il senso di colpa.

«Estherrrrrr!» grida Sofia dal soggiorno. «Sbrigati! Voglio sentire le ultime sulla tua missione!» Louise coglie l'occasione per rientrare senza rispondere alla mia domanda, lasciandosi cadere sul divano con una certa sorpresa.

«Avanti!» Sofia è impaziente. «Raccontami cosa sta succedendo nei tuoi appostamenti a tutti quei terribili ex!»

«Non la definirei in questo modo...» protesto, ma lei continua incurante.

«Dimmi come sta andando. Hai già trovato il grande amore? C'è qualcun altro tra loro che ha chiamato la polizia per te?»

«Nessuno ha chiamato la polizia per me!» la correggo con impazienza. «E, per tua informazione, alla fine si è risolta bene. Ho incontrato Paul – il tizio che cercavamo di trovare – ed è stato piacevole.»

«Allora è lui l'Uomo Giusto!» grida allegramente Sofia.

«Forse», rispondo sorridendo, fiduciosa.

«*Forse*?» contorce il viso. «Com'è possibile che sia *forse* l'Uomo Giusto?»

«Be', anche quell'altro tizio, Alistair, potrebbe essere l'Uomo Giusto», spiega opportunamente Louise.

«Oppure potrebbero essere Will, Idris, Carl o Rich», si inserisce Bibi sbuffando da qualche parte nel buio.

«Voglio dire, forse in tutta questa faccenda il vero e proprio *Uomo Giusto* potrebbe rivelarsi l'amicizia rinnovata con Alex», aggiungo nel mio tono di voce più assennato.

«*Di cosa stai* PARLANDO?» strilla Sofia e tutte noi facciamo un salto. «Dici un mucchio di assurdità!»

«Lo so, scusami, Sofia», ammetto umilmente. «Sono un casino.»

«Ehi!» Il tono di Bibi è pieno di rimprovero. «Non sei un casino. Ti stai comportando con molto coraggio in tutta questa vicenda, confrontandoti come fai con il tuo passato e con la persona che eri.» Mi guarda in modo incoraggiante e le rispondo con un sorriso.

Al momento Bibi sta facendo del suo meglio per essere un po' più espansiva. Ooh, dovrei sgridare più spesso le persone? Evidentemente in questo sono brava.

«Però ero sincera», comincio. «Se da questa missione non uscirà nient'altro, sono felicissima di essere riuscita a far pace con Alex.» Mi fermo, perché improvvisamente sono in preda all'emozione. «Era un'amica d'infanzia, Sofia», spiego. «E ho mandato tutto a puttane andando a letto con lei per un certo periodo. Ma abbiamo sviscerato tutto e adesso va bene, va benissimo. Forse meglio che mai.»

La vedo appena, ma avverto che Sofia si sta intenerendo. «È una bellissima cosa.»

«Sì», restituisco il sorriso. «Da allora è venuta a casa nostra quasi ogni giorno, si è messa al corrente su tutto. È come ai vecchi tempi, come se nulla fosse cambiato.»

«Penso che sia la prova di una vera amicizia», dice grandiosamente Sofia. «Stare senza vedervi per un lungo periodo ma poi, quando vi incontrate, tutto è come prima.» Annuisco con entusiasmo, anche se non può vedermi.

Accanto a me, squilla il telefono. È Katie dal posto di lavoro. Lo guardo fisso, un senso di paura mi contorce lo stomaco.

«Non pensi di rispondere?» domanda gentilmente Louise e scuoto la testa. In questo momento non riesco ad affrontare un colloquio con Katie. Nelle ultime settimane, al Norris ci sono stati due grossi eventi che ho completamente ignorato. La mia povera assistente ha fatto tutto da sola e so che vuole parlare della festa imminente per un anniversario di cui non abbiamo neppure iniziato i preparativi. Dobbiamo esaminare il budget, il servizio di catering, quanto personale di sala ci servirà, qual è la combinazione dei colori, tutti i piccoli dettagli per cui di solito corro di qua e di là in occasione di un evento importante. Ma la mia testa è già troppo affaccendata; troppo piena di Alistair e Paul e Alex, per non parlare di tutti gli altri ex che devo ancora vedere.

«Al momento non riesco a concentrarmi sul lavoro», dico alla stanza, con la voce attraversata dal fremito del senso di colpa. Per ora Katie può risolvere i problemi da sola, può cavarsela.

Cala il silenzio, prima che Bibi si rivolga alla nostra ospite. «Come stanno andando le cose con la *tua* missione, Sofia?» Tutte noi ci accostiamo. «Con Ivan del piano terra, voglio dire.»

«Ooh, che ne dite di invitarlo quassù?» suggerisco speranzosa. «Potrebbe partecipare al nostro club del black out. Trovarvi al buio potrebbe essere piuttosto romantico per voi. E potremmo toglierci dai piedi se cominciate a sbaciucchiarvi!»

«È inutile», sospira. «L'ho invitato quassù a prendere il tè – sono una sgualdrina e una svergognata! – e ha detto di no! Molto gentilmente, ma comunque no.»

«Mmmm, ehm...» Louise emette nel buio un rumore leggermente strozzato e avverto che le altre si voltano nella sua direzione.

«Cosa?» Bibi ha un tono accusatorio.

«Eh?» Sembra che Louise si senta in colpa. «Mmm, oh niente! Be'... no, niente!»

Vicina a me sul sofà, Sofia si sporge. «Louise, tesoro, che cosa? Dillo. Non ti preoccupare, le ho sentite tutte, è impossibile traumatizzarmi.»

«Ohhh non lo voglio dire!» geme lei e aspettiamo, le concediamo un momento. «Mmm, mi dispiace tanto Sofia, ma sono piuttosto sicura che Ivan abbia una fidanzata.»

«Che cosa?» resto senza fiato.

«L'altro giorno stavo chiacchierando con lui davanti all'ingresso», comincia esitando. «Finalmente è diventato più aperto nei miei confronti...» aggiunge con un mezzo sussurro, come una digressione rivolta a me, «gli avevo preparato una nuova infornata di biscotti e questa volta mi ero accertata che li prendesse.» La voce torna a un volume normale mentre prosegue: «A ogni modo, quando ci siamo salutati, ha detto che se ne andava per occuparsi della sua amata Pearl».

«Forse è il suo gatto», suggerisco con scarsa efficacia.

«È possibile!» si intromette Bibi. «C'è un gatto che gironzola in giardino. L'ho visto. È marroncino?»

«Sì, l'ho visto anch'io!» mi unisco con entusiasmo. «Pearl è sicuramente il gatto di Ivan.»

C'è un lungo, triste silenzio e alla fine Sofia sospira. «Siete incredibilmente tenere, ma se in questa casa ci fosse un gatto, lo saprei. Sono così allergica che mi basterebbe passare davanti alla sua porta per starnutire.»

«Forse ha una perla vera e propria!» si offre Louise senza alcun trasporto. «E se avesse una costosissima perla nella sua collezione di gioielli che ama lucidare di notte?»

«Sembra un eufemismo bello e buono», borbotta Bibi, ma nessuno ride.

«Be'...» Sofia batte le mani. «Fidanzata o no, non sembra interessato. *C'est la vie.*»

Ricadiamo ancora una volta in un silenzio solidale.

«Per lo meno Esther si sta innamorando!» Sofia tenta di far risalire l'umore. «Di Paul, giusto? O di Alistair?» Fa un risolino. «È un bene poter scegliere.»

«Alistair è il mio preferito», esulta dall'angolo Louise, il suo viso a malapena visibile nella luce tenue. «È stato il primo amore di Esther e vorrei taaanto che stessero insieme.»

Abbasso lo sguardo, intimidita. «Ha una ragazza, Lou», la rimprovero con dolcezza. «E gli ho vomitato tutto addosso, se ti ricordi.»

Sembra ci sia un silenzio sconvolto, mentre Lou e Bibi rivivono l'episodio. «Ma...» inspiro in modo teatrale «...finalmente questa mattina mi ha mandato un messaggio e non ha accennato al vomito. Vuole che ci vediamo per un caffè.» Sospiro forte. «Non so, credo che gli piaccia l'idea di tornare a essere amici. Forse per lui sono soltanto una triste iniezione di autostima. Il primo amore che l'ha scaricato tanti anni fa torna a implorare una seconda possibilità mentre lui è follemente innamorato di un'altra.» Faccio una pausa. «O forse vuole davvero la mia amicizia.»

«Pfui», Sofia agita la mano. «Ne *hai* di amici, non te ne servono altri.»

«Ben detto, basta amici», dice maliziosamente Bibi. Dunque, non ha completamente superato la paranoia o la gelosia. Continua il suo briefing. «Allora, c'è Paul, ma è ancora assente per il suo insulso viaggio di lavoro. Chi è il prossimo, Esther? Se andassimo in ordine, dopo Paul verrebbe Idris, giusto?» Dà un'occhiata a Sofia. «Quello era il fidanzato serio. Sono stati insieme tre anni.»

«Uff», abbasso lo sguardo. «Non sono ancora pronta per Idris, non credo.»

«Allora chi?» domanda curiosa Louise.

«Penso che», dico lentamente, «sia arrivato il momento della *Sovrapposizione.*» Sofia piega la testa, perciò aggiungo il suo nome: «Will».

Ex n. 6: Will Akuffo
altrimenti detto la Sovrapposizione
Parte prima

Internet
Twitter.com
21.40

Will Akuffo@mipassalavoglia - 10 giugno
Domanda sincera: c'è qualcuno che abbia mai usato – dico letteralmente, nella storia dell'abbigliamento – i bottoni di riserva che mettono nell'etichetta interna?

Esther Adams@dolceFanny Adams - 10 giugno
Li ho usati una volta per buttarli addosso a qualcuno

Will Akuffo@mipassalavoglia - 10 giugno
Hanno fatto effetto? Devo informare Bush che finalmente abbiamo scoperto delle armi di distruzione di massa?

Esther Adams@dolceFanny Adams - 10 giugno
Che battuta aggiornata!

Will Akuffo@mipassalavoglia - 10 giugno
Cossssssssa c'è che nnnnnnnnon va? Con chi pensi di parlare?

Esther Adams@dolceFanny Adams - 10 giugno
Mi correggo, sei l'incarnazione perfetta delle fonti attuali

19.

Sto per picchiarla, giuro che sto per picchiarla.

«Ma quaaaaaaaando hanno intenzione di visitaaaaaaarmi?» ulula Bibi al soffitto e l'intera sala d'aspetto si volta a guardare. A *guardare di traverso*, per essere più precisi.

«Probabilmente da un minuto all'altro, baby», dice Louise in tono rassicurante, la pazienza di una santa.

Bibi mi ciondola in grembo, alza su di me uno sguardo implorante. «Fa maaaaaaaaaale, Esssssstheeeeerrrrr!»

«Sì, lo so, cazzo», sibilo. Sono tre ore di fila che dice le stesse cose, mentre aspettiamo di essere ricevute dal medico.

Crediamo che abbia una frattura al mignolo. Cosa oltremodo frustrante perché – da quello che abbiamo visto online – i medici non possono farci nulla. Si limiteranno a bendarlo e la manderanno per la sua strada. Ma ha insistito che venissimo comunque, gemendo come un'ossessa per tutto il tragitto in auto che ci ha portato fin qui.

Ci ha accompagnato Nick.

Personalmente, ero disposta a scialare denaro per un Uber, ma Louise ha insistito che chiamassimo Nick – ovverosia l'unica tra le persone che conosciamo in possesso di una macchina – per farci accompagnare. Si è prestato molto gentilmente, presentandosi più scarmigliato che mai e – cosa divertente – in pigiama. Ed ecco perché adesso sta aspettando in macchina invece di essere qui dentro con noi. Quello, e il fatto che comprensibilmente non volesse pagare le più o meno sessantacinque sterline di tariffa del parcheggio.

È colpa del water rotto. È ricominciato quello stupido

traboccamento d'acqua e mentre Louise era di nuovo al telefono con il Signore delle Teste di Cazzo, ovverossia il nostro padrone di casa, Bibi ha deciso di assumersi la responsabilità di aggiustarlo una volta per tutte.

Cosa ovvia, ha lasciato immediatamente cadere su una mano il pesante coperchio di ceramica. Dopo un gran mucchio di urla e di pianti, abbiamo tirato giù dal letto Sofia per chiedere la sua opinione. Ha dato a Bibi l'unica medicina che aveva in casa – uno sciroppo forte per la tosse – e ha detto che dovevamo andare al pronto soccorso. Non ci siamo rese conto, se non troppo tardi, che in macchina Bibi aveva segretamente scolato l'intera bottiglia e che da allora è semicosciente e farnetica.

«Fa maaleeeeeee, Louiseeeeeeee», riattacca Bibi. «Perché non andiamo a farci visitare da un dottore?»

«Ci siamo, tesoro», Lou la zittisce con gentilezza. «Stiamo solo aspettando che ci ricevano, ci vuole un po' di tempo.» La donna al banco dell'accettazione ci guarda con disapprovazione e Lou si sbriga ad aggiungere: «Non è colpa del servizio sanitario nazionale! Per niente. È a causa di tutti quei maledetti tagli, non è così?». Prima di continuare, fa un verso di disapprovazione ad alta voce. «I medici e le infermiere e, ehm, le addette all'accettazione, tutti loro svolgono un ottimo lavoro e ti rendono orgogliosa di essere britannica, non è vero? Ben fatto, servizio sanitario nazionale!»

Si guarda intorno in cerca di consenso da parte degli altri occupanti della sala d'attesa ed è delusa quando non ne trova.

«Dicossastaparlando?» Bibi contorce il viso guardandomi, ma non ho risposte. «Quando hanno intenzione di visitaaaaaarmiiiiii?»

Le do una leggera spinta per togliermela dal grembo e rimetterla a sedere al suo posto. Si piega in avanti ballonzolando e sembra svenuta.

«Grazie a Dio», esalo. «Da malata è veramente fastidiosa.»

«Penso che probabilmente lo siamo tutti», dice saggiamente Louise. «Mi dispiace che ti abbiamo rovinato la serata. Che cosa stavi combinando?»

«In realtà stavo componendo un messaggio per Will», ammetto. «La nostra relazione era fatta per lo più di battute e seduzione, era necessario che fossi simpatica e vivace, hai capito? Alla fine ho inviato qualcosa, ma *non* era niente di simpatico o vivace.»

«Vi siete conosciuti su Facebook, qualcosa del genere, giusto?» Louise mi dà una sbirciata oltre il corpo a faccia in giù di Bibi.

Scuoto la testa. «Twitter. Era soltanto un profilo Twitter scelto a caso che stavo seguendo, ma aveva un certo non so che. Tutto quello che conoscevo di lui era la sua abilità a scrivere cose in centoquaranta caratteri e la piccola foto confusa del suo avatar era attraente.» Sospiro. «Al principio era solo un divertimento sciocco, rispondere ai suoi tweet esilaranti, ma poi ha inviato un messaggio direttamente a me. Dopodiché abbiamo cominciato a parlarci spesso.»

«È facile lasciarsi trasportare da un amoreggiamento come quello», dice Louise, uno sguardo trasognato negli occhi.

La guardo attentamente. Negli ultimi tempi Lou è stata stranamente impegnata, è stata in casa di rado e anche quando c'era, si chiudeva a chiave nella sua camera da letto.

«RAGAAAAAAAAAAZZE?» Sofia attraversa in modo appariscente la sala d'aspetto venendo verso di noi, accompagnata da un mezzo addormentato Nick. Sono rimasti seduti in macchina per ore e sento l'improvvisa esplosione di un terribile senso di colpa per questo povero ragazzo, trascinato nel nostro dramma insulso.

Sbadiglia, coprendosi con la mano la barba trascurata. «Novità? Bibi è già entrata a farsi visitare dai medici?»

Io e Lou scuotiamo la testa.

«Sofia? Nick?» Bibi la guarda ammiccando, prima di svenire di nuovo. Mi viene in mente che potrebbe essere l'occasione perfetta per scoprire il suo vero nome. Grazie allo sciroppo per la tosse, quelle alte pareti sono tutte crollate, me lo direbbe senz'altro.

Ma sembra meschino. Approfittare di qualcuno quando è così vulnerabile... insomma, non mi importerebbe, ma è priva di sensi.

«*Merde!*» grida Sofia, pestando il grazioso piede. Nick e qualche altro paziente sogghignano per l'eccessiva francesità. «Bene», strilla. «Torno in macchina. Ho fatto *swipe* su Tinder! Questo ospedale è pieno di uomini sulla settantina. Sto ricevendo centinaia di *match*!» Esce con la sua camminata appariscente e io e Lou cerchiamo di non ridere. Significa che le è passata la cotta per Ivan, immagino, ed è un bel sollievo.

«È meglio che vada anch'io», Nick sorride con ritrosia, stringendosi il cappotto sul pigiama a riquadri blu marina. «Chiamami se hai bisogno di qualcosa. Sarò addormentato sul sedile posteriore, ma avrò il telefono.» Ammicca. «Adesso l'odore dello Stilton è completamente sparito.»

Se n'è andato prima che il mio viso abbia assunto il solito colore sgargiante della barbabietola.

Louise lo fissa mentre si allontana e poi mi lancia un'occhiata, uno sguardo strano sul suo viso.

«Allora», comincia affabilmente. «Stavi parlando di Will? È cominciata con dei messaggi seduttivi?»

«Sì», annuisco lentamente. «Continuavo a ripetermi che non avevo motivo di sentirmi in colpa. Quel tizio era uno sconosciuto ed erano soltanto prese in giro innocenti! Non è che stessi tradendo Idris! Ma dentro di me sapevo che non era tutto così innocente.» Faccio una pausa, ricordando la prima notte in cui lo scambio di messaggi con Will era stato diretto, quando mi ero resa conto che l'amoreggiamento stava diventando incontrollato. «Ti ricordi quando Idris era appena venuto ad abitare nella mia stanza?» domando a Lou e lei annuisce. «A quel punto stavamo insieme da due anni e mezzo. Sembrava che andasse tutto bene, lui era fantastico, tu e Bibi lo adoravate.»

«Oh, era il più adorabile dei coinquilini», dice raggiante. «Abbassava sempre il coperchio del gabinetto e lavava i piatti. Era un grande.»

«Meglio di me», approvo, con un senso di tristezza. «A

ogni modo, ci fu una notte, non molto tempo dopo che avevo iniziato a flirtare con Will, quando sentii Iddy tornare a casa dal lavoro. Controllai l'ora e mi resi conto che avevo chiacchierato – flirtato – con quello sconosciuto per sei ore di fila, letteralmente. Ricordo che ero sconvolta e sdegnata con me stessa. Tipo, sapevo che non era una bella cosa e non era giusto nei confronti del mio ragazzo!» Faccio una pausa per osservare il respiro di Bibi. «E poi, quando Idris si addormentò, tornai dritta online e continuai a chattare con Will. Mi odiavo, ma non riuscivo a smettere.»

Louise rimane in silenzio per un minuto. «È comprensibile», dice infine.

«No, non lo è!» argomento, guardandola in tralice. «È stata una stronzata! Dissi a me stessa che dopo quella notte avrei bloccato Will – me lo dissi tante volte – ma non lo feci. Andò a finire che fu solo il principio di tutto. Solo il principio di un comportamento spregevole da parte mia.»

Il telefono vibra in grembo a Louise per l'arrivo di un SMS. Controlla, ma lo rimette rapidamente a posto, questa volta a faccia in giù. Aspetto che dica qualcosa, ma non lo fa. Si limita a guardare in basso.

«Che cosa combinavi prima che Bibi rovinasse la sera a tutti?» domando educatamente.

«Oh, ehm, niente», dice con una voce strana. Le lancio di nuovo un'occhiata, ma guarda ancora lontano, abbracciando con lo sguardo gli altri pazienti sparsi nella sala d'attesa. «Ero a casa di Sven.»

«Come vanno le cose tra voi?» sono autenticamente curiosa.

«Benissimo!» dice troppo in fretta. «Che cosa abbiamo intenzione di fare con Bibi e con Alex, eh?»

La distrazione funziona.

Alex è venuta a trovarci un mucchio di volte da quando abbiamo risolto le cose e, porca puttana, è stato bellissimo. Tutte noi siamo di nuovo grandi amiche. L'unico problema l'ha posto Bibi. È tuttora apertamente ostile e inopportuna quando è presente Alex. A essere sinceri, io e Lou non sappiamo che pesci pigliare.

«Non lo so proprio», sospiro. «Ho provato a parlarne con Bibi in tutti i modi, ma è così intimorita e tutto la fa imbufalire. Crede che verremo *carpite* da Alex, o qualcosa del genere. È proprio infantile, non siamo giocattoli su cui litigare.» In mezzo a noi, Bibi russa sonoramente. «Pensi che magari dovrebbe fare un po' di sesso?»

«Forse», Louise ci pensa su. «Ma è così cocciuta nel voler rimanere single. Continua a dire che le piace.»

«Forse stasera potremmo accoppiarla con un medico attraente o con un'infermiera», propongo in modo sciocco. «Potremmo fare buon uso del tempo mentre siamo bloccate qui.»

«O forse chiudere a chiave lei e Alex in una stanza!» Lou si raddrizza a sedere con entusiasmo e urta il telefono, spingendolo nella mia direzione. Prima di agguantarlo e metterselo risolutamente nella borsa, noto sullo schermo quello che sembra un nome familiare. Era capovolto ed è stata solo una sbirciata, ma somigliava tanto a «Nick». Conosco soltanto un Nick, ma non può essere *quel* Nick, senz'altro non il Nick seduto fuori in macchina...

Bibi si sveglia con un sobbalzo. «NON MI HANNO DATO IL LAVORO», grida alla stanza, smozzicando le parole prima di riaddormentarsi.

«Che cosa?» Lou batte le ciglia prima di alzare lo sguardo su di me.

«Il suo colloquio di lavoro della settimana scorsa», mi rendo conto con una certa tristezza.

«Credi che fosse vero?» domanda Lou. «Non ha detto di aver saputo qualcosa.» Le vibra di nuovo il telefono in grembo.

«Neanche a me», dico e all'improvviso mi sento tanto infelice per Bibi. So che nutriva molte speranze in questo lavoro. «Forse non è vero. Si è bevuta una tonnellata di sciroppo per la tosse.» Faccio una pausa. «Ma se è vero, non so proprio cosa dire. Questa sua ricerca di lavoro sembra infinita, deve proprio buttarla giù.»

«Ragione in più per procurarle un po' di sesso», sorride Lou, prima di voltarsi premurosa verso di me. «Parlando di sesso, hai sentito Paul? E come va la tua "amicizia" con Alistair?» Fa una risata sbarazzina, accarezzando con affetto il braccio di Bibi, mentre rifletto sulla risposta alla sua domanda.

«Paul è ancora assente, ma invia un mucchio di SMS», le dico. «Ci vedremo sicuramente quando torna. Non vedo l'ora, sinceramente.»

«E Alistair?» sollecita impaziente.

Mi raffiguro il bel viso di Alistair e cerco di non sentirmi in colpa per i sentimenti che suscita. «L'altro giorno abbiamo bevuto un caffè durante la mia pausa pranzo. Mi parlava del tizio che aveva arrestato perché aveva rubato il furgoncino per la consegna del latte portandolo in giro per tutta Hackney.»

Louise sgrana gli occhi. «Esistono ancora i furgoncini per la consegna del latte?» Riacquista la padronanza di sé. «Pensate di rivedervi?»

Ne abbiamo parlato e provo prima un'ondata, poi un fremito di senso di colpa per l'intensità del desiderio di rivederlo. C'è qualcosa tra noi, ma ho paura di quel che può succedere e della brutta sensazione che avrei se lo facessi, sapendo che ha qualcuno a casa che lo aspetta.

Forse Louise ha ragione, forse adesso dovrei interrompere la missione. Non rischio di mettere sottosopra troppe vite? Troppe vite e troppe emozioni.

A essere sincera, è la mia stessa vita che sembra si stia sbriciolando. Nessuno dei miei ex ha confessato il suo amore imperituro per me, le mie amiche si comportano stranamente e al lavoro va malissimo. Ho tentato di riportare la testa sul pezzo, ma per i miei colleghi è evidente che non sono impegnata quanto lo ero prima di questa vicenda. Passo sempre più incarichi alla mia assistente che, evidentemente, è sempre più imbufalita con me.

Ma per fare un'omelette, o qualcosa di analogo, bisogna rompere le uova, non è forse così?

E se per caso non mi piacessero le omelette?

«BIBI COLMER?» davanti a noi compare un'infermiera.

«Sì, siamo noi!» Balzo in piedi, agitando la mano, mentre

Lou cerca di resuscitare la nostra paziente priva di sensi. Bibi si muove, ma ci allontana con un gesto.

«Venga con me, la prego, ms. Colmer», ordina l'infermiera, guardando con disapprovazione la paziente in disordine.

Bibi si sveglia un po' di più, si guarda intorno e abbraccia con lo sguardo l'ambiente circostante.

«Dov'è Sofia?» farfuglia assonnata. «E Nick?»

«Ci aspettano in macchina», cerco di non sembrare troppo infastidita. «Forza, è ora di farsi visitare dal dottore che hai richiesto.»

«No», finalmente Bibi si sveglia del tutto, scruta l'infermiera, che risponde alzando un sopracciglio. «Grazie per la vostra prestazione, signor operatore sanitario, ma non ho bisogno di farmi visitare da nessuno. Non mi fa più male.» Dimena il dito apparentemente rotto per farcelo vedere. «Andiamo a casa.»

Senza un'altra parola, si libera delle nostre mani servizievoli, avviandosi barcollando verso l'uscita e lasciando me e Lou a scusarci. Tipico.

Il telefono vibra due volte di fila nella mia borsa. Due messaggi contemporaneamente! Mi sento rianimata dalla dopamina.

Uno è di Paul. La settimana prossima torna finalmente a Londra e vuole vedermi.

E l'altro? L'altro è di Will.

Ex n. 6: Will Akuffo
altrimenti detto la Sovrapposizione
Parte seconda

L'appartamento
Il mio letto
18.10

Non avevo mai visto Idris così arrabbiato. Ecco perché non riconosco immediatamente la rabbia per quello che è.

«Questo cos'è?» sovrasta il nostro letto, le sopracciglia aggrottate.

«Cos'è cosa?» sospiro, sfinita da una lunga giornata di lavoro. Anche se questo genere di spossatezza non somiglia nemmeno lontanamente alla sensazione che provavo tornando a casa dopo le lunghe giornate passate in cucina. Lascio cadere la borsa e mi sto già chiedendo se i *curriculum vitae* che contiene possono aspettare fino al mattino. Sto cercando un assistente, come ordinato dai miei capi, i quali hanno finalmente ammesso che me ne serve uno. Non avevo mai avuto un assistente, sono così eccitata! Non vedo l'ora che arrivi la fase dei colloqui, in cui sarò molto intransigente e porrò inutili domande da delirio di potere in cui chiederò cosa pensano di diventare tra cinque anni. Sarò il migliore dei capi.

Lasciandomi cadere sul letto, mi volto e mi allungo verso Idris. Voglio un abbraccio. Si allontana e stavolta sono io ad aggrottare la fronte.

«Cosa c'è che non va, baby?» Torno a mettermi seduta e adesso sono preoccupata.

Dà una spinta al portatile che, non me n'ero accorta, si trova sul letto in mezzo a noi. «Chi è *Will*?» Si volta per guardarmi in faccia e cerco di non reagire. *Mantieni uno sguardo inespressivo.* Non ho fatto niente di male. Niente di male, *in senso stretto.*

«Will?» storco il viso come se stessi cercando di identificare il nome. «Quale Will?»

«@mipassalavoglia!» Idris è impaziente. «Il tizio che segui su Twitter! Vi siete scambiati messaggi diretti, flirtando non stop per settimane.»

«Cosa?» Faccio il paio con il suo tono arrabbiato. «Di cosa stai parlando? E che diavolo stai facendo, mi controlli il computer?»

«Quando sono entrato, il portatile era aperto», allontana le mie proteste con un gesto della mano. «I messaggi che vi siete scambiati erano proprio lì sullo schermo.» Prende a camminare su e giù per la stanza e sento freddo. «Che diavolo succede con questo tizio, Esther? Vi messaggiate in continuazione. E, per favore, non cercare di fingere che non siano messaggi seduttivi.» Si ferma e si mette una mano sulla bocca prima di borbottare il resto. «Vai a letto con lui?»

Scendo per terra con un salto, il portatile offensivo rimbalza leggermente sulle coperte. «Gesù, Idris, *no*. Non l'ho nemmeno mai incontrato!» Gli metto una mano sul braccio e se la scrolla di dosso, tuttora incapace di guardarmi. «Te lo giuro», deglutisco a fatica. «È soltanto una conoscenza. Sono solo insulsaggini online, in realtà non lo conosco neppure. Siamo solo amici online che chattano. Non è niente, sul serio!» Tiro Idris per la manica e lo vedo fare un profondo sospiro accompagnato dai brividi.

Infine, quando alza lo sguardo, ha gli occhi un po' arrossati.

«Giuri che tra voi non è successo niente?» Mi guarda intensamente negli occhi e annuisco con enfasi.

«Giuro sulla mia vita che siamo solo amici. Davvero davvero. Mi è consentito avere amici maschi, no?» Adesso mi sento sulla difensiva, ma funziona. Idris è spaventato.

«Ma certo!» ingoia amaro. «Io ho solo... non lo so, mi è sembrato che alcuni di quei messaggi superassero il limite.» Fa una pausa, impensierito. «Ma forse la mia è una reazione eccessiva. E so che non avrei dovuto guardare i tuoi messaggi privati... Mi dispiace, Est, io non...»

Mi batte forte il cuore. «Non c'è stato niente di più di quello che hai visto su Twitter.» A parte gli SMS e le foto.

«Ti prego, credimi, baby.» Allungo una mano verso il suo braccio, lo tocco delicatamente. «Non ti tradirei. Non ti tradirei *mai*, è orribile. Ti assicuro che non l'ho fatto e non lo farei. Ti giuro che è un rapporto assolutamente platonico!»

Dopo un momento annuisce e lo attiro in un abbraccio. Ci teniamo stretti per alcuni minuti, senza parlare, stringendoci e annusandoci. Il nostro respiro entra in sincronia, rallentiamo insieme, ma il mio cuore continua a battere rumorosamente, rombando nelle orecchie.

Mi sembra di trovarmi sull'orlo di un precipizio e non voglio saltare, ma so anche che continuerò ad avanzare lentamente fino a quando non avrò scelta.

20.

«Mi stai dicendo che vuoi aprire un asilo diurno per cani?» ride a crepapelle. «Avrà sede in una barca e si chiamerà...»

«Arca di Noè!» finisco al posto suo, con piacere. «Sì, faremo un giro in barca a vela, prelevando ogni mattina i tuoi cani e restituendoteli la sera. Naturalmente è necessario che le persone abitino vicino al fiume per usufruire dei nostri servizi...»

«Naturalmente», annuisce, gli occhi splendenti.

«Non è geniale?» domando impaziente. «Vuoi investire nell'Arca di Noè? Siamo aperti agli investitori, ma non abbiamo intenzione di dividere i profitti, nel vero senso della parola.»

«Chi sarebbero questi noi?» Ridendo, Paul alza un sopracciglio al mio indirizzo e il gesto è così incredibilmente sexy che per un attimo non ricordo cosa stavo dicendo.

«Mmm», deglutisco. «Ahem, eh, be', per *noi* intendo me stessa e il mio consiglio di amministrazione.»

«Il tuo consiglio di amministrazione?» Si asciuga appena l'occhio e beve un altro sorso del suo sherry.

«Sì», annuisco. «Non è gente in carne e ossa, ma fa sembrare la mia impresa molto più professionale.»

«Oh mio Dio, quanto mi fai ridere», si appoggia allo schienale della sedia guardandomi intensamente. Ha il talento di guardare una persona come se al mondo non esistesse nessun altro. «Come fai a essere *così* seducente, Esther Adams, e allo stesso tempo così divertente ed eccezionale?»

Faccio spallucce. «Ovviamente avevo un enorme fondo finanziario che ha raggiunto il mio conto in banca quando avevo ventun anni e mi ha consentito di subire ogni intervento di chirurgia estetica disponibile sul mercato. Compresi alcuni disponibili sul mercato nero.»

«Niente dal mercato agricolo?» domanda seriamente e scoppio a ridere.

«In realtà», ci rifletto su. «Probabilmente hanno tutte le varietà di quella roba trendy, tipo la cistifellea di capra, che la gente famosa si mangerebbe tutta intera per avere una pelle dall'aspetto più giovane. Gwyneth Paltrow si affretterebbe a comprare in un secondo quella merda per la Goop. Avremmo dovuto cercare meglio a Milton Keynes!»

Scoppia di nuovo a ridere.

Per qualche motivo, quando sono con Paul divento *divertente.* Davvero divertente. Lui mi rende divertente. E so che è una cosa seducente, piaccio persino *a me stessa.*

«Dio, sei così in gamba e sexy, porca miseria», mi dice di nuovo.

La chimica tra noi è palpabile, lui produce una reazione in ogni mia parte. Adesso sarebbe meglio che avessi indosso un assorbente Tena Light.

Dopo aver aspettato, per quella che mi è sembrata una vita, che tornasse dal suo viaggio, io e Paul siamo usciti per un secondo incontro molto atteso. E stiamo festeggiando con un giro dei bar, sistemandoci infine in questo pub, in cui siamo da due ore. È stato tutto... be', magico. Non c'è altra parola per descriverlo. Nella conversazione non c'è stata nessuna stasi, nessun impaccio, solo un'infinita chiacchierata seduttiva, sciocca, divertente. E *un mucchio* di reciproci sguardi ardenti. Potremmo potenziare la rete nazionale con l'elettricità che crepita tra noi.

Una parte di me si sente strana a star seduta qui, a farsi piacere tanto quest'uomo, quando sto inviando messaggi anche ad Alistair e a Will. Va bene? Non è ingiusto nei confronti di Paul? Ingiusto nei confronti di tutti loro? Si può chiamare tradimento? La linea sfumata diventa sempre più sottile e indistinta.

Gli SMS con Will sono volati rapidi e abbondanti dal giorno del pronto soccorso. Un andirivieni di insulsaggini e amoreggiamenti. È proprio come ai vecchi tempi. Ma adesso non ho un ragazzo che mi distrae, è più facile, e addirittura più appassionato. Ieri sera ho cercato @mipassalavoglia su Twitter. Lui c'è ancora, il suo charme e il suo intelletto mi sono parsi sin troppo familiari e seducenti.

Non si fa menzione di una partner, ma probabilmente lì non ci sarebbe stata. Twitter non è l'ambito in cui condividi le foto del fidanzamento, è il luogo in cui distruggi le battute degli sconosciuti facendo notare quando tutto sia problematico.

«Ah Esther, riderai di me», Paul si copre gli occhi, tutto a un tratto timido. «Mi sono appena reso conto di quanto somigli a una stella del cinema dei tempi andati che si chiamava Greta Garbo. Ovviamente parlo di quando era giovane e incantevole.»

Che strano, sono sicura che l'abbia detto l'ultima volta. Me lo ricordo perché l'unica cosa che so di Greta Garbo è che aveva delle sopracciglia sottilissime, stile anni Novanta. L'ha anche detto nello stesso modo, tutto timido e tenero. Ne abbiamo parlato a lungo, è strano che se ne sia dimenticato.

Ma, in realtà, ripetiamo tutti e due ogni volta le stesse stronzate, non è forse vero? Metà del mio rapporto con Idris è consistito nell'annuire gentilmente quando mi raccontava per l'ennesima volta la stessa storia. E m'aspetto che dica la medesima cosa a proposito delle mie chiacchiere.

Paul si allunga a prendermi la mano dall'altra parte del tavolo. La sua pelle sulla mia fa scorrere in tutto il mio corpo qualcosa di indefinibile. Mi sfrega con il pollice il dorso della mano, guardandomi per tutto il tempo come se fossi l'unica persona mai esistita. Il sangue mi romba nelle orecchie.

Io e Will non abbiamo niente del genere. Questa cosa, con Paul, questa è reale. E se devo sacrificare la missione – compreso Will – per avere una chance d'amore con Paul, il prezzo da pagare è ragionevole.

Fanculo, sarò coraggiosa. Lo dirò. Abbiamo già perso tanto tempo. Tanti anni di uscite serali che avremmo potuto fare; tante cene, tanti film al cinema, tutto il sesso che ci siamo persi, tutto quell'oziare a letto, canzonandoci e bisticciando su chi dovesse alzarsi a fare il tè. A causa del pessimo tempismo, abbiamo perso tanto di quel che avremmo potuto fare insieme, adesso non ci possiamo permettere di perdere un'altra occasione.

«Paul», ingoio aria. «Devo dirti una cosa. Penso che lo sappiamo entrambi che c'è qualcosa tra noi. È evidente a chiunque che ci piacciamo da morire, ma c'è dell'altro. Andiamo perfettamente d'accordo e ci divertiamo un mondo. Penso che dovremmo provarci, non credi? Qualche appuntamento, qualche sbaciucchiamento... vediamo se quello che c'è tra noi può diventare qualcosa di reale e fantastico?»

C'è un silenzio, l'eccitazione dell'attesa. Cerco di leggere la sua espressione, chiedendomi se mi bacerà o per prima cosa parlerà. Dio, spero che mi baci, voglio che mi baci da tanto tempo.

La sua bocca si apre e sorrido con dolcezza finché non comprendo le parole.

«Mi dispiace tanto, Esther, non mi sento così. Non voglio avere una storia con te.»

Ma cosa.

«Mi dispiace di averti dato un'impressione sbagliata», balbetta, abbassando lo sguardo sul tavolo. «Pensavo soltanto che fossimo buoni amici.» Cosa cosa cosa. No, cosa?

L'umiliazione schiacciante si accumula su di me e sento il viso ardere mentre prosegue. «Certo, ogni tanto flirtiamo un pochino, ma non mi ero reso conto che pensassi ci fosse dell'altro. È il nostro modo di stare insieme, non è così? Siamo due civettoni, ci stiamo solo divertendo.»

Oh mio Dio oh mio Dio oh mio Dio com'è imbarazzante. Come ho potuto...? Quanto sono sciocca, stupida. Ho la gola secca e tento di afferrare il bicchiere per aver qualcosa da fare. Mi tremano le mani mentre tracanno il vino aspro. Com'è possibile, cazzo, che mi sia sbagliata fino a questo punto? Che abbia inventato tutti quei momenti? Che abbia letto qualcosa nel modo in cui flirtava e mi riempiva di complimenti e mi toccava in continuazione?

C'è qualcosa che solletica i recessi della mente. Qualcosa di vago che non ha ancora preso forma.

Mi guarda con ansia. «Sinceramente, non avevo idea che provassi questi sentimenti, Esther, mi dispiace. Ma non voglio assolutamente, assolutamente perdere questa amicizia. Per favore, possiamo dimenticarcene? Fingere che gli ultimi minuti non ci siano mai stati e tornare a divertirci? Conti tanto per me. Per favore?» Tenta di nuovo di afferrarmi la mano, la stringe. Questo non è il gesto di un amico, vero o no?

Ah. Eccolo. Il *clic.*

«Mmm, Paul», mando giù un'altra bella sorsata del vino acido, estraendo la mano. «Hai molte amiche donne?»

Aggrotta la fronte: «Direi di sì, certo».

«Sono in maggioranza single?»

La fronte si aggrotta un po' di più. «Be', ehm, sì, in maggioranza.»

«E...» mi avvicino «...si conoscono tra loro o le incontri per lo più a quattr'occhi?»

Si sposta sulla sedia, a disagio. «Ehm, a quattr'occhi, ma che importanza ha? Cosa c'entra?»

Annuisco, la verità mi colpisce anche troppo duramente. È un Collezionista. È un Collezionista del cazzo. Sono stata così cieca, *ma certo* che è un Collezionista. È uno di quei ragazzi a cui piace tenere intorno a sé un harem di donne, tutte mezze innamorate di lui, da venerare tenendole ai suoi piedi. Ma lui non vuole stare davvero con loro, sarebbe una gran seccatura. Ne incontra ciascuna singolarmente, facendola sentire una persona speciale e amata. Vive l'eccitazione della fidanzata di una sola sera, senza nessuno degli impegni o l'acquisto dei regali ai suoceri. Potrebbe persino *avere* una ragazza a parte, ma lei non incontrerà mai nessuna delle sue "amiche donne" e loro non incontreranno mai lei. Ma sarà brandita come un'arma se una di loro dimentica qual è il suo posto e gli chiede di più. Ed ecco perché a volte dà la sensazione di star riutilizzando le stesse battute, perché *lo fa.* Probabilmente ha un sistema di archiviazione del cazzo con cui tenere traccia di tutte le sue donne.

Mi sento così idiota. Perché non avrei dovuto essere tanto ingenua... ne ho conosciuti di Collezionisti, a tonnellate. Ricordo che anni fa Lou era finita sotto l'influsso di uno di loro e abbiamo impiegato una vita per allontanarla da lui. Ma non mi ero resa conto che Paul fosse uno di loro! Credo sia perché fino a ora c'erano sempre state fondate ragioni perché non stessimo insieme.

Non vuole appuntamenti romantici con me, non vuole appuntamenti romantici con nessuna delle donne con cui flirta e di cui ha il controllo emotivo. Ma vuole averne la *possibilità.* Vuole sapere che in ogni direzione c'è un'altra femmina disperata che pende dalle sue labbra. Oh mio Dio, è incredibile che sia stata una di loro. Per *una vita*! Che idiota.

«Ti prego, possiamo continuare a essere amici, Esther?» si protende per prendere di nuovo le mie mani tra le sue, ma adesso l'elettricità è sparita. Lo riconosco per quello che è e mi ha liberata. Improvvisamente non è più così affascinante, non così attraente. È solo un omuncolo che ha bisogno di una carezza al suo ego. Mi ha fatto sentire desiderata e desiderabile per tanto tempo, ma non ero né desiderata né desiderabile. Adesso che so la verità, le spalle larghe hanno perso il lustro.

«Esther?» È ansioso. «Dico sul serio, ti adoro e niente deve cambiare. Possiamo ancora divertirci e flirtare, non deve cambiare. Non voglio assolutamente perderti.»

«Ma certo che non vuoi», dico amabilmente. «Sono sicura di esser stata una delle tue fan più appassionate. Uno degli articoli più preziosi della tua collezione.»

Aggrotta la fronte. «Che vuoi dire?»

«Non importa», rispondo spensieratamente. «Va bene, non è successo niente. Non a me, per lo meno. Gli altri tuoi pezzi da collezione, spero che un giorno anche quelle poveracce saranno liberate.» Faccio cenno alla cameriera ai tavoli. «Chiediamo il conto? Mi è appena venuto in mente che l'ultima volta ho pagato tutto io – e anche le volte precedenti, in realtà – perciò che ne diresti di prendere questo?» Sembra spaventato e gli do una pacca amichevole sulla spalla. «Addio Paul, è stato bello vederti, se non altro perché ho capito che non sei mai stato un'occasione mancata. Con te non sarebbe mai successo niente. *Tra noi* non sarebbe mai successo niente.» Mi alzo in piedi con la sensazione di essere forte e sicura di me stessa, finalmente. «Grazie per tutte le risate. Benché sia stata quasi sempre io a suscitarle.» Faccio una pausa. «Però di tanto in tanto mi hai dato un'iniezione di fiducia, perciò posso essertene grata.» Resta a bocca aperta quando lo saluto con un breve gesto. «Addio Paul, non mandarmi più messaggi.» Esco con decisione dalla porta proprio mentre il conto approda sul nostro tavolo.

21.

«In realtà, mi sento stranamente allegra!» Infilo il vaso nel gabinetto, lascio che si riempia d'acqua e poi svuoto il tutto nella vasca. Lou mi osserva con interesse.

«Dici sul serio? Dopo tutto quello che è successo con Paul? Tutto quel crescendo solo per scoprire che ti ha sfruttata alla grande?» Sembra ansiosa, mentre riempio di nuovo il vaso con l'acqua che trabocca.

Il water sta facendo le solite cose e io e Louise siamo a un punto morto, non riusciamo a decidere chi chiamerà il padrone di casa. Bibi è l'unica che può costringerlo ad ascoltare, ma l'abbiamo data per dispersa.

«Sì», annuisco, e lo dico sul serio. «Per davvero! In un certo senso mi rattrista che non abbia funzionato e dovrei sentirmi umiliata dal rifiuto, ma per qualche ragione non mi sento così.»

Batte le palpebre guardandomi, evidentemente sconcertata. Dopo tutto, siamo persone che si sentono umiliate per la minima cosa.

«Incombeva sempre su di me la questione Paul», cerco di spiegare. «Tipo, ho sempre incolpato me stessa del fatto che tra noi non succedesse nulla. E se pure avessi incontrato qualcuno e fosse stato la mia anima gemella, credo che una piccola parte del cervello si sarebbe sempre chiesta se Paul non fosse a maggior ragione l'anima gemella, capisci cosa intendo? Una volta ho respinto un tizio fantastico perché ero sicurissima che con Paul stesse per succedere. Adesso so!» Guardo raggiante Lou dall'altra parte del water. «E credo davvero di averla scampata bella. Immagina se mi fossi messa con Paul! Tutte quelle amiche donne che coltiva perché siano mezze innamorate di lui! Sarebbe stata una lotta di potere costante mentre lui avrebbe continuato a obnubilarmi la mente con le sue "amiche". Pretendendo che fossi pazza per aver temuto che ci fosse dell'altro.»

«Un po' come quello che hai fatto con Idris nei riguardi di Will!» Il pensiero le sfugge di bocca non appena lo formula, ma il suo viso esprime immediatamente lo sgomento. «Oddio, scusami Esther. Non intendevo dirlo. Mi dispiace tanto. Ovviamente non somigli per niente a Paul il Collezionista. Lui non fa niente sul serio, tu eri in una situazione del cacchio.»

Abbasso la testa. «No, hai ragione», commento a voce sommessa. «È quello che ho fatto a Idris e mi sento una merda per questo.» Faccio una pausa, a testa bassa. «Ricordo che una volta, quando trovò dei messaggi che ci eravamo scambiati io e Will, mi fece delle domande e io mi arrabbiai. In realtà, *feci finta* di arrabbiarmi: che razza di persona fa una cosa simile? Gli scaraventai in faccia che non avrebbe dovuto leggere i miei messaggi. Lo accusai di essere una specie di bambino geloso che ficcava il naso nel mio computer e che non capivo come mai fosse sconvolto perché ero amica di un ragazzo.» Sospiro. «Fu solo per prendere tempo, per concedermi un minuto in cui ingoiare il senso di colpa e reindirizzare la conversazione. Ma la verità è che *sapevo,* porca puttana, che stavo oltrepassando il limite. Sapevo benissimo che stavo facendo qualcosa di sbagliato. Ma non volevo smetterla. Mi piacevano troppo l'iniezione di fiducia e i fuochi d'artificio che mi procurava Will. Amavo Idris, ma flirtare in quel modo con uno sconosciuto era un'esperienza eccitante.» Ingoio amaro. «In un certo momento di quella lite, arrivò al punto di *scusarsi* con me, Lou. Con *me*! Gli feci credere che era matto. Non posso negarlo, lo manipolai fino in fondo e me ne vergogno da morire.»

Lou rimane in silenzio, limitandosi a sfregarmi gentilmente il braccio.

«A volte temo di essere una brutta persona», sussurro infine.

«Non lo sei», dice a bassa voce. «Hai fatto delle brutte cose – le abbiamo fatte tutti – ma questo non fa di te una brutta persona.» Fa un lungo respiro. «Pensi che sia una buona idea contattare Idris? Voglio dire, ne avete passate tante insieme. Insomma», si ferma. «Non credi che, tutto sommato, sia arrivato il momento di prendersi una pausa dalla missione?»

Prima che possa rispondere, il mio telefono vibra e sbuffo quando vedo il messaggio.

Will (Twitter)

Vi è mai capitato di dover fare un campione di urina dal medico? Quanto pensate di dover riempire la provetta che vi forniscono? Meno della metà sembra insufficiente, riempirla dà l'idea che vogliate darvi delle arie, giusto?
16.21

Lo faccio vedere a Louise che fa un mezzo sorriso, leggermente disgustato. «Be', se non hai intenzione di rinunciare, che *mi dici* di Will?» domanda, prendendo il vaso dalle mie mani e raccogliendo l'acqua. Non è il suo turno, ma stavo facendo un pessimo lavoro: c'è acqua per tutto il pavimento. «Avete intenzione di incontrarvi, o è già stabilito che siano messaggi di seduzione fino alla fine dei tempi?»

Emetto una specie di brontolio e mi siedo sul bordo della vasca, facendomi spruzzare leggermente mentre svuota. «Sono preoccupata», ammetto. «L'ultima volta eravamo incredibilmente bravi con i messaggi – c'era tanta chimica online – e poi quando finalmente ci siamo incontrati era soltanto passabile.»

«Ma siete stati insieme, che dico, per cinque, sei mesi, vero?»

«Sì, ma era un rapporto da senso di colpa.»

«Un rapporto da senso di colpa?» Piega la testa guardandomi con curiosità.

«Sai, perché mi sembrava di averlo ingannato. Tipo, di aver ingannato tutti. Ho finto che lui fosse fantastico e ne fosse valsa la pena rovinare le cose con Idris. Non potevo chiuderla due secondi dopo e tornare di corsa con la coda tra le zampe. Dovevo far finta per un po' che andasse bene.»

Fa un cenno d'assenso, comprensiva.

«Ma se nella vita vera è così poco convincente, forse non vale la pena incontrarlo», suggerisce e sospiro.

«È quello il problema, Lou», dico. «Non *era poco convincente* di per sé. Andava... benissimo. Tipo, tra noi è stato tutto perfettamente gradevole e perfettamente mediocre. Non c'era una ragione concreta per *non* farmelo piacere. E nessuna ragione concreta per *farmelo* piacere.»

«Quelli sono i peggiori!» grida e annuisco, sapendo che ci era passata. Sappiamo entrambe che a volte quei rapporti sono i più difficili da abbandonare.

«Ma forse Will è cambiato?» sospiro di nuovo. «*Io* sono cambiata negli ultimi anni, ti pare? Ed è quello lo scopo di questa esercitazione, o no? Capire se qualcuno dei miei ex aveva qualcosa che mi sono persa.» Faccio una pausa e porgo la mano per prendere il vaso. Mi lascia fare. «Avevo il cuore infranto per quello che era successo con Idris, porca puttana, e dovevo fingere che non fosse così, perché avevamo chiuso per colpa mia. Era stata una mia decisione, perciò avevo la sensazione di non essere autorizzata ad affliggermi per lui. Questo è il guaio dei rapporti che si sovrappongono, ti trovi all'improvviso con un uomo nuovo e devi far finta di aver chiuso completamente con l'altra persona.»

«Immagino che abbia senso.» Annuisce, asciugandosi le mani con la salvietta.

«A ogni modo, ha proposto di vederci su FaceTime questa settimana.» Nel pronunciare le parole sento i nervi che mi irritano lo stomaco. «Dopodiché potrebbe finire che lo incontro nella vita reale. Ed ecco, se non mi convince per niente ed è noioso, o ripete le vecchie battute di *Seinfeld* durante la chiamata, possiamo lasciar perdere.»

«*Seinfeld*?» Lou storce il viso e allontano la sua confusione con un gesto.

«Lo fa.»

Ci immergiamo in un amichevole silenzio: riempiendo, svuotando, godendo vagamente dello sciabordio mentre capovolgiamo il vaso nella vasca. C'è qualcosa di soddisfacente – qualcosa di catartico – nel procedimento.

«Il vaso è stata una buona idea», commenta Lou con leggerezza. «Molto meglio che usare una tazza.»

La guardo stringendo gli occhi. «Che tazza avete usato?» Pe un minuto assume un'aria colpevole.

«Oh, ehm, assolutamente non la tua.» Non incrocia il mio sguardo. «Una delle tazze di Sven, te lo giuro.»

«Mmm», la scruto con troppa determinazione, manco la vasca da bagno e svuoto gran parte dell'acqua del water sui miei piedi.

Ex n. 6 Will Akuffo
altrimenti detto la Sovrapposizione
Parte terza

Casa di Will
Il suo letto scomodo
12.47

«È stato fantastico!» Sorrido a Will, leggermente senza fiato. «Veramente fantastico!»

Mi risponde con un sorriso dall'altra parte del letto. «Davvero! Sei incredibile! Sono così felice che tu sia qui.» Si allunga verso di me per baciarmi su una guancia. È un gesto tenero e dolce e sento un dolore al cuore. Ma non per lui. Per Idris.

Ma sparirà, so che sparirà. Ho fatto la cosa giusta. Separarmi da Idris era la *cosa giusta.* Siamo stati bene, abbiamo avuto una vita lunga e felice, come dicono. Tre anni con qualcuno è tanto tempo! E ne ho solo ventisette, sono troppo giovane per parlare di matrimonio e di bambini e di tutta quella roba per sempre.

Inoltre, valeva la pena vivere tutto quel dramma per stare con Will. Abbiamo un legame vero, qualcosa di speciale. Lui mi piace senz'altro. Un mucchio! Senz'altro.

Fa scorrere il dito medio lungo la mia clavicola e più in basso, approdando sulla punta del capezzolo.

«Tiè!» dice, scuotendolo leggermente.

Sussulto. «Ti prego, non farlo», deglutisco, con il desiderio di coprire la mia nudità, ma non volendo sembrare timida.

«Scusa», dice imbarazzato. «Alla mia ex piaceva.»

Mi affretto a sorridere per compensare ogni traccia di irritazione nella mia voce. «Sono soltanto un tantino sensibili.» Faccio una pausa. «È per via della bella scopata che ci siamo fatti, veramente fantastica.»

Annuisce compiaciuto e io sospiro, sollevata dal fatto che se la sia bevuta.

Voglio dire, probabilmente non dovrò fingere per molto tempo! In ogni caso, all'inizio tutte devono fingere, non è così? Ci vuole tempo, capite, per abituarsi al corpo e alle manie dell'altro. E a farsi scuotere il capezzolo, non si sa perché. Non credo che alla sua ex piacesse.

Rotola sulla schiena, guardandomi. Il piccolo pene floscio crolla sulla coscia e cerco di non guardare.

Ok, allora mettermi con Will è stato... un adattamento. Adattarsi non deve essere per forza una brutta cosa! La vita è cambiamento. Lui non è Idris, tutto qui. Ha un altro viso, un altro corpo e un altro pene. Mi ci abituerò – mi abituerò a *lui* – e finirò per amarlo. Voglio dire... per amare lui.

Ci frequentiamo soltanto da poche settimane. Poche settimane da quando ho rotto con Idris e sono corsa a buttarmi tra le braccia di Will. E finora va... tutto bene! Lui è proprio carino e molto premuroso. Va bene. Non è male. Anzi, è grandioso!

Will accende la televisione e proiettano una replica di *Tutti amano Raymond*. Puah.

Mi rannicchio addosso a lui, sentendo il suo calore e godendone. Mi circonda con un braccio e aspiro il suo odore.

Vedete, ne vale senz'altro la pena, senz'altro, *senz'altro*.

In realtà, sta pizzicando un pezzettino laterale della tetta. È doloroso, ma resisto all'impulso di muovermi. Do un'occhiata, ha la bocca spalancata, un po' di bava gli si sta seccando sulla guancia. Fa schioccare le labbra e mi si accappona la pelle.

Non c'è scampo. Devo sopportare questa roba almeno per qualche mese, fosse solo per dimostrare a tutti che era la decisione giusta.

22.

«Pensi che io...» *puf puf puf* «abbia l'aria di una persona che ti rapirebbe il figlio?»

«Non ho figli», osserva Bibi, ansando un pochino.

«Grazie per la pedanteria, Belzebù», ho ancora il respiro pesante. «Ok, do l'idea...» *pant pant* «...di essere una persona che rapirebbe un bambino?»

«No, certamente no», riesce a tirar fuori Louise tra un ansito e l'altro.

«CHE STAI DICENDO?» grida Alex in fondo alla fila, sovrastando la musica che sta ascoltando nelle cuffie.

«Che sollievo.» *Puf puf puf.* «È solo che prima, quando siamo arrivate...» picchietto i pulsanti e rallento un po' il tapis roulant per poter parlare decorosamente. «...una donna stava uscendo dalla palestra con la bambina e mi ha guardato dritto in faccia con l'aria di accusarmi, ragazze. E poi, quando le sono passata accanto, ha dato uno strattone alla piccola avvicinandola a sé e mi ha squadrato con sospetto per tutto il tempo. Come se stessi per rapirle la figlia. E non è neppure la prima volta che succede. I genitori allontanano costantemente i loro figli da me!»

«Ho visto la donna!» conferma Bibi. «La bimba non era nemmeno carina, perché avresti voluto rapirla? Lei desidera che qualcuno voglia rapirla.»

«Chi è che porta la figlia in palestra?» Louise mi imita e rallenta l'andatura. Suda tanto quanto me, cosa che mi rassicura. Pensavo di essere la più fuori forma delle quattro.

«COS'È SUCCESSO?» grida Alex, continuando a non togliersi le cuffie.

«In realtà, voglio dire...» Bibi sta ancora correndo. È un po' accaldata, ma non suda nemmeno. «...oggigiorno non si sa che aspetto ha un rapitore di bambini, non vi pare? E tu *hai* gli occhi piuttosto strabici.» Mi considera con sospetto dal tapis roulant e le rispondo con un'occhiata di traverso. Poi mi ricordo che guardare di traverso aumenta lo strabismo degli occhi e mi fermo.

«Perché gli occhi strabici farebbero di una persona un criminale?» Adesso Louise sta facendo una passeggiata sulla sua macchina.

«DOV'È L'ANIMALE?» grida Alex, che continua a masticare la gomma anche durante gli allenamenti.

Bibi si stringe nelle spalle. «Lo sanno tutti che più sono piccoli gli occhi, più sei malvagio. Così come lo sanno tutti che più sono grandi i tuoi occhi, più sei innocente. Guarda Lou, sempre a occhi spalancati e priva di cognizioni. E pensa a quanto sono strabici, tipo, Putin e Trump.»

«Oh giusto, sì, lo sapevo», Lou continua a far segno di sì, il viso ancora rosso come se avesse l'infarto.

«Perciò adesso somiglio a un'assassina di bambini e ho gli occhi strabici come un pazzo genocida», rifletto. «Buono a sapersi.» Mi esamino negli specchi a tutta parete davanti alle macchine per gli esercizi. Non è una bella vista. Non sono rossa proprio come Lou, ma sono tuttora piuttosto disgustosa. Un grande anello scuro di sudore circonda il collo della maglietta e i capelli si sono incollati aggrovigliandosi attorno al profilo del viso.

«Nessuno ha detto *assassina* di bambini.» Bibi sembra esasperata. «Dai solo l'idea di una che *prenderebbe* la bambina. Ma ritengo che ti limiteresti ad accompagnarla al parco e le daresti un gelato. Poi ti annoieresti quando frigna e la ridaresti indietro.»

«Accidenti, grazie Bibi!» Le lancio un sorriso seducente mentre spengo la macchina. Emette un *bip* di protesta e le dico silenziosamente di andare affanculo. «Vado a vogare un po', qualcuno vuole venire con me?»

«QUAND'È CHE NEVICAVA?» grida Alex perplessa.

Andiamo in palestra ogni morte di papa e solo quando possiamo andarci insieme. Senza il condizionamento del gruppo, penso che non mi eserciterei mai. Oggi abbiamo persino invitato Sofia, ma ha un altro appuntamento preso su Tinder. Sembra che dal giorno dell'ospedale se la stia spassando. Ha più appuntamenti di me e in linea di massima sono felice per lei. Sto cercando di tenere sotto controllo l'invidia.

«Arrivo!» Lou scende con un salto dalla macchina e per poco non inciampa, poi punzecchia Alex. «ADESSO SI VOGA», dice con il solo movimento delle labbra, indicando le macchine vicine. Alex si toglie le cuffie e ci raggiunge, asciugandosi il sudore sulla fronte.

«Che cosa mi sono persa?» domanda. «Stavamo parlando della missione di Esther? Hai già incontrato Will?»

«Ovviamente no», sbotta Bibi, alzando gli occhi al cielo. Io e Lou ci scambiamo degli sguardi e occupiamo in fretta i vogatori in mezzo a loro due.

«Be', no», aggiungo velocemente. «Io e Will ci scambiamo un mucchio di SMS, ma ho per lo più la sensazione che il rapporto sia, e sempre sarebbe – che so – *contaminato.* Capisco che non ha molto senso, ma ogni volta che penso a lui, provo le orribili fitte del senso di colpa.» Faccio una pausa. «Non ho mai pensato che sarei stata infedele, mai mai mai. Ma quando è successo, tutto mi è sembrato sin troppo inevitabile. Come se non avessi alcun controllo, nessuna voce in capitolo.» Abbasso lo sguardo sulla macchina, vergognandomi di me stessa. «So che è soltanto una scusa. Ma è quello che continuo a ripetermi dalla notte in cui è successo.»

«Com'è andata esattamente?» Alex aggrotta la fronte, interessata.

Sospiro. «Be', ci siamo scambiati messaggi per settimane e le cose stavano andando fuori controllo, i messaggi erano sempre più seduttivi. Era una vita che chiedeva di incontrarmi e continuavo a dire di no. E poi, una sera, ero uscita a bere con Katie, la mia assistente. Nel museo c'era stato un convegno che era durato una settimana ed era finito quel giorno, e volevamo festeggiare.» Faccio una pausa. «Ero piuttosto *determinata* a ubriacarmi, a mandar giù a forza un bicchiere di Prosecco dopo l'altro. Adesso è piuttosto ovvio che volevo una scusa per fare ciò che ho fatto.» Prendo l'asciugamano per tamponare la fronte sudata. Ovviamente è una scusa per asciugarmi gli occhi, che stanno cominciando a riempirsi di lacrime. Louise allunga una mano per accarezzarmi la schiena, ottenendo un palmo pieno di sudore per il disturbo che si è presa. «A ogni modo», continuo, cercando di riacquistare una certa padronanza di me. «Ho *consentito* a me stessa di ubriacarmi. Ho *consentito* a me stessa di salire su un Uber che mi ha portato a casa di Will. Ho *consentito* a me stessa di baciarlo quando ha aperto la porta. E ho *consentito* a me stessa di cadere immediatamente sul suo letto. Continuavo a ripetermi che *mi* stava capitando. Non avevo nessun controllo, ero soltanto una vittima del fato e del destino.» Alzo gli occhi al cielo. «E la stronzata è che non ho avuto nessun controllo neppure sullo spaventoso senso di colpa che ho provato in seguito. Ecco perché sono andata dritta a casa e ne ho parlato con Idris.»

«Almeno gliel'hai detto», dice Bibi con una voce che si avvicina alla consolazione.

Annuisco lentamente. «Anche per questa ragione ero tanto determinata a far funzionare la storia con Will. Continuavo a dirmi che lui era fantastico e che tra noi era tutto magnifico. Tipo, doveva procedere nel modo migliore! Perché la nostra storia doveva ripagare tutta quella sofferenza. Doveva valerne la pena.»

Piombiamo nel silenzio. Allungo una mano per giocherellare con le impostazioni della macchina, evitando i loro sguardi. Temo che saranno accusatori, o – peggio ancora – di commiserazione.

«Bene, allora che mi dici del Serio, l'hai già contattato?» Alex cerca di rimettere in sesto l'umore.

Scuoto la testa. «Non l'ho contattato, ma a mia discolpa non ho il numero. L'ho cancellato dopo che ci siamo lasciati.»

«Non l'hai scritto da qualche parte?» domanda Alex, remando con vigore sulla sua macchina.

«Chi è che annota i numeri di telefono?» commenta malignamente Bibi, giocherellando con le impostazioni del suo vogatore. La ignoriamo.

«Non è sui social», spiego. «Non c'è mai stato. E l'unico indirizzo e-mail che ho di lui corrisponde al vecchio lavoro. So che non lavora più lì, perciò non so cosa fare.» Sbircio di soppiatto Lou. Sta tirando con forza sulla sua macchina, visibilmente non coinvolta dalla conversazione.

«Un momento, Sven non ha il numero o l'e-mail?» suggerisce Bibi, sporgendosi a guardare Lou, che rallenta. Non dice nulla e neanch'io.

«Mmm, sì, Sven dovrebbe averlo...» Mi sento molto a disagio.

«Perché l'avrebbe Sven?» Alex alza lo sguardo mentre si riallaccia una scarpa.

«È ancora amico di Idris», spiego con circospezione. «Si conoscono da tanto tempo, da quando andavano a scuola. In realtà, quando stavamo insieme, siamo stati io e Idris a organizzare il primo appuntamento tra Sven e Louise.»

«Allora?» Bibi dà un'occhiata a Louise, in attesa. Infine Louise alza lo sguardo.

«Ohhhhh, è così imbarazzante, va bene?» si lamenta. «Idris era distrutto quando tu hai chiuso con lui. Sven dice sempre che ci ha messo una vita per farsela passare. Mi sento maaaaaale!»

Sono inondata dalla vergogna. «Scusami Lou, non voglio metterti in mezzo.»

«Sinceramente, Sven non vuole parlare di Idris nemmeno con *me*!» inclina la testa. «Non ne abbiamo mai parlato veramente da quando vi siete lasciati. Gli ho chiesto di Iddy quando hai cominciato questa missione e ha detto categoricamente che non aveva intenzione di lasciarsi coinvolgere e che anch'io non avrei dovuto. Ha detto qualcosa a proposito della muraglia cinese.»

«È una dichiarazione razzista?» mormora Alex. «Suona un po' razzista.»

«È una dichiarazione ipocrita, ecco che cos'è», Bibi tira su col naso.

«Parlare degli spilli cinesi è offensivo?» sta ancora mormorando Alex.

«Potremmo limitarci a dire spilli», suggerisco e Alex annuisce.

«In realtà, adesso non mi metto molto spesso a torcere le braccia fino a far sentire gli spilli, perciò probabilmente non è un grosso problema.» Comincia a vogare. «Che mi dite della ola messicana?»

«Che mi dici di Alistair?» Lou si aggrappa a qualcosa. «È ancora al vaglio, giusto?»

«Presto vedrò Alistair per un altro incontro amichevole», resisto all'impulso di alzare gli occhi al cielo. «Ehi, pronto, ha la ragazza, ricordi?»

«A parte Idris...» Bibi voga con forza sulla sua macchina, continuando a non versare una goccia di sudore. «Adesso sono rimasti soltanto Carl l'Errore sul posto di lavoro e Rich il Bastardo, giusto?» Si sporge a guardare apertamente Lou. «Vogliamo *veramente* che passi subito a Rich il Bastardo?»

«Oh, va bene!» Louise lascia cadere la maniglia del vogatore con un gesto teatrale. «Ti darò l'indirizzo e-mail di Iddy. Facciamolo e basta.»

«Adesso?» la mia voce è in preda al panico mentre smetto di remare troppo repentinamente, quasi cadendo dal sellino.

«Perché no?» dice Bibi, raccogliendo il mio telefono dall'asciugamano fradicio di sudore su cui è stato gettato. «Fallo adesso, o potresti perdere coraggio. Inoltre potremmo pensare insieme alle cose da dire.»

«Ehm, scusate, state per caso utilizzando i vogatori?» L'ombra di un mostro enorme, muscoloso, ci avvolge nelle tenebre e ci voltiamo in massa a guardarlo.

«Sì», replica con calma Bibi, immobile sulla sua macchina. Louise attacca a vogare con poco entusiasmo, mentre Alex squadra Arnie. Nascondo il viso nel telefono finché non se n'è andato, sempre la più coraggiosa.

Grugnisce e se ne va, tornando nell'angolo dei pesi da cui è venuto.

«Forse dovremmo alzarci?» sussurra Louise e Alex la ridicolizza.

«Neanche per sogno! Abbiamo pagato la stessa cifra per stare qui e quelli come lui ci fanno sempre sentire indesiderate nel settore pesi, perciò che vada affanculo.»

Do una sbirciata a Bibi, sapendo che sarebbe d'accordo, ma resta in silenzio, giocherella di nuovo con la sua macchina. Ci metterà un mucchio di tempo prima di ammettere che Alex comincia a piacerle, ma succederà. A lungo andare.

Apro le e-mail e Lou legge l'indirizzo ad alta voce. Ovviamente è così semplice da essere irritante.

NUOVO MESSAGGIO

A: Idris.Abara@gmail.com
da: Estherthechef98234@hotmail.co.uk
Oggetto: Entente Cordiale

Ciao Iddy,

Inviato da IPhone

«Un momento, *Iddy* è troppo personale?» Alzo lo sguardo sulle tre teste troppo vicine alla mia.

«Sì», confermano tutte contemporaneamente.

«Oh.» Mi sento già sciocca e abbiamo scritto solo due parole. Forse avrei dovuto aspettare di farlo a casa senza tutti questi occhi addosso.

NUOVO MESSAGGIO

A: Idris.Abara@gmail.com
da: Estherthechef98234@hotmail.co.uk
Oggetto: Entente Cordiale

Ehi Idris,
spero non sia un problema se ti invio inaspettatamente un'e-

mail. Scusami se è questo il caso, non voglio riportarti alla mente qualcosa per te sgradevole.

Inviato da IPhone

«Penso che sia un po' troppo», osserva Alex. «Non vogliamo fargli pensare che, dopo tutti questi anni, lo consideri un uomo distrutto e ridotto alla disperazione.»

«Sono d'accordo», approva Lou, mentre Bibi fa una smorfia.

«Ok», sospiro, cancellando. Potrebbe volerci un bel po' per scriverla.

NUOVO MESSAGGIO

A: Idris.Abara@gmail.com
da: Estherthechef98234@hotmail.co.uk
Oggetto: Entente Cordiale

Ehi Idris,
spero non sia un problema se ti invio inaspettatamente una e-mail. So che sono passati due anni dall'ultima volta che ci siamo parlati e capirei perfettamente se preferissi lasciare le cose come stanno. Ma mi stavo chiedendo come stai e come procede la tua vita. Sarebbe molto piacevole incontrarsi una volta o l'altra per bere un caffè e aggiornarci. Mi piacerebbe vederti.

Fammi sapere che cosa ne pensi.
Con affetto, Esther x

Inviato da IPhone

«Penso che vada bene!» dichiara Alex.

«Forse eliminerei la parte in cui dici "Mi piacerebbe vederti"», dice Bibi con fare imbronciato. «Temo che risulti troppo smanioso. Non vuoi fargli pensare che desideri tornare con lui.»

«Ma, e se invece lei *volesse* tornare con lui?» domanda ansiosamente Lou.

«Be', è uno di quei ponti che si possono attraversare, eccetera», Bibi agita la mano.

«Sarebbe veramente bello vederlo e parlargli», dico con aria un po' sognante. «È così strano separarsi da un partner con cui sei stata tanto lungo. Passi dal sapere ogni notizia irrilevante sulla sua vita quotidiana – ha di nuovo le emorroidi! Un gatto l'ha guardato in modo strano! – al niente più assoluto. Per quello che ne so, potrebbe essere sposato.»

«Sven ti avrà detto almeno quello?» Alex guarda Lou con un pizzico d'ansia. Lei fa una smorfia.

«Non so.» Mi dà un'inquieta stretta al braccio. «Spero che l'avrebbe fatto. Ma è molto protettivo nei confronti degli amici. Non lo so proprio.»

«Be', non può essere cambiato *fino a quel punto*», dico e con aria di sfida premo INVIA. «È sempre stato l'uomo più buono e gentile che esista e io ero una mocciosa immatura che non lo meritava. Allora non ero pronta per tutto ciò che mi offriva. Ma forse adesso lo sono.»

«Davvero?» Bibi mi guarda con diffidenza e annuisco, con sicurezza.

«Davvero.»

Ex n. 5: Idris Abara
altrimenti detto il Serio
Parte prima

Crematorio di St. Albans
Sesta fila nella cappella
13.55

«Che ne pensi di questo?» sussurro. Lou strizza gli occhi, cercando di vedere il viso nella piccola immagine sfocata.

«Ha soltanto una fotografia? Non è molto nitida.» Riprendo il telefono e faccio una strisciata.

«Solo questa», confermo e lei fa una smorfia.

«No, evitalo. Non puoi fidarti di una sola fotografia.»

«D'accordo.» Invio il suo profilo nella pila dei no. «Che mi dici di questo tizio? Ha poche opzioni e sembra relativamente normale.»

«Anche Ted Bundy il serial killer sembrava normale», dice Bibi a voce troppo alta, sull'altro mio fianco.

«SILEEEEEENZIOOOOO», sibila una persona qualche fila più indietro.

Lou mi prende il telefono per guardare più da vicino. «Oh, penso di essere uscita con lui.» Scorre il resto delle istantanee, fa un cenno di assenso. «Sì, ne sono sicura. Era buffo. All'appuntamento ha portato un non so cosa e si è seduto lì a sgranocchiarlo, inoltre puzzava di formaggio.» Si avvicina. «E non era nemmeno un pacchettino. Una confezione intera da dodici e non me ne ha offerto neppure uno.»

«Che sgarbato!» dichiara Bibi, di nuovo a voce troppo alta, e il tizio che ci aveva zittito ci dà un'altra sgridata sputacchiando.

«Ok, allora è un no», sospiro. «Ooh, questo? Sembra molto sicuro di sé.» Faccio vedere a entrambe la foto di un tizio in abito accademico.

«Credetemi», Bibi alza gli occhi al cielo. «Finire l'università non vuol dire essere un tipo a posto.»

«Ma *tu* lo sei!» protesto. «Hai un lavoro fico, fantastico, nel settore del marketing, e tutto sta andando benissimo. Ti piace, no?»

«Mi piace», dice con prudenza. «Ma non credo che l'azienda stia andando molto bene. Continuano a minacciare esuberi, non fa sentire molto sicuri.»

«Non si sbarazzerebbero mai di te!» bisbiglia Louise, offesa. «Sei in gamba.»

«Nessuno è indispensabile», dice profeticamente Bibi, prendendo il mio telefono. «E questo tizio dà l'idea di essere uno stolto. Tutto quello che ha messo nella biografia è che ha due lauree e sta studiando per prenderne un'altra. Quanto è noioso?»

«Penso che una persona *troppo* intelligente intimidisca un po'», aggiunge ansiosa Louise.

Giusto. Ciao ciao amico.

«E questo invece?» Lou sta esaminando il telefono da sopra la mia spalla. «È molto bello e sembra abbastanza gradevole. Inoltre, non sono mai uscita con lui!» Per un attimo appare un po' irritata. «In effetti, ehi! Perché non è comparso sul mio Tinder?»

«Sììì», prendo in considerazione la fotografia che illumina il mio schermo. «L'ho visto su Hinge, su Bumble, su Match.com, su eHarmony, su Soulmates del "Guardian" e adesso su Tinder. Sembra affabile, ma forse... non so, un po' sobrio? Mi sembra veramente bello, ma non so se lo trovo davvero attraente, hai capito?»

«Per favooooore, tacete!» sibila di nuovo la persona dietro di noi e io e Lou ci scambiamo uno sguardo colpevole. Metto via il telefono mentre Bibi sospira aggressiva.

Siamo al funerale del prozio Merton e so che ci stiamo comportando da grandissime stronze, ma qui ci sono, tipo, sei persone, compreso il vicario. Mamma e papà sono davanti a noi, e per tutta la cerimonia hanno parlato di *Dolci in forno* con la vicina della porta accanto del prozio Merton. Le uniche altre persone presenti sono le badanti della casa di riposo. Personalmente, l'ho incontrato una volta sola da adolescente e mi ha chiamato «Sonny» per tutto il tempo.

Stiamo zitte per qualche altro minuto, ascoltando il vicario che parla degli anni trascorsi da Merton nel Galles (dove – stando a quanto dice la mamma – inveiva continuamente contro i gallesi perché osavano parlare – avete indovinato – in gallese). Ops, adesso il vicario lo sta chiamando Michael. Deve essere la sua prossima esibizione.

«Penso che dovresti dare una chance a quel tizio», Louise si avvicina, questa volta bisbiglia nel modo dovuto. «Voglio dire, non si sa mai e sembra una scelta decorosa. So che non è il tuo tipo, ma non si può dire che il tuo tipo abbia funzionato.» È un po' ritrosa. «Scusa se te lo dico. Quello che intendo – Dio! – è che adesso stiamo invecchiando. Presto avremo *venticinque anni.* Dobbiamo sistemarci se vogliamo sposarci a ventisette e avere dei bambini a trenta. Giusto? Le nostre priorità sono cambiate, non ti pare? Non dovremmo più divertici con le teste di cazzo.»

«SILEEEEEEEEEEEENZIOOOOOO!»

Lou torna ad appoggiare la schiena, rossa in viso. Guardo il telefono per un minuto, abbracciando con lo sguardo i lineamenti da adulto del tizio. È veramente bello e, c'è di più, emana una sorta di energia *gentile*, se è possibile dirlo di una foto. Nella sua biografia non ha cercato di essere serio, ma non si è nemmeno dato troppo da fare per essere divertente. L'avevo scartato con tale facilità su tante app diverse che pareva ovvio continuare a farlo senza chiedersi perché.

Lou ha ragione. È tempo di essere adulta. È tempo di provare uomini fuori dai miei schemi. Ho bisogno di un boyfriend e Paul non vuole sicuramente assumersi quel ruolo. Fanculo *Celeste*. È incredibile che abbia cominciato a uscire con qualcuno proprio quando volevo uscire con lui. Che sgarbataggine.

Ok, Idris, meriti una sbaffata a destra.

Il match è istantaneo e sento un'effervescenza nella pancia.

Metto via il telefono e ascolto il vicario enunciare le tante virtù del mio prozio che, apparentemente, ora si chiama Martin.

23.

Ok, allora non è... terribile? Voglio dire, non è neppure fantastico, ma non si può dire che sia pessimo.

Sullo schermo davanti a me, Will non ha un aspetto molto diverso dall'uomo che ricordo. I lineamenti sono ancora allo stesso posto, ha ancora le gambe e le braccia. Gli occhi hanno ancora quei livelli mediocri di scintillio.

E le nostre chiacchiere sono ancora... raffinate?

Dopo un po' di conversazione spicciola su come è cambiato il mondo da quando una volta scopavamo, abbiamo per lo meno tentato di riconquistare parte della nostra magia online.

«Che ne pensi della parola *pacciamatura*?» sta ponderando adesso. «È strana, non ti pare? In bocca suona strana.»

«A me piace parecchio», annuisco. «È appagante. Le parole che detesto sono quelle complicate con tante sillabe e che finiscono in "mente". Tipo – che so – *necessariamente.* Perché cazzo a una parola servono tanti cambiamenti di direzione? Ne-ces-sa-ria-men-te.» Assaporo le sillabe prive di senso, il disprezzo nella mia voce.

«Ho appena cercato su Google la parola che ha più sillabe», dice, distogliendo lo sguardo dalla videocamera mentre digita. Tenta di pronunciare il mostruoso risultato: «Psiconeuroendocrinoimmunologia».

«Una parola carica», ammetto e piombiamo nel silenzio, cercando di pensare ad altre parole che detestiamo.

Non è una *brutta* chiacchierata. È piuttosto interessante, immagino. Ma non posso fare a meno di pensare che sarebbe più divertente con uno come Alistair o addirittura con

Paul il Collezionista. Per lo meno lui mi faceva veramente ridere. Se potessi districare le civetterie fuorvianti da quel genere di sciocche chiacchiere che intrattenevo con Paul il Collezionista, me le godrei.

Niente ricadute, mi rimprovero. Devo smetterla di riandare con la mente all'ultimo uomo che mi ha fatto ridere o mi ha fatto un complimento solo perché questo incontro non sta andando tanto bene.

«Allora, questa settimana devo comprare un regalo per una zia esigente», dice, cambiando argomento dopo troppo silenzio. «Secondo te, cosa dovrei comprarle?»

Mi serve tutta la mia forza mentale per non sbadigliare direttamente nella videocamera. Detesto comprare regali alle persone esigenti, figuriamoci farsi venire delle idee per qualcun altro.

«Mmm, non saprei, un pony?» suggerisco e ride in modo gradevole.

Capite, lui è gradevole. Non si può negare. È un tipo gradevole, dignitoso, a posto.

E, uffa, è questo il problema che si è presentato in tanti appuntamenti che ho concordato. Che fai quando sono soltanto... buoni? Del tipo, l'uomo è *abbastanza* bello e gradevole e capisci che è una persona perbene, anche se ti induce a pronunciare frasi come "è una persona perbene". Sono stata a tanti appuntamenti del genere. Appuntamenti in cui il tizio è accettabile e capisci che probabilmente il tempo che passereste insieme sarebbe accettabile, se continuassi a uscire con lui. Certo, non devono esserci per forza i fuochi d'artificio. Ma forse verrebbero in seguito. O forse nella vita non servono i fuochi d'artificio? Sono costosi e pericolosi e spaventano i cani. In realtà i fuochi d'artificio sono *pessimi.*

A seconda dell'umore, a volte immagino un futuro con una persona così. Se ho appena attraversato uno di quei periodi di merda per quanto riguarda i rapporti, la gradevolezza – l'accettabilità – sembra sufficiente. Per esempio l'anno scorso, quando avevo appena rotto con Rich, non sognavo altro che un uomo accettabile, di aspetto gradevole che si presentasse agli appuntamenti e fosse gentile con me.

Will fa una smorfia. «Ho un capello in bocca», dice schioccando le labbra. «Puah, quando capita è insopportabile, non lo trovi fastidioso?»

«Sì», annuisco lentamente. «*È* fastidioso.» Ricadiamo nel silenzio mentre cerca di individuare l'oltraggioso intruso. Lo guardo per qualche secondo mentre diventa strabico nel tentativo di afferrarlo, poi distolgo educatamente lo sguardo.

Per essere imparziale nei confronti di Will, sono stata piuttosto distratta durante il nostro incontro su FaceTime. Ho tanti pensieri in mente: Idris che non risponde alla mia e-mail; la fidanzata di Alistair; il fatto che mi restano solo due ex da contattare e sono i peggiori; Bibi che è distaccata; Louise che potenzialmente sta mandando tutto a puttane con l'adorabile Sven; il fatto che sul posto di lavoro Katie stia per schiattare e io verrò sicuramente licenziata; Instagram che è piena di foto stupende di matrimoni e di graziosi neonati ciccioni. Tutto mi sembra decisamente troppo.

«Che ne pensi?» Will mi guarda in attesa.

«Mmm...» Merda merda. Lui parlava e io non ascoltavo. È piuttosto serio. «Be'... mmm, cosa ne pensi *tu*?»

Lo stratagemma funziona e continua a parlare... qualcosa che riguarda il suo capo e le risorse umane. Che sollievo non avergli fatto capire che non ascoltavo, che mi dimentico – ancora una volta – di ascoltare.

Tutto a un tratto mi sento così stufa. Questa chiamata mi fa venire in mente quanto è stata pallosa la mia storia con Will nei pochi mesi in cui siamo stati insieme. Mi fa star male, ma adesso non ha alcun senso negarlo: lui è stato solo una scusa per lasciare Idris. Ero troppo vigliacca per finirla da persona adulta, così l'ho tradito con il primo tizio che mi ha mostrato un briciolo di interesse. E poi ho lasciato che la relazione con Will si trascinasse per cinque noiosi mesi, tanto per dimostrare a me stessa e a chiunque altro avessi intorno che era una storia vera e che ne valeva la pena.

Non posso rifarlo. Non provo alcun vero sentimento per

Will e non abbiamo nulla in comune. Inoltre, sono piuttosto sicura che durante l'incontro su FaceTime stesse leggendo dal gobbo. Continuava a guardare in basso e a sterzare all'impazzata su nuovi argomenti di conversazione.

«Allora, Esther», si schiarisce la gola e il cambiamento di tono è sufficiente a farmi concentrare. Mi sta guardando con serietà. «Mi sto divertendo un mucchio, mi piace parlare con te. Ti andrebbe di rifarlo una volta o l'altra?» Sembra nervoso. «Voglio dire, la prossima volta nella vita reale!» Ride imbarazzato. «Tipo un vero e proprio appuntamento?»

Faccio un respiro profondo. Stavolta mi comporterò da adulta. Questa volta non sarò evasiva né accetterò di uscire con qualcuno che non mi piace veramente solo perché sono meschina e vigliacca. Sarò sincera e matura e gli dirò la verità. Dirò a Will che è un uomo adorabile e che è stato divertente vedersi, ma non credo che siamo adatti l'uno all'altra. Gli augurerò tutto il bene possibile e ci diremo addio da adulti.

«Will», comincio cupamente. «Voglio che tu sappia...» oh cazzo, questa sì che è dura «...ehmmmmm, che, mmm, la connessione continua a interrompersi e non ho sentito quello che hai detto.» Mi fermo rapidamente, come se si fosse bloccato lo schermo, concedendogli pochi secondi prima di premere freneticamente il tasto SCONNETTI. Will scompare dallo schermo.

Ah, chissenefrega, gli darò il benservito con un SMS.

24.

Sembra una vita che siamo allo Swab a guardare Bibi che non lavora. Ultimamente sono successe talmente tante cose – tante emozioni sfibranti – che è un autentico sollievo trovare qui un pizzico di normalità, bere vino disgustoso e parlare del nulla.

«Ti dispiacerebbe servire le persone al bar, Bibi?» le sta chiedendo gentilmente Franco, un po' nervoso. Non gli concede la cortesia del contatto visivo.

«Lo farò.»

Si allontana goffamente, sapendo che Bibi, invece, non lo farà.

Lou dà una spintarella a Bibi. «Perché sei così cattiva con lui, Barbarella?»

«Se lo merita.»

Alzo gli occhi al cielo e Lou ride. «No, non se lo merita! Davvero, dovresti essere più gentile.»

«No», Bibi sospira aggressiva. «Però d'accordo, va bene, andrò a servire qualche cliente.» Tutta arrabbiata, allontana con una spinta il suo bicchiere e se ne va a passo pesante.

Nel vuoto che lascia, Lou fissa il telefono con aria un po' smarrita.

«Stai bene?» sussurro, dandole una gomitata. Alza lo sguardo, i suoi occhi cercano qualcosa nei miei.

«Continuo a sognare il tuo prozio Martin, hai presente quello che è morto? Siamo andate al suo funerale tanti anni fa, quando hai visto per la prima volta Idris su Tinder.»

«Martin», replico automaticamente, poi mi correggo in fretta. «Merton. Il prozio Merton.»

«Merton», annuisce. «Lo sogno da quando hai ricominciato a parlare di Idris.»

«Ah», non so cosa dire.

«Sì», accenna con la testa, una specie di sollievo nella voce. «Penso sia perché mi sento tanto in colpa per il modo irrispettoso con cui ci siamo comportate al suo funerale.»

«Ti senti in colpa per… quello?» chiedo lentamente. Perché possa capire quanto è stupido. «Ti senti in colpa per qualcosa che è successo cinque anni fa? Ti senti male per un novantaseienne che io non conoscevo e tu tanto meno?»

«Sì», conferma. «Non so perché, ma è così, proprio così.»

«Lou…» comincio lentamente. «C'è qualcosa di cui vorresti parlare?» Esamino il suo viso. «Qualcosa che vorresti dirmi? Qualcos'*altro* per cui magari ti senti in colpa? Che magari stai reindirizzando sulla faccenda del funerale del prozio?»

Tra noi c'è un lungo silenzio e lei è la prima a distogliere lo sguardo.

«No, mi sento in colpa solo per il prozio Mervyn.»

«Merton.»

«Giusto.»

Bibi ritorna, portando con sé una bottiglia. Le sorrido riconoscente prima di controllare le e-mail sul telefono e sospirare sonoramente per attirare l'attenzione.

«Ancora niente?» Bibi è vagamente solidale.

«È passata una settimana», sospiro.

«Probabilmente per lui è una questione importante», dice Lou con gentilezza. «Probabilmente ci sta facendo su una bella pensata e sta componendo con cura la risposta!»

«E se non risponde?» il mio stomaco esplode per l'ansia. «Dovrei dimenticarmi di Idris e passare a Carl?» mi fermo a gemere, gettando le braccia sul tavolo. «Iddy è stato una parte importante del mio passato romantico! Ed era pronto a darmi *tutto,* capite? Voleva il pacchetto intero: matrimonio, bambini, una grande casa di campagna. E aveva un buon lavoro che avrebbe potuto provvedere a tutte quelle cose! È un'opzione molto più ragionevole degli altri miei ex messi insieme! Ha sempre avuto la testa a posto.»

«Ci puoi giurare», sta accennando Lou. «Portava sempre pullover così ragionevoli.»

Sospiro di nuovo. «Sono stata così stupida da fuggire da quella prospettiva.»

«Eri soltanto giovane!» Bibi è sulle difensive. «Non eri pronta e questo va bene. Non renderti la vita impossibile perché allora non volevi sistemarti. Voler essere single non è una malattia da cui bisogna guarire.»

«Pensi che sarebbe disponibile a tornare con te?» Lou ha gli occhi spalancati.

Abbasso la testa, vergognandomi un po' di quello che sto per dire. «A essere sincera», spiego a bassa voce, «penso di aver sempre più o meno saputo che Idris era ancora un'opzione. Allora era follemente innamorato di me, ecco perché quando ci siamo separati ho dovuto essere forte – parlo dell'aver cancellato il suo numero e tutto il resto – perché sapevo che se gliel'avessi chiesto sarebbe tornato da me in un attimo. Quando ho chiuso continuava a dirmelo... a dirmi che ci sarebbe sempre stato se avessi cambiato idea. È stato terribile.» Faccio una pausa. «E adesso che ho pensato a lui, voglio veramente parlargli. Voglio vederlo!»

«Lo soooo», Lou si sdraia sul tavolo accanto a me. «È come quando sei in lista per una parte in uno spettacolo o avvisti in un bar qualcuno che ti piace, e poi non riesci a smettere di raffigurarti il "come se".»

«Sì, oppure vai a un colloquio di lavoro», sospira Bibi. «E cominci a immaginarti lì, mentre lavori, seduta alla scrivania, parlando del più e del meno con i colleghi, tutto lo scenario.» Lancia un'occhiataccia a Franco. «E pensi di dire al tuo capo attuale di andare affanculo.» Torna a girarsi verso di noi. «È difficile tornare indietro quando hai superato il limite.»

«Nessun lavoro in vista al momento?» chiedo sporgendo le labbra per solidarietà.

Si mette la testa tra le mani. «Penso di aver sostenuto colloqui per ogni azienda di marketing di Londra. Ci sono, tipo, cento candidati per ogni offerta di lavoro e tutti i reclutatori continuano a dirmi che ho superato brillantemente la fase del colloquio. Poi però non sono la persona giusta per quel lavoro.»

Lou allunga una mano e carezza il braccio di Bibi.

«Non troverò mai niente», Bibi sembra così triste che desidererei tanto aiutarla.

«Perché non ti dedichi anche tu a una missione come la mia?» suggerisco allegramente. «Ti darebbe qualcosa a cui pensare e su cui concentrarti. Potresti ripercorrere il tuo passato romantico perché ti aiuti a incontrare qualcuno. Sarebbe un bene per te e – meglio ancora – ti distrarrebbe da questa maledetta caccia al posto di lavoro! Perché no, eh?»

Bibi raddrizza la schiena. «Perché adesso non sono interessata ad avere un partner, Esther, te l'ho detto migliaia di volte.»

Alzo gli occhi al cielo. «Sì, sì, lo so, ma penso che cambierai idea quando incontrerai qualcuno.»

Bibi mi scruta. «Non parlare così.» C'è qualcosa nella sua espressione che fa vacillare il mio sorriso. «Sono così stufa di sentirmelo dire da tutti. I miei genitori, i miei parenti, qualche conoscente del cazzo che ho incontrato una volta sola. Non ho bisogno che me lo dicano anche gli amici. Ho bisogno che voi – le mie amiche! – mi crediate quando dico che mi piace essere single.» Fa una pausa. «E che non mi giudicaste se dovessi cambiare idea. Perché è un mio diritto! Non sono contraria ai rapporti e se incontrassi una persona fantastica, sarei disponibile al rapporto. Ma non voglio fissare appuntamenti e non ho nessun bisogno di forzare le cose. Come certa gente.»

Esito per un attimo, sento il dolore acuto che mi ha provocato il suo ultimo commento. «Scusami», le dico alla fine. «Chiuderò il becco. Naturalmente hai ragione, sta a te.»

«I tuoi sogni non sono i miei sogni, Esther», dice alzandosi in piedi e aggiungendo bruscamente: «È meglio che vada a servire qualche altro cliente. Qui si sta riempiendo».

Se ne va e guardo Lou con un certo senso di impotenza. Avevo torto in questo caso? So che Bibi *sostiene* di essere felice da sola, ma sta mentendo, giusto? Tutti vogliono avere un rapporto, non è così? È tutto quello che vedi e che senti da piccola, che le ragazze si sposano e fanno dei bambini. Che altro c'è?

Lou torna a guardarmi solennemente, prima di domandare: «Pensi ci sia qualche possibilità che il prozio Marvin mi perseguiti?».

«Morton», la correggo sapendo che è sbagliato, ma non ci faccio caso. Sospirando, volto le spalle per controllare di nuovo il telefono. «Idris», borbotto mentre ricarico le email per l'ennesima volta. «Faresti *meglio* a rispondermi subito. Tutte queste assurdità che stai riportando alla memoria devono valerne la pena...»

Ex n. 5: Idris Abara
altrimenti detto il Serio
Parte seconda

Bella Italia nel centro di Londra
I gabinetti
20.52

«Allora???» Il mio entusiasmo è senza limiti. In vita mia non mi sono mai impegnata tanto in qualcosa, non posso sostenere il fallimento di questa iniziativa E NON L'ACCETTERÒ.

Succede sempre la stessa cosa quando faccio incontrare due amici per un appuntamento al buio.

Louise fa spallucce. «Che palle», dice infine e boccheggio, inorridita.

«CHE PALLE???» ripeto super sdegnata. «Ma... ma è simpatico! E bello! Ed è amico di Iddy, e questo significa che potremmo uscire sempre in quattro, Lou! Pensaci!»

Ci pensa e si ravviva un po'. «Quello sarebbe super divertente», ammette, poi però si accascia di nuovo. «Non lo so, non credo di sentirmela.»

«Uffa», mi lamento con lei nello specchio mentre applico di nuovo il rossetto. «Per amor di Dio, Lou, sono, tipo, due anni e mezzo che mi implori di farti incontrare uno degli amici di Iddy. Adesso che finalmente ce n'è uno disponibile mi dici "che palle". Sono proprio seccata.»

«Oh, ti prego, non essere seccata.» Lou sembra disperata. «Mi dispiace tanto! Ti sono davvero riconoscente per Sven. Non so cosa mi prende, *dovrebbe* piacermi. Sembra simpatico e gli piace la pasta in bianco, il che è sempre un vantaggio.»

«Era il criterio di scelta numero uno», osservo.

«Giusto!» annuisce. «Non so proprio cosa mi prende.» Sospira e poi si raddrizza. «Ok, magari dopo cena lo sbaciucchierò per vedere se volano le scintille. Vale la pena indagare, no?»

«Assolutamente!» esulto, controllando se tra i denti ci sono tracce dei ravioli agli spinaci. «Torniamo là fuori.»

Uscite dai gabinetti, Idris sta contemporaneamente emergendo dal bagno degli uomini.

«Ti raggiungo», scaccio Lou verso il nostro tavolo d'angolo dove Sven sorride felice.

«Lasciamoli un secondo da soli», sussurro a Idris.

«Buona idea», dice consenziente. «E ci dà l'opportunità di sbaciucchiarci un po'.» Mi afferra per la vita e oppongo solo una minima resistenza.

«Nooooo», premo le mani contro il suo ampio petto. «Mi sono appena rimessa il rossetto.»

«Hai finito la scorta?» s'informa sfacciatamente e rido.

«No, tecnicamente no.»

«Allora te ne puoi mettere dell'altro!» Alza un dito in aria e rido scioccamente, avvicinandolo per baciarlo. Ha un odore caldo e familiare, ma sa anche di aglio.

«Ahi, la mia ulcera», fa una smorfia, scostandosi. «Scusa, mi ero dimenticato che sono troppo infiammato per baciarti. La vedi, è grave?» Solleva il labbro superiore e mi avvicino per ispezionargli le gengive.

«Sì, è molto infiammato», dichiaro comprensiva. «Dobbiamo farti dormire un po' di più e farti mangiare cose salutari. Vuoi che più tardi ti metta il gel?»

«Sì, per favore», dice raggiante. «Il sugo di pomodoro della pasta ha aumentato l'infiammazione.»

«Ho un brufolo sulla schiena che dovresti strizzare, mentre ci facciamo belli», osservo e annuisce, aggiungendolo alla lista mentale.

«Non è grandiosa una storia d'amore che dura a lungo?» ride e mi stringe.

«Come pensi che stia andando tra loro?» mi volto nella direzione di Sven e Louise, che stanno parlando del più e del meno nell'angolo.

«Mmm», mi circonda con le braccia standomi alle spalle. «Piuttosto bene? Louise ha detto qualcosa?»

«Ehm, no, in realtà no», evito la domanda. «E Sven?»
«Mi sono dimenticato di chiederglielo», risponde con dolcezza. Il classico uomo, che non pone le domande che hanno importanza, un'importanza vitale.
«Uffa, perché pensi che vi abbiamo lasciati soli?» gli stringo l'avambraccio.
Ridacchia, il suo corpo si muove contro il mio.
«Scusami, baby, anch'io avevo bisogno di fare pipì.» Mi tocca la faccia, fa un gran sorriso. «Ma sarebbe una figata, non ti pare? Se si piacessero? Riesco a immaginarmi noi quattro, un branco di veterani, seduti tutti insieme in un portico a guardare i nipoti che corrono di qua e di là e ci disturbano.»
Sorrido, ma tutto a un tratto c'è uno strano gelo nelle vene.
«Potremmo fare un doppio matrimonio», ride e lo attiro a me per un abbraccio perché non veda la mia espressione. «Ed essere padrini e madrine dei rispettivi figli.»
Ogni parola è una coltellata al petto e lotto per avere un respiro regolare. È l'abbraccio, è solo troppo stretto. Indietreggio un po'.
«Stai bene?» Adesso mi guarda in modo strano. «Sei un po' pallida. È perché ho parlato di bambini?» Ride e tento di imitarlo. «Ovviamente non siamo ancora obbligati a fare nessuna di queste cose. Fintanto che siamo sulla stessa lunghezza d'onda.»
«Lo siamo, naturalmente», dico con voce strozzata e il suono esce strano e artefatto.
Ma noi siamo sulla stessa lunghezza d'onda, non è così? Ho sempre pensato che più o meno a ventisette anni avrei voluto sposarmi e fare figli e mancano solo pochi mesi a quella data. Pareva un'età così avanzata quando avevo diciassette anni e progettavo tutta la mia vita. Il problema è che non mi sento più matura di quanto fossi a diciassette anni. Non sono pronta per nessuna di queste cose da adulti. E non è la prima volta che Idris parla – con molta naturalezza, devo aggiungere – del nostro futuro insieme.
So che vuole il matrimonio. So che vuole dei bambini.

Ha anche due anni più di me, il che significa che tra un anno ne avrà trenta. È una *bella età.*

Sento il sudore pizzicarmi le ascelle, ma il resto del corpo è freddo.

Da dove è venuta fuori questa sensazione? Io amo Idris, lo amo *davvero.* Abbiamo vissuto insieme due anni e mezzo fantastici e lui è tutto quanto io possa desiderare! Cosa c'è che non va in me?

Idris mi bacia di nuovo, questa volta con delicatezza. «Torniamo al tavolo? Continuiamo a fare i mezzani?» Ammicca scherzosamente e faccio una risatina educata.

«Mmm, sì, vai avanti tu», lo allontano con un gesto. «Io, ehm, mi sono appena ricordata di essermi dimenticata di fare pipì mentre ero lì dentro! Troppo occupata a chiacchierare con Lou, che idiota!»

Torno di corsa nel bagno delle signore prima che lui abbia l'opportunità di dire qualcos'altro, tuffandomi in uno stanzino. Lì dentro, seduta sul pavimento, respiro a fatica mentre la stanza mi gira intorno.

Cosa c'è che non va in me?

25.

Oh, che affronto.

Badavo ai miei affari, stavo facendo shopping da Zara, e mi sono trovata faccia a faccia con un manichino del cazzo vestito esattamente come me. È davvero umiliante e scriverò alla sede centrale per lamentarmi.

Peggio ancora, non me ne posso andare. Siamo a metà giornata e qui dentro sono l'unica acquirente, il che significa che una commessa mi ha seguito dappertutto offrendosi di "aiutarmi" per dieci minuti buoni. Ora, non mi sono mai trovata in una zona di guerra, ma non riesco a immaginare che sia peggiore del disagio sociale dell'avere alle costole una commessa annoiata.

«Sto bene, non ho bisogno di aiuto!» le dico perché si rivolge di nuovo a me. Mi guarda come se volessi il suo aiuto. «Ah-ha!» faccio educatamente indicando i miei vestiti e il manichino coordinato: capite, per compensare il fatto che non voglio nessun aiuto. Ma il gesto la manda solo in confusione, perciò è probabile che il completo abbia un aspetto molto diverso su una Barbie senza testa e a grandezza naturale.

«Eccomi!» Quando mi raggiunge, Alistair è senza fiato e mi butta attorno al collo le braccia allampanate. «Scusa il ritardo, la linea marrone era di nuovo interrotta.»

«Non ti preoccupare!» Lascio che riprenda fiato, lo abbraccio con lo sguardo. È innegabile che sia splendido, gli occhi sono luminosi ed è felice. È di nuovo vestito a festa, oggi in pantaloni eleganti e camicia blu scuro, infilata alla francese. Ringrazio mentalmente Tan France per aver portato questo look agli uomini di ogni paese.

«Oh ehi, quel manichino ti somiglia!» Alistair alza lo sguardo sul pupazzo offensivo.

«Taci», borbotto, imbarazzata. «Ce l'avevo prima io, quella stronza mi copia sempre.»

«Pessima», scuote la testa, sorridendo. «Ma sai cosa dicono? L'imitazione è la forma più sincera di adulazione.»

«Sciocchezze», lo rimprovero. «Sai qual è la forma più sincera di adulazione? L'*adulazione.*»

«Ok», ride, mettendo in mostra i denti adorabili. «In tal caso, Esther, posso dirti che con quel vestito stai moooolto meglio del manichino?»

«Oh mio Dio, come sei tenero», sorrido in modo affettato, guardando di traverso la mia rivale. Il complimento è realmente tenero, perché non è vero. Quella stronza di plastica sembra una modella sexy con il collo di cigno.

Ho casualmente una giornata libera a metà settimana, grazie al matrimonio colossale che si è tenuto al museo e che è durato tutto un week-end. Sono stata inutile durante le fasi della pianificazione, ho lasciato che la mia assistente Katie si prendesse cura di tutto mentre, seduta alla scrivania, scarabocchiavo i nomi dei miei ex. Perciò volevo essere sicura che, nel giorno veramente importante, io mi trovassi al centro e in prima fila. È stato spossante, con mille crisi dell'ultimo minuto che bisognava risolvere. Metà camerieri della nostra agenzia non si sono presentati e a un certo punto ho dovuto fare io stessa da cameriera mentre davo contemporaneamente il segnale d'inizio ai musicisti nella sala principale. Ma è quello che capita agli eventi: dietro le quinte può andare tutto a pezzi fintanto che nel foyer nessuno se ne accorge. E ne è valsa la pena perché alla fine la sposa mi ha abbracciato e mi ha ringraziata. Che sballo. Mi ero dimenticata quanto amo il mio lavoro. Ho rinnovato la determinazione a smetterla di farlo male.

Inoltre, mi ha distratto dal rimanere in attesa accanto al telefono per un altro week-end, nella speranza di ricevere un'e-mail da Idris. Sono riconoscente al mio capo per avermi concesso un giorno libero, ma non potevo starmene seduta in casa tutto il giorno, con la mia sola, stupida compagnia a tenermi occupata.

A essere sincera, ho messaggiato Alistair come ultima risorsa.

Di solito sono le mie coinquiline a unirsi a me per un'uscita di svago come questa, ma – benché oggi non lavorassero – Bibi e Lou erano misteriosamente irreperibili. Ultimamente si comportano in modo un po' strano. Non so cosa c'è in ballo e continuano a rifiutarsi di parlare quando faccio domande. Poi ho provato con Alex, ma era impegnata con il lavoro e neppure Sofia rispondeva alla porta. Mi sento un po' abbandonata, se devo essere sincera.

E così, ho mandato un messaggio ad Alistair per capire se gli andava un giro per negozi. Gli andava.

Vagabondiamo, raccogliamo capi di abbigliamento e li rigettiamo senza riguardi sullo scaffale. La commessa annoiata ci incenerisce con lo sguardo, ma almeno le diamo qualcosa da fare.

Dovrei scrivere un'altra e-mail a Idris?

No, è troppo, Bibi mi rimprovererebbe.

Immagino di dover accettare il fatto che potrebbe non rispondermi mai. Potrebbe non voler avere niente a che fare con me. Devo mostrarmi adulta nei confronti di questa ipotesi e ammettere che sarebbe giusto così.

Salvo che non lo è. Che si fotta, grandissima testa di cazzo.

Lancio un'occhiata ad Alistair e sento una fitta di senso di colpa perché lo sto usando per distogliermi da un altro uomo. Ma siamo *amici*, no?

Si ferma, solleva la camicia gialla più sgargiante che abbia visto in vita mia.

«Che ne pensi?» L'appoggia su di sé, impassibile, e annuisco con enfasi.

«Questa camicia ti cambierà la vita», gli dico. «Il giallo dà risalto al tuo cinismo.» Controlla il prezzo. Sull'etichetta c'è il grande adesivo rosso dello sconto.

«Costa solo otto sterline», alza lo sguardo, tutto contento. «Devo comprarla assolutamente!»

«La tua ragazza è una signora fortunata», dico beffardamente, sperando di non diventare rossa proprio adesso.

«Sicuro», ride senza problemi, inconsapevole del mio conflitto interiore. «La metterò la prossima volta che usciremo insieme.»

Fanculo, lui mi piace proprio. Non dovrei essere qui. Non è giusto. Cerco di mandar giù ogni traccia di desiderio e di seduzione.

«Che mi dici di te, eh?» Si avvicina, avvolgendomi affettuosamente le spalle con un braccio. «Che succede nella tua vita sentimentale?»

Mi schiarisco la gola. Perché non dovrei parlargli di Idris? O di ciascuno di loro? O di tutta la dannata missione? Non c'è ragione perché io non lo faccia. Siamo amici, no?

Amici amici amici.

«Amiciiiiii», mi ritrovo a mormorare sottovoce.

«Eh?» Sembra confuso, le grandi sopracciglia irsute si aggrottano. Mi fa venire voglia di accarezzargli il viso.

«Ehm, ho detto, eh, amici!» squittisco mentre ci dirigiamo alle casse per pagare la nuova, orrenda camicia di Alistair. «Voglio dire che al momento ho solo amici, nessuna vita sentimentale!»

Pare un po' stranito. «Oh giusto!» Mentre paga, sorride raggiante alla commessa che gli sta dicendo quanto siano coraggiosi i suoi gusti in fatto di moda. Mi ritrovo a desiderare ardentemente di prendergli la mano e stringerla forte.

Per impedire a me stessa di impazzire, ho bisogno di passare ad altro. Oppure, che Idris mi risponda.

«Adesso andiamo a pranzo?» propone Alistair, prendendo la busta dalle mani della commessa. «È molto divertente passare di nuovo del tempo con te, Esty. Siamo compagni, mi piace.»

Oddio, *compagni* del cazzo. Questa non l'accetto.

Idris, se, non so come, puoi sentirlo, *ti prego rispondi.*

Ex n. 5 Idris Abara
altrimenti detto il Serio
Parte terza

Il mio appartamento
La mia camera da letto
15.45

Dovrei piangere? Probabilmente dovrei piangere. Non è che non abbia voglia di piangere – ce l'ho! – e probabilmente tra qualche minuto avrei pianto comunque, perciò il pianto di adesso non è artefatto.

Mi metto a piangere.

Non può essere tanto arrabbiato con me, se piango. È sempre stato così gentile e amorevole quando ero turbata, adesso sarà anche più delicato.

«Oh bimba, cosa c'è?» Idris si alza in piedi, attraversa la camera da letto e mi stringe tra le braccia.

Così le cose peggiorano. Maledizione, non avrei dovuto piangere.

Salvo che, adesso che ho cominciato, non sono sicura di riuscire a smettere.

Continuo a piangere cercando di trovare le parole mentre mi accompagna a sedere sul letto, accarezzandomi i capelli per tutto il tempo. «Va bene, bimba, va bene.»

Non va bene, si sbaglia.

«Ho mandato tutto a puttane, Iddy», finalmente riesco a dire. «Ho mandato veramente tutto a puttane e tu non mi perdonerai mai.» Seduto accanto a me sul letto, diventa super immobile. La schiena si irrigidisce, ma non mi lascia andare.

«Cosa c'è?» chiede infine a bassa voce. «Dimmelo. Basta che me lo dici.»

Ma non ce la faccio. Le parole non escono e ci sono tante dannate lacrime in mezzo.

Dopo qualche minuto, si allontana un po' per potermi

guardare. Ma vederlo in faccia è troppo e mi butto sul letto, singhiozzando irrefrenabilmente. Questa volta non mi raggiunge, né mi offre un abbraccio affettuoso. Aspetta e basta.

Col viso nel cuscino, riesco a tirarlo fuori.

«Sono andata a letto con un altro.»

Idris non reagisce immediatamente, ma sembra che nella stanza cambi l'aria. Si fa più fredda e all'improvviso le lacrime si asciugano.

«Mi dispiace, mi dispiace tanto... non sai quanto mi dispiace, Iddy...» Mi metto seduta, ma adesso si è voltato. Curvo su un capo del letto, si fissa in grembo. «Per favore, puoi guardarmi per un secondo?» imploro, ma è come se non mi sentisse.

«Chi era?» chiede dopo un altro minuto con una voce irriconoscibile.

«Non importa chi era», rispondo con dolcezza, sapendo benissimo che importa un sacco, porca puttana.

«Era Will?» domanda con lo stesso tono. «Hai scopato con quel tizio, con Will?»

Non riesco a rispondere. O, dovrei dire, sono troppo vigliacca per rispondere.

«Immagino che sia un sì», dice con rabbia, alzandosi in piedi e dirigendosi verso la porta.

«Per favore, non te ne andare», supplico, e ricominciano le lacrime.

Non se ne va. Appoggia le mani contro la porta chiusa, cercando di trovare qualcosa dentro di sé. Un po' di forza.

«Come hai potuto?» chiede infine, con la voce che si spezza quasi impercettibilmente sulle ultime parole. Mi fa precipitare in un'altra spirale e, per fermare le lacrime, premo il piumino sul viso. Adesso non merito di piangere. Lui lo merita.

«Non lo so», rispondo a fatica, quando riesco di nuovo a parlare. «È successo, ero ubriaca e sono una puttana del cazzo. Devi proprio odiarmi, lo so e mi dispiace. Non sai quanto mi dispiace.»

C'è un altro silenzio prima che si volti a guardarmi, gli occhi rossi e lacrimosi.

«Non ti odio», dice a voce bassa, triste. «Non potrei mai odiarti.»

Mi alzo per attirarlo a me e ci teniamo stretti per un tempo lunghissimo.

26.

<8

Idris Abara

A: Estherthechef98234@hotmail.co.uk

Re: Entente Cordiale

Cara Esther,
innanzitutto scusami per il «cara» di cui sopra, questo messaggio dava l'impressione di richiedere un certo livello di formalità. Però ti dico anche ciao! È bello sentirti, spero che nella tua vita ogni cosa sia bella e felice.
Ho pensato molto alla tua richiesta di vederci e dovrò dire di no. Mi dispiace. Non so quanto Sven trasmetta a Louise di ciò che succede a me e nella mia vita (non molto, probabilmente, non fa altro che parlare di una «muraglia cinese») (non saprei, si tratta di un commento razzista?), ma nel caso che non ne abbia fatto cenno: adesso sono fidanzato! Si chiama Amy ed è davvero in gamba. Stiamo insieme da più di un anno e mezzo e mi rende veramente felice. La vita è bella.
Se ha importanza, le ho parlato della tua e-mail e mi ha consigliato di vederti. Pensava che per noi fosse piacevole incontrarsi. Ultimamente, però, non mi è sembrato giusto e non so a che risultato potrebbe portare un incontro.
Con questo non voglio dire che non tengo a te. Ti ho amato tanto, il nostro rapporto era importante per me – sono sicuro che lo sai/lo sapevi – e significherai sempre molto per me. Non

provo rammarico per quanto è successo, perciò spero che non ne provi nemmeno tu. So che è finita in un modo di merda e che è stato tutto un po' improvviso, ma adesso sento intensamente che anche le esperienze tristi erano ciò che doveva verificarsi. So che eravamo entrambi feriti, ma adesso sto bene e spero che sia lo stesso per te. Lo dico davvero. Spero che tu abbia trovato tutta la felicità del mondo, Esther. Te la meriti.

I miei migliori auguri,
Iddy x

P.S. Simpatico l'oggetto della tua e-mail. Vedo che il semestre di storia all'università non è andato del tutto sprecato…

27.

I miei migliori auguri.

I miei migliori auguri.

Migliori auguri DEL CAZZO!

È un segnale di merda quando proviene dal tuo capo, non parliamo poi se si tratta dell'uomo di cui sei stata innamorata per tre anni.

Bleah, roba da non credere il tono da adulto che ha usato. La maturità del cazzo, *da persona grande* di quella e-mail. Come osa essere così maturo, aver superato così bene la storia, essere felice e perfettamente sereno. COME OSA!

PUAH, e quella Amy del cazzo! Tutta perfettina e tenera e rilassata all'idea che il suo fidanzato riceva un'e-mail dall'ex amore della sua vita. Gli ha consigliato di vedermi! Cagate. Anzi no, scommetto che l'ha fatto! Anch'io avrei fatto finta che mi andasse bene.

«Ooh, sì, baby, vai a trovare la tua ex ragazza, assolutameeeeente! Non sono una di quelle piagnone che si sentono insicure e minacciate dalle ex. Sono tranquilliiiiiissima! Perché non la baci e fai anche sesso con lei, per me va bene!»

Che quintalata di merda fumante.

Attraverso l'appartamento a passo pesante diretta alla stanza di Bibi, con il computer in mano.

«Posso entrare?» grido, picchiando alla porta. «Ho bisogno che tu dia un'occhiata a questo.»

«Un momento», borbotta dopo un minuto, la voce mezzo addormentata, prima di comparire sulla porta. «Cosa c'è?» ha un tono infastidito.

Ops, l'ho svegliata. Mi sono alzata alle sei per andare presto al lavoro perché – ammettiamolo – ho molto da fare per riconciliarmi con la povera Katie, la mia assistente. Non fa altro che rimediare alle mie mancanze.

Consegno a Bibi il computer con l'e-mail aperta sullo schermo. «Idris ha risposto», annuncio con rabbia.

«Wow», si sfrega gli occhi. «Ha preso tempo.» Guarda il portatile, passa al vaglio il contenuto prima di alzare lo sguardo. «Che persona gentile», dice prima di recepire la mia espressione tempestosa. «Ehm, voglio dire, che razza di coglione! Mmm, chi è che scrive ancora "i miei migliori auguri"?»

«Proprio quello che pensavo!» gemo, portando fuori dalla camera da letto, che si trova nella porta accanto, una Lou dallo sguardo annebbiato

«Idris è *felice*, porca puttana!» le dico.

«È cosa?» aggrotta la fronte, stringendosi addosso la vestaglia. Vedo al di sotto, di sfuggita, una camicia da notte di seta. Fortunato Sven. Si spera.

«È FELICE!» grido, togliendo il computer dalle mani di Bibi e spingendolo nella direzione di Lou.

Batte le palpebre per un minuto, guardando di traverso lo schermo.

«Oh, che bella e-mail!» sorride infine, riconsegnandomi lo schermo. Il sorriso vacilla di fronte alle mie narici dilatate e aggiunge esitante: «Voglio dire... mmm, com'è...» studia ansiosamente il mio viso «...meschina?».

«Sì! Appunto!» Le narici si restringono. «È proprio fuori di testa! Non vede l'ora di dirmi quanto è fantastica la sua vita con quella testa di cazzo, *Amy*! Che imbecille pieno di autocompiacimento. Scommetto che in questo momento si stanno facendo le foto del fidanzamento e che mi invierà il link perché possa vederli da vicino, mentre si lanciano in aria e fingono di ridere. Che due stronzi.»

«Oh mio Dio», Louise contorce il viso. «Allora è così? Non hai intenzione di rispondergli? O tentare di persuaderlo a parlare?»

«Ho un certo orgoglio!» tiro su col naso. Non sembra

convinta, perciò aggiungo: «Sì, è completamente finita, Lou! Non ho mai avuto davvero voglia di vederlo, tanto per cominciare. Pensavo che avrebbe voluto vedermi, cercavo di fargli un *favore*. Volevo fare la gentile».

«Ehm, giusto, *la gentile*», Lou annuisce lentamente.

«Torno a letto», dice sbrigativamente Bibi, rientrando nella sua stanza e chiudendo risolutamente la porta.

«Un po' scortese», borbotto a Louise, sorpresa a sua volta. «È una mia impressione o si comporta in modo un po' reticente?»

Louise viene colta dal panico alla mia imbeccata. «No!» dice anche troppo in fretta. «Voglio dire, non particolarmente. Forse?» continua a voce sommessa. «E se lo è, va bene così! È permesso essere reticenti! Magari ha un colloquio di lavoro in arrivo o qualcosa del genere, ma non vuole ancora farcelo sapere. Ha avuto tante delusioni, deve essere deprimente parlarci di tutti quei colloqui, a uno a uno. E...» fa una pausa «...ecco, non so, non abbiamo sempre voglia di mettere in comune certe cose con le amiche finché non sono affare fatto, non ti pare?» Le lancio una strana occhiata e fissa il pavimento, riannodandosi il cordone della vestaglia. «Bene, magari torno a letto anch'io. Mi dispiace che Idris sia stato così... ehm, imbecille?» pronuncia l'insulto come se fosse una domanda, perciò faccio un cenno d'assenso. «Almeno hai ricevuto una risposta, giusto?»

«Immagino di sì», replico risentita. «Ok, sì, torna a letto. Scusa per averti rovinato la mattinata.» Faccio un gesto in direzione della sua stanza e il panico ritorna.

«Non stai rovinando niente!» la voce è acuta. «Sono solo stanca e oggi non ho audizioni!» Segue una breve pausa di silenzio teso e annuisco, ingoiando le domande successive

«Allora farei meglio a rintracciare Carl», dico infine, con riluttanza.

Si sbriga a fare un cenno d'assenso. «Sì, meglio procedere, immagino.» Apre la porta quel tanto da infilarci il corpo. «Ci vediamo più tardi. Passa una buona giornata al lavoro!»

Chiude la porta, la blocca girando la chiave e vengo lasciata sola, con la sensazione di essere abbandonata. Avevo bisogno di ottenere un po' di più dalle mie due migliori amiche. Per molto tempo Idris è stato tutto il mio mondo. E so che è finita per colpa mia, ma è stata comunque una cosa enorme.

La sera in cui ci lasciammo fu una delle più dolorose della mia vita. Dopo le scuse iniziali e tanti pianti, passammo tutta la notte a parlare. Ci furono altri pianti, un po' di sesso e tante domande orribili. Volle sapere tutto: ogni particolare, disgustoso, poco convincente, terribile.

Riesco ancora a raffigurami il suo viso angelico, gonfio e bagnato, gli occhi infiammati. E poi, non appena fuori cominciò a far chiaro, arrivò il peggio, quando si offrì di perdonarmi.

Tornai dal gabinetto ed era lì, in piedi, incorniciato dal vano della porta, e mi guardava con in viso quell'espressione da torcere le budella. Disse: «Penso di poter lasciar correre, non voglio che ci separiamo». Avrei voluto ringraziarlo e attirarlo a me e sposarlo e avere dei figli e una vita insieme a lui. Avrei voluto tutte le cose che sapevo l'avrebbero reso felice per sempre.

Ma sapevo anche di non poterlo fare. Avevo rovinato troppo il nostro rapporto. Ciò che avevo fatto non sarebbe mai scomparso. E la verità è che non volevo essere perdonata. Volevo che mi allontanasse e ponesse fine alla storia. Volevo che mi odiasse. Era la vera ragione per cui lo feci, adesso lo so. Feci quella cosa spaventosa perché mi scaricasse.

Avevo bisogno che Bibi e Louise capissero tutto questo. Che mi consolassero e mentissero in modo più convincente su Idris. Avevo bisogno di consigli entusiasti sull'idea di inviare un messaggio a Carl perché mi aiutasse a distrarmi dal rifiuto.

Forse sono stufe della missione? Ultimamente ha preso un po' troppo spazio. Ho ignorato il resto della mia vita per concentrarmi su questo. Sto sacrificando tanto sull'altare di questa missione del cazzo.

Ma ho bisogno di loro. Dopo una partenza considerevole, è probabile che l'ultima coppia di ex mi respinga. Forse l'ultima parte della mia vita romantica è troppo recente per riportarla alla luce. Troppo cruda. Troppo piena di cazzoni come Idris e i suoi migliori auguri.

Sospiro.

Naturalmente la parte migliore di me, la più razionale, sa che era un'e-mail incredibilmente gentile. Di gran lunga più generosa di quanto meritassi. E da qualche parte dentro di me sono contenta che Idris abbia trovato la felicità. Questa Amy sembra una persona molto più ragionevole di quanto fossi io. Ed è tutto quello che voleva, non è così? Incontrare una persona dolce e sposarsi. Lui merita tutto questo e tanto di più. È una brava persona che mi ha sempre trattato con tanta delicatezza. E alla fine mi sono comportata in modo spaventoso con lui. In realtà, la sua e-mail era fin troppo carina per essere indirizzata a una persona che si è liberata di lui anni fa e adesso cerca di tornare nella sua vita a forza di spallate senza nemmeno una gran motivazione o uno scopo. Vorrei davvero tornare con lui? Ammettiamolo, probabilmente no. Dovrei essergli riconoscente per la sua affabilità.

Ooh, lo so, manderò un messaggio ad Alex. Non ha mai neppure conosciuto Idris. Se le dico che era un pezzo di merda mi crederà e lo insulterà insieme a me.

Fanculo *i miei migliori auguri*, che cazzone.

28.

Sono sveglia da ore, oppure ho solo sognato di essere sveglia da ore? È quel momento cupo, nebuloso, dell'ora delle streghe in cui è difficile dirlo.

Avvicino al mento il piumino spesso. Allungherei una mano verso la lampada sul comodino, ma là fuori fa troppo freddo. Inoltre, è una di quelle notti spettrali in cui sono piuttosto certa che un mostro si allungherebbe ad afferrarmi se anche solo un centimetro di pelle dovesse uscire dalle coperte.

Non riesco a dormire. O, se ci riesco, è per alcuni minuti strappati voracemente in cui tutto è angoscia, sogni tormentati dallo stress in cui inseguo un ragazzo senza volto e parlo gridando di nozze e neonati. Un minuto sto inseguendo Alistair mentre corre a gambe levate. Il minuto dopo è Paul. Poi è l'avatar sfocato del profilo Twitter di Will, o Rich il Bastardo che sogghigna mentre invia SMS ad altre donne davanti a me. In un momento veramente impregnato di sudore, si fa vivo Carl, il suo pisello sbatacchia per tutta la casa mentre grido che fertilizzi le mie vecchie uova puzzolenti.

Non posso continuare a stare qui sdraiata, a pensare, a preoccuparmi. È troppo.

Ok, sarò coraggiosa. Accenderò la lampada. Se mi prendono i mostri, sono cosciente di aver avuto una bella vita. Ho amato e sono stata amata.

Allungo una mano verso l'interruttore, inondando la stanza di una luce che mi ferisce gli occhi. Sbatto rapidamente le palpebre per adattarmi alla luminosità mentre abbraccio con lo sguardo ogni angolo della camera, controllando che sia tutto normale.

Cessato allarme. Fiuu!

Controllo il telefono. Le 4.52 del cazzo. Questa è una delle ore peggiori per essere svegli. So che mancano solo un paio d'ore prima di alzarsi e andare al lavoro, eppure è sin troppo presto per cedere e mettersi in piedi. Probabilmente rimarrò qui sdraiata a pensare e a preoccuparmi finché non dovrò trascinarmi al lavoro come uno zombie.

Ok, devo ammettere che questa Missione dei sette ex comincia a darmi sui nervi. Ne mancano solo due: Carl e Rich. A entrambi sono legate molte emozioni strane e complesse. Per non parlare dei cinque che ho già contattato.

Oh, ma vaffanculo, non ce la faccio più a stare qui sdraiata: una persona può sopportare solo una certa quantità di introspezione del cazzo. Mi alzerò e mi sfinirò girando per l'appartamento. E se qualcuno pensa che sono uno scassinatore e chiama la polizia, tanto meglio. Se sono in prigione, non potrò andare al lavoro come uno zombie, giusto? Quale scusa migliore per prendersi una giornata di libertà?

Ooh, in questa situazione un latte caldo è proprio quello che ci vuole! Voglio dire, tecnicamente più di un cucchiaino di latte mi fa venire la diarrea, ma questo va bene perché, se non altro, svuotando gli organi interni non rimarrò sdraiata a letto a fissare il vuoto, pensando alle tante persone spaventose con cui ho scopato.

Mi tiro su a sedere, ancora avvolta nelle coperte come in un bozzolo. La prossima domanda cruciale è: riuscirò a raggiungere la mia ampia, comoda vestaglia – attualmente appesa alla porta – senza dover abbandonare il piumino? Posso calcolarlo. In fondo, ho preso la sufficienza in matematica all'esame di scuola superiore.

Abbandono il caldo e mi metto a correre, sentendo l'assalto del freddo che mi penetra nelle ossa, nonostante passino pochi secondi prima che torni a riavvolgermi.

La vestaglia me l'ha regalata Idris.

È la cosa più calda e adorabile che abbia mai posseduto. Mi guardo intorno nello spazio fiocamente illuminato della mia camera da letto. Tutto ciò che possiedo ha un qualche tipo di legame o di ricordo associato a un ragazzo? Avvilente. E molto deprimente, come me.

Esco in corridoio a passo strascicato, con grandi sbadigli. Forse mi regalerò una lunga, piacevole seduta al gabinetto nell'ora delle streghe. Quando abiti con altre persone e c'è un solo bagno, non riesci mai a goderti la cacca. Sei sempre in tensione, aspetti un colpo alla porta o ti preoccupi dell'odore che potrebbe persistere in seguito. Una volta Lou ci entrò dopo di me e la sentii borbottare qualcosa a proposito dello sgombro. Un pasto che avevo consumato tre giorni prima.

Quando la macchia informe di un essere umano sbuca dal nulla fuori dalla porta del bagno, per poco non mi metto a urlare.

«Gesù», sibilo, cercando di allontanare ridendo la paura che ancora mi attraversa. «Scusami, chiunque tu sia. Non mi ero resa conto che qualcun altro fosse alzato.» Gli occhi si sforzano di adattarsi al buio dopo la luce della lampada nella mia camera da letto, ma riconosco la caratteristica vestaglia gialla di Bibi. Ha il cappuccio con le orecchie da orso e – se la mia vestaglia non fosse così splendida – sarei molto invidiosa della sua, per quanto è fica.

Bibi non risponde immediatamente e nel mio stomaco torna la paura. Non perché pensi davvero che qualcuno abbia fatto irruzione nel gabinetto vestito da Bibi... piuttosto, non so, per qualcos'altro di indefinito. È come se stesse per succedere qualcosa di grosso. Tutte le campanelle interne stanno suonando. Ho i peli dritti sul collo.

«Beeb?» sussurro con più circospezione e faccio un passo indietro, cercando a tastoni l'interruttore della luce. Inonda il corridoio di luce gialla e sbattiamo entrambe con forza le palpebre.

È Alex.

«Oh!» rido, sollevata, ma il Qualcosa è ancora lì, solletica i recessi del cervello. «Che ci fai qui? Tu e Lou state facendo un pigiama party senza di me? Come osate! Porto sempre le barrette di cioccolata.»

«Mmm», guarda in basso e mi chiedo se non sia sonnambula.

Alle mie spalle una porta si apre e una voce sussurra: «Alex?».

È Bibi. Viene in punta di piedi verso di noi, si ferma all'improvviso e fa rumore quando mi vede.

Per un attimo il suo viso è pervaso dal senso di colpa. Dura solo alcuni secondi prima che venga rimpiazzato da una sorta di autocompiacimento. Come se fosse rassegnata alla sua sorte, qualunque essa sia. Faccio passare lo sguardo tra lei e Alex. Indossano l'una il completo da notte dell'altra.

La mia prima reazione è di mettermi a ridere perché è assurdo! È come se avessi sorpreso Bibi e Alex mentre consumano un rapporto occasionale! Che stupidaggine, ovviamente non è questo il caso.

Ah. Ah. Ah.

Bibi non farebbe mai sesso con Alex! Alex non farebbe mai sesso con Bibi. Non mi farebbero mai una cosa simile. Bibi non andrebbe mai a letto con la mia ex e la mia ex non andrebbe mai a letto con la mia migliore amica!

Poco importa che ci siamo salvate per il rotto della cuffia e ci siamo appena riprese dall'ultima, disastrosa tornata sessuale all'interno della nostra cerchia, sarebbe anche l'idea peggiore del mondo. Rovinerebbe tutto! Sanno che non le perdonerei mai! Inoltre, si detestano!

Ah. Ah. Ah. Com'è buffo e ridicolo che diano proprio, proprio, proprio l'idea di due che si muovono di soppiatto, sorprese durante un appuntamento segreto da innamorate.

Frugo nel cervello alla ricerca di un'altra interpretazione. Cos'altro potrebbe spiegare questa situazione? Perché è impossibile, impossibile, IMPOSSIBILE che stiano facendo sesso.

«Mmm, Esther...» Alex è la prima a parlare e lo fa con un tono molto simile a quello che userebbe con una bambina di cinque anni che si è appena fatta male a un ginocchio. «Senti, mmm...» non finisce la frase e lotto contro l'impulso di rimettermi a ridere.

"Spiegatemi!" vorrei gridare mentre passo lo sguardo tra

loro, piena di aspettative. Datemi una ragione molto plausibile per questa circostanza. Il water si è rotto di nuovo inzuppando il pigiama di Alex, oltre ai due di riserva di Lou? Alex si è messa per errore la vestaglia di Bibi pensando che fosse mia o di Lou e Bibi è qui per esigere che le sia restituita? Oppure sia Alex sia Bibi sono sonnambule e sono tanto confuse quanto lo sono io nei riguardi dell'accaduto?

Perché non dicono niente? Ingoio amaro quando Bibi distoglie lo sguardo. Bibi non distoglie mai lo sguardo. Lei affronta sempre le cose, è sempre sincera – in modo brutale – e ti guarda sempre, sempre dritto negli occhi.

Mi arriva addosso in pieno e trattengo il respiro, incapace di attirare l'ossigeno.

Corro nella stanza di Lou, spalancando la porta. Devo rendermi conto in prima persona che Alex non è stata lì dentro. In parte sono ancora sicura di trovare Lou svenuta sul letto, la tv che continua a trasmettere *30 anni in 1 secondo*, circondata da carte di caramelle.

Invece no. Louise è sola, addormentata nel suo letto. Niente resti di cioccolata, niente.

Apre gli occhi, annebbiati e confusi. «Coss...» forma la domanda a metà e glielo dico.

«Bibi e Alex hanno scopato.» La mia voce è calma mentre Louise batte più velocemente le palpebre, cercando di comprendere le mie parole. Con la mano ancora sulla maniglia della porta di Lou, mi volto verso Alex e Bibi. Sono lì immobili, a una trentina di centimetri di distanza, e da loro si diffonde un senso di vergogna. «Oppure...» mi fermo con educazione, come se stessi facendo due chiacchiere senza importanza con degli sconosciuti dentro un ascensore «...scusate, non dovrei presumerlo, vero? *Scopate*? Avete scopato o *scopate*? È un po' che va avanti questa storia a nostra insaputa?» Aspetto pazientemente, guardando prima una e poi l'altra. Continuano a non incrociare il mio sguardo, ma la risposta è chiara.

«SCOPANO, ecco cosa!» dichiaro e la mia voce non è più né calma né tranquilla. «Hai sentito, Louise? La mia ex e la mia migliore amica SCOPANO. Evidentemente stasera non è la prima volta. Probabilmente sono secoli che mentono e ce lo tengono nascosto!» Prendo brevemente in considerazione Sofia al piano di sopra e Ivan al piano terra. Ma sono troppo arrabbiata per fermarmi. Alzo ancora la voce. «Hanno fatto finta di tollerarsi a malapena, andando a letto per tutto il tempo.» Lancio un'occhiata al viso di Alex. È cerea e inespressiva. «Non ti RICONOSCO più, porca puttana.» Mi accorgo che mi tremano le mani mentre mi sforzo di comprendere l'assenza di una risposta da parte loro.

Non è forse vero? Dopo aver perduto per anni l'amicizia con la migliore amica della mia infanzia – tutto perché ho fatto quella cosa stupida – Bibi ci si infila dentro e rifà la stessa cosa stupida. Senza una parola. Senza pensare a me neanche una merdosissima volta.

«Come avete *potuto*?» ci riprovo, con la voce che vibra. «Mi state dicendo seriamente che sta succedendo questa cosa del cazzo? Che mentireste mettendo tutto a rischio?» Attacco a urlare. «*TUTTO*? FATE SUL SERIO?»

È Alex la prima che cerca di fermarmi. Si fa avanti, allunga una mano verso di me.

«Esther», comincia lentamente, come se non conoscessi il mio nome. «Ti prego, non fare così. Mi dispiace tanto se non te l'abbiamo detto o non te ne abbiamo parlato. Io...»

«Stai lontana da me, cazzo», faccio un passo indietro, le mani alzate per fermarla. Sono arrabbiatissima con Alex, ma è di Bibi che non riesco a capacitarmi. «Allora, non hai niente da dire?» Dirigo verso di lei tutta la mia ira e scuote la testa. «Non hai nemmeno intenzione di chiedermi scusa o dirmi che hai commesso un errore e non lo rifarai?» Grido di nuovo, ma resta impassibile. «Bibi! Ti scopi la mia ex, rovini la mia amicizia, rovini la *nostra* amicizia e non te ne frega un cazzo!» Vorrei dirle – dire a entrambe – di andarsene fuori da questa casa. Ma è anche casa di Bibi.

Benissimo, allora, me ne andrò io!

Ma non ho nessun posto *dove* andare. Nessun boyfriend né partner né marito che mi salvi da questa orribile, orribile situazione.

«Non ci posso credere», dico, la voce un po' più bassa,

ma non meno irata. «È incredibile. Siete due bugiarde. Che razza di tradimento del cazzo.» In un punto situato oltre la rabbia, trasalisco di fronte alle mie parole, ma non basta a fermarmi. «Adesso vado nella mia stanza, ma sappiate che non voglio avere niente a che fare con nessuna delle due. Niente, finché non mi assicurate che questa storia è finita. E forse nemmeno allora! È incredibile che mi stiate facendo questo. È disgustoso. Siete il peggio del peggio.» Sputo le parole in direzione di Bibi prima di girare sui tacchi. Percorro il corridoio a passo pesante, sbatto dietro di me la porta della camera da letto e la chiudo a chiave, prima di crollare sul letto. Sento le lacrime iniziare immediatamente a fluire lungo il viso e nel cuscino come se non dovessero mai smettere.

Alla faccia del sonno.

29.

Mi ero persuasa che nessuno avrebbe bussato alla porta, perciò quando qualcuno bussa, mi dimentico della decisione presa.

«Sì?» dico a gran voce con una sorta di cantilena. Bleah. Idiota, sono passate solo dodici ore dall'arrabbiatura, dovrei avere un tono furente. «Cosa c'è?» aggiungo seccamente.

«Posso entrare?» È Bibi, è ovvio che sia Bibi, e la sua voce mi fa venire un brivido di infelicità. A quella voce stridula sono associati tanti momenti importanti, bellissimi. E li ha rovinati tutti.

«No, va' al diavolo», grido bruscamente, sapendo che la userò come ulteriore, utile argomentazione se se ne andrà davvero al diavolo.

«Fammi entrare», non sembra infastidita, il che è fastidioso. Voglio litigare con lei.

«Perché?» Mi sto comportando da zotica, ma non me ne importa.

«Voglio parlare con te», dice con lo stesso tono di perenne pazienza. Sospiro, in attesa. Dopo un momento, aggiunge: «Non vado da nessuna parte, perciò puoi anche farmi entrare».

Con un altro sospiro inferocito, attraverso la stanza a passi pesanti e apro la serratura con uno scatto.

«Che cosa c'è?» chiedo di nuovo, spalancando la porta per farla entrare.

Ha l'aria di non aver dormito molto. Ma probabilmente c'entra più la nottata di sesso con la mia ex di qualsiasi senso di colpa possa provare. Per un attimo non dice nulla, si limita a guardarmi dalla testa ai piedi. La cosa mi irrita ancora di più perché non so se le voglio apparire normale, in modo che non abbia la soddisfazione di sapere che mi ha ferito, o se invece voglio avere un aspetto orribile perché si senta in colpa. Sempre che sia capace di un'emozione simile.

«Non sei andata al lavoro», dice freddamente. L'osservazione è esasperante e alzo gli occhi al cielo.

«Mi sono data malata», rispondo con impazienza e mi sento di nuovo in colpa per la mia assistente, di cui sto approfittando. L'ennesimo giorno di progetti su cui dovrà impegnarsi a fondo da sola. «Ho scoperto che due delle mie migliori amiche mi hanno mentito e immagino di non essere riuscita a dormire tanto bene.»

Aspetto che Bibi aggiunga qualcos'altro, ma non parla. «Allora?» sbotto. «Che cosa vuoi dirmi? Hai intenzione di dirmi che Alex è la Persona giusta, che vi amaaaaaate e non avete potuto resistere alla tentazione di tradirmi? E che trovare l'anima gemella è così importante da farvi mentire da...» faccio una pausa «...da quanto tempo? Da quanto dura, Bibi?»

Mi considera attentamente, soppesa le cose prima di rispondere. «Un mese. Cinque settimane, forse.»

«Cinque settimane?» Sono sbigottita. Pensavo avrebbe detto un paio di settimane, al massimo. Cinque settimane sono troppe, sono anche troppe bugie. In cinque settimane ho visto moltissime volte tutte e due. Vedo Bibi tutti i giorni, Alex almeno un paio di volte a settimana. Quanto fa in termini di bugie collettive? O di menzogne per omissione, se voglio essere estremamente generosa? Cosa che non sono.

Mi si serra il petto. *Non* piangerò di fronte a questa stronza traditrice, disonesta.

Oh mio Dio, Alex ha usato me e la mia amicizia solo per avere un incontro sessuale con Bibi? Quanta parte degli ultimi due mesi trascorsi come amiche che si erano ritrovate è stata una menzogna? Tutta l'intimità che provavo con lei era simulata?

«So che ti abbiamo ferito», dice lentamente e il *noi* è la

cosa che fa più male. Adesso sono una squadra; una coppia. Sono coinvolte insieme. Si sono consolate a vicenda e hanno esaminato la mia reazione giudicandola pessima. Si sono convinte di non aver fatto niente di male e pensano che io mi stia comportando da stronza. Si sono coccolate per ore e hanno parlato di come affrontare questa situazione. L'una aveva l'altra. L'una ha scelto l'altra, non me.

Il tutto mentre stavo qui seduta a piangere tutte le mie lacrime da sola, chiedendomi cosa fare.

«Allora cos'erano tutte quelle stronzate in cui sostenevi di essere super felice nella tua condizione di single?» sputo fuori con il desiderio di ferirla. «È ovvio che non lo fossi! Mi hai fatto credere di essere una perdente ridotta alla disperazione, che inseguiva la propria missione per conoscere qualcuno. Mi hai guardato dall'alto in basso e ti sei comportata come se fossi patetica, e nel frattempo anche tu inseguivi qualcosa! Te la sei fatta con la prima donna che è entrata dal portone!»

«Non erano stronzate!» le lampeggiano gli occhi. «Non ti azzardare a dirlo! Sono stata molto felice, è stato fantastico essere single.» Sospira. «Non mi sarei mai aspettata di incontrare una persona come Alex. Sinceramente, mi ha impressionato dal momento in cui l'ho conosciuta.»

Scuoto la testa di fronte a quelle parole vuote. «E per te un po' di *lussuria* è più importante del tradimento nei miei confronti?»

Abbassa lo sguardo e una minuscola parte della mia ira cede il posto alla tristezza.

Non piangere. Non adesso, non ancora, non di nuovo. Non riuscirà a vedermi andare a pezzi.

«Sai quello che hai fatto», dico ora a bassa voce. «Hai scelto di andare a letto con una donna che non è soltanto la mia ex, ma una persona che ho perduto per *anni*! L'ho perduta per colpa di una situazione come questa e tu hai scelto di fregartene e rifarlo con noncuranza. A lungo andare metterai fine a questa relazione e la perderò di nuovo. Oppure perderò te. Entrambe, probabilmente.»

È distrutta e affranta, ma non dice nulla.

La sua reazione mi fa di nuovo arrabbiare. «Non riesci neppure a pronunciare delle fottutissime scuse, vero?» Sento le lacrime che sgorgano mio malgrado. «Sparisci dalla mia vista, cazzo, ok, Bibi? Vattene, non voglio più parlare con te. Mai. Anzi, ti sarei grata se trovassi un altro posto dove stare per un po' mentre io cerco un altro appartamento in cui andare ad abitare.» Vado alla porta e la tengo aperta per lei. «Sono sicura che Alex sarà felicissima di farti stare con lei per un certo periodo. In questo modo non dovrete muovervi di soppiatto e mentire. Poveracce, deve essere stato tanto difficile mentire a tutti per tutto questo tempo.» La mia voce trasuda sarcasmo.

Sembra che Bibi stia per dire qualcosa, invece annuisce ed esce. Sbatto la porta dietro di lei con tutta la forza possibile. Il mio gesto fa esplodere Ivan al piano terra e sono riconoscente per quel rumore di copertura perché le lacrime, quando finalmente arrivano, sono sonore e imbarazzanti.

Passa mezz'ora prima che smetta di piangere e, quando finisco, allungo istintivamente una mano verso il telefono. Mi serve una distrazione. Qualunque distrazione andrà bene. E ne trovo una.

Apro Google e digito: «Chef Carl Hurst».

Ex n. 2: Carl Hurst
altrimenti detto l'Errore sul posto di lavoro
Parte prima

Ristorante A'Diva
Il parcheggio
10.35

«Lou», sibilo nel telefono. «Mi devi aiutare, le ho provate tutte.»

Qualcuno mi passa accanto, gettando uno sguardo incuriosito verso di me, che sono così vicina alla mia auto.

«Ehi», gli faccio cenno con la massima nonchalance possibile. Mi risponde con un cenno impacciato, poi si allontana a passo un po' più veloce.

«Cosa c'è che non va?» domanda Lou all'altro capo della linea. Ha un tono preoccupato.

«Dove sei? Puoi venire a Londra ovest? Tipo, adesso? Immediatamente? In quanto tempo puoi arrivare qui?»

Sento quasi il suo sconcerto. «Cosa? Di cosa stai parlando?» In realtà, sembra mezza addormentata. Maledetti attori. Se n'è già andata metà della giornata.

Oh fantastico: come se non bastasse, adesso sembro mio padre.

«Senti, ho preso in prestito la macchina della mamma per il colloquio di oggi...» comincio.

«Perché?» mi interrompe e replico con impazienza.

«Pensavo che mi avrebbe fatto sembrare più professionale! Più assumibile, capito? Più simile a una persona adulta.»

«Oh merda», si rende conto Lou all'improvviso. «Questa mattina avevi il secondo colloquio per quel ristorante di lusso, A'Diva, giusto? Com'è andata?»

«Non è *andata*», sibilo, dando un'occhiata al problema. «Sono intrappolata e in ritardo.» Non replica, perciò proseguo febbrilmente. «Ho comprato una gonna a tubino perché la modella della pubblicità sembrava così incisiva e disinvolta, e volevo impressionare Carl Hurst.» Faccio una pausa perché lo *sapevo* che Lou non stava ascoltando quando le ho parlato di Carl Hurst. «Il capocuoco?» dico nel suo silenzio, cercando di tenere il fastidio lontano dalla voce. «È un cazzo di affare enorme nel mondo della ristorazione, Louise, e voglio lavorare per lui da quando ho cominciato a cucinare. Doveva essere la mia occasione! Volevo sembrare una donna sexy, capace, ma con questa gonna a tubino del cazzo sembra di avere un busto ortopedico intorno alle gambe. Pensavo che il difficile fosse *entrare* in macchina, ma uscire è stato come dimenarsi in un percorso a ostacoli andando all'indietro», sospiro profondamente. «In sostanza, sono caduta dalla portiera e col mio movimento ho scagliato le chiavi dall'altro lato del parcheggio, la portiera ha sbattuto e si è chiusa dietro di me, sul retro della gonna.» La voce sale di un'ottava. «Cazzo Lou sono intrappolata! Sono attaccata alla macchina! Ho cercato di tirar fuori la gonna ma è bloccata. Anzi, credo che la cerniera sia dentro lo sportello e questo significa che l'unico modo di uscirne è strappare tutto il retro della gonna. Non riesco nemmeno ad arrivarci del tutto perché è troppo stretta e non c'è una possibilità al mondo che io riesca ad arrivare alle chiavi. Sono intrappolata. E il mio colloquio doveva cominciare cinque minuti fa!»

Al telefono Lou fa un rumore che, ci giurerei, è un tentativo per non ridere, salvo che questo farebbe di lei una grandissima stronza, perciò non può essere.

«Lou?» il mio tono è disperato. «Mi puoi aiutare? Puoi venire?»

Dopo altri rumori sulla linea, finalmente risponde. «Non puoi semplicemente chiedere a qualcuno di passaggio di consegnarti le chiavi?» chiede infine con la voce strozzata.

«Sono troppo imbarazzata!» gemo. «E, comunque, in quindici minuti è passata solo una persona. È così mortificante!» Mi copro il viso, cercando di portare la mano sul retro della gonna per dare un altro strattone. Perché non faccio più spesso yoga? Sono sicura che se facessi yoga, ci sarei arrivata perfettamente. «Era la mia grande occasione, Lou!»

le dico di nuovo, pigolando tra le mani. «Stavo finalmente per ottenere un vero lavoro da chef! Basta cuocere la pasta per persone che non riescono a entrare nella Bella Italia da dietro l'angolo. Avevo la possibilità di lavorare in un *vero* ristorante. La settimana scorsa ho superato brillantemente il test ai fornelli, si sono innamorati di me! Questo incontro avrebbe dovuto essere solo una formalità per conoscere *Carl Hurst.*» Sospiro. «Avrei potuto lavorare per Carl Hurst, Louise! Ma adesso l'ho sprecata.» Serro gli occhi dietro le dita.

«Esther Adams?» una voce trafigge i miei gemiti e mi immobilizzo.

Merda.

Lentamente – davvero molto lentamente – apro gli occhi e scopro il viso. Louise mi sta domandando nell'orecchio se mi sento bene e cosa sta succedendo. La ignoro, metto fine alla chiamata e getto il telefono nella borsa. Oh mio Dio.

«Mr. Hurst» dico, con una voce irriconoscibile, abbracciando con lo sguardo l'uomo che ho studiato su pagine e pagine dei risultati di Google Immagini. Il rinomato chef che ogni settimana mi ha strizzato l'occhio dalle pagine dedicate alla cucina della mia rivista preferita. Il mio idolo, l'uomo di cui si vocifera sia in trattative per condurre un proprio show su ITV2. L'uomo che dieci minuti fa avrei dovuto incontrare all'interno del ristorante per un colloquio di lavoro.

Se non fossi attaccata all'auto della mamma.

E, oh mio Dio, è il tizio più attraente che abbia mai visto.

«Avevamo...» Non finisce la frase, sorridendo con magnanimità. «Avevamo in programma di incontrarci nel parcheggio per il nostro colloquio? Un membro del personale ha detto che secondo lui la candidata che stavo aspettando poteva essere la donna appoggiata alla propria auto. Ho pensato che fosse meglio indagare.» Gli affiora alle labbra un sorriso. «Voleva parlare qui fuori?»

Dire o non dire?

«Mmm», tergiverso, cercando di apparire distaccata, inchiodata come sono all'auto della mamma. «Be', mmm, pensavo che...» gli occhi sfrecciano da una parte all'altra «...visto che qui fuori il tempo è così bello, avremmo potuto conversare all'esterno.» Comincia a piovere. «Perché no, eh?» Tossisco appena, mentre fredde gocce bagnate mi colpiscono il viso. «Mmm, dopo tutto, noi cuochi siamo, ehm, siamo ingabbiati all'interno di una cucina ogni giorno per tutto il giorno, giusto? Approfittiamo di questo tempo mite.» Da qualche parte, ad alcuni chilometri di distanza, comincia a rombare un tuono.

Carl Hurst mi guarda in modo austero e ingoio amaro, il sudore mi ricopre la fronte. Per fortuna, comincia a piovere così forte che è improbabile se ne accorga.

È incredibilmente sexy, come posso dire, *incredibilmente.* Più vecchio di me di forse quindici anni, ma le rughe agli occhi e alla bocca non fanno altro che accrescere il suo sex appeal. È così pieno di talento, così perspicace. Non so se voglio imparare da lui o scoparlo.

Idealmente tutte e due le cose.

«Ok Esther Adams», dice infine, con la bocca che si storce sugli angoli, gli occhi che danzano. «Il mio sous chef ha detto che sai cucinare e ci serve urgentemente qualcuno.» Fa una pausa e mi guarda dalla testa ai piedi nella pioggia che ora scende a catinelle. «E direi che mi dai una bella sensazione.» Mi ardono le viscere per la felicità e la libidine mentre aggiunge: «Il lavoro è tuo».

«Oh mio Dio, *grazie*!» grido senza più curarmi della gonna o della pioggia che mi scorre sul viso. «Le assicuro che non si pentirà mr. Hurst, lo giuro. Lavorerò sodo, vedrà. Farò qualunque cosa per lei.»

Torna a sorridere e inghiottisco un enorme grumo di desiderio.

«Per favore, Esther, chiamami Carl», dice con voce profonda. «Oh, vuoi che ti consegni le chiavi della macchina così puoi tirare fuori la gonna dalla portiera?»

30.

Google: "Chef Carl Hurst"

Tutti Notizie Immagini Maps Shopping Altro

Circa 3.270.00 risultati (0,56 secondi)

Risultati per chef Carl Hurst

DailyIndependent.co.uk

Famoso chef perde lavoro di prestigio da A'Diva
Vi riveliamo in esclusiva che lo chef televisivo Carl Hurst ha abbandonato il suo lavoro esclusivo come capocuoco di A'Diva, il locale alla moda delle celebrità di Londra ovest. Benché non vi siano dichiarazioni ufficiali sulle motivazioni del suo allontanamento, i ben informati sostengono… leggi di più…

Due mesi fa…

Con il cuore che batte forte, clicco sul link in cima alla lista e studio l'immagine che l'accompagna. Carl ha un'aria da vecchio. Sono passati otto anni dall'ultima volta che l'ho visto e adesso dovrebbe averne quarantacinque, credo, ma esaminandolo ora, mi chiedo se ai tempi non abbia mentito sulla sua età. Sembra molto più vicino ai cinquantacinque. Ma forse la vita in cucina ha esaurito tutto il suo collagene.

Leggo tutta la notizia, fermandomi diverse volte per ricordarmi di respirare.

L'articolo è vago sui particolari, e le "fonti" riferiscono che Carl «ha lasciato prima che lo obbligassero». Sono inclusi diversi aneddoti a proposito del suo bullismo nelle cucine. Un ex protégé, di cui si tace il nome, racconta di essere stato lanciato su un piano di lavoro e un altro racconta gli scatti d'ira tempestosi ed esplosivi di Carl, durante i quali imprecava a profusione contro lo staff.

È incriminante eppure… poco chiaro? Perché tutti sapevano già queste cose su Carl Hurst. Era stato il suo pezzo forte per gli otto anni passati da A'Diva e per un tempo anche più lungo nel ristorante di prima. Essere abietto e intrattabile dimostra soltanto che sei un genio, non è forse così? Per lo meno, se sei un uomo. Quando ruppe un braccio a un sous chef, il clamore che ne seguì gli assicurò quella rubrica settimanale su una rivista di gossip e uno spot alla televisione del mattino. Inoltre, ehm, aggredire le persone? Imprecare contro di loro? È così che Gordon Ramsay è diventato multimilionario, non c'è da dubitarne.

Ci deve essere dell'altro. Lo sento.

Mi rotolo sul letto, torno a cliccare i risultati della ricerca e leggo il link successivo. Devo saperne di più.

31.

C'è qualcosa di stranamente confortante nell'essere così disgustosa.

E quando dico disgustosa, non lo dico per modestia. Ciò che intendo è che adesso è domenica e non mi faccio la doccia da giovedì mattina. E persino allora è stata una doccia piuttosto frettolosa, mentre mi ripromettevo di dare un'innaffiata più formale in seguito. Ma in seguito è stato quando... lo sapete, quando le mie migliori amiche mi hanno tradito, porca puttana. Come che sia, la sciacquata di giovedì non aveva lo scopo di tenermi pulita a lungo, mentre affrontavo un'"emergenza amiche".

Ma, come ho detto, in un certo senso è piacevole. C'è qualcosa di un tantino familiare e sicuro nel marcire nel mio fetore. Nel mettere alla prova i miei limiti in fatto di salute e incolumità. Nell'armonizzare un esterno e un interno ugualmente orribili. Essere puzzolenti sembra appropriato.

Alzo velocemente il piumino per prendere il telecomando e mi arriva in pieno la zaffata del mio tanfo. Faccio una smorfia. All'improvviso mi vengono in mente tutti gli altri giorni della mia vita che ho passato in queste condizioni, sporca e incurante. Tutti quei giorni e quelle settimane collegate a un ragazzo. Dopo ogni separazione da ciascuno di quei sette ex sull'albero delle teste di cazzo, mi sono comportata così. Giacevo nel mio sudiciume, autocommiserandomi, mangiando gallette di riso stantie estratte dal fondo del comodino e ignorando la mia triste, penosa vita. Ne vale davvero la pena? L'*amore* vale davvero la pena?

E, stranamente, questa situazione con Bibi dà una sensazione addirittura peggiore di una separazione. Perché mai?

Cerco di raffigurarmi il mondo esterno, che continua a esistere senza di me. Con le tende chiuse, è difficile da immaginare. Sembra più appropriato pensare che tutto si sia fermato per solidarietà. Probabilmente il primo ministro ha decretato che quella schifezza della mia vita sia degna di una pausa mondiale. Tutti i britannici sono andati a casa a nascondersi sotto le coperte, sentendosi tristi per me e per la mia situazione. Là fuori c'è solo una nazione a letto, che non si è lavata, che ignora chiamate e e-mail. Una nazione che poltrisce, concentrando tutta la sua capacità di immedesimazione su di me e sulla mia vita di merda.

Salvo che non ho ignorato completamente il mondo.

Ho cercato ossessivamente Carl su Google e ho pensato ossessivamente a lui. Devo sapere che cosa è successo da A'Diva.

Forse, come me, ne ha avuto abbastanza degli orari e delle condizioni lavorative? Forse ha litigato con Hugo, il proprietario? Forse era solo stufo di non dormire mai e di puzzare sempre di cucina?

Ho bisogno di vederlo, o di parlargli. Ho bisogno di risposte. Ma non posso inviargli semplicemente un messaggio, giusto? Non posso chiamarlo e dire: «Oh, ehi Carl, come va? Come hai passato gli ultimi otto anni? Ho sentito dire che al ristorante ti hanno silurato!».

Durante i sette mesi della nostra relazione sono andata a casa sua soltanto una volta, una volta sola. Non so se abiti ancora lì, ma potrei cercare di scoprirlo. Come reagirebbe nel vedermi dopo tutto questo tempo? Come si sentirebbe? E se non mi riconoscesse neppure?

Non ho abbastanza coraggio per farlo da sola. Non senza i miei rinforzi. Non senza Bibi, Louise e Alex. Ho la sensazione di non avere nessuno.

Sono sempre stata piuttosto brava a distrarmi dalle emozioni negative. Capite, quando nella vostra vita c'è qualcosa di brutto, non bisogna far altro che concentrare tutta la vostra energia su qualcos'altro o qualcun altro e non pensare mai alla cosa brutta. È facile!

Solo che, questa volta, non riesco a non pensare almeno un po' alla mia triste situazione.

Continuo a vedere brevi sequenze in cui Bibi e Alex sono raggomitolate nel letto a casa di Alex. Ridono insieme alle mie spalle. Trovano godimento nelle loro bugie. Si baciano, fanno sesso, infischiandosene di quello che mi hanno fatto. Nel più cupo di questi momenti – pur sapendo che non lo farebbero mai – me le raffiguro mentre sussurrano i miei segreti, confrontano le mie mosse, analizzano il mio corpo nudo. Abbasso di nuovo le coperte, ignorando il puzzo, e mi guardo. Il mio corpo è grottesco e informe nel pigiama largo e spaiato. Mi sento brutta e respinta. In questo momento sono un mostro. Un mostro di cui Bibi e Alex stanno ridendo nel loro bozzolo d'amore.

Sono spazzata da un'onda enorme di nausea da gallette di riso e tento di afferrare una delle cinquanta tazze di caffè vuote accanto al letto. Ho dei conati di vomito, ma non viene su niente, perciò continuo a guardare indecisa la tazza. Ne studio il fondo macchiato di vortici marroni e ascolto i rumori della palazzina. Sento Lou che si muove per casa, fa tintinnare i piatti in cucina, ma è sola. In base alle mie deduzioni, da quando abbiamo litigato Bibi se n'è andata. Louise ha bussato alcune volte e in un caso l'ho vista mentre andavo al gabinetto, ma non avevo ancora voglia di parlare. Non di quello che ho perduto.

Ma, volete sapere una cosa? Forse io e Bibi non eravamo comunque grandi amiche.

Insomma, non è nemmeno una persona molto gradevole. Dopo tutto, sa essere così fredda e meschina. È così sgarbata con la gente, per esempio con il suo capo, Franco, che è una persona rispettabile, dolce e riservata. È crudele con lui senza motivo. Non so perché non avevo pensato molto a questo aspetto. È una stronza! Non ho bisogno di quella negatività tossica e di quella cattiveria nella mia vita. Ed è evidentemente una bugiarda sleale, adesso sappiamo anche questo. A dire il vero, adesso che ci penso, è *sempre* stata reticente e ambigua. So che scherziamo quando vogliamo conoscere il suo vero nome, ma perché non ce l'ha mai detto? Io e Lou le raccontiamo tutto e a lei piace avere, ecco, un potere su di noi tenendoci all'oscuro della sua vita. È una cosa patetica. Con lei ho chiuso, chiuso definitivamente. Persino se superassimo tutta questa storia di merda con Alex, non penso che potremmo mai più essere compagne intime. Bibi è un guaio nella mia vita e metterò ordine con il sistema di Marie Kondo.

Non ho bisogno né di Bibi né di Alex. E so cosa farò a proposito di Carl.

Andrò da A'Diva.

Ex n. 2: Carl Hurst
altrimenti detto l'Errore sul posto di lavoro
Parte seconda

Ristorante A'Diva
Il magazzino
13.12

«Manca una consegna di cipolle», grido dall'interno del magazzino. Nessuno risponde. Scommetto che gli stronzi se ne sono andati tutti a casa e per l'ennesima volta sono rimasta bloccata con l'inventario.

Mi prendo un momento per rannicchiarmi su uno scaffale pieno di patate e chiudo gli occhi. Sono completamente sfinita; completamente svuotata. Sono qui dalle otto e dovrò tornare tra sette ore, per rifare tutto daccapo. Non ho mai lavorato tanto in vita mia.

Ma ne vale la pena. Le cose che sto imparando, la varietà dei piatti, la gioia di preparare pasti di alta qualità… ne vale davvero la pena.

E, non posso mentire, ne vale la pena anche perché c'è lui.

Ho avvertito i suoi occhi su di me per tutta la sera. Mi osserva dall'altra parte della cucina mentre mi sposto da un piatto all'altro. *So* che intuisce. Lo so dai sorrisi abbozzati, segreti, che ci siamo scambiati, dai momenti di intenso contatto visivo. È quasi insopportabile. Sono settimane che monta e so che sta per scoppiare qualcosa.

Naturalmente so che è un'idea spaventosa e che non dovrei assolutamente farlo. Un rapporto sessuale con il mio capo? Con il mio eroe? È tutta un'idea spaventosa, spaventosa, spaventosa, e non lo farò assolutamente.

Nemmeno se mi implora.

Ok, forse se mi implora.

Magari sarò io a implorarlo?

Tutte le mie amiche dicono che non dovrei farlo. Shelley sostiene che sarò licenziata, Lou pensa che mi farò del male. Ma a questo punto mi addosserei volentieri entrambe le cose per una sola notte con Carl.

Mi metto la testa tra le mani e mi inabisso ulteriormente, più profondamente nel mio sogno a occhi aperti. Immagino che ci baciamo, ci tocchiamo, scopiamo. Carl che mi sposta di qua e di là e mi gira come se fossi una bambolina. Lui dentro di me e noi che finiamo in una grandinata di sudici, disordinati liquidi corporei.

«Ciao.» Faccio un salto a quel suono, apro gli occhi nel sentire la voce di Carl. Mi sento incredibilmente colpevole, come se l'avessi usato nelle mie fantasie senza chiedergli il permesso. Saprebbe dire a cosa stavo pensando? So che non può, che stupidaggine. Ma dal modo in cui mi guarda, giurerei che lo sa. Rido nervosamente, abbraccio con lo sguardo il suo profilo nell'accesso fiocamente illuminato.

«Mi arrivi sempre addosso di soppiatto quando ho gli occhi chiusi», faccio notare, felice che la semioscurità nasconda il rossore del viso.

Sorride. «Be', tieni molto spesso gli occhi chiusi.»

Oddio, sinceramente non lo so se riesco a sostenere la tensione che c'è tra noi. Mi sembra di morire.

Deglutisco a fatica, distogliendo lo sguardo. «Se ne sono andati tutti?» domando con un sussurro rauco mentre lui fa un passo verso di me.

«Sì», la sua voce è profonda e piena di qualcosa. «Siamo rimasti solo io e te. Solo noi, piccola Esther Adams. Noi due soli nel magazzino, al buio.»

Non resisto alla tentazione di alzare di nuovo lo sguardo su di lui. Ci fissiamo per dieci secondi buoni, l'energia che crepita tra noi nel silenzio buio.

È troppo. Esploderò se non lo bacio. Non posso più resistergli.

Mi slancio in avanti, lo afferro per il colletto della giacca da cuoco e lo attiro verso di me. Le sue labbra sono sulle mie, ci baciamo con frenesia, le mani dappertutto. I vestiti se ne vanno in tutte le direzioni e noto appena il tonfo delle patate che rotolano giù dallo scaffale accanto a me. Mi toglie con destrezza la biancheria intima, mi solleva afferrandomi il culo e mi mette sopra di sé. Gli avvolgo le gambe intorno alla vita e lo sento premere contro di me.

«Oh mio Dio, sei così sexy, cazzo», la voce è bassa e insistente. «Come si fa a non farsi sedurre da quegli occhi? Mi hai sedotto dall'altra parte della cucina, troia sexy del cazzo.»

Troia? Ok, no... no, va bene. Questo è... è *sexy*. *Voglio* essere la sua troia.

«Sei un fottutissimo, sexy...» Non riesco a farmi venire in mente l'equivalente maschile di troia. Cazzone? Stronzo? Non so se sia il caso di dirlo al mio capo. Ci provo: «Mmm, sei un fottutissimo sexy... chef». Per fortuna sta ansando così forte che non se ne accorge.

Quando porta a termine dentro di me – cosa che mi va benissimo perché posso procurarmi la pillola del giorno dopo nella farmacia aperta ventiquattro ore vicino al mio appartamento – mi dà della puttana rischiarando qualcosa dentro di me. Non mi sono mai sentita così eccitata o così usata. E so in ogni centimetro di me stessa che ne voglio ancora.

32.

«Sei nella vasca?» È la dolce voce di Lou che arriva smorzata dalla porta. «Posso entrare?»

Mi esamino, sposto strategicamente grosse bolle sui capezzoli e sul cespuglio.

«Ok», ribatto, un po' fiacca. Finalmente mi sto lavando come si deve, in preparazione della visita che farò in mattinata al mio vecchio posto di lavoro. In realtà, non sono gran che dell'umore giusto per una Conversazione Importante.

«Volevo soltanto controllare come stavi.» Entra in pigiama e con un'espressione preoccupata sul viso. Mi fa sentire peggio; trattata con condiscendenza e con la sensazione di essere sola in questa situazione. «Va tutto bene, Esther la difficile?»

Deglutisco. «Certo», le rispondo con disinvoltura, spostando altre bolle nell'acqua. «E tu?»

Si siede sull'orlo della vasca e si sfrega gli occhi, un po' assonnata.

«Lou», dico, ammorbidendomi. «Non dobbiamo farlo adesso. Va' a letto, è ovvio che sei esausta.»

«No, no», sbadiglia. «Sto bene. Parla con me. Come stai?»

«Benissimo», dico come un robot. «Domani, mmm, andrò a trovare Carl. L'Errore sul posto di lavoro, capito? Andrò da A'Diva, il ristorante dove abbiamo lavorato insieme quando avevo ventun anni. Quando lui era il mio capocuoco e io un'umile apprendista!» Non colmo le lacune; non le dico che non lavora più lì. Che se n'è andato sotto una nube misteriosa. «Oh, in più Alistair continua a mandarmi un mucchio di messaggi, perciò non sembra così preso da quella fidanzata.» Sorrido con tutta l'allegria che riesco a simulare. È dubbiosa, perciò mi sbrigo ad aggiungere: «Va tutto benissimo. Finalmente ho delle possibilità di scelta. Erano anni che non le avevo!». Lo dico a voce squillante e Lou abbozza un sorriso.

«Che bello», sussurra con gentilezza. «Immagino... voglio dire sì, fantastico, molto bene.» Fa una pausa e aspetto. Aspettiamo entrambe in silenzio.

Interrompo il silenzio per prima.

«Hai saputo qualcosa da lei?» Non ha senso fingere che non sappia di chi parlo, ma si prende un secondo per rispondere, schiarendosi la gola.

«Qualcosa», annuisce impacciata. «Non tanto, a essere sincera. Penso che non voglia darti la sensazione che prendo le parti di una delle due.»

Alzo lo sguardo per poter osservare nitidamente il suo viso. «Prendi le parti di una delle due?»

«Naturalmente no!» È inorridita.

Fanculo. Speravo davvero che prendesse le parti di una delle due e che – ovviamente – prendesse le mie.

«Lei, ehm...» Lou ha un leggero colpo di tosse «...ha un'offerta di lavoro!»

«Ah, benissimo.» Non so come reagire a questa notizia. So che Bibi è da secoli alla ricerca di un lavoro, ma l'unica volta che non tifo per lei, comincia a funzionare. Riesce a fregarmi, a rubarmi la mia più vecchia amica, a mettere a rischio qualcosa per cui mi sono amareggiata per anni... riesce addirittura ad avere una relazione, cosa che inseguo da mesi con un'intensa *missione* del cazzo. E adesso, come se non bastasse, ha trovato un nuovo lavoro entusiasmante. Vecchia, cara Bibi, che casca sempre in piedi. «Bene...» aggiungo invidiosa «...buon per lei, immagino. Non è forse lei la fortunata?»

Louise è a disagio e ripiombiamo nel silenzio. Vorrei che se ne andasse. Vorrei che mi lasciasse in pace. So che sta cercando di essere gentile, ma non è il tipo di gentilezza di cui ho bisogno adesso. Ho bisogno della gentilezza incondizionata di chi concorda con me sul fatto che in questa storia ho ragione al mille per cento. Il tipo di gentilezza di chi prende fino in fondo le mie parti e mi dice che Bibi è una grandissima stronza. Ho bisogno di un'amica che ne dica peste e corna e dissezioni insieme a me la sua personalità. Che faccia notare l'indifferenza e la villania di Bibi a cui finora non avevo dato molto peso.

Prendo una salvietta e me la metto sul viso. In parte perché Lou colga il segnale e se ne vada, in parte perché voglio bloccare delle eventuali lacrime.

Ignora il segnale.

«Oh, a proposito», ricomincia piuttosto allegra, cambiando tattica. «Penso ancora che il prozio Merlin mi stia perseguitando. Poco fa sono caduta sulla scena durante un'audizione e giuro che sono state delle mani spettrali a darmi una spintarella!»

Non credo di avere l'energia per affrontare il senso di colpa fuori posto di Louise o di qualunque cosa si tratti.

«Oh accidenti», mormoro da sotto la salvietta. Ha proprio un odoraccio. Qualcuno deve averla lasciata bagnata e appallottolata, puzza di umido. Ma se la tolgo adesso, Lou penserà che sono disposta a parlare di quelle stronzate. Però devo essere educata. «Quindi, pensi di non aver ottenuto la parte?»

Sento che scuote la testa e cala di nuovo il silenzio.

«Vorrei che parlassi con Bibi», dice infine, a bassa voce. La frase rimane sospesa nell'aria per un minuto, raffreddando l'acqua nella vasca. Sotto la salvietta, lotto contro ogni genere di emozione, ma non dico nulla.

Dopo un paio di minuti, sento che Lou si alza lasciando silenziosamente il bagno e, uscendo, chiude con delicatezza la porta.

Serro gli occhi e sprofondo sott'acqua. La salvietta si allontana galleggiando e l'acqua mi rende sorda. Tutto è nero e silenzioso.

Vedete come è facile chiudere fuori il mondo?

Ex n. 2: Carl Hurst
altrimenti detto l'Errore sul posto di lavoro
Parte terza

Ristorante A'Diva
Il piano di lavoro della cucina
23.12

«È tutta la sera che aspetto di trovarti da sola», mi ringhia nell'orecchio e sento uno spasimo nelle viscere, ma non è una bella sensazione. Afferrandomi per la vita, mi fa girare con una rapida mossa fino a mettermi di fronte a sé, come se non avessi peso. Di solito queste mosse mi facevano sentire desiderata e sexy, adesso... sento qualcos'altro.

«Forse non dovremmo...» comincio, pensando all'altra donna che poco prima gli ho visto tenere stretta fuori dal ristorante. Ma mi sta già baciando il collo e pare una villania costringerlo a smettere.

La verità è che stasera ho cercato di evitarlo. Ultimamente c'è qualcosa al margine del nostro rapporto. Mi sento sempre più... non vorrei dire *usata*, ma, be', sì, usata. È più difficile ignorare le chiacchiere che circolano su di noi in cucina e il sospetto e la commiserazione con cui tutti mi guardano. Sta diventando più difficile non pensare al fatto che evidentemente Carl ha altre donne nella sua vita. Ho persino sentito bisbigliare tra l'imbarazzo che ha qualcuno a casa. Cosa che spiegherebbe perché mi ha permesso di andare a trovarlo una volta sola. Ma non posso chiederglielo, giusto? E comunque sia, non è facile evitare l'uomo con cui vai a letto quando quell'uomo è il tuo capo.

Stasera il ristorante era affollato e speravo di svignarmela dopo la chiusura, ma Carl mi ha ordinato ad alta voce di rimanere per aiutarlo a pulire i frigoriferi. Ho visto in che modo si guardavano i colleghi mentre uscivano in fila. Persino il mio amico Paul nel salutarmi non mi ha guardato.

«Mettiti in ginocchio», mi ordina adesso, e si sta già slacciando la cintura. È stata una sera più affollata del solito e siamo stati in piedi per dieci ore di fila in una cucina rovente. Non avrà un buon sapore.

Il suo uccello trova la mia bocca e gli consento di farlo entrare a forza. Cerco di deglutire, di aumentare la saliva perché l'operazione non sia tanto sgradevole, ma sono così stanca e assetata, cazzo. Non ho abbastanza saliva per saziare la mia gola infiammata, non parliamo poi per il suo pene sudato.

Questo è sexy, rammento a me stessa. Io sono sexy. Sono una donna forte, emancipata, che fa una scelta emancipata.

Mi afferra la nuca, conficcandosi con più forza nella mia bocca. Ho un conato di vomito, sto per strozzarmi, non riesco a respirare.

Sono una donna forte, emancipata, che sta facendo la scelta emancipata di degradarsi. Di permettergli di farmi questo. Mugola, spinge più forte sul fondo della mia gola. Quando riprendono i conati di vomito, geme forte, come se i rumori dei conati, della gola strozzata, lo eccitassero.

Mi fanno male le ginocchia. Ho delle escoriazioni che sono ancora rosa e spellate dall'ultima volta che l'abbiamo fatto. Il pavimento di piastrelle alla moda non era stato progettato perché qualcuno vi si inginocchiasse sopra.

Voglio smettere. Voglio veramente smettere. Ha un sapore spaventoso, sono coperta dalla mia stessa saliva che ha un odore nauseante, e non voglio altro che andare a letto e dormire per dodici ore di fila. Sono spossata, dal lavoro e da lui. Voglio smetterla. Smettere tutto.

Ma continuo a dirgli di sì, perché adesso dovrebbe ascoltare un no?

«CHE DIAVOLO STA SUCCEDENDO QUI?» La voce infuriata spunta dal nulla. Carl mi lascia andare la testa e cado in avanti sulle ginocchia. Resto lì, nella posizione yoga del bambino, con la paura di alzare la testa e vedere che cosa è successo.

«ALZATI», adesso riconosco la voce. È quella di Hugo, il proprietario del ristorante. È il mio capo – è il capo di Carl – è il capo di tutti. «ADESSO ALZATI, IMMEDIATAMENTE.» Mi sta urlando contro, sta urlando a entrambi, e ingoio amaro, cercando di trovare la forza di reggermi in piedi in tutta questa umiliazione.

Siamo stati sorpresi. Sorpresi dall'unica persona che Carl non può costringere a star zitta. Erano già entrate altre persone spaventandoci – spedizionieri, camerieri, una volta persino un cliente – ma Carl sa come far tenere la bocca chiusa agli altri.

Il pericolo – l'atroce rischio – ci rinvigoriva, addirittura.

Mi occorrono diversi, lunghi secondi prima che riesca a muovermi e, quando finalmente guardo, Carl ha già i calzoni indosso ed è al fianco di Hugo, gli sta parlando in una bassa tonalità. Benché si stiano già allontanando, dirigendosi fuori dalla cucina, distinguo certe parole.

«Sedotto... Implorato... Sai come sono queste ragazze...»

Rimango immobile, a poco a poco si impossessa di me un'assoluta ripugnanza del cazzo. Sono stata sorpresa da qualcuno verso cui provo molto rispetto, sorpresa a fare una cosa simile... non avrei mai potuto immaginare niente del genere. Ma è tutta colpa mia, tutta opera mia. Sono stata io a cominciare, io a volerlo.

Sento le viscere che si rivoltano cercando di uscire dal mio corpo per non farvi più ritorno.

Invece mi alzo in piedi, mi sfrego le ginocchia e me ne vado dall'uscita sul retro, il più in fretta possibile. Mentre me ne vado – mentre chiudo quella porta esterna – so che non tornerò.

Quella sera ricevo un SMS breve e secco da parte di Carl, in cui mi dice che è meglio se trovo lavoro altrove. E poi ricevo un bonifico bancario che mi fa sentire peggio di qualsiasi altro elemento degli ultimi sette mesi. Non vedrò mai più né Carl né Hugo, né nessuno dei miei vecchi colleghi, a parte uno.

Ma le parole che Carl ha detto a Hugo rimarranno con me per molto tempo. Perché, capite, *è vero* che l'ho sedotto.

È vero che l'ho implorato. Non mi aveva forse detto tante volte quelle stesse parole mentre facevamo sesso? E non mi *piaceva,* forse?

Sono disgustosa e ciò che è accaduto era ed è tutta colpa mia.

33.

Sento già Louise che strilla mentre infilo la chiave nella porta.

«GABINETTO DEL CAZZO!» sta gridando e, prima di entrare, mi prendo un momento per cercare di calmarmi. Abbassando lo sguardo sulle mani tremanti, ordino a me stessa di smettere, risucchiando aria fresca per fare lunghi respiri. Non posso reagire alle ultime ore *a scoppio ritardato.*

Deglutisco a fatica, mi incollo un sorriso da rictus tetanico ed entro.

Quando compare all'ingresso, Louise ansima ed è rossa in viso. «Aiuto!» dice semplicemente, agitando inutilmente in aria lo scopino del water. «Puoi prendere il vaso?»

Annuisco, entrando precipitosamente in azione.

Nel bagno ci adattiamo alla nostra nuova routine, svuotando nella vasca l'acqua che trabocca e lamentandoci del padrone di casa.

Dopo qualche minuto, Louise esclama: «Oh! Oggi non dovevi vedere il tuo Errore sul posto di lavoro? Com'è andata?».

Abbasso lo sguardo, osservo l'acqua scendere vorticando nello scarico della vasca. Avevo intenzione di non dire nulla. Non volevo ammettere la mia ultima, devastante umiliazione. Ma Louise ne ha già viste e sentite tante da me su questo argomento. Soprattutto negli ultimi mesi. Che razza di casino.

«Ho deciso di non vedere Carl», le dico, schiarendomi la gola. «Non faccia a faccia, comunque.» Faccio una pausa e alzo lo sguardo per incrociare i suoi occhi dolci, curiosi e rotondi. «La verità è che oggi non sono uscita per vedere lui. Sono uscita per vedere A'Diva.»

«Ma lui non c'era?» domanda, rovesciando l'acqua. «Non lavora più lì?»

Scuoto la testa. «No, perché si sono sbarazzati di lui. Si è dimesso, ma solo per non essere licenziato. Quello che ha fatto a me...» deglutisco di nuovo «...l'ha fatto a un sacco di giovani donne. Relazione dopo relazione. E per tutto il tempo è stato segretissimamente sposato.»

«Oh mio Dio», sussurra, visibilmente sconvolta. «È orrendo. Come fai a saperlo?»

«Ho parlato con qualcuno che adesso lavora lì», spiego. «È la responsabile di sala e le ho detto che in passato lavoravo per Carl. Ci siamo messe sedute, abbiamo bevuto un caffè e mi ha raccontato che per anni ha preso di mira il personale femminile che lavorava per lui. Tante giovani donne vulnerabili che lo ammiravano. L'ha sempre fatta franca, ma da quando è nato il movimento Me Too le cose sono cambiate. Non è più riuscito a cavarsela incolpando il suo modo di fare. Inoltre, Hugo, l'ultimo proprietario, è andato in pensione e la figlia ha rilevato il ristorante. È molto più scaltra e aggiornata su questo genere di cose.» Faccio un gran sorriso. «Sembra che un giorno, qualche mese fa, sia arrivata, abbia riunito tutto il personale e registrato ogni azione sudicia, disgustosa, depravata compiuta da Carl di cui sia venuta a conoscenza.» Do un'occhiata ai piedi. «Poi l'ha invitato a rassegnare le dimissioni. Sembra che sia stato fantastico.»

«Wow», Louise si è placata. «Scommetto che era furibondo.»

«Sì», confermo. «Ha detto che ribolliva di rabbia, pareva che fosse pronto a colpire il suo capo. Un paio dei suoi vice si sono intromessi e l'hanno accompagnato fuori dal palazzo. Sembra che fossero più che felici di buttarlo fuori a calci! Ne avevano abbastanza di lui.» Ricordo l'altro particolare. «Oh, e pare che qualcuno l'abbia detto alla moglie, che ha chiesto il divorzio!»

Louise si morde il labbro. «Pensi che la donna con cui hai parlato – la responsabile di sala – sia stata uno dei bersagli di Carl?»

Le prendo il vaso per avere qualcosa da fare con le mani.

«Non ho chiesto, ma penso di sì. Aveva quel genere di sguardo che riconosco. Ma in realtà non lo so.»

Rimaniamo in silenzio per un minuto, poi domanda: «Come ti senti?».

Mi stringo nelle spalle e le lascio cadere.

«Meglio? Peggio? Non lo so assolutamente», ammetto. «Non ho mai voluto riconoscere quanto fosse spaventoso quel rapporto. E quanto mi sentissi impotente. Volevo credere che fosse una mia scelta. Ero una persona adulta e prendevo le mie decisioni. Ma, in un altro senso, è utile sapere che quanto avvertivo sotto la superficie – che lui fosse un autentico mostro – era assolutamente corretto. Ed è un bene che l'abbia capito. Immagino che a ventun anni fossi molto ingenua.» Scuoto la testa pensando a chi ero stata. «Allora pensavo *davvero* che lui fosse sexy e fico. Pensavo che il suo modo di comportarsi fosse molto maturo e che obbedire alle sue richieste facesse di *me* una persona matura. Ma in realtà mi ha preso per il culo e ha creato confusione nella mente di una ragazza giovane. A dire il vero, non solo lì, ma anche nella mente di una sua dipendente! Un errore colossale.» Faccio una pausa. «Penso sia questa la ragione per cui gli uomini di una certa età escono con donne più giovani, non ti pare? Quando sei giovane non sai cosa è giusto o quali sono i tuoi confini. Non siamo poi così capaci di respingere o di dissentire da qualcuno. Pensavo che Carl la sapesse più lunga perché era più vecchio – era il mio eroe! – perciò non gli ho mai detto di no.» Adesso le do il vaso e stringo le mani. «Non credo che uomini come lui sappiano gestire le donne al loro livello. Donne che non tollerano il loro comportamento di merda.» Deglutisco, pensando a ciò che avevo tollerato. «In ogni caso, l'umiliazione fa parte del processo, non è così? Ho dovuto riesaminare tutti gli errori per capire se avrei potuto comportarmi diversamente e se avevo imparato qualcosa.» Sollevo il mento. «Ho imparato che non uscirò mai più con un maniaco sessuale.»

«Una lezione imparata a caro prezzo», commenta ridendo Louise. Il water emette un improvviso rumore rabbioso, gorgogliante, e facciamo un salto.

«Uffa, vorrei che ci fosse Bibi», dico forte, infastidita. Lou raddrizza la schiena con uno sguardo speranzoso e alzo gli occhi al cielo. «Solo perché faccia il suo turno per svuotare l'acqua! Non è assolutamente giusto che si debba sistemare il gabinetto senza di lei. Dovrebbe telefonare a quella testa di cazzo del padrone di casa e sbraitare sui diritti degli inquilini. L'ultima volta l'ho chiamato io e ho fatto schifo.»

«Lo so», Lou abbassa la testa. «Ci ho provato prima che venissi, ma sono incapace di fare l'intransigente quando parlo con lui. Però ha giurato che avrebbe mandato un vero idraulico! L'ha giurato sulla sua tomba!»

«Non sono certa che giurare sulla *propria* tomba abbia senso.» Ci penso su. «Perché si presume che tu non *abbia* una tomba se non sei morto.»

«Oh», entra di nuovo in confusione. «Be', mi dispiace di essere inutile.» Fa una pausa. «Soltanto Bibi è veramente brava a sgridarlo. Ti ricordi quando gli ha dato del gran pezzo di merda?»

Me lo ricordo eccome, ma non sono disposta a pensarci. È stato troppo divertente; noi tre in piedi intorno al telefono di Bibi che urlava come una pazza contro il padrone di casa.

Louise è di nuovo silenziosa, ma questa volta mi osserva.

«Cosa c'è?» chiedo impermalosita.

«Lo sai cosa c'è», replica con dolcezza.

«Senti, è ovvio che Bibi non ha voglia di parlare con me!» Agito la mano. «Non si è fatta sentire da quando sta a casa di Alex. E perché avrebbe bisogno di me, eh? Ne ha ricavato tutto quello che voleva, giusto? La fidanzata, il lavoro perfetto...»

«Non ha ancora accettato il lavoro», mi interrompe Lou. «È un po' più aziendale di quelli a cui era abituata e non è sicura...» La interrompo a mia volta.

«Oh, sono certa che alla fine si rivelerà assolutamente perfetto!» dico con stizza e non riconosco la mia stessa voce. «Bibi non ha neppure bisogno di provare a ottenere qualcosa perché tutto si sistemi al meglio. Tutto si muove a suo favore, non è così? Sono sicura che anche il lavoro sarà un sogno! Vecchia, fortunata Bibi!» Non è da me, so quanto si è data da fare per trovare lavoro. Detesto ciò che sta uscendo dalla mia bocca, ma sono ancora troppo arrabbiata per essere ragionevole.

Lou è confusa. «Ma anche tu ami il tuo lavoro, non è così? Pensavo che ti piacesse.»

Oh fantastico, un'altra pugnalata da senso di colpa. Come se non ne stessi ricevendo a sufficienza.

Sì, amo il mio stupido lavoro del cazzo. Grazie tante per avermelo ricordato! E, ultimamente, ho sabotato anche quello, fino a mandarlo a puttane insieme a tutto il resto. Arrossisco di vergogna, pensando a quanto poco mi sono sforzata nella mia professione negli ultimi mesi. La mia assistente Katie si è assunta tutto il mio carico di lavoro mentre ignoravo le mie responsabilità.

Apro la bocca e sono salvata dal campanello.

È – prevedibilmente – l'inutile genero del nostro padrone di casa e Lou gli fa strada, consegnandogli nel frattempo il vaso. Ci ritiriamo in soggiorno, dove parliamo sul divano a sussurri impacciati.

«Detesto essere presente quando qualcuno svolge un lavoro umile per noi», si lamenta Louise. «Somiglia troppo ad avere dei servitori, una cosa così. Andiamo allo Swab?»

La guardo sbigottita. «Il pub di Bibi? È ovvio che non ci possiamo andare, Bibi e Alex potrebbero essere lì!»

«Oh», abbozza una risata. «No, non ci saranno assolutamente! Questa settimana Bibi non lavora e comunque non ci sono mai andate: Bibi ha detto che vedere Franco le fa morire mille volte il desiderio sessuale.»

«Quando l'ha detto...» Aggrotto la fronte nel momento in cui le cose mi diventano chiare. «Un momento... mmm, Lou, lo sapevi? *Sapevi* di loro due? Lo sapevi, cazzo, che Alex e Bibi andavano a letto insieme?»

Sbianca in viso quando si rende conto di cos'ha detto. E di quello che significa.

Abbassa lo sguardo sui cuscini che ci sono tra noi, vergognandosi. «Sì», replica semplicemente. E all'improvviso non è soltanto il tradimento di Bibi – neppure soltanto il tradimento di Lou! – ma la paura di essere tagliata fuori. Le mie tre migliori amiche hanno un segreto che serbano insieme. Senza di me. Lou prosegue in fretta: «Però, senti, non era una cospirazione, niente del genere. Mi sono accorta che c'era in ballo qualcosa. Mi è sembrato ovvio... tutta quella strana tensione tra loro! Tutta la goffaggine e quel tirarsi i capelli da cortile della scuola. E, Gesù, i continui sguardi di desiderio».

«Pensavo che si odiassero!» grido. «E non ho mai visto nessun dannato sguardo di desiderio.»

Lou si prende un secondo prima di rispondere. «Be'», inizia esitante. «Negli ultimi mesi sei stata un po' distratta dalla Missione dei sette ex.»

C'è un giudizio negativo in quello che sta dicendo, ma non lo comprendo.

«Ma eravamo tutte coinvolte», ho un tono difensivo. «Pensavo che voi ragazze foste dedite alla missione tanto quanto me. Sapevate quanto fosse importante per me.»

Fa un cenno d'assenso. «Naturalmente! E ti sosteniamo. Ne abbiamo parlato *un mucchio.* Ma...» esita di nuovo. «...A volte sembrava che tu non parlassi d'*altro.* Anche io e Bibi abbiamo le nostre cose.»

«Non vorrai farmi credere che non vi ho mai fatto domande sulla vostra vita!» Cerco nei depositi della memoria, ma non mi viene in mente niente di specifico. Però ho parlato sicuramente della loro vita, non sono un'egoista testa di cazzo che pensa solo a sé. *So* di aver fatto loro delle domande.

«No, no», Louise sta scuotendo la testa. «Mi dispiace, non sto dicendo quello. Sei una buona amica, davvero. Ma nell'ultimo anno io e Bibi abbiamo avuto vicissitudini simili... abbiamo cercato continuamente di far decollare la nostra professione, mentre tu hai sistemato la tua. Siamo andate a innumerevoli colloqui e audizioni, senza che ne venisse fuori niente di decoroso. E tu sei stata veramente gentile e solidale! Ma ci si annoia a continuare a parlarne. Sappiamo che è noioso sentirlo e, credimi, è una noia anche per noi. Però non vuol dire che non incomba su tutto quello che facciamo. Tutto si impernia sulla possibilità o meno di procurarsi un'audizione o, nel caso di Bibi, un colloquio. E poi, dopo tutto quel daffare e quell'investimento emotivo, sulla possibilità o meno di aver ottenuto il lavoro. È estenuante e sfibrante, *ma noioso.*» Si ferma, afflitta. «Credo che negli ultimi mesi questo ci abbia avvicinato. Abbiamo una sorta di dolore comune.»

«Benissimo, perciò non potevo comprendere il vostro legame», dico bruscamente, con la sensazione di venire dolorosamente colpita allo stomaco da un'arma seghettata. «Sai che non sono stata io a licenziare Bibi e non sono stata io a farti scegliere una professione tanto difficile, Louise.»

Pare triste per un attimo, ma alla fine annuisce. «Lo so, Esther. Sto solo cercando di spiegarmi un pochino.» Si ferma e aggiunge con dolcezza: «Il fatto è che tu hai messo ordine nella tua vita – ti sei sistemata – e noi ci sentiamo così indietro».

«Non ho affatto messo ordine nella mia vita!» esplodo, prima di ricordarmi del genero nel bagno e abbassando la voce. «Lou, è assurdo. Sai che la mia vita sentimentale è un casino! È questo il senso di ciò che ho fatto negli ultimi mesi!»

«Ma hai una casa, delle amiche e una professione che ami», la voce è implorante mentre si guarda in grembo. «Hai un reddito fisso, decoroso, che ti dà tanta libertà. Non hai idea della paura schiacciante che viviamo ogni mese io e Bibi chiedendoci se potremo permetterci di pagare la bolletta del gas, oltre a fare la spesa. Tu hai risolto la parte più importante della vita.» Si affretta ad aggiungere: «Capisco che tu voglia incontrare qualcuno! Ma non è essenziale, non credi? Hai solo ventinove anni! Presto gli esseri umani vivranno fino a centocinquant'anni, vuoi veramente stare con qualcuno per i prossimi centoventi? Avere una relazione non è l'essenziale né lo scopo principale, non ti pare?»

La scruto in viso, chiedendomi se parla sul serio. Ma certo che è lo scopo principale! Lo è? Non lo è? Pensavo che lo fosse?

Piombiamo in un silenzio imbarazzato. Sono arrabbiata – furibonda, a dire il vero – ma non posso rompere anche con Lou. Forse si comincia a profilare l'idea che quella con i problemi sono *io*.

«E così», dico dopo un altro minuto, «tu, Alex e Bibi condividete tutto perché io ho un buon lavoro. Hai sempre saputo di loro due e pensi che siano una bella coppia, fantastica, e prevedi che non sorga nessun problema quando si separeranno.» So che il mio tono è aggressivo e sarcastico, ma non posso farne a meno. Perché non riesce a vedere le cose dal mio punto di vista?

Lou fa un respiro profondo. «Be'», comincia con circospezione. «In effetti, sì, penso che stiano bene insieme.» Fa una pausa. «E se si lasceranno, sì, sarà terribile, difficile e triste. Potrebbe crearsi di nuovo una situazione spaventosa e anch'io non voglio perdere Alex, hai capito? Ma l'amore consiste nell'assumersi grandi rischi come questo. E se Bibi e Alex hanno trovato una persona che le rende felici, meritano di assumersi quel rischio.» Questa è un discorso considerevole per venire da Lou. «E se voglio essere sincera con te, Esther...» oh... oh, adesso la sincerità non mi serve «...penso che tanti anni fa, quando hai cominciato una storia con Alex, eri molto più incosciente. Mi dispiace dirlo. Ma credo che sia questa la ragione per cui reagisci con tanta violenza, perché sai che allora hai commesso un errore madornale e sapevi fin dal principio, almeno in parte, che era una cattiva idea. Però hai ignorato quel campanello di allarme nei recessi della mente. In parte, *è stata* colpa tua se l'ultima volta abbiamo perso Alex, perciò credo che ti senta responsabile per loro due e per le decisioni che prendono adesso. E sei arrabbiata perché non hai nessun controllo su quello che fanno o su ciò che potrebbe succedere.» Sospira profondamente. «Ma, tesoro, Alex e Bibi sono molto più grandi di quanto fossimo allora. Comprendono meglio le loro scelte. E c'è di più...» fa una pausa. «Si sono innamorate. Si *amano...* di già! Ecco perché continuano a stare insieme anche se la cosa può ferirti. E non è un errore. Qualunque cosa succeda tra loro – e tra noi quattro – non può essere un errore.»

Ingoio amaro, ricacciando indietro le lacrime. Ho voglia di litigare e di dirle che si sbaglia. Ma non si sbaglia.

«Esther...» ricomincia lentamente, un cambio di tono «...non odiarmi se te lo dico, ma non sarebbe ora di interrompere la missione? Ti ha prosciugato emotivamente. Hai avuto delle grandi delusioni con Alistair, Paul e Idris. Poi hai dovuto affrontare il tuo passato con personaggi come quello sporcaccione di Carl! Deve essere stato spaventoso. È stato un viaggio interessante, ma non sei *obbligata* a portarlo a termine. Lo sappiamo tutte e due che Rich è un bastardo fatto e finito. Rivederlo non può che essere terribile. Soprattutto quando stai attraversando un periodo così disastroso con Bibi e con Alex.»

Prendo in considerazione le sue parole. Che sollievo sarebbe darle ragione. Darci un taglio e tornare alla mia vita. Buttarmi di nuovo nel lavoro invece di sabotare tutto. Ammettere che mi sono sbagliata su Bibi e andare a cercarla per un abbraccio. Scusarmi con tutti per essermi comportata da egoista testa di cazzo negli ultimi mesi, avendo costretto tutti a seguirmi sulle montagne russe di questa missione. Sarebbe un tale sollievo, una tale liberazione se la cosa fosse chiusa e superata.

Ma non posso. Devo portarla a termine. Mi sono spinta troppo in là e ne ho fatte passare troppe a tutti. Ho atteso troppo a lungo l'autobus notturno, non posso rinunciare e andarmene adesso.

Inoltre, una relazione aggiusterà le cose! Non è forse vero? Se al termine di tutto questo avessi qualcuno nella mia squadra, non avrebbe importanza se le amicizie si sono guastate un po'. Non ti servono le amiche quando hai il grande amore, giusto? Sicuramente non nello stesso modo. Quante buone amiche ho dovuto cedere ai partner nel corso degli anni?

Scuoto la testa, con rincrescimento.

«Devo portarla a termine, Lou», le dico semplicemente. «Questa sera invierò un messaggio a Rich.»

È spaventata. «Parli sul serio?» La voce è acuta. «Ti prego, no. Non ho mai pensato che avresti visto davvero Rich il Bastardo. E se venissi di nuovo risucchiata nelle sue puttanate affascinanti, Esther?» È stravolta. «Perché non, ehm, fai progetti con Alistair e poi vedi come ti senti non appena hai deciso di includerlo o di escluderlo?»

Scuoto la testa. «No, non aspetto più. Questa missione ha preso il sopravvento nella mia vita e hai ragione quando dici che mi ha prosciugato emotivamente. Ho bisogno di chiuderla. Avrei dovuto prendere i miei ex a due a due fin dall'inizio, questa storia ha preso troppo tempo.»

Lou diventa sempre più rossa prima di esplodere. «Questo sì che è un errore! Non lo capisci? Quel bastardo esercita un'influenza su di te e se lo rivedi non riuscirai a resistergli! Non ne sai abbastanza di quel rapporto da evitare quella persona? È finita, che dico, solo otto mesi fa! Non riesci a immaginare quanto sarà compiaciuto quando tornerai di corsa?»

«Non sto *tornando di corsa*!» Raddrizzo la schiena. «Evidentemente non capisci. Lo devo fare, Lou.»

«Ma *perché*?» La sua voce è acuta e disperata.

«Non capiresti», torno a dire, estraendo il telefono, e una rinnovata determinazione mi pulsa tra le dita.

«Bene...» si alza in piedi. «...non posso rimanere qui seduta a guardarti mentre lo fai.» Sembra un po' scossa. «Allora, lascio a te la responsabilità.» Si avvia lentamente verso la porta, come se aspettasse di venire richiamata.

«Ci vediamo dopo», le dico bruscamente e, prima di andarsene, mi dà un'ultima occhiata triste. Sento sbattere la porta della sua camera da letto proprio quando il genero sporge la testa. «Penso che adesso il water sia completamente distrutto», si lamenta.

«Non è il solo», borbotto, digitando in modo risoluto il mio messaggio per Rich.

Ex n. 7: Rich Low altrimenti detto il Bastardo Parte prima

Strawberry Moons
Il bar
23.50

Avverto i suoi occhi su di me prima di vederlo. Sono come laser, roventi sulla nuca.

O forse è soltanto la tequila. Dopo sette cicchetti, un paio di bottiglie di vino e il ballo sfrenato per quattro ore di fila, avrei difficoltà a trovare in me una parte che non scotta.

Asciugandomi il viso sudato con il dorso della manica, mi giro, in cerca di qualcosa, e trovo gli occhi più sexy che abbia mai visto in vita mia, porca puttana. E mi guardano dall'altra parte della stanza.

L'uomo associato agli occhi si appoggia a una colonna, mi guarda mentre mi sposto per pagare ancora da bere. Da ore non m'importa più del mio aspetto – ore di bevute e di «troppo forte!» gridato senza motivo alle mie amiche – con lo strato di alcol che ci impediva di capire quanto sembravamo sceme ai gozzovigliatori che avevamo intorno. Adesso tutto l'imbarazzo ritorna prepotentemente. All'improvviso mi rendo conto, con straziante autoconsapevolezza, che devo avere un aspetto orribile. Gli abiti sono sformati sul corpo e il trucco è colato dappertutto. In modo improvviso, e intenso, ci tengo alla falsa abbronzatura delle braccia, che si è trasferita esclusivamente sui gomiti, nelle ascelle e ai margini delle unghie.

Tenendo attentamente in equilibrio le bevande che ho appena preso, alzo di nuovo lo sguardo. Sta ancora guardando, mi esamina quasi con occhio clinico. Per un attimo mi domando se sia un medico che ha notato qualcosa che non va in me. Come ipotesi è senz'altro più probabile di quella che io piaccia a un uomo *tanto attraente.* Avrei difficoltà a credere a un'autentica attrazione anche se apparissi al meglio.

Inciampo leggermente, rovesciando sulla schiena di qualcuno lo strato superiore della bevanda di Bibi. Un uomo grosso, corpulento, si gira affrontandomi e strepitando.

«Mi scusi», farfuglio, ma lui mi dà della stronza.

«Sta' attento», lo avverte una voce severa alle mie spalle. «Non si parla così alle ragazze.»

«Cavalieri bianchi del cazzo», borbotto mentre mi giro. «Non ho bisogno del tuo sessismo benevolo, grazie. Sono perfettamente capac...» non finisco la frase quando mi rendo conto che a parlare è stato occhi sexy. «Ah, sei tu.»

«Ti guardavo», dice, avvicinandosi al mio viso. Così da vicino la sua grande bellezza è irresistibile. È quasi difficile respirare. Eppure, torno a dire, potrebbe essere tutta colpa della tequila.

«Lo so», gli dico con un livello di sicurezza che non provo. «Ma non so perché.» Mi sento così a disagio sotto il suo sguardo. Così a disagio in generale: il reggiseno, non so come, si è girato e una coppa cerca con galanteria di sostenere tutte e due le tette.

«Ecco, puoi tenerle per un secondo?» Gli consegno le bevande che ho comprato per Bibi e per Lou, chiedendomi velocemente se stanno guardando anche solo un minimo di quello che sta succedendo. Qualcuno deve testimoniare che sto parlando con questo dio del sesso: deve essere documentato per la posterità perché è improbabile che accada di nuovo. Sbircia le bevande mentre armeggio con il reggiseno.

«Posso assaggiarne uno?» domanda, bevendo un bel sorso del mojito di Bibi.

Anzi, spero proprio che non stia guardando, sarà furente.

«Mmm, è proprio buono, tengo questo.» Non attende il mio permesso, ma ho perso l'uso della parola. «A proposito, mi chiamo Rich, qual è il tuo nome, bel bocconcino?»

«Chi è questo indiscutibile bastardo?» Bibi è improvvisamente al mio fianco. Dà una rapida occhiata a Rich, torpida, ma definitivamente sprezzante.

«Io sono Rich.» Fa un gran sorriso, evidentemente soddisfatto del nomignolo.

«E io sono incazzata», replica lei freddamente. «Perché stai bevendo il mio cocktail?»

«È delizioso», sogghigna, non ritenendo di doversi scusare.

«Che sta succedendo?» È arrivata anche Louise, in apprensione per essersi persa qualcosa. È ancora bella, persino dopo questo brunch senza fondo che si è trasformato in una sessione notturna.

«Ha un ragazzo», dico a Rich, indicando Louise. Torna a guardarmi, divertito.

«E tu ce l'hai un ragazzo?» Si avvicina sorridendo in modo lascivo. Produce qualcosa nelle mie viscere.

«Esther è assolutamente single!» si intromette con entusiasmo Louise. «È single da una vita! Insomma, in pratica da sempre! Dovresti portarla fuori!»

«Urrà, Lou», borbotto.

«Penso che dovrei portarti *a casa*», dice, gli occhi che guardano intensamente nei miei.

Oh mio Dio, sono assolutamente cotta.

«Cristo, Esther, non avrai intenzione di credere a questa battuta spaventosa, vero?» Senza dubbio, se in questo momento riuscissi a staccarmi dagli occhi di Rich, vedrei Bibi alzare i suoi al cielo.

È ovvio che creda a questa battuta. Avrebbe potuto dirmi di spalmargli sul pene la crema per le emorroidi, offrendomi un rapporto anale, e avrei detto di sì perché, oddio, è *così attraente*! Come fanno gli adulti normali a trattenersi dal fare delle cose sapendo che finiranno per avere un pessimo effetto su di loro? Adesso ho ventotto anni, avrei dovuto scoprirlo.

Ok, dunque è chiarissimo che quest'uomo è un'altra testa di cazzo, addirittura un bastardo, come ha detto Bibi. E ho conosciuto tanti bastardi. *Tanti.* Ne ho controllati a migliaia su Tinder e su Bumble e su Hinge e in ogni altro spazio in cui permettiamo agli uomini di essere degli uomini del cazzo. E ho giurato di aver chiuso con loro. *Ho* chiuso con loro. Bibi ha ragione. Forse – una volta tanto – mi comporterò da adulta e dirò di no quando so che devo dire di no. Non mi farò convincere con l'inganno a essere la solita credulona. Sarò una persona matura, di buon senso, che preferisce la gentilezza agli addominali.

«Allora?» Rich il Bastardo mi sorride, sicuro di sé. «Posso portarti a casa?»

Non questa volta. Non sarò l'ennesima idiota che va a casa con uno sconosciuto sexy solo perché è sexy. Non consentirò a me stessa di prendermi una cotta per il fascino innegabile di un bastardo.

Allora prendo una decisione, mi faccio dare la bevanda di Bibi con determinazione e lo affronto con le palle quadrate. «Rich», la voce è energica e il mento puntato verso l'altro. «Fammi finire il drink e prendiamo un cazzo di Uber che ci porti a casa tua.»

34.

Lou si sta lavando le mani nel lavello, uno sguardo intenso sul suo viso. Guarda in alto: «Uffa, stupidi gigli». Mi agita le mani davanti. «Sembra che abbia mangiato del curry a mani nude.» Piego la testa, osservo le unghie macchiate di arancione.

«Lou, se *hai* mangiato del curry a mani nude va benissimo, ma non devi far finta che siano stati i fiori.»

Accenna con un gesto al tavolo e sento che mi si spalancano gli occhi nel vedere un enorme mazzo di gigli rosa, disposti goffamente intorno a un fogliame verde nel vaso che usiamo per il water.

«Wow», borbotto, avvicinandomi per annusarli. Non teniamo mai né fiori né piante in casa. Non sono ammessi esseri viventi perché li facciamo morire. Una volta Idris ci comprò un cactus perché disse che era impossibile sbagliarsi, ma ingiallì in capo a una settimana.

«Sono bellissimi», mi volto verso di lei, che si sta ancora sfregando le mani nel lavello della cucina. «Da parte di Sven?» Mi dà la schiena, noto che si irrigidisce visibilmente.

«Ehm, no», si sbriga a dire. «Sono da parte della mia agente.»

Sta mentendo.

Mi avvicino al lavello per guardarla meglio in faccia. «La tua agente? Perché la tua agente te li avrebbe mandati? Hai ottenuto un lavoro?»

Mostrandosi di profilo, scuote la testa. «Macché, è solo, ehm, una cosa che fa una volta l'anno per farmi sentire speciale.»

«Forse ti sentiresti più speciale se rispondesse alle tue chiamate.»

La sua risata è artificiosa.

In casa la situazione è stata molto problematica da quando, l'altro giorno, le ho detto che stavo inviando un messaggio a Rich. So che è incavolata con me, ma – a dire la verità – io sono incavolata con lei! Siamo ottime amiche da quasi vent'anni ed è una stronzata che si sia rifiutata di prendere le mie parti invece di parteggiare per Bibi. Per non parlare del fatto che sapeva cosa stavano facendo e non ha detto niente.

Ma non è neppure quello.

È il grande segreto che sta evidentemente serbando. E lo fa da una vita. Ha quella cosa romantica, magnifica che vorrei più di ogni altra – un partner fantastico che la adora – e sta mandando tutto a puttane. Ci dà dentro persino adesso, benché le abbia spiegato quanto è spaventoso tradire! Benché le abbia detto che è una cosa che porti per sempre con te, benché le abbia spiegato quanto spesso io pensi al mio comportamento spregiudicato con Idris.

Sono inviperita con lei.

Si sposta per prendere lo strofinaccio e finalmente si accorge del mio vestito. «Stai bene!» dice, la sorpresa nella voce. Indosso il mio abito più bello, ma è più probabile che sia sconvolta perché da quando è cominciata la faccenda del BibiAlexGate sono stata per lo più in pigiama.

«Vado a un incontro con Rich», le dico con dispetto, desiderosa di una reazione.

Torna a voltarsi verso il lavello, ma la sorprendo mentre irrigidisce la schiena. «Ok», commenta semplicemente e la sua risposta mi fa arrabbiare ancora di più.

«Sì», ho la voce tesa. «Penso proprio che sia cambiato. Mi è sembrato molto contento di avere mie notizie.»

Non abbocca. «Benissimo», replica in tono neutro.

La verità è che la risposta di Rich il Bastardo al mio vago SMS di saluti non era particolarmente emozionata. Entusiasta, ma distaccata. Ha detto che era felice di avere mie notizie e che sarebbe stato bello bere qualcosa insieme, ma non ha lasciato trapelare nient'altro. E più si avvicina l'ora in cui lo vedrò, più provo la sensazione orribile, strisciante, che Lou abbia ragione. Non dovrei degnarlo di uno sguardo. Il guaio è che non so assolutamente perché lo sto facendo. *So* che non ho voglia di riprendere le solite storie con lui. *So* che è uno stronzo e che diventerebbe – è diventato – un pessimo compagno di vita. So che dovrei scappare di corsa.

Allora perché ci vado? Perché non disdico l'appuntamento? Provo veramente piacere ad autoflagellarmi?

Non penso sia questo.

Penso di aver voglia di affrontarlo. Forse è questo desiderio che mi spinge a incontrare Rich. Devo dirgli finalmente quanto male mi ha fatto, spiattellargli in faccia quanto sia stato spaventoso. Sussurrare ufficialmente in quelle orecchie sexy che è un narcisista perverso: una diagnosi da poltrona con cui l'ho classificato più di una volta mentre bevevo come una spugna insieme alle psicologhe cliniche Bibi e Louise. Certo, l'ho rimproverato quando stavamo insieme, ma erano tutte parole pronunciate con rabbia, a causa di un amore disperato e disfunzionale. Forse adesso mi farò capire, se glielo dico con la calma nella voce, con il vantaggio della distanza e di un sentimento ormai raffreddato.

Insomma, non sarebbe grandioso? Dirgli che razza di coglione sia, dirglielo in faccia e fare in modo che mi *senta*. Magari arriverebbe al punto di scusarsi! Pensate che soddisfazione! E le ragazze sarebbero orgogliose di me per averlo fatto. Louise si rimangerebbe le sue parole, dopo avermi pregato di non vederlo. Sarebbe felicissima di essersi sbagliata! Mi direbbe che sono in gamba per aver chiuso la storia con dignità e direbbe a Bibi che, dopo tutto, si sta comportando da stronza egoista. Poi metterebbe fine alle cavolate che sta facendo alle spalle di Sven, quali che siano, e mi direbbe che ho sempre avuto ragione.

Louise non si muove.

«Allora ciao», saluto ed esco prima che lei possa cronometrare quanto manca perché mi metta a piangere.

Ex n. 7 Rich Lowe
altrimenti detto il Bastardo
Parte seconda

L'appartamento
Fuori dalla porta d'ingresso, mentre urlo al telefono
20.50

«Rich!» Detesto il suono della mia voce, piagnucolosa e stridente com'è. «Cazzo, almeno richiamami, ok? Richiamami, così, se non altro, saprò che non sei morto.» Riattacco furibonda e poi premo di nuovo sul suo nome.

Segreteria telefonica. Ancora.

«Senti, razza di bastardo, sei in ritardo di due ore, che succede? Non intendo continuare a sopportarlo, hai capito? Sono stufa. Merito qualcosa di meglio delle tue puttanate.» Riattacco di nuovo, ma non basta. Ho tanto altro da dire. La rabbia che covo dentro non se ne sta andando. Continua ad andare in ebollizione, traboccando sulla strada come il magico porridge del cazzo che non la smetteva mai di rovesciarsi ribollendo.

Ancora la segreteria telefonica.

«Rich, non puoi continuare a farmi questo.» Sembrare distrutta è ancora peggio che sembrare piagnucolosa. Ma io chi sono? «Non puoi continuare a sostenere di essere preso da me, di amarmi e di volermi vedere, e poi comportarti così. Non riesco a sopportare quest'ambivalenza! Abbiamo tutti e due quasi trent'anni, per l'amor del cielo, non ventuno.» Faccio un respiro profondo, fremente. «Mi tratti da schifo. Arrivi in ritardo agli appuntamenti, non rispondi per ore ai messaggi, anche se vedo la spunta blu, amico mio! E so che vedi ancora altre donne. Perché mi fai questo?»

E perché continuo a permetterti… non lo chiedo. Riaggancio, invece, e sprofondo sul gradino. La pietra è fredda contro i pesanti collant neri e mi avvolgo nel cappotto, sentendomi una sciocca nel mio vestito sinuoso. Pensavo che sarebbe stata una sera piacevole. Aveva promesso di portarmi in un bel ristorante. Ho preso una serata libera dal lavoro, tanto lui mi aveva fatto esaltare. Doveva compensare l'ultima volta in cui mi aveva trattato di merda senza quasi una spiegazione.

Devo tenermi stretta alla rabbia. Se sparisce, piangerò. Non posso piangere, odio piangere. Ho pianto tanto in questi sette mesi con Rich. So che con lui non sta andando come immaginavo, so che tutto questo è disfunzionale e avvilente. Ma non me ne posso andare. Perché non riesco ad allontanarmi? Cosa c'è che non va in me? So che è sbagliato, ma continuo a tornare.

Concentrati sulla rabbia.

Perché continuo a farmi sedurre dal pensiero che le cose cambieranno? Perché continuo a credergli quando dice che mi vuole? Il guaio è che è così maledettamente affascinante quando siamo insieme. È così bello e sexy e persuasivo.

Non avrei dovuto gridare al telefono proprio adesso. Questa volta potrebbe essergli successo qualcosa. E se giacesse sul ciglio della strada, dopo essere stato investito da un autobus? Forse, se la polizia recuperasse il suo telefono, sentirebbe soltanto me che grido e gli do del bastardo...

Lo chiamerò un'ultima volta. Dovrei dire che mi dispiace.

Qualcuno prende il telefono dalla mia mano, sedendosi accanto a me.

«Ciao cara.» È l'anziana vicina del piano di sopra. Credo che si chiami Sophie. È francese, oppure viene da un'altra località sexy d'Europa.

«Oh», sono troppo sorpresa per reagire adeguatamente. Non so se sentirmi arrabbiata o confusa per il fatto che mi abbia preso il telefono. Soprattutto quando vedo che lo infila nella tasca del cappotto. «Mmm, posso...» comincio, ma mi zittisce con delicatezza.

«Non so se ci siamo incontrate come si conviene», sorride dolcemente. «Abito sopra al vostro rumoroso appartamento. Mi chiamo Sofia.» Mi offre una mano nodosa e la prendo, sentendomi sciocca. Sono mani molto morbide. Non sembra una persona che abbia lavorato sodo.

«Mi chiamo Esther», le dico e ho la gola secca. Secca per aver gridato e pianto troppo al telefono. «Scusi se non ci siamo presentate quando si è trasferita qui. Si è sistemata bene?»

Annuisce gioiosa. «È venuta a bussare la tua amica Louise», spiega. «Mi ha detto tutti i vostri nomi e mi ha raccontato la storia della vostra vita. Mi ha portato dei biscotti. Li ho mangiati, ma non erano molto buoni.»

«Tipico di Louise», tiro sul col naso.

Rimaniamo sedute in silenzio per un minuto e tremo per il freddo.

«Hai freddo?» mi domanda gentilmente e annuisco.

«Un pochino.» Do un'occhiata alla donna anziana accanto a me. «Mmm, potrei riavere il telefono, per favore?»

Ignora la mia richiesta, arretra e si appoggia sulle mani.

«Ho una politica», mi sorride. «Le persone che ti fanno venir freddo non sono degne del tuo tempo.» Alza lo sguardo sul cielo notturno. È troppo nuvoloso per vedere gran che, ma guardo anch'io. Voglio vedere quello che vede lei. «Puoi trovarti all'aperto in dicembre con nient'altro addosso che le mutande...» sorride ancora in modo elusivo «...e credimi, Esther, l'*ho fatto*... ma se sei con una persona gentile e speciale, non sentirai freddo.» Adesso guardo in basso.

"Tieniti stretta alla rabbia" mi dico severamente. "Niente lacrime."

Continua con la sua voce morbida e adesso l'accento francese traspare di più.

«L'uomo contro cui hai gridato al telefono è *très froid*», si allunga a prendermi la mano. Le sue dita sono calde. «Ti ha lasciata qui al freddo. Ti ha fatto sentir freddo. Con quest'uomo potresti essere seduta accanto a un caminetto con il maglione più pesante che possiedi e sentiresti *froid*.»

Sento tanto freddo. Sono mesi che sento freddo.

«Le tue amiche sono dentro?» chiede dopo un momento. «Sono delle brave ragazze. Ti scalderanno. Tienile vicine e ti scalderanno, Esther.»

Si alza in piedi, la sua mano ancora nella mia, e insieme entriamo.

Sofia non mi restituisce il telefono per altri due giorni e quando me lo dà non ci sono chiamate né messaggi in attesa da parte di Rich.

35.

Quasi non riconosco Rich, quando entra. È lo stesso uomo pericolosamente incantevole che ho conosciuto un anno fa, ma è anche completamente irriconoscibile. Il contegno è diverso, nei suoi occhi è cambiato qualcosa che lo ha quasi rimpicciolito.

Sono stata io? Gli ho fatto questo? Sicuramente no.

Mi avvista e si avvicina a passo strascicato, con un debole sorriso.

«Ehi.» È diversa persino la voce.

«Ciao», deglutisco. La mia legittima rabbia è parzialmente sparita. Chi è quest'uomo?

Si mette seduto lentamente, come se avesse avuto l'influenza, e ci osserviamo per un attimo. Faccio un respiro profondo. Devo riuscire a pronunciare il discorso anche se è stato malato. È stato lui a commettere tutto il male.

Rimaniamo seduti in silenzio per un momento. Ho smarrito le parole. Come avevo intenzione di cominciare?

Mi schiarisco la gola, cercando di trovare il modo di iniziare. È allora che si sporge. «Prima che tu dica qualcosa, Esther», balbetta in un tono che non somiglia minimamente a Rich. «Voglio ringraziarti per avermi inviato un messaggio. Sono tante le cose che ho sentito il bisogno di dirti. Da quando ci siamo lasciati sono state un peso enorme.»

Sono state un peso enorme per *lui*?

Fa un altro respiro stremato. «Ti devo delle scuse.» Si avvicina, con aria spiritata. «Delle enormi scuse. Mi vergogno molto per come ti ho trattato.»

Sento la bocca che si apre e si chiude. Un momento, cosa…?

«Mi sono sentito malissimo per tutto quello che è successo e per come ti ho trattato. Sono stato incredibilmente ingiusto e atroce con te.»

«Mmm», mi ero preparata a queste parole, ma avrebbero dovuto uscire dalla mia bocca, non dalla sua. «Sì… è vero.»

«Tu non c'entravi», traballa un po' e noto i cerchi scuri. «Non c'entravi assolutamente. Attraversavo… un periodo particolare.» Si allontana appoggiandosi allo schienale, creando una distanza tra sé e le parole. «Ho sofferto a lungo di problemi mentali e il tempo in cui siamo stati insieme è stato uno dei miei periodi peggiori. Riuscivo occasionalmente a mantenere la calma per una sera, quando vedevo te, ma per la maggior parte del tempo ero incasinato. E non sono riuscito a costringermi ad aprirmi o a dirtelo.»

Non me l'aspettavo assolutamente. Durante l'anno passato insieme non ho avuto nemmeno il vago sospetto di una cosa simile. Non so cosa dire, perciò rimango in silenzio. Ma la sincerità delle sue parole è chiarissima.

«Qualche volta ho cercato di mettermi in comunicazione con te dopo che ci siamo separati, ecco, per dirti che mi dispiaceva e spiegarmi, ma…»

«Ti avevo bloccato», confermo semplicemente.

«Giusto», fa un cenno d'assenso e si azzittisce.

«Mi dispiace, non ne avevo idea», dico infine e scuote violentemente la testa.

«No, ti prego, non dire che ti dispiace.» Si allunga sul tavolo ma non mi prende assolutamente la mano. «Non hai niente di cui dispiacerti. So che se ti avessi parlato – invece di punirti e torturarti – saresti stata gentile. Avresti cercato di aiutarmi. Ma a quel punto non volevo un aiuto.» Scuote la testa, ricordando. «Dopo che te ne sei andata, ho vissuto in un incubo che mi ha costretto ad affrontare alcune cose.»

Volevo che le affrontasse, le cose. Ma quelle di minor conto, come essere più gentile con le donne e non ignorare i messaggi di WhatsApp, non quelle. Non gli avrei mai augurato una condizione simile.

Tossisce debolmente. «Da alcuni mesi sono in terapia e sto cominciando a farcela con un paio di cose importanti.» Distoglie lo sguardo, osservando il pub. «Parlo con una persona abbastanza geniale – una psicoterapeuta – e so che mi aiuterà. Sto anche lavorando con il mio medico per trovare il farmaco adatto a me. Sarà un processo lungo, ma sono pronto ad assumermi l'impegno.»

Faccio un cenno d'assenso, recepisco il problema. Pensavo che allora il suo comportamento riguardasse me, invece riguardava lui. Alcuni aspetti diventano più chiari; le sparizioni regolari durante le quali si raffreddava e diventava silenzioso per giorni o settimane, tornando poi tutto dolcezza e scuse. Il suo rifiuto di lasciarmi entrare o farmi conoscere la sua vita. Le sparizioni. Finalmente la cosa assume un senso. Comprendo, per quanto mi è possibile.

«Mi dispiace soltanto che tu sia rimasta coinvolta nel terribile fuoco incrociato della mia salute mentale», abbassa lo sguardo sulle mani. «Non è facile ammettere di soffrire di depressione, soprattutto per un uomo. Nessuno dei miei amici ha mai parlato di niente del genere. Mi sentivo un mostro.» Fa una pausa. «La cosa stupida è che quando finalmente ne ho parlato, qualcun altro aveva problemi simili ai miei. Ce lo tenevamo dentro.»

«Vorrei che me l'avessi detto», mormoro, sapendo che è inutile.

«Mi dispiace», torna a dire, i suoi occhi cercano nei miei. «Sono così felice che tu sia finalmente disposta a parlarmi in modo che io possa spiegarmi. So che hai pensato di non contare niente per me, invece era così e avevo assolutamente bisogno che tu lo sapessi. Tutte le sere in cui hai pensato che fossi andato con altre donne o ti torturassi spegnendo il telefono, adesso posso dirtelo, in realtà ero a casa, nella mia stanza, in un tristissimo buco nero.» Fa una pausa, osservando con una certa ansia il mio viso. «Non so se ti aiuta o peggiora le cose. Ma mi dispiace veramente.»

«Smettila», scuoto la testa. «Non dire più che ti dispiace. A me dispiace soltanto di non averlo saputo.»

«Be', se non dico più che mi dispiace, non dovresti dirlo

nemmeno tu.» Ci scambiamo sorrisi circospetti, abbozzati, prendendo atto di una strana specie di tregua tra noi.

Nel mio stomaco si accumulano tante strane emozioni. Provo un dolore al cuore per quest'uomo di cui non ho mai saputo nulla. L'amavo, ma ho conosciuto solo lo strato superficiale che mi ha fatto vedere. Non mi ha confidato il resto e questo fa male, ma al tempo stesso capisco. È inquietante – molto più inquietante dell'amore – lasciare che altri vedano i frammenti deteriorati della persona che sei.

Raddrizza un po' di più la schiena, come se avesse lasciato andare qualcosa di pesante. «È così bello vederti, Esther.»

«È lo stesso anche per me.» Sorrido, abbracciando con lo sguardo il nuovo Rich. Il Rich che è stato abbastanza coraggioso da cercare aiuto. Il Rich che ha cominciato ad andare in analisi per migliorarsi.

A essere sincera, questo lo rende ancora più attraente. E adesso, sapendo che non ero io – e nemmeno la persona in carne e ossa con cui uscivo – forse c'è... No, non dovrei pensarci. Ma... e se... avverto uno spiraglio di luce penetrare nel muro di mattoni dell'odio che avevo accumulato. Qualcosa che somiglia alla speranza filtra luminosa.

E se tutte queste puttanate mi avessero portato qui? E se gli ultimi, terribili mesi fossero il sentiero che dovevo percorrere per trovare il Nuovo Rich? E se avessi dovuto passare in rassegna tutti quegli altri tizi per ritrovare l'ex numero sette, l'ultimo ex, quello per il quale nutrivo meno speranze? E se fosse sempre stata così che doveva andare? E se adesso potessi aiutarlo, cosa che non potevo fare un anno fa?

Fisso i grandi occhi sensuali di Rich e sento che sto crollando.

Si allunga, questa volta prende le mie mani tra le sue e mi sciolgo in una pozzanghera sul pavimento. Come sempre.

Ex n. 7: Rich Lowe
altrimenti detto il Bastardo
Parte terza

Casa
In lacrime sopra un iPad
1.12

Gli uomini sono tutti uguali. Crudeli, meschini, brutali, a nessuno di loro importa un cazzo di niente. Non provano nulla, sono solo un branco di gusci freddi, duri, dotati di un pene. Odio tanto gli uomini. Non m'importa se è ingiusto e metto la sordina all'hashtag #NonTuttiGliUominiSonoCosì perché SÌ TUTTI GLI UOMINI. Li odio tutti fino all'ultimo, porca puttana. A nessuno di loro importa come trattano la gente. Sono tutti uguali.

Singhiozzo e tocco il display. Un altro singhiozzo, un altro tocco.

«Sssst, tesoro, andrà tutto bene», Lou mi sfrega la schiena e Bibi mi stringe più vicina a sé nello spazio tra la testa e la spalla.

«Stai facendo la cosa giusta», aggiunge Bibi con voce tenera.

Sto cancellando le foto che ritraggono Rich e me, e ogni singolo, insulso, sfocato selfie scattato in una sera di sbronze mi fa piangere più forte. Ho voglia in ogni mia parte di prendere il telefono e inviargli un messaggio. Voglio SUPPLICARLO di venire a trovarmi. Voglio che mi supplichi di non fare ciò che sto facendo. Deve dirmi che vale la pena conservare il nostro amore. Voglio che mi dica che non tutti capiscono il nostro rapporto – non capiscono *noi* – ma vale la pena salvarlo.

L'unica ragione per cui non lo faccio è la presenza di Bibi e di Lou. Proprio adesso mi stanno sorreggendo in senso letterale e metaforico e non posso deluderle di nuovo. Non di nuovo. Ci siamo passate tante volte. Con me che dicevo di avere chiuso con lui – definitivamente questa volta (e lo dicevo ogni volta) – e poi gli permettevo di ritornare a forza di moine. Non più. Mi ha trattato male una volta di troppo.

Questa è la cosa giusta, è l'unica cosa. Mi sta distruggendo e non ce la faccio più. Eppure. Eppure. Eppure.

Non ha alcun senso: è lui che mi fa piangere così e tuttavia mi sembra sia l'unico da cui voglio farmi consolare. Perché l'amore è così insensato? L'evoluzione avrebbe dovuto eliminare questa imperfezione dell'amore. La stupida, dannata *speranza* a cui ci costringe ad aggrapparci.

Faccio un profondo respiro e continuo a scorrere le foto. Da qualche parte dentro di me sto trovando la forza perché so di non poter più continuare. Non posso accettare le menzogne e la crudeltà. Non posso gestire la villania e la noncuranza e gli appuntamenti mancati e i messaggi ignorati. Ho esaurito la pazienza. Sono oltre l'esaurimento della pazienza. Ho superato la pazienza, sono uscita dall'altra parte nell'odio puro e semplice. Ed è l'unica cosa che mi fa rimanere integra mentre scorro, singhiozzo, cancello.

«Dovresti bloccarlo anche sui social?» domanda Lou con esitazione. È circospetta, sapendo che l'ho già fatto. L'ho convinta con l'inganno a insultare Rich, solo per tornare da lui. Bibi, però, non si cura delle sottigliezze.

«Ma certo che lo blocchiamo!» dice con rabbia. «È l'unico modo per farlo uscire dalla tua vita.» Fa una pausa. «E dalla tua mente, Esther.»

«Giusto», tiro sonoramente su col naso e una di loro mi passa un fazzoletto di carta. Mi asciugo per prima cosa il moccio, poi le guance. Uso la manica per gli occhi.

«Le lacrime nere sono inquietanti, non credi?» osserva Lou, studiando il mio viso. «Sembra che da te stia colando catrame o qualcosa di simile. Mi fa pensare a *X Files*.»

«Urrà», borbotto e mi afferra la mano.

«Scusa, no, non tu. Sei incredibilmente bella col mascara dappertutto. In realtà *ti dona*.»

Recupero il profilo Facebook di Rich. Non siamo neppure "amici". Non voleva accettare la mia richiesta, neppure dopo essere usciti insieme per quasi un anno. Ma questo non mi ha impedito di fare ossessivamente la posta al suo profilo, giorno dopo giorno. Gran parte delle foto erano pubbliche e passavo ore alla scrivania cliccandole, chiedendomi chi fosse quella donna e quando ci fosse stata quella festa. Quando vivi un rapporto tossico, i social sono un troll in sé per sé, ti stimolano ad autotorturarti.

«Ben fatto.» Bibi accenna fermamente col capo quando clicco l'icona del blocco.

Piombiamo nel silenzio e guardo fisso il viso felice, sorridente di Rich sullo schermo del computer. Non indovineresti mai, mai che è un bastardo irredimibile. Un mostro insensibile privo di compassione, privo di sensi di colpa e assolutamente privo di gentilezza. Mai.

PUAAAAAAH. Gli uomini sono tutti uguali. Non uscirò più con dei bastardi... il che significa TUTTI GLI UOMINI.

36.

Mentre tengo le mie mani tra le sue, sento un impeto di affetto per quest'uomo fragile, distrutto.

Ne ha passate tante. Se mi avesse parlato un anno fa, avrei capito. Avrei fatto qualsiasi cosa per lui, per aiutarlo a sopravvivere. Nessuno di noi è immune a qualche disturbo mentale di merda e avrei capito.

Dopo un momento, Rich si ritrae.

«Naturalmente non sono qui per cercare di riconquistarti!» ride un po' troppo calorosamente e il mio cuore sprofonda. «È ovvio, non sono assolutamente nelle condizioni di iniziare – o riprendere – alcun rapporto», dice di nuovo con una risatina. «Persino se ci fosse ancora qualcosa tra noi... cosa che non c'è, giusto?» non aspetta che gli risponda «...non sarebbe un buon momento. Per molto tempo l'amore e la lussuria sono stati strumenti di distrazione. Una strategia di adattamento. Finché non hanno smesso di funzionare.» Fa una pausa. «La mia terapeuta dice che non sarò pronto per un rapporto d'amore autenticamente sano per mooooolto tempo.» Mentre lo dice è estremamente euforico. «Anni, probabilmente!» Fa un gran sorriso prima di darmi allegramente un buffetto sul dorso della mano. «Devo capire come essere gentile con me stesso prima di poter essere gentile con qualcun altro. Di questo passo, probabilmente rimarrò single per sempre!» Ride.

Oh giusto. Sì, ci sta. Ha senso.

Ma porca puttana, scherziamo? Alla faccia delle mie teorie sul destino.

«In ogni caso», si mette comodo sulla sedia. «Basta parlare di me e delle mie cose! Parla con me, Esther. È così bello vedere che stai bene e sei felice.»

Sto bene e sono felice! Che tonnellata di merda fumante! Non sono mai stata meno bene o meno felice in tutta la mia vita.

«Sì!» Ingoio a fatica il groppo che si sta formando nella gola. «Mmm, sì, va tutto… bene.»

Mi esamina silenziosamente in viso per un attimo e, quando parla, lo fa con una voce gentile. Una voce che non avevo mai sentito provenire da Rich. «Esther, è vero che stai bene? Che cosa ti ha spinto a metterti in contatto con me dopo tutti questi mesi?»

Fisso il tavolo incapace di parlare, ma lascia la cosa in sospeso, sapendo che ci arriverò se mi concede spazio.

«Non lo so» rispondo infine con la voce leggermente tremante. «Ultimamente le cose si sono messe in un modo un po' strano.» Faccio una pausa. «No, non strano, *di merda.*» Incrocio i suoi occhi e lui sta facendo un leggero cenno di assenso, mi incoraggia a proseguire. «Io ho, ehm…» faccio un respiro profondo «…litigato a morte con un paio delle mie migliori amiche. Non so come superare la cosa.»

Si prende un secondo prima di rispondere. «Mi dispiace tanto», lo pronuncia chiaramente. «So quanto siano importanti per te le tue amiche. Si tratta di Lou? Di Bibi?»

Scuoto la testa, leggermente meravigliata che si ricordi delle mie coinquiline. Sembrava così disinteressato a me e alla mia vita quando stavamo insieme. Ma adesso so perché. «Soprattutto Bibi, sì. E un'amica che si chiama Alex.» Aggiungo in fretta: «Non hai mai conosciuto Alex, ma a scuola eravamo amiche per la pelle».

Annuisce pazientemente e all'improvviso sento il bisogno impellente di dirgli tutto. Non perché è Rich e neppure perché è una persona che una volta ho amato. Ma solo perché non riesco più a tenermelo dentro. Devo parlarne con qualcuno. Qualcuno che sia al di fuori di tutte queste assurdità del cazzo. Mi serve un po' di obiettività e un po' di gentilezza da parte di uno sconosciuto. E, fondamentalmente, Rich è uno sconosciuto per me. Non avevo mai incontrato *questo* Rich.

Uhm, forse è per questo che tutti amano tanto la terapia?

E così gli dico tutto. Gli racconto che andava tutto bene: amavo il mio lavoro, le mie amiche e la mia vita. Però mancava qualcosa. Gli parlo della Missione dei sette ex e gli spiego che lui è l'ultimo dei viaggi lungo il percorso della memoria. Gli dico quanto sia stata bella e brutta, avvilente ed esaltante tutta la vicenda. Gli confesso quanto siano state catartiche e sconvolgenti certe parti e quante cose abbia affrontato. Spiego di aver rivisitato la me stessa del passato, di essermi perdonata tante cose ed essermi data uno schiaffo e concesso una risata. E come tutto sia finito nell'enorme, orribile tradimento da parte di Bibi e di Alex. Un tradimento da cui non so come tornare indietro, anche se mi mancano talmente tanto, porca puttana, che ho voglia di piangere ogni minuto di ogni giorno.

E mi aiuta.

Rich è *così* affabile. È gentile e non mi giudica. Per approfondire l'argomento mi pone domande senza essere insistente, aiutandomi a vedere le cose con un pizzico di lucidità in più, ma non mi dice cosa dovrei fare o pensare.

«Perciò la domanda da porsi è...» quando ho concluso si apre in un gran sorriso felino. «La missione è stata un successo? So che hai imparato molto su te stessa, e tutto quanto, ma che mi dici dell'amore? Qualcuno dei tuoi ex si è rivelato migliore o più in gamba di quanto pensassi? C'è speranza di ricavare da tutto questo l'anima gemella?»

Faccio un respiro profondo. Perché nell'ultima settimana, più o meno, ho riflettuto parecchio su questa domanda. Sdraiata sul letto, mentre fissavo il soffitto, ignoravo gli amici, allontanavo gli altri, cercavo di forzare le cose con Paul o con Will – persino stasera, quando tentavo disperatamente di provare qualcosa per Rich pur capendo con chiarezza che per molto tempo non sarebbe stato disponibile a un rapporto – durante tutto questo c'è sempre stata quell'unica persona.

«Forse», gli rivolgo il mio sorriso elusivo.

«Bene», ride felice. «Spero che tu riesca a trovare l'amore, se è quello che vuoi.» Si alza in piedi e mi abbraccia forte. Quando mi lascia andare, mi rivolge un lungo sguardo consolatore. «Meriti di essere felice», afferma. «Sei una brava persona, Esther, non pensare mai di non esserlo. Commettiamo tutti degli errori e a volte *siamo* dei bastardi», tossisce appena nel riconoscere il suo periodo da bastardo. «Ma questo non vuol necessariamente dire che lo siamo veramente. È troppo facile perdersi e farla scontare agli altri. Ma tutti attraversano periodi neri, o provengono da una qualche specie di tenebra, e tutti noi stiamo solo cercando di fare del nostro meglio in un mondo brutale.»

Annuisco e mi abbraccia di nuovo, stavolta è un addio. «Ricordatelo, tutti noi commettiamo errori», mi dice all'orecchio. «Le tue amiche commettono errori, li commetti tu: siamo tutti sulla stessa barca. Fa parte dell'essere umani e non deve necessariamente avere il senso di una fine. La storia ha sempre un altro capitolo.»

Mi bacia delicatamente su una guancia e sorride mentre si volta per andarsene.

Lo osservo mentre se ne va, provo emozioni di tutti i tipi e affetto per i nostri alti e bassi. Mmm. Potrei magari aspettarlo per anni? Dopo tutto, è una brava persona.

37.

«Qui c'è qualcuno che vuole vederti.» Alzo lo sguardo e vedo Katie sulla soglia. È perplessa.

«Per vedere me?» domando in modo distratto, ma la mente corre. Sono settimane che un po' m'aspetto una convocazione da parte di Neima delle risorse umane. Capite, per parlare delle mie assenze recenti e della mia etica di merda sul lavoro. Ed è proprio il tipo di persona che userà quelle parole.

Ma – controllo l'orologio a muro – sono le 17.10 di un venerdì. Avrebbero aspettato fino all'ultimo istante della settimana per licenziarmi?

Oh, merda, ma certo che lo farebbero. Non mi sono state fatte domande quando sono scomparsa con le mie cose, e ancora meno me ne sono state poste quando ho mancato di ricomparire il lunedì. Fanculo Neima. Scaltra di una troia.

Katie sposta il peso da un piede all'altro. «Sì...» Ha un'aria strana. «È un tizio. Sembra un po' eccitato. Un po' sudato. Non lo aspettavi, giusto? Nell'agenda non c'è nulla.»

Naturale che nell'agenda non ci sia nulla! È venerdì pomeriggio. Anche se attualmente non fossi in un periodo super merdoso, non programmerei nessun lavoro vero e proprio per quest'ora della settimana. Dovrei essere un mostro.

Scuoto la testa.

«Devo chiamare la sicurezza?» Adesso Katie sta quasi saltellando.

«Mi sembra una reazione leggermente eccessiva», le dico affabilmente, MA FORSE DOVREMMO. FORSE DOVREMMO CHIAMA-

RE IMMEDIATAMENTE IL 999, PER L'AMOR DI DIO. «Andiamo a vedere chi è e capiremo se è necessario avvertire le autorità.» La mia voce è squillante quando cerco di attenuare le sue paure, MA, OH MIO DIO, STO GIÀ DIGITANDO I NOVE SUL TELEFONO CHE HO IN MANO, E SE FOSSE UNO SQUILIBRATO?

È Alistair.

Batto le palpebre quando lo vedo, in piedi nella reception, intento a guardare un quadro che non vale nulla, incorniciato e appeso alla parete. Qui è così fuori posto, così in contrasto con questo mondo. Si allunga a toccare la cornice, che cade. L'afferra, destreggiandosi per un secondo con quel pezzo di *corporate art*, e lo rimette rapidamente a posto sulla parete, uno sguardo colpevole sul viso. Vecchio, goffo Alistair.

«Ciao», dico nel modo più normale possibile. Si gira verso di me e tutto il viso si illumina in un gran sorriso, il delizioso dente irregolare in mostra.

«Esther!» dice, e avverto Katie che mi pencola nervosa sulla spalla.

«Va bene», mi volto a sussurrarle. «È un vecchio amico, lo conosco. Adesso puoi tornare alla scrivania. La sicurezza non è necessaria.» Non so nemmeno quale sicurezza avesse in mente di chiamare. Il novantacinquenne Barnaby del front desk al piano terra?

È un tantino delusa dall'assenza di squilibrati, ma fa quanto le è stato detto, continuando a guardarsi indietro curiosa mentre se ne va.

«Che ci fai qui?» domando, lo sconcerto nella voce mentre Alistair mi attira in un abbraccio. «Voglio dire, è bello vederti, ma...» Si ritrae, ma il suo viso è ancora vicino al mio.

Oh, quell'odore di Alistair. Gesù, mi fa cedere le ginocchia.

«Ti devo parlare», dice con voce incalzante e, visto da vicino, mi accorgo che in effetti è un po' sudato – più del normale – e schizzato.

«Cosa c'è che non va?» adesso sono preoccupata. È successo qualcosa?

«Possiamo...» adesso mi lascia andare completamente, si muove a piccoli passi davanti a me. «...possiamo magari, mmm, non so, andare da qualche parte? A parlare? Devo assolutamente parlare con te.»

«Ehm», non so proprio cosa pensarne. «Non finisco prima delle sei...» Faccio un gesto impotente e mi prende per le mani.

«Per favore?» dice, guardandomi profondamente nell'anima e non riesco a opporgli nulla.

«Ok!» sussurro, controllando alle mie spalle per vedere chi c'è nei paraggi. Nessuno. «Va' va' va'!» dico con insistenza. «Ci vediamo fuori tra due minuti.» Corre verso gli ascensori ed esito. Ho veramente intenzione di andarmene senza una parola? È abbastanza importante? Dirà quello che penso stia per dire? In tal caso, ne vale la pena? L'amore non ha forse più importanza di questo lavoro?

Vaffanculo. Mi precipito dentro, agguanto borsa e cappotto, poi corro fuori dalla porta prima che Katie abbia l'opportunità di dire qualsiasi cosa. Sento una fitta, dovuta a non so cosa, ma la ignoro, concentrandomi invece su Alistair che mi aspetta laggiù.

È appoggiato al muro esterno e, quando mi vede, mi fa il suo sorriso sghembo. Nel vederlo mi batte forte il cuore. È così bello, come sempre. Adesso me lo immagino nel cortile della scuola, le partiture dei suoi capelli che ondeggiano al vento mentre calcia la palla a Nick e agli altri ragazzi.

Era così bravo a giocare a calcio.

«Esther», pronuncia di nuovo il mio nome mentre riduce lo spazio tra noi e sono sicurissima che mi bacerà.

Ma la fidanzata.

Faccio un passo indietro e si guarda i piedi.

«Possiamo camminare?» domando, controllando alle mie spalle di non essere stata inseguita da qualche collega. «Mi metto nei guai se mi vedono qui.»

Fa un cenno d'assenso e cominciamo a spostarci senza meta.

«Senti», comincia e pare senza fiato. «Devo dirti una cosa. Tanto per cominciare mi sento un idiota per averti mentito, ma rivederti mi ha turbato e mi ha fatto sballare… non so.» Sospira e sento che mi si aggrotta la fronte. «Ok, lo dirò e basta, e se non vorrai più rivedermi lo capirò.» Sospira profondamente prima di continuare. «Non ho una ragazza. Il mio ultimo rapporto è finito più di un anno fa. Me la sono inventata perché quello che ho provato vedendoti mi ha fatto paura. Mi ha spaventato l'idea di tornare a essere coinvolto e cosa poteva significare. Mi hanno spaventato i sentimenti che ho provato vedendoti. Mi sono spaventato quando mi sono reso conto fino a che punto per me non era cambiato niente.» Mi guarda sdolcinato con la coda dell'occhio. «E forse volevo anche farti ingelosire un po', non saprei.»

Non alzo lo sguardo. Continuo a camminare con il cuore che batte forte.

Non so come sentirmi a riguardo. Ha mentito? Un'altra persona che mi ha mentito. Ma questa bugia non dà l'impressione di un tradimento. Sembra… lusinghiera? Tenera? Affettuosa? Mi do mentalmente dei buffetti. Sono compiaciuta da quello che sta dicendo. Sono sollevata dal fatto che non abbia una ragazza che lo aspetta dietro le quinte. Tra noi non è successo nulla, ma la componente emotiva della relazione mi ha turbato. Vederlo e sapere cosa provavo per lui mi ha fatto sentire malissimo.

Avverto la sua ansia accanto a me quando ricomincia a parlare. «Poi però ci siamo rivisti, e rivisti ancora… E la mia bugia mi è sembrata sempre più stupida. E imbarazzante. Che idiozia fare una cosa simile! Mi sono sentito una vera testa di cazzo! Avrei voluto dirtelo tante volte, ma non ci sono riuscito.»

Deglutisco a fatica. «Allora perché me lo stai dicendo *adesso*?» Cerco di tenere la voce tranquilla.

Fa una pausa, mi ferma con una mano e mi gira perché lo guardi. «Non è ovvio?» chiede e il battito cardiaco da veloce qual è raggiunge la fusione nucleare.

Non diciamo nulla per un altro minuto, ci limitiamo a fissarci, prima che Alistair prosegua con nonchalance: «Scendiamo a Southbank?». Sorride, prendendomi per mano e ricominciando a camminare. «Si sta facendo buio e sarebbe romantico passeggiare laggiù, lungo il fiume, non credi?»

«Maledettamente romantico», dico e il corpo mi si riempie di calore mentre intreccia le sue dita con le mie.

38.

Sei tu il mio uomo, Alistair?

Sei tu il mio lui? Sei tu la persona con cui finalmente, in un modo o nell'altro, sarò fino in fondo *me stessa*?

Pensa se fossi tu quella persona dopo tutti questi anni! Pensa se tu fossi la persona con cui potrei lasciarmi andare. Qualcuno di fronte a cui smettere di preoccuparmi di tenere insieme i pezzi. Pensa se potessi essere completamente la *me stessa* che tanto detesto; se tu fossi la sola persona al mondo che non mi giudicherebbe per questo. Pensa se non dovessi dire «mi dispiace» quando lascio emergere quelle parti. Se tu mi tenessi stretta quando sono ansiosa senza motivo. Se mi accarezzassi la testa durante le sbornie senza giudicarmi, se al mattino mi portassi il tè con tre cucchiaini di zucchero senza che te lo chieda, se lasciassi gli asciugamani proprio nel modo che mi piace. Pensa se tu fossi qualcuno a cui far vedere la pancia e le tette cascanti e mi trovassi ancora più attraente. Pensa se ti facessi una risatina quando scoreggio nel sonno, o mi comprassi altro cioccolato senza dir nulla perché ho mangiato tutte le nostre provviste una settimana prima delle mestruazioni. Pensa se tu fossi lui.

Sei tu la persona con cui riuscirò a parlare di tutte le cose che mi rattristano? Riuscirò a piangere davanti a te per tutto quello che è successo senza provare imbarazzo e senza vergognarmi di me stessa? Potrò ubriacarmi insieme a te e dire sciocchezze a voce troppo alta, e assillarti a proposito di quella ragazza che odiavo ai tempi della scuola e adesso vende con successo torte su Facebook, e *non* svegliarmi alle due di notte con il cuore che batte forte per l'orrore di averti allontanato e disgustato mostrandoti chi sono veramente? Sei tu il mio lui?

Guardo in quei bellissimi, grandi occhi, esaminando le lunghe ciglia scure – tanto più belle delle mie – e mi chiedo silenziosamente: sei tu l'Uomo Giusto?

Mi prende la mano, bacia quella parte all'interno del polso che è coperta dalle vene pulsanti, e infine – dopo secondi che sembrano durare una vita intera – si avvicina per baciarmi sulla bocca.

Fanculo. Penso che potresti essere tu.

Mentre Alistair si avvicina, il fiume scuro e lucente alle sue spalle, penso che effetto farà il contatto delle sue labbra con le mie. Che effetto farà dare finalmente libero sfogo ai sentimenti che ho seppellito per mesi. I sentimenti che ho seppellito *per anni*. Sembra che tutto si muova al rallentatore mentre i suoi occhi ardono nei miei. Non posso credere che stia succedendo. Alistair è incredibilmente sexy. Ho desiderato talmente a lungo questo momento che è difficile credere che alla fine io lo stia davvero vivendo.

Basta ricerche, basta inutili strisciate sulle app di appuntamenti, basta messaggi estenuanti con sconosciuti, basta appuntamenti infinitamente deludenti. Solo io e il mio primo amore, Alistair Morris. Alistair Morris della squadra di calcio, che sarà mio per sempre. Soltanto mio. Il primo e l'ultimo.

Quando finalmente le nostre labbra si toccano, attraversa il mio campo visivo l'immagine flash del nostro matrimonio. Io in abito bianco, che rido mentre lui si commuove nel guardarmi camminare verso di sé lungo la navata. Vedo noi che sballiamo su un test di gravidanza che dà un risultato positivo. Vedo noi che litighiamo su chi debba mettere a letto i bambini stasera. Vedo noi che invecchiamo e ci canzoniamo l'un l'altra per le rughe. Vedo noi che ci teniamo ancora per mano, come adesso, mentre siamo seduti nel nostro giardino di media grandezza a osservare i nipoti e i cani che scacciano i piccioni. Vedo noi che colmiamo il vuoto che ci separa e ci baciamo, proprio come facciamo adesso e…

Oh.

Oh no.

Oh no, cosa sta succedendo qui? Cos'è questa roba? Mi dà degli affondi con la lingua, le sue labbra beccano le mie a intermittenza. Più che essere un bacio, questa è l'esplorazione fanatica e troppo elaborata di un dentista in cerca di carie. Oh Cristo, adesso cosa succede? Sembra che mi stia masticando il labbro inferiore. A dire il vero fa male, porca puttana. Oh, adesso ci risiamo con le beccate e gli affondi. Che cos'è… oh cazzo, questo non va bene.

Mi ritornano alla mente all'improvviso, innescati dal suo abbraccio da picchio, tutti gli spaventosi rapporti sessuali che avevamo da adolescenti.

Era bravo a giocare a calcio, ricordo di aver pensato allora, ma un disastro a letto. E da adolescente, quell'equilibrio mi stava bene. Adesso? Probabilmente non tanto. E se quel bacio insegna qualcosa, negli ultimi dieci, dodici anni non è migliorato molto nel campo dell'intimità.

«Mmm…» mi allontano un tantino benché, mentre mi disimpegno, faccia un ultimo affondo con la bocca. «Ecco, *hmmmmm*!» aggiungo in fretta. «È stato beeeeeello! Ma, ehm, non potremmo, mmm, andarci un po' più con calma?» mi arrischio a dire. Si merita almeno un po' di addestramento. Forse potrebbe ancora andar bene. Lo devo ai miei nipoti.

Annuisce entusiasta. «Dio, che bello baciarti, finalmente!» dice, riducendo di nuovo la distanza tra noi. Questa volta non tira più colpi, schiaccia. Con le sue labbra riduce in poltiglia le mie, mi lecca la lingua con un'intensità precedentemente nota solo ai cani con il buco dei culi.

Mi allontano di nuovo quando si allunga verso la tetta destra e la *suona come un clacson*… è la sola espressione che renda l'idea. Faccio una smorfia di dolore e lo guardo in preda al panico.

Questa è una catastrofe.

Perché non si tratta soltanto di pessimi baci e pessimi

palpeggiamenti. Alla fine su quelle cose ci puoi lavorare – se una persona è disponibile a ricevere meticolose istruzioni – qui è pessimo tutto. Non c'è assolutamente nessuna chimica tra noi. Dentro di me non si sta accendendo niente da nessuna parte. Se mai, la vagina si sta contraendo ulteriormente all'interno del corpo, come un cartoccio. Sento la sua tosse secca dentro di me, il suo desiderio ardente di una goccia di liquido con cui placare la sua sete da deserto.

Gesù. Come mai è successo? Ho scambiato la nostalgia per attrazione sessuale? Adesso torno a esaminarlo e mi guarda di nuovo, gli occhi semichiusi, le pupille nere.

Oh no. Non lo desidero per niente.

Voglio dire, lo vedo che è bello e provo un affetto intenso per lui e per i ricordi che condividiamo. Ma è tutto qui.

Oh mio Dio, oh mio Dio, oh mio Dio. Ne sono sicura?

Lo considero di nuovo, prego il mio corpo perché produca una scintilla che si accenda. Un tremolio che si diffonda dentro di me.

Niente.

Oh no. CAZZO, che spreco. Questo non è l'Uomo Giusto. Nemmeno lontanamente.

E, oh mio Dio, l'ho tanto illuso! L'ho proprio illuso. Guardateci, ci baciamo romanticamente vicino al fiume alla luce della luna. Questo è un *set cinematografico* del cazzo! Penserà che lo ami alla follia. Per me ha persino scaricato una fidanzata finta. Che posso fare?

«Camminiamo un po'?» Inghiottisco un grumo della sua saliva, voltandomi verso il viale. I turisti continuano a passarci accanto, sorridono dolcemente nella nostra direzione, ignari che tutte le mie teorie romantiche sono appena state fatte a pezzettini.

Mi prende di nuovo la mano, sospira felice. La sensazione è abbastanza piacevole. Le sue mani sono calde e fa piuttosto freddo, ma non c'è altro.

Mentre camminiamo in un silenzio apparentemente appagato, mi rendo conto che tutte le scene che mi hanno attraversato il cervello come un lampo prima che ci baciassimo, avrebbero potuto svolgersi con chiunque. Non erano riferite in particolare ad Alistair. Erano i grandi ideali romantici che tante persone sperano dal proprio futuro. Va benissimo averli, ma non posso servirmi di lui per raggiungerli. Non quando lui è completamente inadatto a me.

Con l'altra mano cerco nella bocca qualcosa che è finito tra i denti. È un pezzettino d'arancia, o così sembra. Che roba è? Forse che... No, oggi non ho mangiato niente di simile. È venuto dalla bocca di Alistair. Per poco non mi viene un conato di vomito, ma mi trattengo.

«Sono così felice», dice beatamente lui, facendo oscillare le braccia tra noi mentre camminiamo.

Oddio. Mi sento *malissimo.*

Louise aveva ragione, non avrei dovuto farlo. Avrei dovuto abbandonare la missione – l'esperimento – prima che si spingesse troppo in là. Sono stata così assorbita da ciò che il progetto avrebbe potuto fare per me da dimenticarmi che, nel processo, avrei potuto fare seriamente del male alle persone. Ho fatto del male a Bibi, ho fatto del male ad Alex, ho fatto del male a Lou, al lavoro ho fatto del male a Katie. E adesso sto per fare del male ad Alistair.

Ma devo.

«Alistair...» Faccio un respiro profondo e smetto di camminare. Per un secondo do un'ultima, lunga occhiata al panorama alle sue spalle. È così bello qui, lungo il fiume. Se stessi camminando con la persona giusta, sarebbe assolutamente magico e bellissimo. Ma lui non è la persona giusta, lo so con sicurezza. Nessuno dei sette ex si è rivelato la persona giusta. È per quello che sono degli ex! E, se mai, questa missione mi ha lasciato più sola di quanto sia mai stata. Questa stupida ossessione si è presa tanto da me.

«Sì?» Mi guarda con il suo adorabile sorriso sghembo, impaziente di darmi un altro di quei baci veramente spaventosi, e gli dico la verità.

Lo osservo farsi scuro in volto, lentamente, a poco a poco, ma, quando le parole escono dalla mia bocca, mi sento sempre più forte. Sto facendo la cosa giusta.

E ho ancora tempo per aggiustare le cose. Posso aggiustare tutto.

39.

Decido di tornare a casa a piedi.

In base alla mia teoria, la camminata mi dovrebbe dare il tempo per pensare e capire dove è adesso la mia mente. Cercare di trovare uno scopo agli ultimi mesi. Pensare ai miei sette ex partner e capire se uno di loro abbia avuto qualche significato. Trovare il modo di non farmi licenziare dal posto di lavoro il prossimo lunedì. Decidere una volta per tutte cosa fare con Bibi e Alex.

Ma forse l'ho deciso anche perché suona un po' teatrale e mitico? Camminare in solitaria per due ore nel buio della sera è un po' cinematografico. In realtà non lo è affatto. A meno che non si pensi, che so, a una sitcom deprimente. Fa un freddo cane e in capo a dieci minuti sono in mezzo a una pozzanghera, il che si è tradotto nel percorrere il resto del tragitto con il piede destro inzuppato. Poi ha cominciato a farmi un po' male il piede sinistro, perciò, invece di pensare alla mia situazione romantica, ho riflettuto soprattutto sulla mia mancanza di forma fisica e sul fatto che dovrei andare più spesso in palestra.

A un certo punto sono passata davanti a una fermata della metropolitana, ma mi sono detta: "No, hai preso un impegno, hai deciso di camminare". Poi, per la mezz'ora seguente, mi sono rimbrottata per essere una cogliona cocciuta e orgogliosa, che si costringe a resistere fino alla fine quando nei paraggi non c'è anima viva che possa giudicare la mia marcia indietro.

Insomma, il fatto che uno decida di fare una cosa non vuol sempre dire che debba farla, porca puttana! Puoi sperimentare qualcosa e se non funziona – o ti infradici subito un calzino – puoi interromperla. Certo, è un bene sperimentare cose nuove e superare i propri limiti, ma se quei limiti ti fanno indietreggiare e ti ritrovi in una condizione avvilente, non fare più quelle cose!

Uffa. Piede bagnato.

A circa dieci minuti da casa, avvisto in lontananza il pub della nostra zona, volgare e adorabile come sempre.

Dio, che voglia di bere qualcosa. Devo scacciare la delusione di questa sera e scaldarmi le ossa dopo questa camminata per nulla cinematografica.

Ma non posso entrare, vero? Perché Bibi potrebbe essere al lavoro. E non sono pronta per vederla.

Lo sono?

E se lo fossi?

Sospiro. A ogni modo, perché sono *ancora* arrabbiata? Se mi spaventa davvero il fatto che questo nuovo rapporto rovini la mia amicizia con loro due, perché mi sto impegnando in tutti i modi per rovinarla io stessa? Non sarebbe meglio rimanere loro amica e lasciare che succeda quel che deve succedere? O le taglio fuori adesso, con la remota possibilità che io finisca per rimanere isolata, oppure conservo la loro amicizia e spero per il meglio. E se è la gelosia a tenermi lontana, allora devo chiudere questa cazzo di bocca.

Penso sinceramente che sia il mio ego a impedirmi di accettare questa situazione. L'idea della mia ex e della mia amica. L'idea che l'una abbia scelto l'altra invece di me. È una pillola amara da ingoiare.

Ma sapete che cosa è veramente facile da ingoiare? Qualcosa da bere.

Il bisogno dell'alcol batte il mio piccolo, fragile ego. Entrerò allo Swab.

Quando entro, ho lo stomaco a pezzi, ma l'odore di plastica dovuto all'aria calda sparata dai condizionatori lenisce immediatamente i miei tanti mali. È relativamente affollato, mi accorgo, un po' sorpresa. Benché – controllo l'orologio – siano le undici passate di un venerdì sera. Tendiamo a frequentare il pub nelle ore *non di punta*, quando è più tranquillo. Dovrebbero proprio farci lo sconto.

Scruto febbrilmente il locale. Nessun segno di Bibi. Forse è nel retro o – Dio non voglia – sta servendo i clienti? In via sperimentale mi siedo al bar e aspetto di essere servita, con la schiena che si lamenta per tutto quello stupido camminare.

Una donna seduta un paio di sgabelli più in là si sporge nella mia direzione e per poco non cade, ma non sembra che glie ne importi più di tanto.

«Ehi», parla in modo smozzicato. «Ti va di bere? Ho pagato per qualche bicchiere, ne vuoi uno?» Fa segno al barista. «Un altro Apple Sour!»

Mi piace quando gli ubriachi insistono nel pagarti da bere. Se mi fosse concessa una scelta, probabilmente direi «no grazie», ma quando insistono, è fantastico! Non hai alcun potere, devi prenderti da bere.

Il barista scarica davanti a me quel liquido verde e faccio una smorfia, non so quanto io sia in grado di reggere un Apple Sour, stasera. Brindiamo e la ringrazio, tracannando il cocktail in un colpo solo e ordinando un bel bicchiere di vino come *chaser*.

«Una brutta serata?» dice e, quale breve, netta ammissione, mi metto a ridere.

«Pessima.»

«Ti prego, parlamene.» Si gira sullo sgabello e per poco non cade di nuovo. «Ho bisogno di sentire i dispiaceri di qualcun altro, oggi sono finita tra gli esuberi. È la terza volta che mi succede.»

Boccheggio. «Gesù, è spaventoso, mi dispiace tanto. L'anno scorso la mia amica è finita tra gli esuberi ed è stata così...» Mi fermo, mi sento un'imbrogliona a parlare di Bibi come di un'amica. «Be', in ogni caso mi dispiace.»

«Non è colpa tua», si stringe nelle spalle, facendo cenno al barista perché porti un altro bicchiere verde. «Sono le mie scelte sbagliate che mi hanno portato qui. Lavoro in un'industria che sta morendo. Ogni volta che comincio un nuovo lavoro, sei mesi dopo l'impresa chiude i battenti, maledizione.»

Annuisco per simpatia. «Il mondo continua a cambiare», commento, con l'ambizione di sembrare saggia e parlando come mio nonno. Aggiungo in fretta: «Mi chiamo Esther».

«Demi.» Offre una mano molliccia perché gliela stringa. «Piacere di conoscerti, Esther. Allora? Dimmi perché hai avuto una giornata di merda.»

«Be'...» faccio un lungo, profondo respiro, assaporando l'attenzione. «...ultimamente mi sono imbarcata in una missione piuttosto stupida.» Sospiro di nuovo. «Ho dato la caccia a tutti i miei ex per capire se me n'ero lasciata sfuggire uno veramente brillante.»

«Wow, gli ex», ride, inclinando lo sgabello e facendolo poggiare su due gambe. Mi risulta molto difficile concentrarmi e raccontare la mia vita a questa sconosciuta quando sono costantemente preoccupata che stia per spaccarsi la testa.

«Lo so!» annuisco. «È stato come andare sulle montagne russe. A ogni modo, è stato soprattutto uno spettacolo di merda, pieno di pessime scelte e rifiuti imbarazzanti.» Faccio una pausa. «Ma questa sera pensavo che il mio primo amore potesse davvero rivelarsi l'Uomo Giusto.» Abbasso lo sguardo. «Però non lo è. È un tipo davvero attraente – è assolutamente bello, fantastico, gentile e dolce – ma tra noi non c'è niente. Non c'è nessuna chimica. È stato come baciare il dorso della mia mano.»

«Dagli il mio numero, non mi dispiace baciare le mani», precipita leggermente in avanti.

«Perciò adesso non so cosa fare», ignoro il suo commento. «In un certo senso, ho buttato in questo progetto tutto quello che avevo e nessuno degli ex si è rivelato una scelta giusta.»

«Tutto?» ammicca e annuisco.

«Davvero! Era partita bene. Ho ritrovato una vecchia amica, una cosa così piacevole, e ho persino chiuso con certi fantasmi. Ma ultimamente sembra che tutto sia andato a puttane, ho perso di nuovo l'amica, oltre a un'altra.»

Demi ammicca un altro po'. «Oh no!» Tracanna la bevanda. «Questo è il problema con gli ex. Non portano altro che guai.»

Sbuffo. «È vero!» Faccio segno al cameriere perché porti altro vino. «Mi sono fatta prendere dal panico, ho pensato che non avrei mai incontrato qualcuno. Ho letto un articolo secondo cui nella vita sperimenti solo sette rapporti, uno dei quali è quello con la tua anima gemella.»

Demi sbanda in avanti. «Un momento», mi sta guardando con occhi più sobri. «Su "Cosmour"? Un articolo scritto anni fa?»

«Ehm, sì, in effetti.» Mi acciglio. «L'hai letto anche tu?»

Ride di cuore, la testa buttata indietro, i capelli che le ricadono ben oltre lo sgabello. «Certo che l'ho letto!» ride un altro po'. «E l'ho scritto! *I sette rapporti che sperimenta ogni donna nella ricerca dell'uomo giusto.* Non è così? Qualche mese fa stavo esaminando il mio quaderno di ritagli in questo stesso pub e ho tirato fuori quella copia di "Cosmour". A dire il vero, penso di averla lasciata qui.»

«Oh mio Dio», grido e Franco mi rivolge un'occhiata ansiosa dall'angolo. Gli faccio un gesto rassicurante e torno a voltarmi verso Demi. «Sei Demi Doris?»

«In persona» ridacchia.

«Be' allora sono *io* che devo pagarti da bere!» dichiaro contentissima. «Probabilmente quella che abbiamo trovato è la tua copia della rivista. Quell'articolo mi ha cambiato tutto.»

Aggrotta di nuovo la fronte. «Non in meglio, a quanto mi dici.» Fa una pausa. «Mi dispiace.»

Alzo la testa verso di lei. «Ah, in realtà non lo so.» Per un attimo studio il legno del bancone. «Penso che sia stato più positivo che negativo. Ci si sente meglio sapendo piuttosto che non sapendo, ammesso che abbia senso. E adesso pare che io possa passare ad altro, sapendo che in fatto d'amore per me è tutto qui. Ho chiuso.»

Sbuffa. «Che cosa?»

«Nessuno di loro è l'Uomo Giusto», dico lentamente.

«Perciò immagino che sia tutto qui. L'articolo diceva che c'erano delle conferme scientifiche, ricordi?»

Questa volta – quando si sporge verso di me – cade realmente dallo sgabello. L'agguanto tenendomela in grembo e, quando si raddrizza, non riesce a smettere di ridere. «Oh mio Dio, non essere ridicola, Esther! Non ti ho appena detto che quell'articolo l'ho scritto *io*?! Io! La stupida, incapace, perpetuamente single! Era soltanto un servizio che mi era stato commissionato tra un licenziamento di massa e l'altro. Maledette riviste, che spariscono dappertutto. In ogni caso, tutta la faccenda non aveva alcun senso. Aveva soltanto lo scopo di essere un pezzo divertente, leggero, hai capito? Qualcosa che alleggerisse l'atmosfera tra gli articoli sui Talebani e il traffico sessuale.»

«Di che cosa stai parlando? Per quanto mi riguarda, era assolutamente corretto!» Sono indignata.

«Lo era?» Mi sbircia al di là dello spazio che ci divide mentre tenta di tornare sullo sgabello. «Oppure hai visto solo ciò che volevi vedere?»

Scuoto la testa, inviperita. «No, no, li ho avuti tutti: il Primo Amore, l'Errore sul posto di lavoro, l'Amico con cui vai a letto, l'Occasione Mancata, il Serio, la Sovrapposizione, il Bastardo...» Li recito con tanta facilità. Hanno costituito un loop nel mio cervello da quando ho letto il suo articolo.

«Sono come le letture psichiche o gli oroscopi», agita la mano. «La gente legge o scopre quello che vuole leggere o scoprire. Voglio dire, per esempio, se sei mai stata adolescente, hai avuto un primo amore! Anche se non era corrisposto oppure – che so – era uno della band dei Jonas Brother...» Arriccio il naso al suo suggerimento, ma ignora la mia reazione. «...Siamo stati tutti innamorati per la prima volta, no? E, per quanto riguarda il resto, sono soltanto figure prevedibili.» Fa una pausa, versando parte della sua bevanda sul bancone. «E scommetto che i tuoi ex potevano essere descritti in migliaia di altri modi e li avresti comunque riconosciuti.» Riflette per un secondo. «Tipo, ci scommetto che se avessi incluso la categoria "la separazione incasinata"», mi compare in mente Idris, «... o "la storia segreta"», quello è Carl, «...o "la storia con gli alti e i bassi"» quello sarebbe Rich, «...oppure, non lo so, "il tizio che va quasi bene!"», Will, «...ogni rapporto può essere descritto in migliaia di modi diversi.» Tornata sullo sgabello prosegue, e sembra che le sia passata un po' di più la sbornia. «Siamo esseri umani e siamo un po' di tutto. Perciò ogni relazione ha momenti buoni e cattivi. Stavo scrivendo un servizio con un conteggio molto rigoroso delle parole – i redattori mi sgridavano sempre – e non puoi inserire sfumature dappertutto. Ma la vita è piena di sfumature *del cazzo,* Esther. Ti assicuro che un giorno ti innamorerai di nuovo, se è quello che vuoi. Magari troverai un'anima gemella di qualche genere, magari soltanto un bravo tizio con cui mettere su famiglia. Magari troverai degli amici o un lavoro che ti appassiona altrettanto e una relazione non avrà tutta quell'importanza!»

A quel punto la interrompo. «Io *ho* un lavoro e delle amiche a cui voglio bene!» grido un po' troppo forte, e Franco mi lancia di nuovo un'occhiata. «Amo senz'altro il mio lavoro e amo le mie amiche!»

Mi considera con serietà. «Allora perché questa missione era tanto importante per te?»

Le sue parole mi disorientano.

Non ne ho la minima idea.

Perché *avere* una relazione è così importante? Prima di tutto questo, la mia vita era intensa, piena e *divertente*! Tutti i weekend io, Lou e Bibi bevevamo e ridevamo insieme in questo pub. Durante la settimana io e la mia assistente Katie andavamo alla grande nel museo Norris. Ero veramente, autenticamente felice. L'unica cosa che mi deprimeva – ciò che mi ha indotto a pensare che *dovevo* trovare qualcuno – erano gli appuntamenti. Gli appuntamenti erano la sola cosa che mi rendeva infelice.

Quindi, forse, il problema è quello. Uscire con qualcuno. Dare la caccia al mitico grande amore che può o non può rendermi felice, quello è il vero problema. Non la mia vita... la mia vita è fantastica! Oppure lo era. Prima che la mandassi a puttane.

All'improvviso, mi rendo perfettamente conto. Ho rovinato tutto. Ho ignorato Lou e l'ho allontanata. Ho detto a Bibi e ad Alex di uscire dalla mia vita. Da mesi non metto quasi nessun impegno nel lavoro. Se non avevano già intenzione di licenziarmi prima, stanno sicuramente pensando di farlo adesso, visto che oggi ho abbandonato il mio posto senza dire niente a nessuno. Chi potrebbe biasimarli?

«Devo andare al gabinetto», borbotto a Demi, che mi dà un buffetto gentile.

«Andrà tutto bene», mi dà una voce mentre corro verso i bagni con le lacrime che scorrono già lungo il viso. Ma non andrà tutto bene.

Mi dirigo verso il gabinetto per i disabili, appena fuori dalla cucina. L'ho usato soltanto una volta – diversi anni fa – e mi precipito dentro, ringraziando la mia buona stella per non averlo trovato chiuso a chiave. Non potrei affrontare adorabili donne ubriache nei gabinetti che mi offrono fazzoletti di carta e rossetti. Chiudo la porta sbattendola e mi giro, saltando in aria per due metri quando mi rendo conto che è già occupato. Da Franco.

«Oh mio Dio, mi dispiace tanto, Franco!» strillo, tentando di afferrare la porta con l'accenno di un gemito, mentre le lacrime scorrono lungo le guance.

«Aspetta, aspetta!» Sta agitando le mani e dappertutto schizzano macchioline di liquido. «Va tutto bene! Esther! Mi stavo solo lavando le mani!» Me le mostra e mi calmo un pochino. «Stai bene?» Mi squadra con aria preoccupata. «Stai piangendo, cosa c'è che non va?»

Mi mette una mano sul braccio e faccio un grande sospiro, accompagnato dai brividi.

«Non è niente!» cerco di dire, ma la voce esce come uno squittio.

«Siediti un minuto», mi ordina con voce ferma, gentile. «Ecco, io prendo il fasciatoio...» Si appollaia, indicandomi con un gesto il gabinetto. «E tu siediti lì.»

Annuisco, seguendo le sue direttive. Sono troppo debole ed esausta per protestare.

«Ti va di parlarne?» domanda dopo un momento, e io esito.

«In realtà no», rispondo francamente. Sono stufa di parlare. Raccontare l'intera vicenda a Rich e poi a Demi ha messo alcune cose nella giusta prospettiva. So cosa devo fare d'ora in poi; è solo che adesso è tutto troppo complesso ed eccessivo. «Sto bene, mi serviva solo un minuto per conto mio.»

«Allora, ti serve un abbraccio?» sorride, e mi sembra un tantino lascivo.

«Mmm, no grazie», dico, e di punto in bianco mi chiedo perché sia rimasto. Ero una ragazza che piangeva in un gabinetto e che cercava evidentemente di stare da sola. Non siamo amici e ho detto che non volevo parlare. Non aveva l'obbligo di rimanere. Di fatto, è un po' strano che sia qui con me.

«Vieni qui, lascia che ti abbracci.» Si alza, si allunga verso di me e mi ritraggo, un po' allarmata. «Ti farà sentir meglio, te lo assicuro.» Mi agguanta e mi spinge tra le sue braccia. Mi allontano, ma è forte. Che sta succedendo?

«Lasciami andare, Franco, parlo sul serio», dico con un sussurro pieno di imbarazzo. Perché non sto gridando? Perché mi *imbarazza* sgridare un uomo che mi sta toccando senza il mio consenso?

Le sue mani scendono verso il mio sedere e qualcosa dentro di me si libera. Alzo il piede quanto possibile e pesto il suo con tutte le mie forze. Quasi nello stesso momento, con l'altra gamba gli do una ginocchiata direttamente sulle palle. Geme, staccandosi, e mi precipito verso la porta.

Qualche secondo dopo sono libera e corro verso l'uscita del pub. Non mi fermo finché non mi trovo fuori dalla porta d'ingresso con il respiro pesante.

Merda, Bibi aveva ragione a proposito di Franco. Deve essere questo il motivo per cui lo odia tanto! Perché gli dice in continuazione di andare al diavolo e cerca di tenerci lontane da lui. È una mostruosa canaglia, un molestatore del cazzo da far venire i brividi.

Devo parlare con lei.

40.

I miei passi pesanti, quando entro dal portone e percorro il corridoio, sono abbastanza rumorosi da far uscire Louise dalla sua stanza.

«Ehm, stai bene?» Si chiude la porta alle spalle senza nessuna delicatezza. Non lo faceva mai.

«Scusa», balbetto. «Ho dovuto scaricare Alistair e poi resistere a Franco.»

Si fa scura in viso e poi rimedia assumendo un'espressione di autentica confusione. «Cosa? Scusa, che cosa? Aspetta...» Cerca di comprendere le mie parole. «Tu... quando sei stata con Alistair? Perché... hai parlato di *scaricare*? E che cos'hai detto su Franco? Il Franco di Bibi? Sei stata al pub? Cos'è...»

«È una lunga storia», la oltrepasso con decisione, vado verso la cucina. «Vuoi da bere? Mi faccio un bicchiere. O cinquantacinque. Il tuo compagno di letto segreto ne vuole uno anche lui?»

Non mi giro, ma quando risponde c'è un tono colpevole nella sua voce. «Cosa intendi per *compagno di letto*? È soltanto, ehm, Sven!»

«Come no», alzo gli occhi al cielo, le mani già immerse nel frigorifero che pescano il vino. Mmm, sono quasi sicura che abbiamo aperto questa bottiglia due mesi fa. Però va bene, giusto? Il vino è come il formaggio, migliora invecchiando. A volte devi soltanto raschiare la muffa.

Afferrato un bicchiere capiente, verso generosamente e bevo una sorsata, ignorando la patina fosforescente di liquido stagnante che nuota sulla superficie. Louise mi raggiunge e ne riempio uno anche a lei. Quando lo assaggia sembra perplessa, ma non dice niente, mi segue sul divano, dove crollo.

«Parla con me», dice dopo un sorso disgustoso. «Che cosa è successo? Hai visto Alistair?»

«Sì», annuisco, bevendo un'altra, lunga sorsata. «Ha mentito sulla fidanzata e voleva che stessimo insieme. Ma è andata a finire che baciare Alistair è stato come arrampicarsi in una miniera in funzione mentre qualcuno ti aggredisce il viso con un piccone.»

Lei sembra boccheggiare. «Aspetta un attimo», solleva un dito. «Sì, è esatto. È sempre stato un pessimo baciatore quando stavate insieme a scuola, non è vero?» Aggrotta la fronte. «Ma da allora è *sicuramente* migliorato. A scuola nessuno di noi sapeva baciare bene.»

Sospiro. «Non è colpa sua.» Poso il bicchiere sul tavolino da caffè e mi appoggio ai cuscini del divano. «È colpa mia. O non è colpa di nessuno, non lo so. Non abbiamo nessuna chimica, è stato spaventoso. Sono tanto triste e mi sento malissimo per essere stata costretta a ferirlo in quel modo.»

Lou si appoggia allo schienale e a me, bloccandomi il braccio. Mi libero e le circondo le spalle.

«Be'», dice lentamente. «So di aver parteggiato per Alistair, ma ero anche un po' preoccupata all'idea che tornassi con lui.»

«Davvero?»

«Sì!» annuisce, appoggiata alla mia spalla. «Voglio dire, mi ha dato l'impressione di non essere cambiato molto dai tempi della scuola. È tuttora amico di un mucchio di compagni di scuola, organizza rimpatriate e cose così. È ancora ossessionato dalla ragazza con cui stava ai tempi della scuola. Si mette ancora il deodorante Lynx Africa come quando aveva quindici anni. Hai parlato con lui del suo appartamento? L'affitto lo pagano i genitori!» È smaniosa. «Non è maturato molto, non ti pare? Ha fatto le bizze la prima volta che l'hai incontrato: se n'è andato a precipizio per punirti di qualcosa che avevi detto e che in realtà non era così grave!»

«Non me l'hai mai detto!» mi siedo con la schiena un po' più dritta. «Pensavo di essere fuori controllo e che mi avesse abbandonato per questo.»

Si stringe nelle spalle. «Be', anche tu eri *un po'* fuori controllo. Ma gli adulti non possono sempre affrontare le cose fuggendo a precipizio nella notte, non credi? È stata una sciocchezza. E quanto è stato immaturo da parte sua mentirti sostenendo di avere una ragazza – per cosa? – per farti ingelosire?» Alza le mani, versandomi addosso del vino. «Insomma, andiamo, non è bello! Come avrebbe potuto funzionare una relazione a lungo termine con uno che mente o fa le bizze quando le cose non vanno come vorrebbe?»

Rifletto sulle sue parole. Non ha tutti i torti.

«Forse hai ragione», dico lentamente, e si attenuano il senso di colpa e il rammarico che sento nei confronti di Alistair.

«In una relazione a lungo termine...» continua in tono autorevole «...bisogna essere sinceri e aperti.»

Ah.

La sposto dalla mia spalla e mi volto per averla di fronte. Non posso continuare a fingere. Voglio che mi parli. Voglio che mi dica la verità, qualunque essa sia. E qualsiasi cosa significhi per il suo povero ragazzo, a cui sono molto affezionata.

«Ehm, come sei tu con Sven?» chiedo dolcemente, con tutta la gentilezza di cui sono capace. Non voglio che si senta giudicata.

Abbassa lo sguardo sulla bevanda. «Ok, sì, non lo sono sempre stata, ma ci stiamo lavorando sopra. Va meglio.»

«*Davvero*?» sono incredula. «Vuoi dire, a parte...» lo dirò, lo dirò sicuramente «...il tradimento?»

Louise alza lo sguardo, il viso improvvisamente illeggibile.

«Che cosa?»

«Andiamo, Lou», sospiro. «Chi c'è adesso nella tua camera da letto? A chi hai segretamente inviato messaggi negli ultimi due mesi? Sei infedele a Sven, non è così? È piuttosto evidente. Parla con me, non ti giudicherò.»

Qualcosa le passa sul viso e per un attimo penso che si

metta a piangere. Prende la testa tra le mani e il suo corpo è scosso dai tremiti. Ma no, sta... ridendo. Ride, ride, ride fino a diventare quasi isterica. Osservo perplessa.

Insomma... chissà, forse è un bel sollievo essere messa di fronte alla verità. Si tratta di sollievo, come penso? Moriva dalla voglia di dirlo a qualcuno. Di confessare.

«Non *sono infedele* a Sven!» dice infine con voce soffocata, tra le risate. «Adesso nella mia stanza *c'è* Sven, puoi andare a controllare!» Si calma un tantino. «Ma non farlo, ti prego, sarebbe molto imbarazzato se lo vedessi in costume.»

«*Costume?*» adesso sono veramente confusa.

«Sì!» annuisce entusiasta. «Ultimamente abbiamo fatto un bel po' di giochi di ruolo. Mascherandoci ed entrando nel personaggio. È un po' imbarazzante, ma è stato molto utile per la nostra vita sessuale. Mi sento più vicina a lui di quanto mi sia mai sentita. Andiamo proprio alla grande.»

«Ma che mi dici di tutto quel senso di colpa fuori posto che provavi?» grido, ed è sconcertata. «Hai capito benissimo! Parlo del prozio Merton. Era evidente che ti sentissi male per qualcosa. Pensavo che fosse perché eri infedele a Sven e per quella ragione ti sentissi un po' perseguitata.»

«No!» Scuote seriamente la testa. «Era vero che mi sentivo male per il prozio Merton. Siamo state così irrispettose al suo funerale.»

«Sul serio?» Sono ancora scettica.

«Sinceramente!» Sta facendo un mucchio di segni con la testa. «E, per la cronaca, penso davvero che mi stia perseguitando. Mi sento perseguitata. Ma non sul piano emotivo... a buon diritto!»

Scuoto la testa, cercando di capire. «Ma che cosa è cambiato?» domando. «Sono anni che tu e Sven avete rapporti sessuali disastrosi. Qual è l'origine di questo impegno rinnovato?»

Si fa scura per un attimo prima di rispondere. «È stato qualcosa che hai detto secoli fa, al principio di tutta questa storia», distoglie lo sguardo, improvvisamente timida. «Avevi appena incontrato Alistair e ti domandai se pensavi davvero che fosse possibile avere un rapporto diverso con qualcuno che avevi già cercato di amare in passato. Dicesti di sì e questo mi fece pensare che forse le cose avrebbero potuto andare meglio con Sven.» Ride appena. «Ci stavi provando per sette volte, perché non avrei potuto provarci una volta sola? Cioè, *tentare* di avere un rapporto diverso con Sven, compresa l'intimità fisica che mi mancava. A quanto sembra, si poteva fare. Con facilità. Sven è una persona gentile, fantastica, Esther, e non si è tirato indietro all'idea di provarci.» Lou torna a voltarsi verso di me con sguardo sognante. «Abbiamo ancora i nostri momenti, sai – niente è perfetto! – ma sono fortunata che ci sia Sven e grata per la sua presenza. Ci siamo divertiti un mondo a sperimentare cose nuove e dedicare l'uno all'altra un'attenzione totale. A quanto sembra...» pare sorpresa persino mentre lo dice «...sono pazza di lui e del suo pene.»

«Wow», respiro.

Abbassa la testa. «Mi dispiace di non averne parlato prima. E mi dispiace di essere stata così sfuggente. Ero un po' troppo imbarazzata per spiegare questa storia del *cosplay*.»

«Oh mio Dio, è fantastico!» grido e do un grande abbraccio a Louise. «Sono così felice per te. Va' a farlo rivestire – sinceramente non ho voglia di vedere Sven in costume sexy – e andiamo a ubriacarci insieme.» Ride di nuovo, abbracciandomi per un minuto di più.

«Mi dispiace per Alistair», mi sussurra nei capelli. «Mi dispiace anche per gli altri.»

«Va bene così», le dico e parlo sul serio.

Corre a prendere Sven e mi rendo conto che il telefono sta vibrando.

Merda.

È Katie, la mia assistente, e il suo nome fa scorrere nel mio corpo terribili pulsazioni da senso di colpa. Ho tanta voglia di ignorarlo. Voglio continuare a fingere che non ci sia niente che non va e che ultimamente al lavoro non mi sono comportata da idiota.

Ma che cazzo, devo cominciare a crescere e ad assumermi le mie responsabilità. Non posso farmi licenziare, Katie non se lo merita. Non posso umiliarla insieme a me. È in gamba e l'ho piantata in asso.

«Ciao», rispondo con solennità. Non c'è alcuna risposta immediata. «Ciao?» ci riprovo, e questa volta lei emette un gran sospiro di sollievo lungo la linea.

«Oh, grazie a Dio stai bene!» dice, la voce un po' tremante. «Ero così preoccupata. Ti ho inviato, che so, cinque SMS per chiederti che cosa era successo. Stavo per chiamare la polizia. Ho pensato che quel pazzo sudato ti avesse rapita.»

«Mi dispiace tanto, Katie», dico, e sono sincera. «C'è stato un... problema e sono dovuta uscire di corsa. Mi dispiace, so di averti piantata completamente in asso negli ultimi tempi.» Mentre parlo mi rendo conto di quanto mi sia mancata negli ultimi due mesi la mia abitudine di gettarmi nel lavoro. La verità è che amo lavorare per il Norris, amo pianificare gli eventi! E, prima di tutta questa vicenda, io e Katie eravamo una squadra fantastica. L'ho rovinata mettendomi il paraocchi per questa stupida missione. «Giuro che la pianterò di cazzeggiare», le dico. «Da lunedì torno in pista.» Faccio una pausa. «A meno che le risorse umane non abbiano già deciso di mandarmi via. Sinceramente, non potrei biasimarli, mi dispiace davvero tanto.»

«Mandarti *via*?» Katie sembra inorridita. «Perché diavolo dovrebbero mandarti via? Ti adorano, io ti adoro, tutti ti adorano!»

Trasalisco di fronte al suo entusiasmo. «Katie, è veramente generoso da parte tua, ma ultimamente sono stata inutile. Sono stata assente per giorni, ho ignorato gli eventi, ho passato a te tutto il mio lavoro. E poi sono uscita di corsa dall'ufficio prima del tempo.»

Rimane in silenzio per qualche secondo. «Insomma...» inizia «...lasciare l'ufficio il venerdì mezz'ora prima del tempo non è ufficialmente la fine del mondo. Soprattutto quando non è stato prenotato nessun evento. Gran parte del personale lo fa, non te ne sei accorta?»

Oh.

Oh, giusto, immagino che sia vero. Adesso che ci penso, quando me la sono squagliata prima del tempo, probabilmente io e Katie eravamo le sole persone rimaste al lavoro. Noi due e il novantacinquenne Barnaby del front desk. Persino Danielle del front desk si era tolta dai piedi, ecco perché Katie aveva dovuto annunciarmi la presenza di Alistair nella reception. Probabilmente era quello il motivo per cui aveva tanta paura di lui. Eravamo praticamente sole in ufficio.

«Per quanto riguarda il resto...» lo dice in tono un po' triste «...in realtà pensavo che mi assegnassi più compiti e un maggior controllo sugli eventi perché stavo facendo bene il mio lavoro. Ero felicissima! Sei un capo straordinario e sei bravissima in quello che fai, ma a volte ti dimentichi di delegare. Ho pensato che finalmente ti fidassi e mi permettessi di fare le cose da sola.»

«Oh Katie!» mi precipito a rispondere, sentendomi malissimo. «Mi *fido* di te, te lo assicuro. E te la sei cavata magnificamente in tutti i compiti che ti ho assegnato.» Dio, sono stata una fanatica del controllo? «Ti prometto che continuerò a delegare, ti prometto che continuerò a fare la scansafatiche, così potrai fare di più.» Mi fermo. «Ma comunque mi sono presa un po' troppi giorni di libertà e vacanza.»

Si mette di nuovo a ridere. «Esther, penso che tu abbia dimenticato che non lavori più nelle cucine. Sei *autorizzata* a prenderti del tempo libero, hai capito? Nessuno ci fa caso. Di fatto, l'unico momento in cui qualcuno dice qualcosa di negativo su di te è quando si lamentano del fatto che ci fai fare una brutta figura se non prendi tutte le ferie che ti hanno assegnato. Tu lavori – o lavoravi – anche troppo e per troppe ore.» Fa una pausa. «Sinceramente, ero contenta che finalmente stessi dando la priorità alla tua vita fuori dal Norris.»

Le sue parole fanno breccia. «Vuoi dire che non hai riferito sul mio operato a Neima delle risorse umane? O ai capi?» domando a bassa voce.

«Riferire sul tuo operato?» Adesso sembra sbigottita. «Esther, non lo farei mai! Persino se pensassi che sei una grandissima scansafatiche. Cosa che non penso! Sei il capo migliore che abbia mai avuto. Gli altri posti in cui ho lavorato erano stressanti, tutti si rivolgevano a me alzando la voce. Tu sei veramente paziente con me. Non mi hai mai fatto sentir male per i miei errori. E pare che ti interessi davvero offrire le migliori esperienze possibili agli ospiti e ai clienti. Inoltre spieghi bene le cose e mi sembra di aver imparato tanto lavorando con te. Lo dico davvero, Esther, sei un capo fantastico.»

Inghiottisco il grumo che mi si sta formando in gola.

Non ho mandato tutto a puttane, grazie a Dio. Non so che cosa avrei fatto in caso contrario. Grazie a Dio.

«Grazie Katie», dico a bassa voce. Sorrido. «Adesso smettila di fare la leccapiedi con il tuo capo e va' a goderti il weekend. È maledettamente tardi, lo sai.»

Ci salutiamo e prendo mentalmente nota di parlare il prossimo lunedì al mio capo di una promozione per lei. È più che meritata. Mi dirigo in cucina per recuperare una bottiglia di whisky vecchia di anni che, da quanto so, si trova in uno di quei vecchi pensili. Il whisky non mi piace, ma non abbiamo altro e devo festeggiare.

Inoltre mi occorre un po' di coraggio alcolico per quello che devo ancora fare.

Malgrado ciò che ho appena detto a Katie, non m'importa se è tardi. Andrò a trovare Bibi.

41.

Con Louise a rimorchio, spalanco la porta della nostra palazzina, pronta per una missione completamente nuova.

Questa non riguarda gli ex, ma riguarda *l'amore*. Un amore molto più importante dello stupido amore romantico. Riguarda le mie amiche.

Lou mi sta incollata senza fiato all'altezza della spalla, ma siamo tutte e due troppo eccitate per rallentare. Ed è così che, mentre usciamo, finiamo per travolgere una coppia che si sta sbaciucchiando sulla soglia.

«Scusaaaaate», gridiamo io e Louise, rialzandoci, mentre aggiungo: «Scusate, eravamo di fretta. State bene?».

Ci abbassiamo per aiutare la coppia, tuttora aggrovigliata, e ci rendiamo conto che sono Ivan e Sofia.

Louise boccheggia. «Vi stavate sbaciucchiando!» sottolinea l'ovvio, ma viene a proposito perché non avevo ancora ben compreso cosa stava succedendo.

«Finalmente!» squittisco. «Ce ne avete messo di tempo.»

«Sì, davvero!» dichiara Sofia, decisamente contenta. «Ed è stato proprio molto bello.»

«Beata te», borbotto con le labbra ancora dolenti per i baci di Alistair.

«Questo è il nostro terzo appuntamento», dice Ivan sorridendo sfacciatamente. «Spero di aver fortuna stanotte.»

Sofia gli dà una gomitata. «Sei già fortunato a uscire con me, giovanotto.»

«Senz'altro», dice raggiante, attirandola al suo fianco.

«Ma... ma...» Lou non riesce a mettere ordine nelle parole. «Allora chi è Pearl?»

«Pearl?» Ivan è perplesso, ma Sofia si mette a ridere. Gli sussurra qualcosa e il suo viso si rischiara. «Ah giusto, è così che chiamo i miei denti.» Ci fa balenare le gigantesche faccette dentali. «Devo prendermi attentamente cura delle mie perle.»

Louise produce un suono bizzarro e arrossisce. «Oh», balbetta. «Be', allora va bene.»

«Ma... ma come è successo?» domando, facendomi prendere mio malgrado dall'emozione. Questo è troppo, troppo bello.

«Abbiamo fatto match su Tinder!» dichiara Sofia, evidentemente eccitata.

«Proprio così», conferma seriamente Ivan. «Ho dovuto regolare le impostazioni sulla distanza al minimo indispensabile per essere sicuro di trovarcela!»

«Ma se eri così smanioso, perché hai continuato a dire di no quando Sofia ti ha invitato a bere il tè?» Louise sta ancora discutendo per capire.

Lui sbuffa. «Oh, non riesco a salire quelle dannate scale! Ho settantadue anni, lo sai?»

«Io ne ho settanta-*sette*», lo canzona Sofia e lui le sorride, guardandola con occhi adoranti. «E avresti potuto invitarmi a bere il tè al piano terra.»

È spaventato. «Sarebbe stata un'impertinenza! Non volevo farti sentire a disagio, signorina Dove. Insomma, che idea! Invitarla nel mio alloggio da scapolo, la gente che cosa avrebbe pensato di te e della tua reputazione se l'avessi fatto?»

«Lo so che sei un settantenne, Ivan», dico educatamente. «Ma non siamo nel 1953.»

Annuisce lentamente. «Forse ho visto troppe puntate di *Downton Abbey*», ammette pensoso.

«Bene, allora, non dovresti avere *fortuna* senza una proposta», gli rammenta Lou e i membri della nuova coppia si guardano timidamente. Ivan fa un profondo respiro, si volta verso Sofia e si china su un ginocchio.

Louise grida a squarciagola: «OH MIO DIO, LO FA DAVVERO!»

proprio mentre Ivan e Sofia si mettono a ridere. Lei lo aiuta a rialzarsi.

«Stavo solo scherzando, tesoro», dice Ivan. «Voi giovani vi fate prendere troppo dalle vostre stupide idee romantiche sul lieto fine.»

Coda di paglia.

«Oh», Louise è delusa. «Ma il lieto fine è proprio bello!»

Sofia le assesta un buffetto consolatorio. «Magari quel giorno lo faremo, ma non abbiamo nessuna fretta», dice garbatamente. «Abbiamo un mucchio di tempo. Ho solo settantasette anni!»

Poi ricominciano a sbaciucchiarsi e ci allontaniamo in punta di piedi, io che mi sforzo di non piangere e Lou che borbotta qualcosa a proposito di infornare per loro i biscotti dell'amore.

Mi ricompongo: niente lacrime, non ancora. Ho la sensazione che ne arriveranno parecchie e non voglio disidratarmi troppo.

42.

Sulla soglia della casa di Alex, sento tutto a un tratto molto caldo. Troppo caldo. Devo togliermi il giaccone.

«Che stai facendo?» sussurra tra i denti Louise. «Suona il campanello!»

«Sto cercando di togliermi il giaccone», le faccio segno con la mano, infastidita. «Sento troppo caldo per vedere Alex e Bibi. Devo rinfrescarmi. Come faccio a dire che mi dispiace se HO TROPPO CALDO?»

La cerniera del giaccone si incastra a metà e le do diversi strattoni. Non si muove.

«Ti serve una mano?» si offre Lou per rendersi utile.

«Ma no, non mi serve una mano!» sbotto. «È una CERNIERA, Lou, conosco le cerniere, le ho già usate in vita mia. È incastrata, tutto qui!»

«Forse si è incastrato un pezzetto di stoffa?» propone e mi giro ad affrontarla.

«È ovvio che si sia incastrato un pezzetto di stoffa, *è ovvio*, Louise», sbotto. «Nel corso della storia le cerniere si sono incastrate proprio per quella ragione, è una situazione che conosco. *So* che probabilmente nella cerniera si è incastrato un pezzetto di stoffa. QUELLO LO SO, LOUISE.»

Si stringe nelle spalle. «Cercavo solo di rendermi utile.»

«LO SO CHE STAI CERCANDO DI RENDERTI UTILE», le grido, troppo infervorata per parlare a bassa voce. «MA QUESTO TIPO DI AIUTO È PERFETTAMENTE INUTILE, NON CREDI? LO SANNO TUTTI CHE LE CERNIERE SI INCASTRANO, LO SANNO TUTTI CHE LE CERNIERE DOVREBBERO FUNZIONARE E LO SANNO TUTTI CHE SI ROMPONO FACILMENTE PER COLPA DI UNO STUPIDO PEZZETTO DI STOFFA. SIN-

CERAMENTE È DAVVERO STRANO CHE ABBIAMO INVENTATO I DRONI E LE ARMI NUCLEARI, MA NON ABBIAMO SCOPERTO NIENTE DI MEGLIO DELLE CERNIERE CHE SI ROMPONO CON TANTA FACILITÀ...»

«Mmm, ragazze?» Alex ha aperto la porta con gli occhi assonnati. «Perché state gridando qualcosa a proposito delle cerniere sulla mia porta?»

«PERCHÉ HO CALDO, ALEX!» Mi interrompo quando mi rendo conto che è qui, davanti a me. La persona con cui sono venuta a scusarmi e contro cui adesso sto gridando.

«Hanno ideato il velcro», borbotta Louise dietro di me.

«Scusa», abbasso la voce, lasciando perdere il giaccone. «Scusami per averti svegliato e...» scoppio in lacrime proprio lì, sulla soglia, nel mio giaccone bollente, tolto a metà «...scusami tanto per tutto, Shelley.»

Fa un passo fuori, mi prende tra le braccia e mi stringe a sé.

«Sono stata una vera stronza», singhiozzo sulla sua spalla, contro cui premo gli occhi chiusi. A un tratto sento un altro paio di braccia chiudersi attorno a me. Non ho bisogno di aprire gli occhi per sapere chi è, sento il profumo di Bibi.

«Scusami, Bibi», gemo, abbracciandole entrambe. Ho più caldo che mai, ma non potrebbe importarmene di meno.

«Scusami anche tu», geme a sua volta con un'emozione che non avevo mai sentito da parte di Bibi. «Mi dispiace *tanto.* Mi sento malissimo per tutto quanto. Volevo dirtelo subito, ma non sono riuscita a tirar fuori le parole.»

«*Tu* ti senti malissimo?!» singhiozzo. «*Io* mi sento malissimo! È tutta colpa mia. Voi non avete fatto niente di male. L'ho preso come un fatto personale quando non aveva niente a che fare con me.» Mi tiro leggermente indietro per poterle guardare. Siamo tutte segnate dalle lacrime e rosse in viso, malgrado l'aria fredda della notte. «Al centro avreste dovuto esserci voi! Avrei dovuto ascoltarvi ed essere entusiasta per voi. Detesto pensare che abbiate sentito di dovervi nascondere da me! Ma è colpa mia, ne sono consapevole, perché sapevate che avrei reagito male! Non vi ho concesso lo spazio per dirmelo né una ragione per confidarmi il vostro segreto. Mi vergogno di me stessa.»

«Non avremmo dovuto tenertelo nascosto!» grida Alex.

«Eravamo così sconvolte quando è successo tra noi. È stato così inaspettato, ma...» un senso di vergogna le passa sul viso, «anche così straordinario. E poi credo che volessimo soltanto essere sicure che fosse una cosa vera prima di alzare un polverone e rischiare di scombussolare tutti.» Guarda Bibi con un'espressione che non le ho mai visto quando stavamo insieme. «È una cosa vera, giusto Beeb? E...» trapela la vecchia indole australiana e fa un gran sorriso mentre aggiunge: «...e anche *irreale*».

Bibi annuisce aprendosi in un sorriso etereo. Tenta di tornare a guardarmi, ma fatica a trascinare gli occhi lontano dal volto di Alex. «È una faccenda assolutamente reale e irreale.» Sorride radiosa e finalmente si volta verso di me. «È un rapporto vero, Esther. Se non lo fosse stato, non ti avremmo fatto una cosa simile.»

«Non avete fatto niente *a* me», tiro rumorosamente su col naso. «Non avrei dovuto prenderla come un fatto personale. È una cosa che riguarda voi, ragazze. E sono veramente felice per voi, sinceramente.»

«FATE SILENZIO, CAZZO», qualcuno grida dalla finestra di una casa vicina. «SONO LE DUE DEL MATTINO, CAZZO.»

Sogghigniamo e poi ci rimettiamo tutte a piangere quando Louise butta le braccia attorno al gruppo.

«Sono così contenta che siamo di nuovo tutte amiche», mormora, stringendoci con affetto. «Mi auguro che la smetterete di litigare l'una con l'altra.»

«CHIAMO LA POLIZIA, CAZZO», grida il vicino.

«Probabilmente dovremmo entrare...» All'interno dell'abbraccio, Alex pare preoccupata.

«Sì, tutte dentro!» Bibi ha un tono esuberante mentre ci lascia andare e mi accorgo per la prima volta che è in pigiama. «Devo sentire tutto quello che mi sono persa. Mi devi aggiornare! Come sta andando con la missione?»

Non aspetta la risposta e ci fa cenno di entrare tutte all'interno. Io e Louise abbiamo solo mezzo secondo per lanciarci un'occhiata. C'è tanto da raccontare, non so nemmeno da dove cominciare.

43.

«Indovina un po'!» Mi accomodo nel grande divano d'angolo di Alex, fissando intensamente Bibi. «Louise *non* è infedele a Sven!»

Bibi raddrizza la schiena, affascinata. «No?!» Si volta verso Lou, che ha l'aria offesa. «Ero sicura che lo fossi.»

«No», scuoto la testa con piacere. «Sta solo facendo sesso alla grande con il suo ragazzo!»

«Con Sven?» Alex è interessata. «Pensavo che fosse un disastro, Lou?»

«Lo era», dice sulle difensive. «Ma adesso non lo è più.»

«E che cazzo!» grida Bibi tra lo shock e la felicità.

Lou sbuffa. «Vedi, è proprio per questo che ci ho messo una vita a parlarvene, perché sapevo che mi avreste preso in giro. Non è facile provare qualcosa di nuovo, lo sapete. Fondamentalmente, sono super coraggiosa.»

Io e Bibi ridiamo, unite nel deridere ancora una volta Louise. «No, lo sei veramente», dico con sincerità. «E sono tanto felice per voi due, Lou. È fantastico. Tu e Sven meritate tutta la felicità del mondo. È un brav'uomo.»

Si ammorbidisce e fa la svenevole. «È fantastico»

«Sven è un grande», Bibi sorride calorosamente. «E siamo davvero contente per te.» Alex appoggia una mano tenera su quella della fidanzata e alzo gli occhi al cielo.

«Uffa», mi lamento, scherzando solo a metà. «Da qui in avanti dovrò avere a che fare con voi tre tutte carinerie e innamoramenti?» Bibi e Alex si scambiano un gran sorriso. «Pensavo che gli ultimi mesi fossero destinati a far diventare *me* felice e contenta per sempre. Stupida Missione dei sette ex.»

«È così allora?» Bibi pare un po' triste. «La fine della tua missione? E nessuno di loro andava bene? Nessuno dei tuoi ex?»

«No», sospiro. «Immagino di aver messo fine a tutte quelle relazioni per un motivo, dopo tutto.» Faccio una pausa. «Chi lo sapeva che la Giovane Esther aveva un certo buon senso?» Esito. «E, sorprendentemente, mi sento piuttosto bene! Vedo le cose in una nuova prospettiva, capite? Ho un lavoro che amo...» mi fermo pensando alla mia conversazione con Katie, «e che miracolosamente, non so come, sono riuscita a non mandare a puttane. Ho delle amicizie piuttosto importanti che non ho mandato *completamente* in vacca.» Faccio vagare per la stanza un ampio sorriso rivolto alle mie tre grandi amiche. «E, credeteci o no, dopo tutto quello che è stato, confido ancora che a un certo punto si presenti una bella persona che vuole sposarmi. Non so perché avevo tanta fretta, c'è un mucchio di tempo! I trent'anni sono appena cominciati! E sta per iniziare il giro dei divorzi, quando un'infornata di nuovi, simpatici ragazzi sarà sguinzagliata sul mercato.» Adesso sono raggiante. «Nessuno dei miei ex era l'Uomo Giusto, ma sinceramente va tutto bene.»

«Ma... e quell'altro ex?» mi interrompe Lou, la fronte aggrottata.

«Quale altro ex?» Alex si sporge un tantino, incuriosita.

«Lo sapete! L'*altro ex*!» Lou fa passare lo sguardo tra me e le altre, in attesa. «Lo sapete?» Alza gli occhi al cielo. «Nick!»

Mi guardano tutte.

Lou pesta un piede con una certa impazienza. «So che non l'hai incluso nella Missione dei sette ex, ma pensavo che non l'avessi fatto perché non rientrava nella descrizione data dall'articolo della rivista. Siccome l'articolo si adattava alla perfezione a tutti gli altri ex, ho pensato che l'avessi tralasciato perché volevi – che ne so – adeguarti al tema. Non aveva senso insieme agli altri.»

«Oh mio Dio, c'è un ottavo ex segreto?» Alex è senza fiato. «Nick chi?»

«No, no!» rido nervosamente. «Non era – non è! – un ex.»

Louise mi deride. «Ma certo che lo era! Se mai, direi che è l'unico che ti sia *piaciuto* veramente.»

«Aspetta», Alex si avvicina. «Non sarà mica il Nick con cui andavamo a scuola? Nick Wilde?»

«No!» torno a dire, adesso più recisamente. «Non ci siamo mai dati un appuntamento, Lou è impazzita. Non siamo mai usciti insieme! *Non* è il mio ex, sta zitta Lou!»

Mi scruta e la osservo mentre raddrizza la schiena e abbassa la voce.

«Non dirmi di star zitta, Esther», dichiara dolcemente, ma con determinazione. Questa missione sessuale segreta a cui si è dedicata le ha evidentemente dato una certa sicurezza in più. «Sai che ho ragione.» Si volta verso Bibi e Alex, che sono a bocca aperta e che – mi accorgo – si tengono per mano eccitate.

«Hanno avuto un solo incontro all'università e poi si sono rivisti qualche anno fa.» Torna a lanciarmi un'occhiata. «Solo perché è stata breve, non significa che non fosse una storia vera.»

Fanculo. Non avrei dovuto dirglielo. Sapevo di non potermi fidare di lei. Ecco, ehm, non potevo fidarmi di lei per un tempo più lungo dei dieci anni, più o meno, durante i quali ha mantenuto il segreto.

«Andiamo...» Bibi ha gli occhi di fuori. «...raccontaci! Com'è andata all'università?»

Faccio un profondo respiro. Ma che cazzo.

Ex segreto n. 8: Nick Wilde
Altrimenti detto l'ex che non era un ex
Parte prima

Università di Londra
Il bar degli studenti
2.31

«Ho sempre avuto una cotta per te ai tempi della scuola, lo sapevi?» Nick è sdraiato vicino a me, su una panca coperta di peni scarabocchiati. Noi studenti universitari saremo anche tecnicamente degli adulti, ma non siamo cresciuti. Soprattutto quando lavoriamo con una concentrazione tossica di evidenziatori e alcol.

«No, non è vero, sta' zitto», rido.

Si volta per guardarmi in faccia, ha l'aria seria. «Sì, è vero. Poi però il mio amico Alistair l'ha detto per primo ad alta voce e sapevo che si sarebbe irritato se l'avessi detto anch'io. O forse temevo pensasse che lo stavo copiando, una cosa così. Perciò sono diventato il vostro intermediario e ti ho urlato dall'altra parte del cortile!» Ride un po' cinicamente. «Che comportamento immaturo.»

Rimango in silenzio per un minuto, mi faccio delle domande. Immagino come avrebbe potuto essere. Come sarebbe stata diversa la scuola se fossimo stati Esther e Nick invece di Esther e Alistair.

Mi metto seduta sulla mia panca con i peni scarabocchiati e lo guardo per bene, cercando di venire a capo di questa strana notte.

A essere sincera, quando i nostri occhi si sono incrociati poco fa nel bar degli studenti, la mia prima reazione è stata di andarmene a casa.

Ho fatto di tutto per evitare Nick da quando ho cominciato l'università due mesi fa. In primo luogo perché a scuola *non* eravamo assolutamente amici. Era un piccolo idiota insolente che non faceva altro se non passare il tempo con gli amici, senza mostrare alcun interesse per le ragazze. In secondo luogo, era l'amico di Alistair, avevo appena rotto con Alistair e non volevo che Nick gli riferisse che non facevo altro che sbronzarmi e sbaciucchiarmi con altri ragazzi.

Ma soprattutto avevo evitato Nick perché era una reminiscenza delle vecchie abitudini. Della ragazza di prima. Mi conosceva come *Fanny Adams*, la perdente che avevo lasciato a scuola. Adesso sono una studentessa universitaria! Mi sono reinventata come Esther la ragazza sexy, fica. Una ragazza che va d'accordo con le persone giuste, intelligenti, sicure di sé. Per quanto ne sanno i nuovi amici che ho comprato con l'alcol, sono una ragazza brillante. E non voglio che scoprano che in realtà non lo sono. Non voglio la presenza di qualcuno che conosceva la ragazza di prima – la Esther vera – e che rammenti a tutti che razza di volgare perdente io sia. Non voglio che Nick dica a tutti che ho passato gli anni della scuola a nascondermi dietro al deposito delle biciclette.

Il problema è che Nick è il membro più recente del personale del bar degli studenti.

Impossibile evitarlo.

Cosa potrei fare? Andare in un altro bar e pagare dei prezzi veri?! Quando ho già speso l'intero prestito studentesco nel giro di qualche settimana? È una sciocchezza.

E così sono rimasta. E ho scoperto, durante la serata, che lo guardavo sempre più spesso. Lo vedevo sotto una nuova luce. E quando si è avvicinato per salutarmi, non somigliava minimamente all'alunno fastidioso che ricordavo. Era tenero, divertente, educato, premuroso, sciocco, gentile. Tutto quello che vorresti.

Allora mi sono resa conto che probabilmente stava facendo la stessa cosa che facevo io. Anche lui si era reinventato. Di fatto, è probabile che fosse spaventato quanto me di venire sgamato dai suoi nuovi compagni.

«Qui sei così diverso», dico adesso, avvicinandomi a lui e sdraiandomi per trovarci faccia a faccia.

È pensieroso. «Non so se sono veramente diverso. Se

mai, penso di essere più *me stesso* qui di quanto fossi a scuola. Lì c'era tanta pressione sui comportamenti da adottare. O – immagino che sia più preciso – sui comportamenti da *non* adottare. Per inserirti, hai tutte quelle regole da rispettare. Non parlo del regolamento scolastico. Parlo, ecco, delle regole *sociali.* Ho speso tanto tempo e tanta energia a cercare di essere il ragazzo che allora tutti pensavano dovessi essere. Venendo qui mi sembra di essere stato rilasciato dalla prigione.»

«Finora ti piace l'università?» sorrido, osservando la sua bocca che si muove.

Annuisce, ridendo. «L'adoro. E questo nuovo lavoro nel bar è una bomba! Ho da bere gratis e di tanto in tanto riesco a restare con qualcuno dopo l'ora di chiusura.» Adesso il suo contatto visivo è sfrontato e il mio stomaco sobbalza.

Questo è sbagliato.

Ma, stranamente, sembra giusto. Passare il tempo qui insieme a Nick Wilde, nel bar universitario, dove non c'è nessun altro al di fuori di me, di lui, e di un migliaio di cocktail rosa nelle tazze di plastica da una pinta, bevuti a metà, che aspettano di essere raccolti. «Che mi dici di te?» domanda impaziente. «Ti piace qui?»

Prendo in considerazione l'idea di mentire, ma non lo faccio. «No, in realtà no.» Sospiro. «In un certo senso è divertente, ma non acquisisco niente di quello che mi dicono durante le lezioni. Lo trovo noioso e mi disorienta. Sinceramente, non so bene perché sono qui. Ho un po' la sensazione di aver ubbidito alle raccomandazioni di "farmi una posizione" suggerite dai miei genitori. In linea di massima volevo soltanto andarmene.» Faccio una smorfia mentre mi chiedo se dovrei raccontargli il resto. Mi guarda, in paziente attesa, come se sapesse che c'è dell'altro.

Dio, è molto più intuitivo di quanto avrei mai immaginato. Nick Wilde, l'empatico! Chi se lo sarebbe aspettato? Shelley e Louise se la faranno sotto quando glielo dirò. Forse non glielo dirò.

«E così...» faccio un respiro profondo. «...ho appena cominciato a lavorare in un ristorante italiano – solo come lavapiatti! – ma stranamente mi piace tanto. Mi sono sempre divertita a cucinare, ma non ho mai pensato di poterne fare qualcosa. E guardare gli chef in azione è fantastico.» Abbasso lo sguardo sulle mani. «Sinceramente, *ho una gran voglia* di farlo con queste mani. L'altro giorno uno di loro mi ha permesso di aiutarlo con gli antipasti e dopo sono rimasta eccitata per ore.» Distolgo lo sguardo, imbarazzata. «È sciocco.»

«Pensi che sia quello che vuoi fare?» la sua voce è seria. «Proprio sul serio? Nella vita, intendo.»

Ci penso su, continuando a non guardarlo. «Una cosa simile», dico evasivamente e sento che nella pancia qualcosa si agita. «Ma prima devo finire l'università, ovviamente. Poi immagino che vedrò cosa succede.»

«Ma perché?» sembra confuso. «Sai che cosa vuoi fare e l'università non ti piace molto, perché sprecare tre anni? Non è che tu stia studiando qualcosa che c'entra con la cucina e non è un percorso professionale che richieda una laurea.»

Aggrotto la fronte. «Perché...» Non riesco a pensare a un motivo. L'unica vera risposta è: perché i miei genitori mi hanno detto che dovevo andare all'università. Invece propongo: «Perché ho già speso tutto il prestito studentesco?».

Ride alle mie parole. Perché non avevo mai notato quanto è bella la sua risata? Fa venir voglia di imitarlo e non fermarsi mai. «Be', nei prossimi anni spenderemo una cazzo di tonnellata di soldi in più.» Fa una pausa. «Senti, egoisticamente voglio che tu rimanga...» i nostri occhi si incrociano di nuovo e tra noi passa come una saetta, qualcosa che somiglia a un impulso di calore «...ma l'università non è la cosa giusta per tutti. Malgrado ciò che ci è stato inculcato da bambini. Se vuoi davvero diventare una chef, dovresti puntare su quello. Penso che sia un'idea fantastica e, se ti piace già, è un fatto eccezionale.»

Dio, ho voglia di baciarlo.

C'è silenzio tra noi mentre deglutisco a fatica, cercando di non abbassare lo sguardo sul suo corpo lungo e snello.

La polo – completa del logo del bar, che ne abbellisce il davanti – gli sta attillata. Non ci saranno degli addominali là sotto? Nessuno dei ragazzi che ho conosciuto o con cui sono stata aveva gli addominali. Andare in palestra non era fico quando andavamo a scuola. Si giocava soltanto a calcio. Il calcio non ti fa venire la tartaruga, giusto? Alistair non ce l'aveva, aveva il corpo di un ragazzo. E se Nick Wilde avesse il corpo di un uomo?

«Ti dirò una cosa...» continua dopo un minuto, ignaro delle oscenità che mi passano per la testa «...ho uno zio che fa il cuoco. Gli piace, ma dice che è uno dei lavori più impegnativi che esistano. Lavora molto più di tutti quelli che conosco. Non lo vediamo mai. Inoltre, dice che è un ambiente dominato dagli uomini in cui si bestemmia parecchio, bisogna avere la scorza dura.»

Mi insuperbisco. «Posso farcela.» Sogghigno. «Mi piace bestemmiare.»

Mi sorride di nuovo e all'improvviso la tensione tra noi è così densa che posso sentirne il sapore. Allontana impacciato i capelli dal viso e resisto all'impulso di afferrargli la mano e leccarla. Voglio leccarlo ovunque. Voglio le sue dita su di me e dentro di me, voglio il suo corpo di uomo premuto contro il mio, voglio le sue labbra su tutto il mio corpo. Ogni mia parte lo desidera ardentemente.

E anche se non ho mai desiderato di più qualcosa in vita mia – mai bramato così una persona, mai silenziosamente implorato tanto una cosa – quando mi bacia quasi non me l'aspetto.

Le sue labbra trovano le mie ed è come una specie di esplosione. Non sono mai stata baciata così. È un bacio famelico e appassionato, e ci sono lingua e labbra e mani dappertutto. Non somiglia a nessuna mia esperienza precedente. Ho passato l'ultima settimana a baciare ogni persona a caso su cui sia riuscita a mettere le mani e prima c'erano stati gli anni degli interminabili baci con Alistair, e niente di tutto ciò si può paragonare a questo bacio. Anche se, comunque, Alistair non è mai stato capace di baciare.

Il pensiero di Alistair mi riporta alla realtà. «Non possiamo farlo», sono la prima a tirarmi indietro, ma non so come reagire. Ho il capogiro e la vista annebbiata. E quando vedo la brama sul viso di Nick, per poco non torno a tuffarmi. Lo desidero tanto.

Ma non posso. Non è giusto.

«Ho appena rotto con Alistair», dico, la voce bassa e rauca. «E tu sei il suo amico, non possiamo.» Ingoia amaro e mi guarda intensamente.

«Hai ragione», risponde infine. «So che hai ragione.» Ci separiamo nel modo dovuto, respirando come se fossimo arrivati qui di corsa. Quando parla di nuovo, ha una voce decisa. «Ok, fingeremo che non sia successo. Non lo diremo a nessuno. Alist... *lui* non lo deve sapere.» Mi rivolge un altro, lungo sguardo e per poco non mi cedono le gambe. «Ma...» ingoia amaro, fissandomi «...non so se riuscirò a tenermi lontano da te, visto che saremo insieme all'università per i prossimi tre anni...»

44.

«Dio, non ci posso credere, hai sbaciucchiato Nick Wilde della squadra di calcio della scuola!» Alex è elettrizzata e provo una fitta di irritazione.

«Non ho sbaciucchiato Nick Wilde della squadra di calcio della scuola.» Le rivolgo una severa occhiata. «Ho sbaciucchiato Nick Wilde, studente universitario e barista sexy, grazie tante. Persone completamente diverse. È cresciuto e si è reinventato. Ho baciato il sensibile e gentile Nick Wilde, che già a diciotto anni aveva barba e sentimenti.»

«Sapete una cosa», Louise è meditabonda. «Gli uomini sono veramente complicati, capite? *Altrettanto* complicati delle donne.»

«Penso che tu abbia ragione!» Le rivolgo un cenno di assenso. «Ultimamente ho pensato la stessa cosa. Li ho sempre liquidati come teste di cazzo che non si preoccupano di niente, ma penso che gli uomini abbiano diverti *strati*. Penso che lottino con le difficoltà e con i problemi della vita esattamente come noi. Voglio dire, guarda Rich il Bastardo, che si è rivelato una persona completamente diversa. Era soltanto un uomo in pessime condizioni. E ha chiesto aiuto! È una cosa coraggiosa, cazzo. Soprattutto quando ci dicono che agli uomini non è mai concesso essere vulnerabili o tristi.»

«Proprio così», dice Lou. «Siamo sulla stessa barca. Alle donne non si concede il denaro, ma agli uomini non si concedono le emozioni! Abbiamo lo stesso diritto al pianto tanto quanto a un identico salario.»

«Fatti coraggio, tira fuori le palle, non fare la femmina»,

Bibi scuote tristemente la testa. «Le cose che diciamo ai maschi sono veramente patetiche.»

«Anche se a me piace molto essere *una femminuccia*», rifletto. «È così evocativo. Forse potremmo rivendicarlo, che ne dite? Farla diventare una cosa positiva. Del tipo: tutti vogliono essere delle femminucce! Com'è divertente essere una femminuccia!»

«Femminuccia è una parola stramba», mormora Alex.

«Siamo tutti femminucce nella stessa misura!» reagisce Louise con passione. «Tutti sono delle femminucce.»

«Penso che uomini e donne siano sulla stessa barca», dice solennemente Bibi. «Non si deve generalizzare. Siamo solo persone; tutte sole e spaventate, cerchiamo tutti di sopravvivere.» Alex le stringe più forte la mano.

Annuisco. «È così.» Mi viene in mente una cosa. «Ci sono sicuramente delle eccezioni da entrambe le parti. Tipo, Franco non è assolutamente una femminuccia. È una canaglia.»

Bibi si raddrizza a sedere, il viso cupo. «Che cosa è successo? Che cosa ha fatto?»

«Eh?» Alex e Lou si avvicinano, confuse.

«Be', ha cercato di prendermi con la forza», ammetto e provo stupidamente vergogna, pur sapendo che non ho motivo di provarla. Lou boccheggia e mi circonda con un braccio.

«Cazzo», dice Bibi a bassa voce. «Mi dispiace tanto, Esther. È colpa mia. Ho fatto del mio meglio per tenere voi ragazze lontane da lui. Ho cercato per mesi di farlo licenziare.»

«L'ha fatto anche con te?» domando, improvvisamente impaurita. E se non me ne fossi andata in tempo? Che cosa avrebbe fatto? Che cosa può aver fatto a Bibi?

Per fortuna scuote la testa. «No, ma solo perché sa che userei un coltello arrugginito sui suoi testicoli.» Fa una pausa. «L'ho già fatto, almeno in parte.» Fa passare lo sguardo tra noi e sospira. «Ha fatto quelle schifezze a tutte le altre donne che lavorano al bar. Da molto prima che cominciassi a lavorare lì. Di fatto, il primo giorno ero stata messa in guardia su di lui, ma non l'ho presa sul serio finché non l'ho trovato mentre agguantava il culo di una delle donne. Lei era sconvolta.»

«Perché non ci hai detto niente?» Louise è sbigottita.

Bibi abbassa lo sguardo. «Perché sapevo che mi avreste consigliato di licenziarmi o di agire nei suoi riguardi. E, tanto per cominciare, mi sono comportata da vigliacca sapendo che non potevo permettermi di perdere quel lavoro. Quando gli ho detto di lasciar stare la mia collega, lui mi ha messo con le spalle al muro dicendomi che mi avrebbe fatto licenziare se avessi parlato. Senza quel lavoro, non avrei potuto pagare l'affitto e – come tutte voi sapete – non sono riuscita a trovare nient'altro, malgrado tutti i miei sforzi.»

Le prendo la mano e mi guarda con riconoscenza.

«Poi, quando l'ho sorpreso a rifarlo, sono andata a cercarlo dopo la chiusura, con un coltello in mano.»

Oh mio Dio, Bibi è proprio *tosta,* porca puttana.

«Lo tenevo in mano con naturalezza», si sbriga ad aggiungere quando Lou resta a bocca aperta per l'apprensione. «Capite, sono una barista, era legittimo che ne avessi uno in mano. A volte devo fare a fette un lime o un limone! Volevo proteggermi ed essere certa che capisse che facevo sul serio. Gli ho detto che se solo si fosse avvicinato a qualcuna delle altre donne del bar, sarei venuta a cercarlo.» Fa una pausa. «Penso che adesso abbia una terribile paura di me.»

Penso a tutte le volte che siamo state là dentro e Franco è sgattaiolato via spaventato, o si è rifiutato di costringere Bibi quando era sgarbata con lui. Pensavo che avesse paura di lei perché Bibi è una ragazza tosta, non perché l'aveva minacciato.

«Stavi proteggendo le donne con cui lavori», sussurro, messa in soggezione da Bibi e dalla sua forza. «Sei incredibile.»

«Be'», è un po' ritrosa. «È stata una stupidaggine e avrei potuto molto facilmente venire ferita o… peggio. Non lo consiglio a nessuno. Ma dopo quell'episodio ha lasciato tutti in pace.» Le passa sul viso un'espressione addolorata e mi guarda direttamente. «Finora, cioè: Esther, mi dispiace tanto. La cosa peggiore è che ho collaborato con il dipartimento delle risorse umane della sede centrale. Mi hanno fatto documentare tutto quello che ha fatto e sta per essere licenziato.»

«Dovrebbe venire *arrestato*, cazzo!» grida Alex fuori di sé. «È l'Harvey Weinstein dei bar schifosi.»

«Be', quella è la prossima mossa», annuisce Bibi. «Stanno parlando anche con la polizia e alcune donne con cui lavoro renderanno testimonianza.»

«Wow», dico a bassa voce. «Lo farò anch'io se serve.» Scuoto la testa. «Pensavo che fosse soltanto un ometto patetico e innocuo, è incredibile quanto mi sia sbagliata.»

«Non si distingue un predatore con un semplice sguardo», Alex scuote la testa, voltandosi verso la sua nuova ragazza. «Sei fantastica, baby, che coraggio.»

«Non vedo l'ora di dire a quel cazzone dove deve infilarsi il suo lavoro», replica digrignando i denti.

«Oh», mi rianimo, eccitata. «Allora, hai accettato quell'offerta?»

Bibi sorride con un po' di imbarazzo. «In realtà... no.» Dà un'occhiata ad Alex, che le fa un gran sorriso di incoraggiamento. «L'ho rifiutata. Non era quello che volevo fare a lungo termine e ho deciso di provarci da sola! Mi sono iscritta come lavoratrice autonoma e sto avviando la mia piccola agenzia di marketing e consulenza. Alex mi aiuterà con il sito web.»

«Oh mio Dio!» grido, contentissima. «È perfetto! E assolutamente geniale. Sono così orgogliosa di te.»

Si stringe nelle spalle, evidentemente compiaciuta. «Inoltre, nel circuito della caccia al lavoro ho conosciuto tanti altri dirigenti di talento del settore marketing. Potremmo lavorare insieme, creare un'azienda, rendere il tutto un po' più ufficiale. E poi posso continuare a lavorare part time al bar, mentre facciamo funzionare le cose. Adesso che Franco se ne va, potrebbe essere piuttosto divertente. Il resto del personale è simpatico e penso che gli piacerei molto di più se cominciassi a fare sul serio la barista.»

«E so che i miei capi ti faranno avere qualche lavoro», butto lì allegramente. «Sembra che...» faccio un risolino, intimidita «...io sia piuttosto rispettata dal mio team e sia nelle loro grazie. Chi se lo poteva immaginare!»

«Ma non mi dire», Bibi alza gli occhi al cielo. «È ovvio che tu lo sia. È assurdo il tuo continuo dubitare di te stessa. Sei in gamba.»

«A proposito del fatto che Esther sia una persona in gamba...» Louise si volta di nuovo verso di me, eccitata «...raccontaci della seconda volta che hai visto Nick, dopo la notte scoraggiante e senza sesso passata insieme all'università.»

Abbasso lo sguardo sulle mani. «Ok», replico con un filo di voce. «Allora, avevo ventiquattro anni, erano passate due settimane dal funerale del prozio Merton... ve lo ricordate?»

Tutte fanno un entusiastico cenno d'assenso...

Ex segreto n. 8: Nick Wilde
altrimenti detto L'ex che non era un ex
Parte seconda

Lo Swan Swab
L'uscita
19.15

Stiamo uscendo quando lo vedo.

«Mmm, ci vediamo a casa», dico a Louise. «Ho appena visto qualcuno che conosco.» Annuisce, dando a malapena uno sguardo dietro di sé.

«Sono stanca morta, baby», sbadiglia. «Vado dritta a letto, voglio andare a dormire presto. Ci vediamo domattina.» Se ne va e rivolgo di nuovo la mia attenzione al pub. Per quanto voglia bene a Lou, non volevo dividere con lei quella persona.

Siamo state in questo pub soltanto un paio di volte, benché sia a pochi minuti dal nostro appartamento. È piuttosto lurido ed è un posto da vecchi, ma sta cominciando a piacerci. Potremmo persino farlo diventare il "nostro" posto.

Attraverso la stanza e gli do un colpetto sulla spalla. Si volta e mi si scioglie lo stomaco quando lo vedo in faccia.

«Esther?» Nick appare incredulo, come se non riuscisse a credere che sono io. «Sono anni! Gesù, come stai?» Mi avvolge tra le braccia e all'istante vorrei che non l'avesse fatto. Mi ricordavo bene il suo odore, accende qualcosa dentro di me.

«Che ci fai qui?» rido, guardando con interesse il suo bel viso, così felice di vedermi. La barba è più corta e ispida dell'ultima volta che l'ho visto al bar degli studenti e adesso porta gli occhiali, gli stanno bene. Per il resto, è più o meno lo stesso.

«Il giro dei pub con i colleghi», alza gli occhi al cielo. «A dire il vero stavano per dirigersi al prossimo. Te ne stai andando? Ti va di rimanere a bere qualcosa con me?»

Fa cenni di saluto al gruppo di scalmanati e mi accompagna a un tavolo d'angolo. Ci sediamo e ci guardiamo per un minuto buono. Ho la bocca secca.

«Posso bere un sorso?» Accenno alla sua birra e si riscuote.

«Naturalmente, ma lascia che vada a prendertene una. Scusami, non ci ho pensato.»

«No, no, forse ho bevuto abbastanza.» Alzo le mani. «Sono stata tutto il giorno al pub insieme a Louise: te la ricordi Louise Hickman, la nostra compagna di scuola?»

Annuisce, ridendo. «Non potrei mai dimenticarmi di Louise. Sta bene?»

Faccio segno di sì mentre ci scambiamo frasi di circostanza per aggiornarci sulla nostra vita. La conversazione spicciola dà la sensazione di essere stranamente intima; spontanea e affettuosa. Come se potessi allungare una mano e toccarlo senza che faccia uno strano effetto. Potrei grattargli la barba con le unghie e baciargli il collo.

Un momento, forse quello *farebbe* uno strano effetto.

Indica la stanza con un gesto. «Ti ricordi quando lavoravo al bar degli studenti all'università?»

Rido. «Ovviamente! Anche se sono rimasta all'università solo un paio di settimane dopo, ehm, *quella notte.*»

«Sì», sorride con un po' di tristezza. «Non ci sono più stati incontri segreti dopo l'ora di chiusura.» Fa una pausa. «Anche se quell'unico incontro è stato assolutamente memorabile...» Le immagini della serata sono sospese in aria tra noi e tossisco per l'imbarazzo.

«E così», aspetta, «hai finito per diventare una chef? Sei pronta per essere la prossima Gordon Ramsay?»

Faccio una smorfia. «Spero di no. Però sì, lavoro come chef!»

Se ne compiace prima di cogliere la mia espressione. «Oh. Non è divertente come speravi?»

«Ahhh», alzo le mani. «Non lo so, Nick. Mi piace moltissimo da tanti punti di vista. Ma gli orari mi stanno ammazzando. Oggi è il mio primo giorno libero da sei mesi a questa parte, ecco perché ho bevuto tutto il giorno con Lou!»

Ride piacevolmente, alzando il mento, e torno a fissare la barba.

Forse una rapida grattatina? Forse non gli dispiacerebbe?

«E c'è gente non proprio fantastica», aggiungo a bassa voce, pensando a tutte le cose orribili che sono successe con Carl. Abbandonare il lavoro all'improvviso era stato terribilmente umiliante, per non parlare di tutte le persone del settore che a quanto pare sanno che cosa è successo. A lungo andare ho ottenuto un nuovo lavoro in una cucina, ma non al livello in cui mi trovavo. E alcuni miei colleghi continuano a fare commenti su Carl, come se la situazione fosse dipesa da me, come se fosse tutta colpa mia.

«Siamo ancora giovani», dice gentilmente Nick. «Ventiquattro anni non sono niente! Hai ancora tanto tempo per cambiare idea su quello che vuoi fare. Ai sogni è concesso di adattarsi e cambiare direzione.» Alza le sopracciglia. «Un minuto sogno gli zombie, il minuto dopo sogno di aver indossato i pantaloni sbagliati per andare al lavoro. I sogni sono fuori controllo.»

Faccio una risatina. Dio, quanto è simpatico. E così attraente.

«Scommetto che sei piuttosto brava in quello che fai», continua. «La settimana scorsa sono andato a una festa tra colleghi, dove abbiamo mangiato in modo spaventoso.» Fa una smorfia. «È molto facile che una cosa del genere ti rovini la serata. Forse potresti dedicarti alla pianificazione degli eventi in modo da essere sempre sicura che i piatti siano dignitosi.» Ride e mi unisco a lui, però…

Però…

Mmm, gli eventi. È una cosa da prendere in considerazione. Gli eventi… Perché amo il procedimento con cui si dà forma a qualcosa di speciale per le persone. Crei qualcosa dal nulla, che le persone ricorderanno. Mi piace essere coinvolta nella creazione di una serata speciale che porti un bel po' di gioia a un gruppo di persone. Mmm.

«Che mi dici di te?» sorrido in fretta, cambiando argomento. «Sei felice? Come ti va la vita adesso che compiamo venticinque anni?» Mi allungo per bere sfacciatamente un altro sorso della sua birra. Non risponde immediatamente, si limita a osservare il mio gesto.

E lo sorprendo mentre le pupille cambiano colore.

«Oddio», si mette la testa tra le mani. «Esther, non mi va di fare due chiacchiere senza importanza con te. Insomma, è piacevole e divertente, ma penso solo a baciarti. Mi piaci ancora tanto, tantissimo. Mi fai un certo effetto.» Fa una pausa, poi sogghigna. «Sei single? Possiamo, ecco, darci un vero appuntamento?»

Vorrei rispondere subito sì, ma non lo faccio. Non può essere così facile. «Mmm, sei ancora amico di Alistair?» domando infine. Mi considera per un minuto.

«Più o meno», ammette. «Attualmente non siamo intimi amici, non come eravamo a scuola. Ma di tanto in tanto ci vediamo in gruppo.»

Distolgo lo sguardo dal suo. «È troppo complicato», dico con dolcezza, fissando le mani. «Alistair fa ancora parte della tua vita.» Penso a quanto ne sarebbe ferito il mio primo amore. E poi c'è il mio adorabile amico Paul da prendere in considerazione. Al momento siamo solo amici, ma penso sempre più spesso che tra noi potrebbe succedere qualcosa adesso che siamo finalmente single nello stesso momento. Abbiamo una questione in sospeso che sarebbe d'intralcio se ci provassi con Nick Wilde. Il fatto che io abbia questa strana reazione chimica nei suoi confronti non significa che sia la cosa giusta da fare.

Cerco di stabilizzare il respiro. «Scusami, Nick, non penso che dovremmo rivederci. Anche tu mi fai un certo effetto. Non posso… è troppo, troppo intenso.»

Mi guarda con attenzione, poi sospira, abbattuto. «Se questa è la tua decisione, immagino di doverla accettare.» Fa una pausa. «Ma penso che tu abbia torto. Qui, tra noi, c'è qualcosa di veramente fantastico, cazzo. E penso che lo provi anche tu.» Si allunga a prendermi la mano e sono attraversata dai brividi. Si avvicina e bisbiglia con insistenza: «Senti, possiamo passare una notte insieme? Stanotte? Subito! Così ce ne liberiamo? Ho la sensazione di non aver mai desiderato qualcuno così. Una sola notte?». Mi prende l'altra mano e dentro di me esplodono i fuochi d'artificio.

Non posso, non dovrei. Ci sono Alistair e Idris da tenere in considerazione. Non è una cosa sensata.

Oddio, sta per baciarmi.

Lo fa, allungandosi per prendermi dall'altra parte del tavolo ed è proprio come l'ultima volta, ma ancora meglio. Lo assaggio nella mia bocca e ne voglio di più.

«Possiamo andare a casa tua?» mi dice senza fiato all'orecchio.

«Lo voglio, lo voglio davvero», deglutisco a fatica. «Ma c'è Louise e al piano terra un anziano vicino scortese che prende a randellate il soffitto ogni volta che facciamo un rumore qualsiasi. Dio, lo odio.»

Nick è avvilito e questo, non so perché, lo rende ancora più sensuale.

Dio, lo voglio.

Quando ho sentito qualcuno parlare dell'incapacità di resistere a una persona, dentro di me l'ho sempre deriso. Del tipo… *ma certo* che puoi resistere! Che stupidaggine. Lo dicono solo come scusa per comportarsi male o per fare sesso senza protezione, o qualcosa di simile.

Ma, sinceramente, se adesso Nick mi chiedesse di rimanere incinta, lo farei.

«Seguimi», dico a bassa voce e fa quanto gli è stato detto. Camminiamo con determinazione verso i bagni.

Ah, eccolo. Sapevo che da qualche parte c'era un gabinetto per i disabili. Proprio accanto alla cucina.

Con Nick che mi tallona da vicino, ci intrufoliamo, chiudiamo la porta alle nostre spalle in attesa che qualcuno bussi e ci rimproveri. Quando non succede, ci lanciamo uno sull'altra. Baciandoci e afferrandoci e armeggiando. Gli abiti vengono tolti, il reggiseno si apre con uno scatto, faccio scorrere le mani sul suo stomaco teso, tonificato, mi dolgono le viscere per il desiderio. Lo voglio tantissimo. Più di quanto abbia mai voluto qualcuno. Ho bisogno di averlo dentro di me.

Tutti e due nudi e intenti a baciarci con frenesia, sento

che mi solleva prendendomi per i fianchi, la pressione del suo uccello su di me. Lo voglio tanto, *tanto.* Quando sento che mi penetra, per poco qualcuno che picchia sulla porta non ci fa cadere per terra.

«Cazzo, cazzo!» esclama, arretrando.

La porta viene spalancata e c'è un uomo innervosito con il cartellino del nome che recita FRANCO, uno sguardo orripilato mentre recepisce la scena; siamo stati colti in flagrante.

«Uscite immediatamente», strilla e ci buttiamo addosso i vestiti, vergognandoci troppo per alzare lo sguardo in qualsiasi momento.

«Il gestore ha la classica energia dell'imbecille», borbotta Nick mentre ci affrettiamo verso l'uscita, con lo sguardo sempre rivolto a terra.

45.

«Perciò...» dico trionfante «...non conta, vero o no?» Lou è a bocca aperta e pare troppo esaltata per replicare.

Bibi si acciglia. «Cosa vuoi dire con "non conta"?»

«Voglio dire...» alzo gli occhi al cielo in modo teatrale «...che è entrata solo un pochino la punta, perciò non conta. Non ho mai annoverato Nick tra i miei partner sessuali.»

«Be', allora sei una piccola sgualdrina che mente», dice Alex divertita. «La punta è entrata, conta, amica mia.»

«Che ne sai tu di uccelli», borbotto e mi fa un verso di disapprovazione.

«Comunque sia, non è un ex», dico imbronciata. «Ci sono stati solo quei due incontri finché non l'ho rivisto alla bevuta con Alistair.»

«E che cosa hai provato allora?» domanda Bibi e tre paia di occhi mi fissano con intenzione.

Che cosa ho provato?

Che cosa ho detto a me stessa che provavo, o che cosa provavo davvero, giù in fondo, là dove per lo più mi rifiuto di guardare?

Sono salvata dal telefono di Lou che vibra, e gli do un'occhiata. Noto che appare un nome, capovolto. Lo stesso nome che era comparso la notte in cui portammo Bibi in ospedale. Lo stesso nome del cazzo! Le prendo il telefono. Possibile che abbia sempre avuto ragione? Tutta quella storia io-amo-Sven era una stronzata? Ma che cazzo?

«Che stai facendo?» grida, cercando di riprendersi il telefono.

«Perché Nick ti manda dei messaggi?» urlo. «Perché mi

stai facendo parlare di lui? È perché vuoi verificare se sono ancora interessata? Che sta succedendo, Lou?»

Il suo viso si contorce per la confusione e poi si schiarisce. «Nick?» sembra che abbia voglia di ridere. «Pensi che Nick mandi dei messaggi *a me*? Perché mi manderebbe dei messaggi?» Sbuffa e agita la mano verso il telefono che ho in mano. «Dai un'altra occhiata.»

Giro il telefono dal verso giusto e leggo lentamente lo schermo. «Nikar...? Ehm, mmm, cosa?» Torno a guardarla, la rabbia si estingue, sostituita dall'imbarazzo.

È imbarazzata anche lei. «È l'alter ego di Sven», spiega in un sussurro. «Nikar il mago. Abbiamo sperimentato alcune sceneggiature e questo è stato il personaggio che ci è piaciuto di più.»

Bibi e Alex gemono dal ridere e Lou si volta verso di loro. «Cosa? Fareste meglio a non ridere! Dalla parete ho sentito qualcuna delle vostre chiacchierate sexy, non avete appigli!»

Alex si zittisce, ma Bibi ha l'audacia di avere uno sguardo divertito.

«È meglio che tu stia attenta, *Bibi*!» la mette in guardia Louise. «O chiamerò tua madre e scoprirò il tuo vero nome una volta per tutte. Scommetto che sia peggio di Nikar il mago.»

Il sorrisetto scompare.

«Oddio», balbetto. «Scusami, Lou... era completamente fuori luogo. Pensavo dicesse... be', non lo so! Quella volta, quando l'abbiamo visto alla bevuta di Alistair, hai continuato a dilungarti su di lui. Lo guardavi fisso dicendo che era attraente. Sbavavi per la sua barba sexy e per tutto il resto... In macchina hai flirtato con lui quando siamo andate a Milton Keynes e l'hai invitato a venire in ospedale...»

Sbuffa. «Sì, ma va! Cercavo di farti ammettere che ti piaceva ancora. Pensavo che saresti stata colpita anche tu dalla sua avvenenza e avremmo potuto corrergli dietro per *te*. Cercavo di farti capire che c'erano altre opzioni oltre a quei sette ex.» Fa un verso di disapprovazione, poi aggiunge come ulteriore riflessione: «Inoltre, la sua barba è straordinaria».

«Che mi dici dei fiori per cui l'altro giorno ti sei comportata in modo tanto strano?» Il ricordo mi attraversa come un lampo. «Hai sostenuto che te li avesse regalati la tua agente!»

Aggrotta la fronte. «Oh, in realtà me li aveva regalati Sven, ma ti eri così appassionata alla tua missione d'amore che mi sentivo male a sbatterti in faccia i suoi gesti romantici.»

Apro la bocca per negarlo, ma la richiudo. Ha ragione, mi ero appassionata sin troppo. Lascio che la testa mi cada tra le mani. «Scusami», borbotto. «Di Nick m'importa più di quanto mi fossi resa conto.»

«Allora, *possiamo* definirlo un ex?» esulta Alex.

Mi stringo nelle spalle, cercando di non sorridere. Louise mi guarda severamente. «Quindi, per la cronaca, non ho mandato messaggi a Nick, ma sapete chi *dovrebbe* farlo? Chi avrebbe dovuto inviare un messaggio a Nick tanto tempo fa?»

Questa volta sorrido. Apertamente. Perché sì, lo so. E adesso penso di essere pronta.

Ex non più segreto n. 8: Nick Wilde altrimenti detto L'ex che non era un ex, ora classificato come ex Parte terza

Casa di Alex Shelley
Telefono di Esther
2.32

Nick Wilde (scuola)

Ciao Nick, scusa per il messaggio
che ti invio di punto in bianco.
Volevo dirti quanto è stato bello vederti ultimamente
e quante cose in più avrei voluto dirti.
Penso tanto a te e alle due sere che abbiamo passato
insieme tanti anni fa. Non le ho mai dimenticate
e non mi sono mai dimenticata di te.
Ho passato alcuni mesi strani, a dir la verità,
ma oggi ho avuto modo di vedere
due delle mie amiche innamorarsi,
la cosa più bella dell'universo, e questo mi ha spinto
a voler essere più coraggiosa di quello che sono.
So che sembra un po' strano e fuori luogo
ma, se non lo chiedo, credo che me ne pentirò
e mi farò per sempre delle domande.
Perciò – respiro profondo! –
ti andrebbe di uscire con me la settimana prossima
per un appuntamento vero e proprio?
Esther x
2.33

Nick Wilde (scuola)

Oh cazzo, sì.
2.35

Un mese dopo

«Non ci credo, sta succedendo davvero», Lou si tampona gli occhi. «Non ho mai pensato che sarebbe arrivato questo giorno.» Ride tremante e l'abbraccio, cercando di non sgualcirle il vestito.

«Nemmeno io.» Rubo un fazzoletto per asciugarmi il viso a mia volta. «Non pensavo che sarebbe stato così commovente. È davvero patetico, detesto piangere! Ho sempre promesso a me stessa che non avrei pianto.»

«Be'...» Lou fa un respiro profondo. «...oggi è un gran giorno. Un giorno davvero speciale. Penso che sia normale essere commosse. Ci ha messo tanto ad arrivare.»

L'abbraccio di nuovo e, quando ci allontaniamo, ci guardiamo con un sorriso luminoso, gli occhi lucidi e bagnati.

«Ti voglio bene, Esther», dice con dolcezza e un'altra lacrima mi rotola lungo la guancia.

«Ti voglio bene anch'io, Louise», sussurro.

«OK, IL CESSO È A POSTO», urla l'idraulico dall'interno del bagno e gridiamo un simultaneo «URRAH». Nessuna delle due riesce a credere che ci siano voluti tutti questi anni per far sistemare il gabinetto nel modo dovuto. Da un vero idraulico professionista e non dal genero incompetente del padrone di casa. C'è poco da meravigliarsi se siamo così commosse.

«Possiamo vedere?» Ci pigiamo sulla soglia e tubiamo, mentre l'idraulico fissa il soffitto con aria annoiata. «È fantastico! Lungo il bordo non c'è acqua!» Lo dico con tono di meraviglia. «Posso tirare l'acqua? Non traboccherà?» L'idraulico storce il viso alla mia domanda.

«Ma certo che non traboccherà, non sono un idiota. Non c'è voluto niente a ripararlo.»

«Wowwwww», dico, facendo un passo avanti per saggiare la leva dello scarico.

«Aspetta un attimo!» Lou sembra impaurita. «Faccio un passo indietro. Non voglio rovinarmi il vestito se spruzza acqua o fa qualcosa del genere.»

«Buona idea», convengo con reverenza. Louise ha ottenuto un nuovo lavoro come – aspettate un attimo – assistente di un mago. Perfetto, no? Adora quel lavoro e deve indossare un abito magnifico. Ritiene che sia stato il prozio Merton ad aiutarla a ottenere il lavoro, ma credo che confonda i fantasmi con la magia. È un contratto della durata di un anno e andrà in tournée con lo spettacolo per tutto il paese. È elettrizzata. Vivrà tutto il divertimento che si prova a trovarsi sulla scena di fronte a un pubblico, senza dover recitare. Cosa utile, in realtà, perché a quanto pare recita in modo disastroso. Di recente ha ottenuto un lavoro per *Holby City* in cui avrebbe dovuto recitare una sola battuta e, quando è stata trasmessa, le hanno tagliato fuori il viso. Puoi soltanto sentirla fuori campo mentre grida: «Qualcuno chiami il 999!». E persino fuori campo è riuscita, non so come, a essere assolutamente poco convincente. Comunque sia, è felice e il nuovo lavoro le darà tonnellate di materiale per i giochi di ruolo da recitare in camera da letto con Sven.

L'idraulico sbuffa arrabbiato e incrocia le braccia. «Non spruzzerà nessuna cazzo di acqua. Come è possibile che un water spruzzi acqua per la stanza?»

Io e Lou lo guardiamo attentamente. «Ne abbiamo passate di tutti i colori con questo water, amico mio», gli dico con calma. Non ne ha idea.

Qualcuno bussa alla porta. «Ragazze?» La voce di Sofia echeggia dall'ingresso.

«Siamo nel bagno!» le rispondo urlando. «Con l'idraulico.»

«Stiamo girando un film pornografico, vero?» sbircia dalla porta e fa un cenno al rude idraulico.

«Ah, questa non l'avevo mai sentita», l'uomo alza gli occhi al cielo. «Adesso chi mi paga?» grugnisce il salvatore del gabinetto e io e Lou ci scambiamo uno sguardo. Il padrone di casa non avrà intenzione di fregarci un'altra volta, vero? Ha promesso che sarebbe stato qui per sistemare la fattura.

«È fuori.» Sofia coglie il nostro sguardo preoccupato. «Gli sono appena passata davanti. È al telefono che urla contro qualcuno.» Alzo le sopracciglia. Ma certo. Starà castigando un altro povero inquilino che paga un occhio della testa per abitare in uno dei suoi tanti tuguri londinesi.

«Vado», mi offro coraggiosamente volontaria, lanciando a Sofia un rapido sorriso mentre le passo davanti. Di questi tempi è qui molto spesso, una bella cosa. Soprattutto perché non c'è più Bibi.

Spalanco il portone. «Mr. Whittle?» domando ansiosamente.

«ASPETTA!» Una mano è sul telefono e l'altra mi arriva in faccia, a palmo alzato. Continua a strillare nel telefono per un minuto mentre saltello da un piede all'altro; qui fuori senza il cappotto, mi sto congelando il culo.

Dopo un minuto ci riprovo. «Mr. Whittle, dentro c'è l'idraulico che sta aspettando di...»

«STA' ZITTA», mi sputa in faccia, in un lampeggiare di denti gialli. «Sto parlando con un inquilino e sei irrispettosa.»

Io sono irrispettosa? IO?

«In realtà lei sta *gridando* contro un inquilino», dico con rabbia. «Proprio come fa con tutti noi, ci scommetterei. Lei è un *prepotente*, mr. Whittle e io ne ho avuto abbastanza.» Tutto a un tratto sto urlando. «Pensa di avere tutto il potere solo perché è il padrone di casa. Ma noi abbiamo dei diritti, lo sa? In tutti questi anni abbiamo sopportato un mucchio di stronzate da parte sua e siamo sempre state delle buone inquiline. Paghiamo l'affitto – l'affitto che lei ci aumenta ogni anno! – e paghiamo le bollette. Non deve trattarci con disprezzo! Scommetto che se chiamassi tutti i suoi inquilini, direbbero la stessa cosa.»

«Come OSI t...» Il petto di mr. Whittle si gonfia fino a raddoppiare le dimensioni usuali, mentre l'uomo entra nel mio spazio personale. Ma il suo sproloquio viene interrotto di colpo da Sofia e da Ivan, spuntati dal nulla. Con il passo leggero della ballerina, Sofia è improvvisamente davanti a me. «Faccia un passo indietro, signore!» si erge in tutto il suo metro e mezzo svettando sull'insuperbito mr. Whittle. L'uomo rabbrividisce appena. «Non solo troveremo tutti gli altri suoi inquilini», gli occhi di Sofia lampeggiano mentre gli arriva in faccia, «ma Ivan e io parteciperemo alla protesta. Esistono delle regole che impediscono ai piccoli imbecilli come lei di approfittarsi della crisi degli alloggi. Verranno presi provvedimenti contro di lei, signore! Lo sappiamo tutti che il tetto è pieno di amianto e non diciamo nulla. Se decidiamo di sporgere denuncia, le costerà migliaia di sterline.»

Ivan la raggiunge, un altro corpo tra noi. «E sappiamo che gli impianti elettrici non sono a norma. Nemmeno le tubature. Lei è fottuto, amico mio. È meglio che metta la testa a posto.»

Whittle ingoia amaro nel sentire quelle frasi. Gli inquilini che si uniscono per darsi una mano. È il peggiore dei suoi incubi. Che orrore!

Mi faccio avanti. «Vada a pagare l'idraulico che finalmente ha messo a posto il water, mr. Whittle. Oh, e va sistemata anche quella maledetta macchia gialla di umidità sul soffitto della mia camera da letto, d'accordo?» Il suo viso si rabbuia, perciò assesto il colpo mortale. «Perché...» faccio una pausa super teatrale, «Bibi starà anche traslocando, ma la manderò a cercare se ne ho bisogno. Mi creda se le dico che ha fatto abbassare la cresta a imbecilli più grossi di lei.» Non accenno alla volta in cui ha minacciato un uomo con un coltello. Attualmente siamo in vantaggio, non vorrei sprecarlo.

Impallidisce nel sentir nominare Bibi.

«Benissimo», sbotta. «Vado a pagare quell'uomo. E sistemerò la tua stupida macchia. Anche se sono sicuro che sei stata tu a provocarla.» Mi guarda furioso a occhi socchiusi. «Tieni...» mi consegna dei documenti. «Dalli alla tua amica che se ne sta andando. Sono le sue scartoffie.»

Li prendo, fissandolo intensamente mentre si dirige all'interno.

«Grazie ragazzi», rivolgo un sorriso luminoso a Ivan e Sofia. «Sono contenta che siate rimasti amici.»

Si sorridono radiosi. «Anche noi!»

In parte sono triste che Ivan e Sofia non ce l'abbiano fatta a superare il quarto appuntamento, ma non c'è cattivo sangue tra loro. È stata Sofia a chiudere, spiegando di avere troppe altre opzioni su Tinder per sistemarsi con un solo uomo. Ha detto di essersi finalmente resa conto di quanto le piace essere single. Ama la libertà, l'avventura e la spontaneità che offre. Oltre al pene on demand sulle app di appuntamenti. Sia come sia, adesso posso capire cosa intende. La condizione di single può essere fantastica.

Porto dentro i documenti e li lascio sul vecchio letto di Bibi. Potrà prenderli più tardi, quando lei e Alex verranno a cena.

Sento nell'ingresso l'idraulico che litiga con Whittle per i soldi, e nel soggiorno Louise che ride al telefono con Sven-Nikar. Ma resto qui dentro per un altro minuto, guardandomi intorno, abbracciando tutto con gli occhi. È così strano vedere la stanza di Bibi vuota. Tutte le sue belle cose, sparite. Be', non proprio sparite, trasferite a casa di Alex. Nemmeno tanto lontano. Solo sei fermate sulla Northern Line.

Sospiro.

Il cambiamento è una cosa strana, non è vero? Cerco di non resistergli – cerco persino di abbracciare i bei cambiamenti – ma è comunque una cosa strana. E pare che gli ultimi mesi siano stati tutto un cambiamento.

Io che compio trent'anni, Bibi che esce, Sven che entra. Bibi che avvia la sua nuova azienda e noi che riusciamo a lavorare insieme per qualche evento divertente. In realtà, è stato fantastico. I miei capi sono rimasti impressionati dalla sua etica del lavoro. Io pure, se si considera cosa avevo visto allo Swab. Stanno persino parlando di acquisire la sua piccola azienda in veste ufficiale, con una specie di pagamento a rate. È grandioso e so che Bibi sta vivendo il periodo migliore della sua vita. Inoltre, mi fa fare una bella figura per averla introdotta.

Che altro, che altro? Oh sì.

Nick.

Come ho detto, certi cambiamenti sono belli. Molto, molto belli.

Siamo ancora all'inizio, ma so che cosa abbiamo. Per la prima volta non ci sono stati giochetti o perdite di tempo. Risponde agli SMS, si presenta in orario, mi dice che sono bella senza che io mi lasci sfuggire delle allusioni calcando la mano. Non ho nessuna fretta di fare sul serio o di definire la relazione – non com'ero prima – ma insieme ci divertiamo un sacco. Andiamo molto d'accordo e il sesso è strabiliante. Soprattutto da quando siamo riusciti a mettere dentro qualcosa in più della punta. Chissà cosa può succedere in futuro, ma al momento scoppio di felicità.

In effetti, tra poco ho un appuntamento con lui, perciò è meglio che mi prepari.

Mentre mi alzo in piedi per lasciare la camera di Bibi, do un'occhiata ai documenti che mi ha consegnato mr. Whittle.

Oh mio Dio.

Non se ne parla, non se ne parla, non se ne parla.

È il suo nome. Il nome vero e proprio di Bibi, per intero. È proprio qui, nei documenti. In bianco e nero.

Cazzarola.

Birgit Morag Colmer.

BIRGIT. Questa sì che è bella, porca puttana.

Sento sbattere la porta mentre l'idraulico e il padrone di casa escono insieme, continuando a litigare ad alta voce.

Estraggo il telefono per inviare un messaggio a Bibi – pardon, Birgit – e dirle che finalmente conosco il suo segreto. Poi però mi fermo.

Non vuole che lo sappiamo e le piace prenderci in giro. Glielo posso permettere. E se un giorno vorrà dirci la verità, posso sempre fingermi sorpresa. Glielo concedo. Mi dà tanto. Lei, Alex, Louise. Sono le migliori e voglio passare per tutta la vita del tempo con loro.

Sono entusiasta di Nick, lo sono veramente. Mi entusiasmano le avventure che potremmo vivere, ma adesso so che cosa è importante. Nick non è il *tutto* di cui avevo bisogno da un uomo, e lo capisco. Aggiunge qualcosa alla mia vita; mi fa sorridere e ridere ed è *divertente* avere qualcuno nella mia squadra, con cui fare cose divertenti. Ma aggiunge piacevolezza a qualcosa che è già magnifico. Non ho bisogno di un partner perché le cose vadano bene, vanno già bene. Sono tanto, tanto contenta di averlo finalmente capito; aver capito quanto sono fortunata. È la cosa migliore di cui rendersi conto. E sono stranamente grata a ciascuno dei miei sette ex per avermelo insegnato.

La tentazione di guardarsi indietro è così umana, lo facciamo tutti. Ecco perché il richiamo di un ex partner è tanto forte. Amiamo la nostalgia e ci piace trastullarci con occhiali tinti di rosa chiedendoci: "E se?". Ma è anche troppo facile venire risucchiati nel passato. Si può spendere una vita intera a guardarsi indietro, a desiderare, a muoversi in cerchio, a commettere gli stessi errori. Certo, può essere divertente, ma non è salutare.

Negli ultimi tempi sono grata a tutti i miei ex. Teste di cazzo comprese! Mi hanno aiutato a capire me stessa e mi hanno aiutato a farmi diventare la persona che sono. Mi hanno accompagnato fin qui, dove sono adesso, con le mie migliori amiche al mio fianco e un lavoro che amo e che non assume il controllo di tutta la mia vita. E mi hanno portato dal sensuale, sensualissimo Nick.

Sono riconoscente.

Louise infila la testa. Il suo nuovo costume di scena è infradiciato ed è stressata.

«Il water si è rotto di nuovo, baby. Ho tirato fuori il vaso, tocca a te.»

Salve, lettori sconosciuti e sexy che scorrete queste pagine in fondo al libro. Voglio in primo luogo ringraziare voi. Perché non mi permetterebbero assolutamente di scrivere libri se voi non li leggeste e non diceste cose gentili in proposito. Sinceramente, siete le persone migliori del mondo e vi amo.

Il mio prossimo grazie più sentito va obbligatoriamente a Molly Crawford, la mia editor (è veramente splendida, cercatela su Google) e al mio magnifico editore, Simon & Schuster. Grazie tante a tutti voi. Siete stati delle vere e proprie rockstar durante tutta la lavorazione e non posso ringraziarvi abbastanza. Grazie tante Sabah, bellissima maga della pubblicità, mi fai saltare le cervella. Grazie a SJV per aver organizzato le feste più belle e aver messo per iscritto le mie battute per potermele citare. E soprattutto, grazie al gin della House of Virtue! Voglio dire, wow. Un milione di grazie a Clare per avermi portato nell'ovile della S&S, ad Amy Fulwood per la straordinaria bravura nel marketing, a Jess per la pettinatura da sballo, a Pip per la bellissima copertina e, omiodio, alla splendida squadra per i diritti, Amy, Ben e Maud, che si sono dati tanto da fare per vendere questo libro in giro per il mondo in tanti posti emozionanti. Mi scuso se continuo a inviarvi messaggi invadenti e strampalati e vi abbraccio.

Voglio tanto ringraziare anche Olivia Barber, che mi ha aiutato enormemente nelle prime fasi del brainstorming per questo libro e che è un essere umano davvero adorabile e pieno di talento.

Diana Beaumont – regale come suggerisce il suo nome sexy – ti voglio tanto bene. Grazie per tutto il sostegno e l'amore che mandi da queste parti. Non riesco a credere di non aver ancora visto *The Dress*, che cavolo.

Un'infinità di grazie a tutte le autrici generose e gentili che sono state così adorabili e carine con me. Quando ho cominciato a scrivere libri, non sapevo che avrei trovato una comunità così accogliente e inclusiva di donne piene di talento che proclamavano cose carine ai quattro venti per aiutarsi reciprocamente. Mi fa venire voglia di gridare quanto siete brave, tutte voi. Sono tante le persone che dovrei ringraziare, perciò se siete amiche scrittrici e il vostro nome non compare, sappiate che ci sono molti amici intimi e membri della mia famiglia che ho letteralmente dimenticato di invitare alla mia festa di nozze. Quello è il livello cerebrale che sto utilizzando.

Grazie ai fantastici Lindsey Kelk, Daisy Buchanan, Lauren Bravo, Beth O'Leary, Holly Bourne, Caroline Corcaran, Paige Toon, Ayisha Malik, Isabelle Broom, Rosie Walsh, Cesca Major, Kate Riordan, Caroline Hulse, Marian Keyes, Milly Johnson (Johnny), Mhairi McFarlane, Salma El-Wardany, Louise O'Neill, Lia Louis, Justin Myers, Lizzy Dent, Beth Reekles, Hannah Doyle, Poorna Bell, Kate Weston – e, oddio, a tanti tanti tanti altri che sono stati incredibilmente amabili e solidali, tifando per i miei libri adesso e in passato. Grazie fino alla luna e ritorno.

Un immenso urrà – probabilmente alcolico – ad amici e familiari; siete tutti fantastici e sono tanto grata per tutto il sostegno che continuate a darmi. Grazie per avermi sempre ascoltato con tatto ogni volta che mi lamento del fatto che passo tutta la giornata a letto a piangere sulla mia abitudine di procrastinare. Ho finito questo libro, ok?

Voglio ringraziare anche David H-HH. Tra la stesura di *Sette ex per innamorarsi* e la sua uscita, siamo fuggiti insieme a Las Vegas – con Sarah e Fred del CACF – per sposarci, che è stata una cosa carina. David è un tipo molto fico che negli ultimi anni si è comportato in modo eccezionale con me, soprattutto quando cercavo senza riuscirci di scrivere delle parole su una pagina. Grazie per avermi fatto ridere ogni singolo giorno. Facciamoci lo sballo viola fino a soffocarti.

Grazie ancora a tutti voi, favolosi esseri umani.

Probabilmente adesso me ne dovrei andare perché devo consegnare a Molly il mio prossimo libro nel giro di poche settimane e ho scritto soltanto diecimila parole – per favore, non diteglielo. La ragione principale per cui questi ringraziamenti sono così lunghi è perché sono un'altra scusa per non andare avanti con il nuovo libro. Lalalalalalalala. Benissimo, Imma, va' ad abbracciare i miei cani per mezz'ora. Ciao.

Finito di stampare nel mese di luglio 2023
da Grafica Veneta s.p.a., Trebaseleghe (PD)

Questo libro è stampato col sole

Fabbricato da Grafica Veneta S.p.A. con un processo di stampa e rilegatura
certificato 100% carbon neutral in accordo con PAS 2060 BSI

PEFC
PEFC/18-31-226

Certificato PEFC

Questo prodotto è realizzato con materia prima da foreste gestite in maniera sostenibile e da fonti controllate

www.pefc.it